KB041950

여자를 찾습니다

김주영 소설집

# 여자를 찾습니다

책세상

● 이 책은 《여자를 찾습니다》(한진출판, 1975)를 저본으로 삼아 작가의 수정 · 보완을 거쳤다.

## 작가의 말 | 새로 펴내며

소설 〈여자를 찾습니다〉는 1975년에 출간된 나의 첫 작품집에 수록된 작품이다. 그보다 먼저 중앙의 한 일간지에 연재가 되었는데, 이 제목이 그 당시에 많은 독자들의 시선을 끌었던 기억이 난다. 지금으로부터 무려 30년 전, 그리고 그 은유의 시대에 대담하게도 '여자를 찾습니다'라는 다소 저급하거나 직설적인 단어를 소설 제목으로 삼는다는 것은 용기가 필요했다. 이 소설은 대체로 우리 사회가 농경시대에서 산업화 시대로 급속하게 이전되면서 노출되기 시작하는 온갖 부조리한 사회적 현상들을 비꼬거나 비아냥거리거나 혹은 질타하는 내용들을 담고 있다. 비평가들이 말하고 있는 것처럼 풍자소설인 셈이다. 그러나 풍자이건 아니건 간에 소설이란 모름지기 그 시대를 담아내는 인간들의 모습을 진솔하게 그리고 거기에서 어떤 교훈 하나라도 건져내겠다는 노력이 스며 있기 마련이다. 이 소설에 나타나는 인물들 모두는 일테면, 역사의 배면이나 행간에 배설되어 그 존재의 의미가 뚜렷하지 못했던, 사회적으로 약자의 편에 선 이들이었다. 그럼에도 삶의 욕구나 혹은 올곧게 살아가려는 욕구에 있어선 누구 못지않은 열정들을 가진 그

런 인물들이기도 하였다. 그래서 그 후 30년이 흘러간 지금에 이르러서도 나는
그들을 여전히 사랑해서 보듬어 안아보고 싶은 것이다. 그들이 바로 나이기 때문
이다.

2007년 7월 김주영

김주영 소설집 **여자를 찾습니다**

차례

# 마군우화(馬君寓話)

말더듬이 바로잡기

마규석(馬奎錫) 군이 화학섬유 제품 생산을 주로 하는 이 미성물산(美成物産)에 입사하자마자 그 자신이 은밀히 착수한 두 가지 일이 있었다.

그 하나는 소위 촌뜨기 근성을 홀렁 벗어던지는 일에 무진장으로 골몰했다는 것이다. 예컨대, 시민 회관 앞에 나붙은 뽕짝 조 가수의 선전 포스터를 비척거리고 쳐다보며 모잽이 걸음을 한다든지, 보신탕집에서 맥주를 큰 소리로 주문하는 짓거리 따위를 그의 생활과 언어 의식 구조 속에서 깡그리 여과시켜내고 배 속에서는 아침에 먹고 나온 시판용 김치 깍두기가 떼굴거리고 굴러다녀도 커피는 블랙으로 마셔야 격이라든지, 소공동 골목 속에 숨어 있는 소문난 꼬리곰탕 집이나 튀김집 같은 델 단숨에 엮어 외어 바칠 수 있다든지, 주대(酒代)는 그을망정 팁만은 현찰로 던질 줄 아는, 도회인의 유유자적한 풍모와 세속적인 허세를 그의 뱃심 속 깊숙이 채

워넣는 일이 그것이었다. 이건 누가 뭐래도 이 도회가 그에게 강요하는 무서운 진실이었다. 또 다른 하나는 사장에서 사환 계집애에 이르기까지 한 사람 한 사람의 인간에 대한 종횡의 탐색과 진단을 게을리하지 않는다는 것이었다. 그리하여 마 군의 두 달 만에 얻은 결론, 까놓고 말해서 한 사람의 영업 상무를 제쳐놓는다면 전부 골이 텅텅 빈 놈들이란 것이었다. 이 정도의 체제라면, 병 앓는 개처럼 치사한 참을성으로 승진을 기다릴 수는 없는 노릇이었다. 가장 보편적이며 자명한 진리, 그것은 자기라고 해서 과장이나 상무가 못 되란 법이 없다는 사실이었다.

그래, 그는 시쳇말로 맨발로 뛰었다. 수첩에 깨알같이 박아둔 친구들의 전화번호와 지성미를 풍기는 나약한 골격에 상대방에게 부담감을 주지 않을 정도의 적당한 깡마름, 그리고 설득력 있는 언어 구사, 대략 이런 것들이 밑천이 되어주었다.

그는 덤비지 않고 차근차근 거래선을 개척해나갔고, 그 실적은 영업 상무의 데스크 위에 착실하게 쌓여갔다. 그러나 경리과에서 지불받는 일일 거마비(車馬費)는 판매과의 다른 직원들처럼 아등바등 청구하지 않았다. 그것은 의식적이었다.

그는 무식한 사장의 약점을 알고 있었기 때문이었다. 사장은 필경 마 군의 거마비 지출고와는 엄청나게 역비례해서 상승되고 있는 판매 실적의 야비한 모순성을 무비판적으로 받아들이고 있을 것이며, 하여 그는 또 무비판적으로 좋아하고 있을 것이기 때문이다.

그는 거의 반년 동안을 그런 식으로 뛰었다. 그러나 잠시 주춤하지 않을 수 없었다. '두드려라. 그러면 열리리라.' 그러나 번지를 알고 두드릴 노릇이었다. 그는 목표물을 설정했다. 그것은 판매과장 오상철(吳相哲)이었다. 우선 이놈부터 잡아먹어야 한다고 어금니를 사리물었다. 오 과장은 회사의 수유리 공장 불출 책임자로 있다가 본부 사무실로 발탁되어 온, 사무실 평균 연령을 훨씬 넘어서는 마흔세 살의 코가 납작하여 염치없어 뵈는 '말더듬이'였다. 그는 회사 설립 당시의 공장 사환으로부터 시작하여 판매과장에 오른 요령 없는 인간으로, 이런 사람 아래서 자기 같은 엘리트가 코를 징징 풀며 뛰어야 한다는 일이 뭔가 세상이 겉돌아간다는 느낌이었고, 나아가서는 그 얄량한 관록을 사서 이런 사람을 간부진에 발탁한 사장의 단순하고 우둔한 인사관리부터가 글러먹은 것이라고 마 군은 생각했다.

그러나 아직까지, 적어도 아직까지는 그런 문제에까지 반감을 노출시키는 만용은 삼가는 게 좋을 것이며, 또 그래보았자 자기에게 돌아올 반대 급부는 결코 유쾌할 수 없다는 것도 알고 있었다. 그러나 과녁에 일단 그를 떠올리고 나자 그가 말더듬이란 사실에 약간의 자조 증상, 즉 메스꺼우며 비루한 자기혐오를 느꼈다. 그러나 미상불 어떤 형태로든 가해자의 입장에 서지 않으면 승진은 글러먹은 일일 것이었다. 애당초 그런 마음부터 먹지 않음으로 해서 자기의 취약성을 합리화시키는, 끓는 물에 던져져서 아예 밀가루 수제비같이 굳어버린 그런 졸부가 될 수는 없다고 생각했다.

마 군은 오 과장에의 접근을 시도했다. 그를 대폿집으로 유인하는 따위의 전근대적인 방법에서부터 그의 모교인 ㅈ고등학교 야구 대진표를 기억해두었다가 서울운동장으로 끌고 가서는 옆에 바싹 다가앉아 땀을 찍찍 뿌리며 응원에 열중해주는 따위의 전위적인 방법까지도 불사했으나, 늘상 고만한 선에서 머물 뿐 호락호락하게 밀착되어오질 않았다. 그가 바싹 마 군에게 접근한 전환점을 이룬 것은, 서로 부담스럽지 않게 무안해하며 방사(房事)하는 일에 몇 번인가 동행하고 난 다음부터였다. 사실 알고 보면, 이런 치사스러운 인연 따위도 세상엔 더러 많이 있을 거라고 마 군은 생각했다. 한편으로 그런 자신에게서 이젠 거둬들일 수 없는 퇴락을 짙게 의식하는 터이었지만, 지금 와서 무력하게 물러설 수는 없었다. 아무튼 그 후부터 오상철은 걸핏하면 그와의 동행을 애쓰기 시작했다.

"어어이! 마구씩 씨, 나나하고 공장 재고 조사도 동행하하겠소?"라고 묻는다든지, "구씩 씨(그는 규 발음을 통 해내질 못했다), 거 왜 R백화점 저정 대대리 이있잖아. 오오늘 술 한잔 사겠다는데 나나하고 가같이 갑시다. 하한잔 짜 하고 드들어가지, 뭐"라는 등의 수작을 걸어오기 시작했던 것이다. 질질 끌려간다는 것이 이런 경우 자칫하면 상대방으로 하여금 개성 없고 머저리 같은 놈으로 추락당해버릴 우려가 다분히 있음으로 하여 마규석은 어떤 땐 쾌히, 그러나 간혹은 단호히 거절해 보임으로써 그를 조금씩 무안하게 만들고 또 심리적으로 압박해 들어갔다.

그러나 반면 오상철이 없는 술자리 같은 데서 열심히 그를 비호하기 시작했다. 술기운이 콧잔등에까지 묻어올라 게슴츠레한 눈이 된 회사의 동료들은 칭찬의 말이 떨어지기 바쁘게, "당신 공자님 집 아래채에 세 들어 살았댔소?" "이봐요, 마 형, 그 말더듬이 속물 말이지?"라는 등의 반격이 부닥쳐오게 마련이기 때문이었다. 그때 그는 "무슨 실례의 말씀을" 하면서 상대를 거들떠보지도 않고 일축해버린다. 그쪽 역시 콧방귀부터 텅 하고는, "이것 봐, 마 형 이 양반, 응 그렇지 마가라면 끅, 빼낸 양반은 아닐 테지마안, 끅, 좌우간 당신 사람 보는 눈 있는 줄 끅, 알았더니 끅, 이제 보니 영 그믐밤인데, 끄윽" 하며 마침 〈눈물의 씨앗〉의 마지막 소절을 토해 내느라고 목살을 비틀어올리고 있는 작부를 밀어붙이고 그의 바로 코앞

좌석으로 누군가가 옮아앉게 마련인 것이다. 마 군은 다시 일갈하는 것이었다.

"이봐 정 형, 면종복배하려는 건 아니겠죠?"

"허엉! 이 사람아, 그 면종복배라는 게 도대체 하나에 얼마요?"

분위기가 이쯤 되면, 지금까지의 오상철 판매과장은 금방 '그 새끼!'로 패대기쳐진다. 만약 그가 지금 이 좌중에 있기라도 한다면, 주저 없이 묵사발로 요절을 낼 듯, 좌중은 이유 불문코 살기등등해지는 것이었다. 그러나 마 군은 그럴 때마다 덩달아 흥분을 끓여올리지는 않았다. 아랫배의 살가죽을 축 늘어뜨리고 가슴에 묻은 흥분을 침전시켰다.

"그러나 나에게 있어 타인은 언제나 불만의 의식으로 작용하잖아요."

"몰라, 몰라, 나 그런 것 끅, 모르고 사는 놈인데, 그러나 그러나 말야, 그 새낀, 아예 과장 레테르 마빡에 붙이고 내질러진 놈처럼 행세하더라 이거야, 끄윽, 말단 사원 좋다 이거야, 그 새낀 말단 사원과 인간조차도 구별할 줄 모르는 끅, 눈더듬이더라 이거야'라는 식의 좌충우돌의 성토가 끝나 속이 후련해진 좌중은, 황소라도 잡아 금방 마당에 쓰러뜨려놓은 칼잡이들처럼 돌연한 공복감을 느끼고 남은 술잔을 비우는 것이었다. 그러나 그런 술자리 같은 데서 얻어낸 오상철의 약점은 대개가 너무나 포괄적이며 추상적이기 마련이어서 소위 '오상철 축출 작업'의 결정타를 얻어낼 수는 없었다. 다만 은연중 과원들과 오 과장과의 심리적 유대 관계를 유리시켜둠으로 해서 그가 거세될 때의 사내 분위기를 자연스럽고 긍정적인 것으로 밀착시키자는 데 그의 속셈이 있을 뿐이었다. 아니래도 마 군은 그즈음 오 과장에게서부터 모종의 수상쩍음을 곁눈질당하고 있을 때였으니까. 세심하게 그를 관찰해본 결과 적어도 한 달에 두 번쯤은 주기적으로 그 자신 혼자서 몇 시간 동안 슬쩍 공장에 다녀와선 시치미를 뚝 떼곤 하는 눈치를 낚아챈 것이었다. 그 이튿날쯤 마 군은 공장으로 가보았고, 그래 생산부에 비치된 수불(受拂) 서류를 슬쩍 보고는 적어도 이십만 원 내외에 상당하는 제품들이 오상철의 전결 사인만으로, 그것도 순전히 견본 전시용으로 출고 처리되고 있는 사실을 알아내는 데 성공한 것이었다. 그 자신도 얼떨떨할 정도로 놀라버린 것은 오 과장과 공장 수불계의 대담하고 저돌적인 야합이었고, 나아가서는 너무나 빨리 찾아와버린 승진의 기회에 있었다. 그러나 어차피 그것은 엄연한 현실로 그의 앞에 와 선 것이고 하여 그는 맘대로 기뻐하였다. 그는 문을 찾았고 그리하여 열쇠를 손에 넣은 것이었다. 그러나 대뜸 경망스럽게 굴지는 않았다. 말하자면, 모든 걸 정확하게 할 필요를 느낀 것이었다. 그는 우선 공장의 염색부에서 일하는 공원 하나를 구워삶아놓은 나머지 오상철이 공장에 혼자 들른 것을 전화로 연락받았고, 그가 제품들을 택시에 싣고 가서 ㅂ아케이드의 Q상점에다 인계하는 과정까지를 엿보았다. 마 군이 회사로 돌아와 장부를 뒤져본 결과 그 Q상점은 거래 명부에 올라 있지를 않았다. 모든 것은 명백해진 것이었다. 그러나 그는 다시 생각했다. 이 사실을 당장 사장에게 보고하느냐(사장은 모든 보고 사항이 서류로 만들어지기를 바랐고 그리하여 벌겋게 인장이 찍혀 올라온 최종 결재란에 흡사 지렁이가 가로 웅크린 듯한 자기 사인을 그려넣기를 좋아했다), 아니면 그 아케이드의 젊고 예쁜 여주인을 한번 만나본 후에 그렇게 하느냐가 문제였다. 전자의 경우 증거품이 없는 게 흠일 수도 있을 것이었다. 그는 이튿날 Q상점을 찾아갔다. 그 친절한 여인은 오상철의 이 호가 아니면 그 근사치에 맴도는 여인이라고 마 군은 얼핏 느낄 수 있었다. 마 군은 미성물산 제품들만 이것저것 골라 샀고 영수증까지 받아왔다. 이제 사장만 만나면 되는 것이었다. 그런데 그게 좀 더 자연스럽게 이루어져야 한다. 그것은 매우 중요한 일이었다. 자칫하면 사원들에게 저속하고 야비한 인간으로 낙인찍힐 우려가 다분할뿐더러, 오상철이 아무리 무식하고 약삭빠르지 못한 말더듬이이지만, 어쨌든 그는 과장이다. 적어도 경영자가 그를 발탁했을 땐, 경영자의 눈으로 본 관찰과 계산이 있었을 것이고, 또 그만큼의 능력과 신임을 인정받았기 때문일 것이었다. 경영자의 눈, 그것은 때로 한 인간의 무서운 저력을 탐색해내는 묘한 구석이 있는 것이다. 그리하여 마 군은 그 디데이를 사장이 장기 출장에서 돌아오는 날로 포착했다. 사장은 묘한 버릇을 갖고 있었다. 그는 장기 출장에서 돌아오면 적어도 이틀간은 신경을 곤두세우고 의심이 가득 찬 시선으로 회사의 경리 실태에서부터 판매 실적, 심지어 평소에는 거들떠보지도 않던 사원들의 몸매, 휴지통이 놓인 위치까지도 꼬치꼬치 지적해내고 교정시키며 신경질을 부리는 것이었다. '그날이 바로 디데이다!' 라고 마 군은 속으로 소리쳤다.

사장이 부산과 대구의 대리점 실태 조사를 끝내고 돌아온 바로 그날 저녁 느지막이 마 군은 사장 집으로 전화를 걸었다.

"대단히 중요한 사건을 보고드릴 수 있게 내일 출근 전에 회사와 좀 떨어진 곳에서 만나고 싶습니다"라고 마 군은 정중하게 말했는데, 저쪽에선 흠칫 놀란 듯 잠시 머뭇거리고 있다가 "좋아, 삼우빌딩 지하에서 여덟 시에 만나기로 하지" 하고 전화를 끊었다. 이튿날 여섯 시에 그는 일어났다. "젠장, 날씨 한번 찢어지게 좋군" 하고 문을 열며 말했다. 언뜻 그러고 있는 자신에게서 약간의 구토증을 동반한 위화감을 느꼈지만, 그것을 재빨리 꿀꺽 삼켜 넣어버렸다. 마 군은 아직 노총각이었으므로 마루 건넌방에서 밤낮으로 끙끙거리고 시험공부에 열중하고 있는 중 삼인 동생을 족쳐서 셔츠를 다려오게 하였고, 넥타이도 밝은 색으로 단정하게 매었다. 복장이 너절하면 상대의 주의력을 흐트러뜨릴 염려가 있기 때문이었다. 그에게는 오상철의 비행을 자수 놓듯 또박또박 고해바쳐야 할 일이 바로 코앞에 있는 것이었다. 그는 깍두기 찌꺼기라도 잇몸에 끼어 있을 것을 염려하여 몇 번이나 입 안을 헹구어냈다. 사장과의 약속 장소까지 택시로 갔다. 삼백팔십 원이 나왔다. 그까짓 것쯤은 아무것도 아닌 것이다. 금수강산에는 사장이 먼저 와 앉아 있었다. 갑자기 사장의 그런 모습이 처량해 보이기 시작했다. 안심하고 몰고 다니던 암컷을 느닷없이 담장을 넘어온 옆집 수놈에게 삽시간에 수탈당해버린 허약한 수탉의 비애를 사장의 꾸부정한 어깨에서 느꼈던 것이다. 마 군은 일말의 동정심을 금치 못하였다. 그는 될수록 여유 있게 사장의 노독이 풀렸는가 묻고 온 가족의 건강에 대해서 두루 평안하심도 묻고(식모조차 물을 뻔하였지만) 난 다음, 요사이 날씨에 대해서 상투적인 투정을 잠시 늘어놓았다. 그때 사장은 벌써 지루한 듯 미간을 찌푸려올렸다.

"말씀드리기 전에 사장님께 분명히 해두고 넘어가야 할 게 있습니다. 이것은 저의 일신상의 영전(榮轉)을 염두에 두지 않고 있다는 것과 평소 저의 인간 됨됨이가 이런 일을 즐겨 하는 놈으로 오해받을지도 모른다는 점입니다. 이번 일은 제가 평소 사무실과 공장을 오가면서 난 나대로 기업 전반에 대한 어설픈 진단과 평가도 해보던 나머지……가령 이걸 학구열이라고 곱게 보아주신다면 고맙겠습니다만, 그러다 보니까 오 과장의 비행이 내 눈에 걸려든 것뿐입니다"라고 그는 제 딴엔 자기의 초연한 입장과 결코 남의 비행이나 두더지처럼 파고 다니는 치사하고 용렬한 놈이 아니란 것을 분명히 해두었다. 모든 것을 경청한 사장의 표정은 대뜸 심각해졌다. 엷은 경련이 사장의 얼굴을 훑고 내려 견골로 잦아지는 것을 마 군은 보았다. 상기된 얼굴을 들며 사장은 말했다.

"마 군, 그동안 수고 많았어. 내 적절한 조치를 취하지" 하고 분연히 일어섰다. 그때 마 군은 손가락을 맞대고 딱 소리 한 번 내고 싶었으나 그런 가벼운 처신을 사장에게 보일 수 없었으므로 참아넘기고, 사장을 가볍게 부축하는 자세로 같이 일어서며, "그자의 신변 조치보다 사내의 분위기를 위해서 신중하게 처리하심이 좋을 것 같습니다"라고 덧붙이는 것을 잊지 않았다. 마 군은 회사로 직행하여 출근부에 도장을 누르고, 가벼운 마음으로 거래선의 잔고품들을 체크하기 위한 일상 용무로 들어갔다. 오후 일곱 시. 그가 회사로 돌아오자 과원들은 한 사람도 퇴근하지 않고 자리들을 지키고 있었다. 그때 그는 사무실의 광고용 흑판으로 시선이 갔는데, '금일 여덟 시 영일옥에서 소연이 준비될 것인즉 판매과 전원 무위 참석 바람'이라는 게시가 나 있었다. 마 군은 짐짓 '올 것이 드디어 왔구나'라고 속으로 부르짖었지만 애써 태연할 수밖에 없었다. 싸가지 없게 굴 수는 없는 노릇이었다.

여덟 시가 되어 모두들 영일옥으로 몰려갈 때까지도 오상철은 종내 나타나주질 않았다. 그러나 곧장 술자리는 벌어졌고, 마 군 역시 입 딱 다물고 게걸스럽게 술잔이나 사양 않고 받아 마셨다. 오늘따라 중치가 메도록 흠뻑 취해보고 싶은 심정이 되어 있었다. 그것은 그의 아랫배 밑바닥쯤에서부터 뼛속 깊숙이 저미어오는 연민 때문이기도 했다. 그러나 그 연민의 정이 아리도록 느껴올 적마다, 여긴 서울 바닥이라고 막연하나마 간단없는 조심을 자신에게 주었다. 하여, 마 군으로 보아선 착잡하기 이를 데 없는 술자리가 거의 마무리져갈 무렵, 문어 어깻살같이 허연 낯짝을 한 오상철이 나타났다. 그는 술자리에 숙연히 앉긴 하였으나, 소위 후래삼배를 사양하고 마 군 옆구리를 꾹 짚더니 밖으로 불러냈다. 그는 바쁜 대로 작부의 딸딸이에다 엄지발가락만 꿰고 뜰로 나서는 마 군의 귀에 대고, "자잠깐 드드릴 말씀이 있는데 저기 저 건너 다다방까지 가실까요"라고 말했다. 마 군은 물론 취기가 없었던 것은 아니었으나 시선을 넌지시 들어보니, 그 앞엔 으슥한 골목도 없었고 또한 사위가 대낮같이 밝은 터라 작당한 패거리들에게 뼈 부러질 일도 없겠다 싶어 "그래볼까요" 하고 뱃심 좋게 내뱉곤 제 앞서 뚜벅뚜벅 길을 건너갔다. 뒤에선 작부가 하나 요기(尿氣) 등천하는지 "얘, 옥순아, 내 딸딸이" 하며 악을 바락바락 긁어올리고 있었다.

자리를 잡고 앉자, 마 군이 먼저 "우리 시원한 것 한잔, 오렌지로 합시다" 하고 레지를 돌려보내고, 코 납작한 말더듬이를 도도히 바라보았다. 주저스러운 표정을 몇 번인가 교차시키고 있던 오상철이 드디어 결심한 듯, 바지 주머니를 부스럭거려 흰 봉투 하나를 꺼내더니 그걸 마 군의 엽차 잔 옆으로 더듬거리며 밀어올렸다. 거기에는 분명 사장의 사인펜 글씨로 '마규석 형 송별금'이라고 씌어 있었다.

"사장님께서 약속한 대로 받아주었으면 고맙겠다고 그렇게 전하라더군요."

"아아니? 이이게 무슨 뜻이죠? 혹시 뭐뭐가 잘못됐는가 본데?"

갑자기 마 군은 말을 더듬기 시작했다. 순간 오상철의 표정이 약간 상기되면서 고개를 좌우로 결연하게 내저었다.

"너무 깊숙이 개입을 하셨더군요."

오상철은 이렇게 허두를 떼고는 오른손바닥을 위로 올려 활짝 편 다음, 왼손의 명지로 그 새끼손가락을 톡톡 치면서 말하였다.

"그 Q상점의 오 여사로 말하면, 사장님의 요고란 말예요. 요고 아시죠? 요새 돈 많은 사람들 으레 하나씩 덤으로 갖고 있는 것 말예요."

오상철은 용하게도 말 한마디 더듬지 않고 있었다. 마 군은 척추가 각목처럼 쭈뼛하게 굳어졌고, 하여 순간적으로 상대의 따귀를 힘껏 후려치고 싶은 충동이 불같이 일어났다. 그가 조금도 더듬지 않고 있다는 사실이, 수음하다 들킨 때처럼 깊은 모멸과 공허한 배반감을 그에게 안겨주었기 때문이었다. 그러나 마 군은 갑자기 시선이 흐릿하게 막혀옴을 의식했다. 그가 고개를 들었을 땐 이미 오상철은 자리를 뜬 뒤였다. 열한 시 삼십분. 그는 밖으로 나왔다. 시간에 쫓긴 마지막 차량들이 쫓기는 졸개들처럼 기를 쓰고 시외로 빠져나가고 있었다. 마 군의 집은 모래내 쪽이었다. 마침, 그쪽으로 가는 버스 한 대가 앞에 지나가고 있었으므로 그는 재빨리 손을 쳐들고 소리 질러댔다.

"어어이, 스스톱 스토옵!"

그는 차를 따라 냅다 뛰기 시작했다. 그러나 버스는 정지는커녕 로터리를 휙 돌아서자, 꽁무니에 불 단 짐승처럼 더욱 기승을 떨며 달려가고 있었다. 마 군은 갑자기 자기가 나무로 만든 밤귀신처럼 느껴져 얼른 팔을 내리고 말았다. 그러자 정말 온몸이 굴비짝처럼 굳어져오는 것 같았다. 멀리서, 이 큰 도회의 밤을 독차지한 네온사인들이 거대한 어둠을 경멸하며 짓까불고 있었다.

사팔뜨기 바로잡기

　마 군은 그의 형, 즉 마규달(馬奎達) 씨를 경멸한다. 그것도 직장이라할 수 있다면 그의 형은 고향의 면사무소 농산계 서기다. 간혹 홀아비인그들의 아버지가 벌이고 있는 싸전에나 나가 철딱서니없이 됫박이나 밀어주면서 시골 구석에서 정강이 접치고 사는 형을 볼 적마다, 어쩔 수 없이 시동이 결정되어버린 한 인간의 무모한 타성을 뼈아프게 느끼곤 한다.더군다나 그의 '사팔뜨기' 얼굴을 대할 적마다. 마 군은 팽팽히 당겨놓았던 일상적인 긴장이나 주의력이 아주 희화적인 파문을 지으면서 무산되어버리는 데 견딜 수 없는 수모 같은 것을 느끼기 마련이었다. 고장난 조리개를 연상시키는 그 치사한 시선을 보고 섰을라치면 그 자신부터 어떤막연한 당혹감에 빠져버리곤 함이 아주 싫었다. 신명난다거나 청승맞다거나, 단 두 가지 의사밖에는 묻혀올릴 줄 모르는 그 표정만 보더라도 그가 얼마나 단순한 생활 개념 속에서만 살고 있는지를 모로 누워 봐도 짐작하고 남는 일이었다. 그리하여 나중엔 이 '형'이란 어휘 자체에 대해서도곤욕을 느끼는 입장이 되어버렸다.

　그 형이 이번에 상경한 것이었다. 그것은 좀처럼 없었던 노릇으로서,말하자면 아버지의 급작스러운 발병이 그 계기였던 것이다. 마 군이 미성물산에서 밀려난 지 보름인가 지난 뒤에 아버님께서 위독하시다는 전보가 날아든 것이었다. 그날만은 왠지 마 군은 초저녁에 집에 당도하였는데,건넌방에서 고입시(高入試) 때문에 요즘 밤을 거의 꼬박 새우다시피 하여열흘 굶은 거위 꼴이 된 동생이 벌써 그 전보를 받아 쥐고 눈두덩을 쥐어짜고 앉았던 터였다. 마 군은 삼 년 전에 뵈었던 아버지를 연상해보았다.

상고머리의 좁은 이마에 걸려 있는 그 고집스러운 주름살과 관자놀이 아래로 몰염치함을 느끼게 하는 근육이 상금도 두툼하여 넉살 좋은 건강을 유지하고 있던 아버지가 위독하다는 것이다. 마 군은 힘주어 당기던 문에서 고리만 쑥 빠져나올 때처럼 낭패와 공허를 함께 느끼었다. 불의의 일로 미성물산에서 밀려나긴 했지만 아니래도 그는 한 번의 하향을 작정하고 있던 참이었다. 회사 재직시 화공약품 거래업자 몇몇들과 친분을 터놓은 입장이었고, 또 약간의 형사적인 모험이 수반되는 조건들을 잘 요리해나간다면 돈도 모을 수 있는 여지가 엿보이는 사업임을 알고 있었다. 하여, 아버지에게서 우선 육칠십만 원만 얻어낼 수 있다면 혼자서라도 기업체 하나쯤은 일으킬 수 있지 않을까 하는, 허황하면서도 그러나 곰곰 생각하면 얼마든지 현실적인 가능성을 갖고 있다는 점에서 마 군의 전신은 또다시 점화의 불길이 뜨거웠던 거였다. 코흘리개 수리공 하나 데리고 있는 자전거포 주인도 다방에 가면 다 사장으로 불리는데, 그만한 자본이라면 그 따위 사장 뺨 치고 돌아가도 멱살 쥘 내 아들놈 없을 거였다.

아버지에겐 상당한 돈이 있다. 그러나 철저한 세월과 치사하게 싸워온 그의 아버지와 같은 무식한 시골 상인에게는 특유하고 맹목적이며 무딘 수전노 의식이 깊이 뿌리박혀 있음을 마 군은 안다. 그 '유휴 자본'을 따내려면 뭔가 드라마틱한 계기가 있어야 쓰겠는데, 하고 그는 지금 막 벼르고 있던 판국이었다. 마 군은 지체할 것 없이 후딱 밤차를 탔다. 이튿날 그는 느끼하게 쉰 기운이 감도는 시골 거리의 새벽 공기를 마시며 중앙곡물상회 앞까지 비교적 빠른 걸음으로 걸어갔다. 진흙탕물을 잔뜩 뒤집어쓴 채로인 가게 문 한편엔 '외상 사절'이란 형의 치졸한 글씨가 새벽 어스름을 비집고 들여다보였다. 그는 언뜻 요의(尿意)를 느끼고, 골목 어귀의 하수구에다 후련하게 오줌 줄기를 쏟아부었다. 문을 열고 들어서니, 형이란 작자는 이맛살을 한물간 상어 가죽처럼 쭈그러뜨리고, 굴신 못하는 아버지 머리맡에 덤덤히 앉아 있었으며, 형수는 시골 여자들 특유의 채신머리대로 콧물을 오질 앞에 징징 풀어대며, 아무짝에도 효험 없을 밈죽이나 좋이 달여 나르고 있었는가 보았다. 그런 답답하고 숨통 막힐 짓거리들이 마 군의 시선에 와 박히자 반사적으로 뒤통수께가 핑 하니 당겨지면서 전신의 신경이 곤두서기 시작했다. 그는, 담(痰)을 긁어올리느라 견골께가 쿨렁이고 있는 아버지를 적이 내려다보다 말고 말했다.

"형님, 어쩌자고 이 지경으로 만들어놨소?"

"……."

"글쎄, 시골 의사란 게 정말 의산 줄 알고 이 늙으신 분을 눕혀놓고 이렇게 버티고 앉아 있는 겁니까?"

사실, 마규달 씨는 버티고 있는 상태라고 말할 수는 없었지만 그는 동생의 이 말이 떨어지자 돌 맞은 암캐처럼 움칠하여 다시 몸을 사려 앉았다.

"그게 뭐예요? 빚이나 받으러 온 사람 모양으로."

형은 이제 더 이상 어떻게 할 도리가 없을 정도로 주눅이 들어, 앉은 자세가 아주 거북살스럽게 되어버렸다.

"그리고 병간호란 것도 그래요. 밈죽이나 끓여 나르며 차도를 기다리는 그런 전근대적인 사고방식, 이제 좀 버릴 때 되었다는 생각 못해봅니까? 아, 좀 좋으냐구요, 내가 서울에 있잖아요. 고속도로가 바로 코앞에 나자빠져 날 잡아잡수 하고 엎드려 있겠다, 택시 한 대 대절하면 그냥 스트레이트로 서울 일류 종합병원에 입원시킬 수 있다는 생각 왜 좀 못해보나요."

마 군은 흥분 탓으로 여윈 손잔등에 경련조차 일었다. 그것을 본 형은 척추를 더욱더 앞으로 구부러뜨리고, 그러나 한마디 변명을 늘어놓지 않을 수 없다는 듯, "원청 어른네가 못 가시겠다고 고집이시니 낸들 무슨 방도가……" 하며 말끝을 감아 삼켰다. 마 군은 콧방귀부터 텅 하고 나서, "내 얘기가 바로 그겁니다. 어른들이란 조약으로 등창 치료하던 습관 남아 있는 것 누가 모릅니까? 또 노인네들이란, 안 하시겠다고 고집하시는 것일수록 하고 싶어 하는 것이란 것쯤 알아먹어야지요."

마규달 씨는 다시 중언부언할 말이 없는가 보았다. 그는 주머니를 주섬거리며 뒤져, 금잔디 한 개비를 꺼내 입에 가져가다 말고 흠칫 놀라 일어서서 밖으로 나갔다. 정강이에서 우두둑 소리가 나는 걸로 보아 아마 심통깨나 나 있긴 한 모양이었다. 환자인 아버지도 두 아들의 대화를 해수(咳嗽)가 끊기는 간간이 흘린 콩 주워 담듯 실눈 감은 채로 듣고 있었는데, 딴은 바닥 훤한 데 나가 뒹군 놈이 속 한번 탁 틔었다고 생각하는 바였다. 그것이 감탄스럽기도 하고, 또 새벽같이 달려온 둘째 놈이 대견도 하여 어리광 비슷한 마음도 생기는 터라, 끙 소리 한 번 가슴속에 굴리며 모잽이로 돌아누웠다. 이불깃에서 느끼하고 서늘한 쉰 내음이 풍겨왔다.

마 군은 마루로 나가 택시 정류소로 전화를 걸었다. 근 오 분 정도 신호가 계속된 다음에서야 새벽잠에 감긴 목젖을 훑어내느라 서너 번이나 헛기침을 토해내더니, "누굴 찾나요?"라고 대답했다. '이런 망할 촌것들의 전화 받는 태도란', 마 군은 심사가 뒤틀렸지만 꾹 참고 말했다.

"서울까지 갈 테니까 기름 만땅구 넣어가지고 중앙곡물상회로 와주시오. 아, 여보시오. 지금 요금 흥정할 시간 없어요. 오기나 빨리 와요. 당신들하고 입씨름할 입장 못 되는 사람이오."

마 군은 전화를 끊고 형수를 불렀다. 부엌 문설주 뒤에 숨어 시동생 하는 양을 훔쳐보던 형수는 소스라치게 놀라 시동생 앞으로 걸어갔다. 속옷 아래로 드러난 형수의 아랫종아리가 회갈색으로 메말라 있었다. 그것은 이상하게 엷은 비애를 느끼게 해주는 것이어서 마 군은 음성을 조금 누그러뜨리고 "서울 갈 준비 서두르세요. 형수가 따라가도록 하세요"라고 일렀다. 그리고 그는 방 안으로 들어갔는데, 방 아랫목 구석에서 콧물을 열 발이나 빼물고 앉아 뽀빠이 과자를 먹고 있던 다섯 살배기 조카란 놈이 발딱 일어서면서, "야, 울 할배 택시 타고 서울 간다"라고 소리 질렀다. 그러나 누구 하나 대거리해주는 사람 없자, 대뜸 야코가 죽어 문고리를 잡고 삼촌 눈치만 살폈다. 마 군은 백 원짜리 한 장을 꺼내 그놈 앞으로 풀썩 날렸다. 죽은 듯이 누워 있던 환자는 언제 그것을 보았던지, "경성엔 지폐도 흔쿠나"하고 끄르륵 담을 끓여올렸다. 그사이 차는 집 앞에 와서 붕붕거렸고 마 군은 어름서름할 것 없이 아버지를 들쳐업어 차에 태웠다. 형은 넋 띄운 사람처럼 엉거주춤하니 길모퉁이에 서서 동생 하는 양을 바라보고 섰더니, 정작 마누라도 같이 차에 오르자 그제야 수탉처럼 쭈르르 수선을 피우며 달려와서는 뒤 차창을 다급하게 두드리며 일자 소식 어쩌구 하고 마누라에게 당부하였다. 마 군은 뒤돌아보지 않고 운전사를 재촉하여 쏜살같이 달려와버렸다. 그러나 막상 외기를 쐬자 아버지는 심한 기침을 토해내기 시작했다. 공연한 허세로 오히려 늙은이를 그르치지 않을까 하는 염려가 없지는 않았으나 이왕 내친걸음이었으므로 운전사를 재촉할 따름이었다.

아버지가 겨우 엷은 수면에 잠기자, 마 군은 예의 수첩을 꺼내 들었다. 몇 장을 뒤진 끝에 그는 대학병원에 근무하는 고등학교의 동기 한 녀석을 찾아내는 데 성공했다. 녀석은 피부비뇨기과 근무였으나 입원 수속에서부터 입원비 깎는 일, 전망 좋은 방을 구해내는 자질구레한 일까지 도맡아 해주어서, 마 군은 흐뭇하였고 아버지께 체면도 세웠다. 입원한 지 일주일 되는 날부턴 호흡부터 정상으로 되돌아갔다.

병은 매우 빠른 속도로 회복되어갔다. 보름이 지나자 병기는 씻은 듯이 가시게 되었다. 내일이면 퇴원해도 좋다는 담당 의사의 통고를 받고 집에 돌아온 날 저녁, 형이 서울에 도착했다. 건넌방에 있던 동생이 대문을 끄르다 말고, "어이! 작은형, 큰형 왔어" 하고 게걸게걸 소리 질렀던 거였다. 마 군은 마루로 나가면서 "형 와요?" 하고 건성으로 말하고 그냥 섰는데, 마규달 씨는 마당 가운데서 또 담배라도 찾는지 주머니를 뒤지며 서 있었다.

"도대체 뭘 하고 있어요? 고양이 새끼들 모양으로 담 밑에서 사람 만날 작정이세요?"

마 군은 다시 부아를 퍼부었다. 건넌방께로 시선을 주고 있는 것으로 보아 형수나 조카 녀석을 찾는 모양인데, 약삭빠른 막냇동생이 그 눈치 얼른 채고는 입원실 시중 때문에 병원에서 먹고 잔다고 대충 외어바치고 있었다. 그제야 형은 마루로 올라섰으나 동생 방으로 건너가서 아버지의 근황에 대해서 미주알고주알 캐어묻는 모양인데, 마루가 격하여 마 군 방까진 잘 들려오질 않았다. 마 군은 불현듯 자기가 형에게 그토록 냉담하게, 그리고 그토록 면박해야 할 아무런 실제적 건덕지나 까닭도 없다는 데 생각이 닿았다. 이상하게 굳어져 있는 형에의 가해 의식, 또 그런 면박을 주는 쪽이나 받는 쪽이 너무나 천연스러움으로 굳어져 있다는 사실이 가벼운 불안으로 그를 엄습해왔다.

사실, 마규달 씨로 말하라 한다면 그는 절대로 동생이 두려운 건 아니었다. 막연하긴 하지만 동생 앞에 서면 오히려 자기 편에서 선명한 차단성을 느끼는 터였다. 자기가 사팔뜨기란 사실의 다행스러움이 유독 동생을 만나면 명백하게 의식되어오곤 했는데, 그것은 양미간에 똑바로 박힌 동생의 비릿하고 무모한 냉기로 찬 시선에 맞닥뜨릴 적마다인 것이다. 언제부터인가 그는 동생 일방에 의해 그 자신 전부가 무자비하게 좌절당해버린 것 같은 어처구니없는 피해 의식을 갖고 있을 뿐이다. 그것은 자기가 동생을 사랑하고 있다는 마음이 간절할수록 더욱 그러하였지만, 동생 마규식의 입장에서 볼 때 형은 어디까지나 머저리에 속하는 인물일 뿐이었다. 그것은 아버지 앞에서도 늘 그러하였다. 아버지의 퇴원 수속을 치르느라고 서무과와 담당 의사를 찾아다니는 등 하는 중에도 형은 형수에게는 시선 한 번 주는 법 없이 간호사가 갖다주는 의자도 사양하고, 병실의 그 무미건조한 흰 벽을 배경으로 서 있는 품이 흡사 외국 선교사가 조리개를 잘못 맞춰 찍은 이조 말엽의 우체부 사진 같아, 마 군은 어쩔 수 없이 그를 무시하는 눈초리를 다른 사람들에게 보일 수밖에 없는 거였다. 형수 편에서도 아이 달래랴, 시아버님 시중들랴 하는 중에서도 오랜만에 만난 남편이라 치사한 것 가릴 것 없이 괜히 콧잔등을 치근거려 콧물을 짜내선 치맛자락에 팽팽 풀어대는 것으로 하소연을 대신하고 있었는데, 그녀는 그 짓에 대한 간호사의 주의도 들었지만 그녀 편으로 봐선 사당년이 아니고서야 호들갑스럽게 손수건을 갖고 다니며 닦고 자시고 할 수 없다고 생각하고 있었으므로 주위에 대한 부끄러움은 없었다. 마 군은 그런 형 내외의 몰골과 처신의 우스꽝스러운 꼬라지를 볼 적마다, '내 고향이 저기인가'라고 생각하는 것조차 싫어지는 거였다. 피부비뇨기과에 있는 친구 녀석이 정문까지 따라나와 깍듯이 배웅하고 돌아서는 길에 마 군에게 귀엣말을 씨불였는데, "여, 너의 형 참 무던하신 분이구나"라고 말했을 때, 그는 관자놀이가 뜨거웠다. 더욱이나 아버지를 일단 집으로 옮겼을 때, 마규달 씨는 다시 아버지 머리맡으로 가서 예의 꾸부정한 자세를 취하며 앉았는데, 그것을 본 마 군은 이젠 허탈감에 빠져버린 것이었다. 그러나 아버지는 이제 누워 계시는 것엔 신물이 날 정도로 건강이 회복되어 있었으므로 아직도 병자 취급인 아들의 태도가 오히려 비위에 거슬려, "인제 괜찮다. 니 일이나 봐라" 하며 손을 내저었다. 그의 회춘은 온 가족을 기쁘게 했다. 마 군은 적어도 내일쯤은 아버지께 그 '자금' 건을 이야기하기로 맘먹었다. 내침을 당하여 마루로 나오는 마규달 씨의 얼굴도 기쁨으로 상기되어 있었다. 그는 마루 귀퉁이에서 서성거리는 마누라 옆으로 가서 슬쩍 꼬집었다.

"왜 그래여?"

"오늘은 나가 자자."

"나가 자요? 워디로?"

"내 아까 들올 때 봤는데, 바로 요 앞 골목 앞에 여인숙 있드라."

"아이고, 망측도 해라. 집 나두고 여우 새끼매로 워딜 가여?"

"이런……내 말끼 몬 알아먹나?"

그녀는 남편의 이맛살에 불그스름하게 서린 철딱서니없는 욕기를 읽고 생전 없던 부끄럼을 느낀다. 남편의 그런 느닷없는 제안이 결코 싫은 건 아니었다. 그러나 그녀는 다그쳐 물었다. 뭔가 확인하고 싶은 마음이 된 것이었다.

"인제 머라 캤넌교?"

"귓구마리 막했나? 내 말끼 아즉 몬 알아먹었나?"

"아버님 저렇게 나두고 어딜 가여? 짐작 없게."

그녀는 이렇게 말하며 마규달 씨의 옆구리를 꾹 꼬집었다. 남편은 입이 열 발이나 빠져 열없게 돌아섰다. 그때 문이 열리며 마 군이 마루로 나타났는데, 형수는 못된 짓거리 하다 들킨 아이처럼 얼굴이 홍당무가 되어 뜰로 나갔다. 마 군이 마루로 나온 건 그들의 대화를 진작부터 방에서 다 듣고 있었기 때문이었다. 하여, 그는 이 짐작 없는 형에게 한마디 안 할 수 없었던 거였다. 잡은 개구리 놓친 놈 형상으로 서 있는 형을 향해 그는 말했다.

"형님, 이젠 좀 사리 판단도 할 줄 아세요."

그때, 형은 놀랍게도 동생 앞에 허리를 곧바로 세우고 단호히 말했던 거였다.

"이런 좋은 날 한번 안 하고 언제 하노?"

순간, 형의 눈동자가 양미간에 똑바로 박혀들어가는 걸, 마 군은 보았다. 그런 형의 얼굴 두 눈에서 마 군은 말할 수 없는 신선한, 가을날 새벽 우윳빛 안개에 잠긴 녹색의 배추밭처럼 시리도록 신선한 한 인간의 진실이 도사리고 있음을 보았다.

우리들의 마 군은 드디어 교활한 그의 전의가 어깨쯤에서부터 벗겨져 내려가는 허탈감에 빠져 찬물 먹다 체한 때처럼 아득해지는 시선을 발아래로 떨구었다.

# 도깨비들의 잔칫날

올해로 갓 사십대에 올라서는 한명수(韓明洙)는, 일정한 주거지나 직업도 없는 쭉데기 인생이었다. 떡부엉이 같은 조상붙이라도 있어주어 세전지물이나 파먹고 살아가는 팔자 늘어진 샌님 축에도 끼이지 못하는 한심한 인생이었지만, 혈혈단신 홀아비라는 입장만 **빼놓고는** 하루하루 살아가는 데는 아무런 불편을 느끼지 않고 있었다. 두 눈을 잡아먹을 듯이 부릅뜨고 설치는 사람들도 아우성 일변도로 살아가는 이런 판국을 그는 한 치의 조급한 기색 없이 유유자적하였다. 그는 일대를 풍미하는 영웅호걸도 아니요, 만인의 입에 회자되는 독보적인 예술가도 아니다. 다만 한명수는, 보는 사람으로 하여금 때로는 정중하고 적당히 보수적인 사고방식의 사나이일 뿐이다.

오늘 아침 역시, 그는 양복을 말끔히 차려입고 구두를 윤기 나게 손질한 다음, 집을 나섰다. 대문을 나서면서 수첩을 뒤적거려보았다. 신문회관과 신세계화랑 두 곳에서 미술 전람회가 열리고 있다고 적혀 있었다.

그는 신문회관 쪽으로 가볼 작심을 하고 버스에 올랐다. 러시아워를 벗어난 오전 열 시쯤의 버스 속은 후줄근하게 한산했다. 그는 달리는 버스 속에 앉아서, 길거리를 바쁘게 오가는, 철저하게 바쁘고 철저하게 도전적이고 철저하게 궁색스러운 시정인들의 얼굴을 회심을 담은 느긋한 표정으로 바라보았다.

인구 팔백만을 숨 가쁘게 오르내리는 이 거대한 도시의 시민 중에서 유독 자기 하나만은 그들을 먼발치에서 감상하는 입장에 놓여 있다는 사실이 팔백만 원의 복권 당첨이 떨어진 행운에 비길 것만 아니라고 그는 생각했다. 버스가 동대문을 지나고 청계천을 달려 조흥은행 본점을 좌로 끼고 회전하여 끼익하고 정차할 때까지 그는, 서민 금융의 적금을 붓기 위해서, 깎아놓은 밤 같은 소생들을 사립 국민학교에 보내기 위해서, 건넌방에 또 하나의 냉장고를 들여놓기 위해서, 완전한 사기를 치기 위해서, 남의 땅을 교묘히 가로채기 위해서, 동료들 모르게 과장에 승진하기 위한 운동을 위해서 이리 뛰고 저리 뛰는 시정인들을 시종 조롱에 찬 시선으로 바라보았다.

그는 버스에서 내렸다. 그리고 무교동 골목을 걸어나와서 신문회관 쪽으로 정중하고도 준엄한 체모를 갖추어 걸어갔다. 희멀건 아침 해가 때 묻은 빌딩 어깨 위에 걸려 있었다. 그는 공복감을 느꼈다.

신문회관 아래층 화랑에서는 근간 외국에서 귀국한 어떤 젊은 화가의 작품들이 전시되고 있었다. 그의 귀국 전시 축하회 모임은 오전 열한 시부터였다. 화단의 원로 혹은 그의 가족·선후배 관계에 있는 사람들, 신문사의 기자들, 비평가들, 모두 팔구십을 헤아리는 저명인사들이 좋은 음식과 맥주, 음료수 들이 아름답게 진열된 커다란 테이블을 가운데 두고 환담하고 있었다.

입구에는 방명록을 앞에 놓고 오뚝이같이 고개를 발딱 치켜든 여자가 앉아 있었다. 한명수는 그곳을 지나쳐 한 무리의 사람들 속으로 자연스럽게 섞여들었다. 모든 사람들이 그가 섞여든 것에 관심을 보이는 기색은 없었다. 그는 우선 테이블 한편에 놓인 빈 맥주잔 하나를 집어들었다. 그때, 말끔하게 차린 한 사내가 재빨리 다가와서 맥주병을 들어 그의 빈 잔을 콸콸 채워주었다.

"늦으셨군요."

사내는 하얀 치아를 드러내며 계집처럼 생긋 웃었다.

"사무실엘 먼저 들렀어요. 수요일은 항상 바빠지는군요."

한명수는 수선을 피우며 잔을 입으로 가져갔다. 사내는 금방 허리를 약간 굽혀 보이고 한 무리의 여자들 속으로 걸어들어갔다. 그는 아마 이 축하회의 발기인 멤버인 모양이었다. 이런 곳에 오면 발기인 멤버들은 당장 알아차릴 수 있다. 어느 모임이든 그 발기인들이란 게 그랬다. 필요 이상으로 바쁘게 돌아다니고, 조그만 실수에 필요 이상으로 낭패의 표정을 지으며, 공연히 땀을 질질 흘리고, 필요 이상으로 왔다갔다하며, 아무에게나 친절하고, 말을 걸면 금방 숨넘어갈 듯한 표정으로 대답한다. 그렇게 하지 않으면 누가 자기들 얼굴에 똥칠을 하겠다고 공갈 협박이라도 하는 듯이.

한명수는 맥주잔을 든 채, 축하 케이크가 놓여 있는 자리로 갔다. 케이크는 집어 먹기 알맞은 크기로 잘려 있었지만, 누구 한 사람 손을 댄 흔적은 없었다. 그는 그중 몇 개를 집어 유유히 입으로 가져갔다. 어느 누구도 그의 행동을 유심히 지켜보는 사람은 없었다. 그는 깡마른 케이크로 목이 메지 않도록 간혹 맥주로 목을 축였다. 시장기가 서서히 메워지는 것 같았다. 이젠 그만 메워도 되리라. 아무리 먹어도 한이 덜 차는 토종돼지 창자는 아니니까. 그 순간, 한명수는 이상하게 섬뜩한 느낌이 들었다. 무엇인가 그의 뒷덜미에 스멀스멀 엉겨붙는 느낌이 그것이었다. 그는 당장 그것을 알아차렸다. 누가 자기의 행동을 유심히 바라보고 있는 게 틀림없었다.

그는 오랜 경험으로 그것을 안다. 얼른 그쪽으로 시선을 돌려보았다. 그 여자였다. 한명수는 자기의 예민한 직감에 다시 한 번 회심의 미소를 지었다. 그녀는 출입구에 있는 책상 위에 안내장을 쌓아두고 한 장씩 나누어주고 있었다. 한명수가 그쪽으로 시선을 돌리려는 찰나에 그녀 역시 재빨리 시선을 거두어 창밖으로 흘려보냈다.

그러나 그런 것으로 오줄나게 당황할 한명수는 아니었다. 그가 당황하지 않았다는 말은 오히려 그녀가 한명수에게 걸려들었단 말도 된다. 그는 그녀를 일단 무시해두고 전시된 작품들을 차근차근 감상해보기로 작정하였다. 이 화가는 요사이 신문 같은 데 자주 오르내리는 초현실파인가 추상파라든가, 하여튼 그쯤 되는 모양이었다. 어느 쪽이 아래인지 알 수 없는 '핵69', '용적', '비례', '연상1974' 같은 제목부터가 낯설고 변덕스러운 그림들이 거의 전부였다.

그러나 그는 대국 중인 기사(棋士)처럼 그림 하나하나에 적당한 시간을 할애해가며 감상하는 척하였다. 그때 뒤에서 나직한 한 여자의 목소리가 들려왔다.

"선생님, 전 정말 추상이 뭔지 모르겠어요."

"무식하군!"

한 사내가 그녀의 말을 받았다.

"유식한 얘기 좀 들려주세요 그럼."

"화나지 않았다면."

"그래요, 화나지 않았어요."

"추상화는 우선 대상 회화와 비대상 회화로 크게 나눌 수 있겠지…….
바꾸어 말하면 대상의 형태나 정서적 이미지를 끌어내어 구성하는 경우
와 대상에 관계없이 심적인 이미지를 그리는 경우로 말이야……. 어떤
경우이든 보는 사람으로 하여금 일정한 형태와 반향을 자연스럽게 부력
(浮力)시켜줄 수 있다면 추상화로서의 일차적인 성공은 거둔 셈이
지……. 〈핵69〉를 보아요. 막연은 하지만 팽팽한 생명력을 강렬하게 풍기
고 있잖아? 그림의 중심부로 들어가면서 그 생명력은 서로 유연하게 어울
려 유희하고 있다는 느낌이 들거든……. 좋은 작품이야. 벌써 대상을 극
복하고 있단 말씀이야."

"정신화(精神化) 말씀이시군요?"

"그런 말이지."

한명수는 다시 테이블 쪽으로 걸어가서 맥주를 부어 마시기 시작했다.
그녀가 다시 그를 힐끔 훔쳐보았다. 그 안경잡이 여자는 한명수를 의심하
고 있는 게 틀림없었다. 의심을 받고 있다는 사실에 한명수는 처음으로 희
미한 불안을 느끼기 시작했다. 그는 하루하루를 살아가는 데 아무런 불편
이 없다. 그러나 이런 의심을 자주 받게 된다면, 그의 유유자적은 조만간
붕괴되고 말 것임에 틀림없었다. 자기도 모를 모종의 중대한 실수가 저 여
자에 의해 발각되고 말았음을 직감했다.

그는 지금 당장 이 중대한 과제를 해결하지 않으면 안 되겠다는 조짐이
들었다. 자기의 어떤 점이 그녀로 하여금 이 축하회의 불청객이란 딱지를
붙이게 만들었을까. 그러나 그것을 알아낼 재간이 없었다. 신사복은 말끔
하였고 구두, 와이셔츠도 그랬으며, 머리도 정갈하게 빗어져 있었다. 모든

것은 완전했다. 그런데도 의심을 받게 되다니. 그는 매우 심각한 위기가 자기에게 닥쳤음을 의식했다. 그러나 한명수는 전람회장을 빠져나가야겠다는 어리석은 생각은 조금도 하지 않았다.

그는 잔을 내려놓고 천천히 그녀에게로 다가갔다. 그가 탁자 앞에 가서 우뚝 서자, 그녀는 전연 의외라는 표정의 얼굴을 발딱 쳐들었다.

"안내장 한 장 얻을 수 있을까요?"

그는 탁자 위에 쌓여 있는 안내장을 가리키며 낮고 정중한 목소리로 말했다. 한명수는 의기가 소침해지지는 않았다. 그녀와의 대면에서 그가 설령 아침의 빈 창자를 채우러 온 뜨내기 불청객이란 것이 드러난다 할지라도 그것으로 유치장 신세를 질 리는 만무하기 때문이었다. 다만 한 번의 창피를 감수한다면 그녀에게서 자기가 가짜로 보인(자기는 도저히 알아낼 수가 없었던) 취약점을 발견하게 될 것이기 때문이다. 전람회나 연회장은 이 넓고 넓은 서울 시내 어디에서고 간단없이 열리고 있으며, 그 연회장마다에 그녀와 같은 감시자는 있기 마련인 것이다.

그는 빙긋이 웃고 서 있었다. 그의 여유만만하고 오만한 태도에 그녀는 흠칫하는 것 같더니 안내장 한 장을 집어 건네주었다. 한명수는 그것을 받아 탁자 위에 펴놓고 들여다보았다. 그는 한참 그렇게 하다가 손을 턱으로 가져가며 혼잣소리처럼 말했다.

"역시 그랬었군! 내 생각이 착오였어."

그녀는 전시장 안쪽으로 돌리려던 시선으로 재빨리 거두어 그를 쳐다보았다.

"뭐 잘못된 곳이 있습니까?"

그녀는 한명수가 펴놓은 안내장으로 시선을 가져가며 이렇게 묻고 있었다.

"아뇨, 그게 아니구……〈아동〉이란 작품은 김 선생이 도불하기 전에 제작한 것이 아닌가 해서요. 약간 경향이 달라요……. 로맨틱한 감각이 있단 말씀이에요."

물론 중뿔나게 그림을 알아서 지껄인 말은 아니었다. 관람객들 중에 누가 하던 말을 그대로 옮긴 것뿐이었다. 물론 그런 말은 그녀를 안심시키는 결정적인 계기가 될 것이라는 계산 때문이었다. 그를 빤히 쳐다보던 그녀가 그때 발쑥 웃었다. 발쑥 웃는 그녀의 볼따구니에 발갛게 홍조가 배어나왔다.

"전 깜짝 놀랐어요. 혹시 뭐가 잘못된 게 아닌가 하고요."

"원 별말씀을 다 하시는군."

그녀가 다시 말했다.

"선생님, 제가 당돌하지 않다고 생각하신다면 말씀 올릴 게 있어요."

"무언데요?"

진지하고 성실한 표정으로 한명수는 이렇게 물었다. 물론 미소를 곁들여서.

"커피 한잔 대접하고 싶네요."

이렇게 쫑알거리는 그녀의 뽀얀 두 볼은 다시 발개졌다.

한명수가 말했다.

"좋습니다. 여기 지하 다방 있지요?"

"그렇게 해주시겠어요?"

"아가씨의 청을 물리칠 수야 없지요."

그는 빙그레 웃었다. 그녀가 일어서더니 한 무리의 여학생들 쪽으로 또

각또각 걸어갔다. 그중에 한 여자를 붙들고 뭐라고 말하자, 금세 카르카르 웃는 소리가 들렸다. 그녀는 금세 되돌아왔다.

"가세요, 말미를 얻었어요."

그들은 전시관 바로 옆 건물의 지하 다방으로 내려왔다. 다리가 허옇게 굵은 레지가 가져온 커피를 저으면서 그녀는 비로소 쿠룩쿠룩 웃기 시작했다. 웃으면서 그녀가 입을 열었다.

"선생님, 우스운 말 한번 할게요."

다방 안을 뚜릿거리던 한명수가 그녀의 이마에다 시선을 바로 꽂으며 말했다.

"그 말 들으려고 예까지 내려온 것 아니오?"

"혹시 기분 건드리게 해드릴까봐…… 그만두겠어요."

"공연히 사람 안달하게 만들지 말아요. 아무 말이라도 좋으니까. 난 젊은이들의 그 발랄하고 꾸밈없는 태도가 기분에 맞는 사람이오."

한명수는 그러나 정중한 태도를 잃지 않으면서 이렇게 말했다. 그녀는 아직 마시지 않은 찻잔을 한 손으로 빙글빙글 돌리며 시선을 탁자 모서리에 박고 한참이나 주저하고 있었다.

"전 맨 첨에……그런 연회장에 나타나는 케이크 부대라는 거 있잖아요? 그런 분인 줄 알았지 뭐예요."

이렇게 말을 뱉은 그녀는 잠시 몸둘 바 몰라 하였다.

"우허, 그래요?"

그가 너털웃음을 흘려놓자 여자는 난처한 입장에서 벗어난 듯 발그레 웃었다.

"허허, 아가씨의 솔직한 태도에 퍽 호감이 가는군!"

"저도 선생님의 솔직한 태도에 호감이 가더라구요."

"내가 솔직하였다니?"

"선생님, 오늘 아침엔 어떤 일로 해서 아침을 굶으셨죠?"

"어? 그걸 어떻게 안다지?"

"저의 추측이 틀림없군요. 이만하면 관상대에선 일급 예보관이죠?"

"아니? 그걸 어떻게 알아요?"

"간단하죠 뭐. 명사님들은 배에서 쪼르륵 소리가 나도 연회장에서 케이크를 드시진 않는단 말예요. 그런데 케이크를 드시는 선생님을 뵈니까 왠지 신선한 느낌이 들더라구요."

"신선하다?"

"그렇지 뭐예요? 체면 때문에 하고 싶어도 못 하시는 일들이 얼마나 많아요."

"그것뿐일까?"

"네, 그것뿐이에요. 정말이에요."

"아가씨도 신선하군요. 그런 솔직 담백한 성격이."

"감사합니다. 선생님, 그러니까 찻값은 제가 계산해도 좋죠?"

"좋아요. 나도 오늘 하루 일이 아가씨로 하여 슬슬 잘 풀려나갈 것 같군. 기분 좋은 아침이오."

두 사람은 밖으로 나왔다. 그리고 다방 앞에서 헤어졌다. 그녀는 다시 전시장 안으로 바쁘게 걸어갔고, 한명수는 서대문 쪽으로 걸어갔다. 그녀가 헤어지면서 명함을 달라고 졸랐으나, 내일 다시 전시장에 오게 될 것이라는 말로 얼버무렸다. 걸어가면서 그는 트림을 한두 번 끄르륵끄르륵 하였다. 맥주 냄새가 코가 찡하도록 한입 물렸다가 아랫배 깊숙이로 가라앉았다. 그는 담배를 붙여물었다. 희부연 태평로의 허공에다 연기를 훅 내뿜었다. 연기는 그의 입에서 뿜어져나와 서울의 허공 속으로 자취도 없이 스며들었다.

많은 시정인들이 그의 어깨를 스치고 지나갔다. 그는 조롱에 찬 시선으로 그들을 한동안 서서 바라보았다. 저만치 조간신문 게시판이 보였다. 그곳으로 천천히 다가갔다. 그리고 바싹 붙어 서서 차근차근 기사를 읽기 시작했다. 여덟 면 전부를 읽자면 꽤 시간이 걸릴 것이었다. 일 면에서 IPU 총회가 동경에서 열린다고 대서특필하고 있었다. 중고등학교 등록금이 인상된다고 개탄하고 있었으며, 이탈리아라는 나라의 인플레와 영국 철도의 파업 기사도 있었다. 국제적이고도 경이적인 경제 공황에 대해서 한 대학의 저명한 교수가 뭐라고 쇠발괴발 도표까지 곁들인 특집 기사가 경제면을 채우고 있었고, 그 아래는 갈현동에 사는 한 가정주부가 세탁비누 값에 대하여 잔뜩 볼멘소리를 토로하고 있었다. 교수의 사진은 이마가 시원스럽게 벗어져 있었고 갈현동의 가정주부는 콧날이 오뚝한 게 인상적이었다. 어떤 기사도 그에겐 흥미 없었고 자극적일 수 없었다. 적어도 시방 그의 배 속에선 서울의 일류 제과점의 일급 기술에 의해 제조된 영양가 덩어리인 케이크와 외국에서 수입된 원료로 외국에서 배워 온 기술진의 손으로 빚어진 맥주와 그리고 커피 한 잔이 서로 믹스되어 한창 소화되고 있는 이상, 세계적인 경제 공황 기사는 매우 쓰잘 데 없는 넋두리일 뿐이다.

다음이 문화면. 그는 비로소 수첩을 꺼내들었다. 신문의 문화면 기사를 신중히 읽고 메모해두는 일은 적어도 한명수의 일과에 있어선 매우 중요하다. 신문의 문화면은 아주 정확한 정보를 한명수에게 제공하고 있다. 많은 피로연과 축하연이 어느 곳에서 열리게 된다는 것을 착실하게 예고한다. 피로연 석상에서 직접 정보를 얻기도 한다. 그런 곳만 불나게 참석하는 몇몇 인사들의 낯짝도 그는 알고 있다. 그들은 그곳에 모여 서서 모임의 뜻과는 아무런 관계도 없는, 장관이 곧 갈리게 될지도 모르고 누가 외국엘 나간다는 잡소리만 중구난방으로 지껄이다간 차를 몰고 휙 달아난다. 그는 달아났지만 그가 남긴 명함은 이십여 개가 더 넘는다.

한명수는 수첩을 구겨넣고 갑자기 게시판 앞을 물러나 걷기 시작했다. 마신 맥주 탓으로 요기를 느꼈기 때문이다. 요기를 해결할 화장실은 저만치 백 미터 밖에 자리 잡고 있었다. 대성빌딩이 바로 그곳이다. 거기엔 각 층마다 깨끗하게 닦인 수세식 변기가 그를 기다리고 있다. 그는 대소변을 대성빌딩에서 함께 해결하기로 작정한다.

한 달치 분뇨 수거 수수료를 오백 원 가까이 물어야 하는 그의 면목동 안집 할망구는 칠월 장마에 굵은 참외 덩치만 한 누런 쇠 자물통을 측간 문설주에 꿰달아놓았다. 열쇠는 그 할망구의 속옷 주머니에 차고 있었다. 그 열쇠를 한 번 얻어내자면 상당한 인내심이 소모되어야 한다. 할망구는 사격 선상에 엎드린 사격병들을 훈련시키는 통제관처럼 절대적인 권력으로 그 열쇠를 다스린다.

"한 씨, 머이 그리 먹은 게 많수? 이 각박한 세상에 좀 작작 드시우."

방값을 제때에 지불 못하는 그로선 할망구의 잔소리를 묵묵히 감수해야 한다. 방에 들어가기보다 더 어려운 곳이 그 변변치 못한 변소란 데였다. 그가 오래전부터 대소변을 밖에서 해결하고 있는 데는 그런 치사한 이유가 밑에 깔려 있다. 물론 한명수에게도 오기는 있었다. 고급한 음식으로만 먹어 만든 물건을 순 납작보리쌀 아니면 간고등어 토막이 기껏인 음식으로 만든 물건들과 한곳에 버릴 수 없다는 오기가 그것이었다. 적어도 한

강물이 올라와서 깨끗하게 씻어주는 사기 제품 변기에 그것을 싸제껴야 격인 것이다. 팔자란 알고 보면 길들이기 탓이니까. 그 철리를 한명수는 지금은 미국이란 나라 미시간 주에 시집가서 살고 있는 할망구의 딸에게서 터득한 바 있었다.

그녀는, 미국으로 이민 간 교포 청년에게 시집가기 전까지는 청계천에 자리한 어느 조그만 자동차 매매 중개업체의 경리 사원이었다. 멸치 반찬이 든 도시락을 열심히 싸들고 캥거루처럼 엉덩이를 깝죽대며 착실하게 출퇴근하던 그녀가 어느 날, 한 장의 사진을 꼬나들고 집구석으로 쳐들어왔다. 주인공은 재미 교포였다. 그놈의 사진이 어떻게 그녀의 손에까지 날아들었는지는 알 수 없었다. 아마 골 빈 동료 직원 녀석이 소개한 것으로 짐작될 뿐이었다. 할망구의 얘기로는 자기 딸은 벌써 오래전부터 그 사람에게 시집가기로 작정하고 미국에서 초청이 떨어지기만 기다렸다는 것이다.

"아아니, 사진만 보고 재미 교포란 것만으로 결혼할 작심을 했단 말이오?"

허영에 눈이 어두워 심순애가 된 딸에 덩달아 동조 흥분하는 할망구가 하도 어처구니없어 한명수는 이렇게 물었다.

"여보시우, 한 씨."

할망구는 이렇게 말했다. 재일 교포와 재미 교포는 근본적으로 다르다는 것이었다. 재일 교포는 무식한 놈들이 많아서 썩어 자빠진 배우나 가수 나부랭이들을 무턱대고 좋아하지만, 재미 교포는 그보다는 성실하고 생활력 있고 물들지 않은 고국의 여자들을 한결 좋아한다는 것이다. 또 연애 결혼을 한다고 해서 일생 동안 싸움 한 번 하지 않고 살아간다는 보장은 없으며 중매해서 맞선으로 결혼한다고 해서 헤어지지 않는다는 보장이 어디 있느냐는 것이었다. 어떤 놈과 어떤 방식으로 붙어 살든 살아가다가 보면 툭탁거리고 지지고 볶고 하기는 마찬가지란 것이다. 세상사가 다 그럴진대, 설령 좀 모자란 놈이라 할지라도 미국에 가서 살고 돈 많은 사람과 결혼하는 것이 나쁠 것 하나 없다는 것이다. 통곡할 일이 있어도 장판바닥을 치고 우는 것보다는 침대 시트에 엎드려 우는 것이 리즈 테일러적이고 이혼을 당해 본국으로 돌아올 몸일지라도 먼지 뒤집어쓴 버스를 타고 비르르 쫓겨오기보다는 김포국제공항에 선글라스를 끼고 트랩을 내리는 것이 운명적으로 멋있는 일이 아니겠느냐고, 할망구는 접도 구역에 박아놓은 콘크리트 팻말처럼 꼿꼿이 서서 말했다.

"사람 팔자 길들이기 탓이라구요."

할망구는 마지막 말을 남기고, 쇠고기라면이 끓어오르는지 어미 캥거루처럼 엉덩이를 뒤뚱거리며 부엌으로 달려갔었다.

"길들이기 탓이라고 씨팔!"

한명수는 이렇게 혼자 중얼거리면서 그의 얼굴 앞에 늘어진 끈을 힘껏 잡아당겼다. 한강에서 뽑아올린 명경수가 그가 싸붙인 오물을 와그르르 밀어 또다시 다른 구멍으로 휘몰아가는 것을 그는 한참 동안 내려다보고 서 있었다.

한명수는 노숙한 걸음걸이로 대성빌딩을 걸어나왔다. 배 속이 착 가라앉고, 오금이 가뿐하였다. 그는 뚜릿뚜릿 골목길이나 살피는 짓거리를 하지 않고, 곧장 사진전이 열리고 있는 산업회관 쪽으로 걸어갔다. 신세계화랑에서 열리고 있는 미술전은 두 시간 후쯤으로 미룰 작정이었다. 아시다시피 열 손가락을 그대로 놀리고 살아가는 입장이었지만, 남고 남아 주체못할 시간을 공원 벤치에 앉아 공해로 좀먹어가는 찌뿌등한 서울의 하늘과 나무들을 쳐다보고 앉았다거나, 복덕방 노인들의 장기나 구경하는 식의 경로적(敬老的)인 방법으로 소일하지는 않았다. 그는 쉴 새 없이 전시관만을 찾아다닌다. 거기엔 반드시 새로운 지식과 빠뜨려서는 곤란한 정보가 도사리고 있기 때문이다. 알아야 면장을 한다는 말이 있듯이 사기를 치는 일도 모르면 모르는 그만치 서툴기 마련이다.

산업회관 사진전, 그리고 다시 두 개의 신문 게시판을 읽고 나니 시간은 오후 다섯 시가 가까워왔다. 그는 약간의 공복감을 느끼기 시작했다.

신세계화랑 쪽으로 걸어가면서, 한명수는 막연한 불안에 싸이기 시작했다. 오늘 저녁 식사를 해결하지 못할지도 모른다는 예감이 그것이었다. 칼도 안 가지고 간 꺼내 먹으려는 그의 허황하고 보장 없는 생활이 결코 순조로울 수는 없었다. 아침, 점심, 저녁 밥이 때맞추어 그 앞에 놓여지지는 않았던 것이다. 어느 날은 한두 끼를 굶는 수도 있었고, 또 어느 날엔 다섯 끼의 식사와 커피와 보름을 써도 남을 용돈까지 챙기는 때도 있었다. 그러한 경험이 교차되는 것을 알고 있는 한명수로서 저녁을 공칠지 모른다는 예감은 대단한 충격은 아니었지만 기분 나쁜 일임에는 틀림없었다.

그 화랑에서는 어떤 가수가 여기(餘技)로 그린 작품들을 전시하고 있었다. 관람객들이 화랑을 꽉 메우고 있었다. 화분도 많았다. 한명수도 역시 관람객들의 대열에 끼여들었다. 전시회는 오늘로 사흘째 되는데 작품 거의가 예약되어 있었다. 물론 그것은 놀라운 사실이 아니었다. 사람들은 이상하게도 화가가 그린 그림에는 정작 냉담한 반응을 보이면서도, 뽕짝 가수가 그린 치졸하고 유치한 그림 솜씨에는 아가리에 거품을 물고 칭찬할 뿐 아니라, 왕성한 구매욕을 보여주었던 것이다.

서당 개 삼 년에 풍월한다고, 한명수가 무식한 치한이기로서니 전람회장을 싸그리 섭렵하고 다닌 탓으로 어느 모로는 제 나름으로의 안목도 가지고 있었다. 그림들은 정말 유치한 발상에서 그려진 것들이었다. 그러나 그는 짐짓 진지한 태도를 지으며, 그림들을 감상하고 있었다. 그때 등 뒤에서 한 여자의 목소리가 들려왔다.

"여보, 빨리 결정하세요."

"내가 보기엔 저쪽의 〈해바라기〉가 좋은데?"

"응접실에 걸 거니까 아무래도 배경이 트인 것이 좋아요. 저쪽의 〈해변〉말예요."

"난 아무래도 '해바라기'가 좋아."

한명수는 뒤를 돌아다보았다.

그와 동년배로 보이는 부부가 그 뒤에 서 있었다. 한명수는 엷은 미소를 입가에 흘리며 그들의 대화에 자연스럽게 끼어들었다.

"응접실에 거실 거면 안정감을 주는 그림이 좋습니다. 오래 보아도 싫증 나지 않는 그림이면 더욱 좋겠지요."

다소 비밀스럽던 자기들의 대화에 느닷없이 끼어든 한명수를 그들은 잠시 저항을 느끼는 시선으로 바라보았다. 그러나 한명수의 입가에 배어 있는 침착한 미소와 차분한 목소리에 그들은 재빨리 적의의 시선을 거두었다. 그때, 여자가 말했다.

"여보, 그러지 말고 이 선생님께 선택권을 일임하면 어떨까요?"

남자가 다소 어색하게 웃었다.

"네, 그렇게 하십시오. 두 분께서는 서로 의견이 엇갈리시는 모양인데……, 이런 땐 제삼자의 중재가 좋은 해결 방법일 수도 있습니다."

한명수는 그들 곁으로 다가갔다. 여자에게서 향수 냄새가 났다. 그는 계속해서 지껄였다.

"제 안목이 안심하실 정도는 아닙니다. 다만, 좋으시다면 봉사해드리죠. 나도 이 방면에 종사하고 있습니다만."

그들 부부는 갑자기 예술가일지도 모를 이 젊은 신사를 앞에 놓고, 놀라움과 선망이 어린 시선을 보내었다. 사내 쪽에서 웃음을 거두고 경건한 자세를 취하면서 윗주머니에서 명함 한 장을 꺼내더니 악수를 청해왔다.

"김일진(金一進)이라고 합니다. 만나뵙게 되어 영광입니다."

"전 명함을 갖지 않았습니다. 한명수입니다."

"우리 집사람입니다."

여자가 고개를 끄덕이며 애교 있는 자세로 "선생님, 뵙게 돼서 기뻐요" 했다. 한명수는 예술적으로 허리를 굽혀 인사했다. 그는 명함을 안주머니에 받아 넣었다.

'기영산업 대표이사 김일진'.

명함에는 그렇게 쓰여 있었다.

"그림들이 재미있어요. 아직도 초보적인 데 그치고 있습니다만, 대상에 대한 소화력이 안정되어 있습니다. 가수가 틈틈이 이런 일에 시간을 할애하는 태도 자체가 장한 일입니다. 그림이 잘되고 못되고는 이차적인 문제지요."

한명수는 전시장을 휘둘러보며 이렇게 말했다. 〈해바라기〉와 〈해변〉으로 의견이 엇갈릴 사람들이면 이런 말로도 얼마든지 감탄하게 될 것이라는 계산을 속으로 하고 있었다. 물론, 그 부부 역시 이런 저명인사와 대화를 나누게 된 것을 영광으로 생각하고 있었다. 지금 한명수가 지껄인 말도 전문가가 아니면 감히 못 뱉어낼 말씀으로 알았다.

"저 그림이 어때요? 두 분께 권하겠습니다."

한명수는 무턱대고 앞에 보이는 한 폭의 그림을 가리켰다. 안락의자에 앉아 있는 소녀를 그린 것이었다.

"소재도 평범하고 구도 역시 평면적입니다만, 응접실엔 오히려 저런 그림이 부담감 없어 좋습니다. 오래 걸어두어도 싫증이 나지 않아요."

물론 부부는 그의 제의에 전적인 동감을 표시했다.

"선생님 말씀 들어보니까 수긍이 가는군요. 과연 대단한 안목이십니다. 저희 부부 싸움을 해결하셨어요."

"이거 하느님이 된 기분입니다, 하⋯⋯."

세 사람은 잠시 동안 서로 격의 없게 웃었다. 낮은 목소리의 웃음은 왠지 모르게 지적인 감흥을 동반한다. 그것을 한명수는 알고 있었다. 여자 편에서 접수처 쪽으로 바쁘게 다가가더니 거기 앉아 있는 장발의 청년과 무어라고 정중하게 대화를 나누었다. 곧장 청년이 일어서서, 그 그림에 다가가더니 금박지를 붙였다. 관람객들이 그리로 몰려서며 부부에게 선망의 눈길을 보냈다.

"십만 원 주었어요."

"잘했어."

여자가 한명수에게로 시선을 주었다.

"실례를 무릅쓰고 말씀드립니다만⋯⋯."

"무슨?"

"저희들 집으로 한 선생님을 모시고 싶어서요."

그러자 김일진이 거들었다.

"술이나 몇 잔 하고 헤어지고 싶군요. 어쩐지 쉬 헤어지기가 아쉽군요.

우리 집사람은 또 레스토랑 기피증에 걸려 있답니다."

한명수는 시계를 보았다. 그는 퍽 난처하였다. 이 짓거리를 하고 다니는 동안 남의 집까지 초대되어 하루의 끼니를 해결해본 경험도 이제까진 없었을 뿐만 아니라, 그들과 오래 대화를 나눌 동안, 부처 밑구멍 같은 자기의 본색이 탄로라도 난다면 큰일이겠기 때문이었다. 그러나 그들 부부를 떼어버리기엔 또한 딱한 처지였다. 어디 가서 저녁밥을 해결한단 말인가. 이 녀석의 집구석엔 안락의자가 있겠고, 양주가 있으며 양식의 저녁밥이 있을 것이며 미인인 부인의 서비스가 있을 것 아닌가. 그런 생각들이 한명수를 집요하게 잡아당겼다. 그가 오랫동안 주저하는 빛을 보이자, 김일진은 다소 무안한 표정이 되었다. 여자가 다시 끼어들었다.

"선생님, 거절하시지 마세요 제발. 저희들 무안하지 않게요."

"별말씀을. 그럼 저의 사무실에다 전화를 걸고 오겠습니다, 집에랑요. 두 분의 청을 뿌리칠 수 없군요."

"감사합니다."

부인이 소녀처럼 허리를 깊숙이 숙여 인사했다. 잠깐 기다려줄 것을 당부하고 한명수는 밖으로 나왔다. 그리고 옆 골목으로 들어가서 시계 점포 뒤에 잠깐 숨어 있다가 다시 전시장으로 들어갔다. 그들은 전시장 문턱에 서서 그가 돌아오기를 기다리고 있었다.

"먼저 오르십시오."

김일진이 이렇게 말하자, 검은색의 승용차 한 대가 인도 위에까지 올라와서 문을 열었다.

숙녀용 팬티스타킹과 브래지어류의 전문 생산 메이커인 기영산업을 이끌고 있는 예비 재벌 김일진은 매우 건전한 사고방식을 가진 기업인이었다. 소위 자수성가를 했다는 사업가들 중에는 파렴치한들이 많다. 어떤 식으로든 발생되기 마련인 기업 생태의 이상 기류를 교묘히 이용하여 매점매석 행위를 일삼고 출고 가격 조작은 다반사며, 선의의 경쟁 기업의 탈세 행위 내지는 반사회적인 동향을 탐색해서 사직 당국에 밀고하는 행위, 포장 중심의 제품 생산으로 소비자의 시선을 일시적으로 현혹시켜 구매욕을 자극시키는 행위, 경쟁 기업의 공장 부지 한 모퉁이를 매입해버림으로써 수억의 재산을 사장시켜버리게 하는 행위……. 이루 말할 수 없는 파렴치와 철딱서니 없는 시비가 오가는 퇴폐적인 기업 풍토와 그런 따위의 기업 윤리가 어떤 식으로든 먹혀 들어가고 있는 작금의 사회 풍조를 김일진은 개탄하여 마지않았다. 그런 파렴치 행위들도 일단 한 단계를 넘어서서 재벌이란 위치에 오르게 되면, 그 기업을 욕하고 경원시하던 사람들도 그의 부와 명예를 선망의 눈초리로 바라보기 마련이더라는 것이다.

"신용과 성실을 바탕으로 기업 윤리를 키워나가는 데 우리 회사는 온갖 정열을 경주할 뿐입니다."

김일진은 이렇게 말하면서 재빠르게 지나가는 거리의 저녁 풍경을 바라보고 있었다. 한명수 역시 진지한 표정으로 그의 논설에 귀 기울이는 척했다.

"거개의 회사들은 피고용주와 고용주의 관계가 악화되어 있습니다."

김일진은 열을 올려 지껄였다. 자기는 사장에서부터 사환에 이르기까지 항상 가족 이념을 불어넣는 데 노력한다는 것이다. 때문에 자기 회사는 사시(社是)니 사훈(社訓)이니 하는 따위는 아예 없다는 것이다. 우리는 그런 데 너무도 지쳐 있고 또한 무반응하다. 국민학교 일학년 때부터 급훈이 있었고 교훈이 있었으며 맹세니, 교육 주간, 무슨 주간, 주간, 그런 것의 연속이었다. 그래서 자기는 사시를 만들지 않았다. 그것 하나만 없어도 사원들은 자유를 느끼고 활기를 찾는단다. 사원들을 감시하고, 사장이 바라는 기업 종사자로 억지로 구겨넣는다 해서 그 기업이 성공한다는 아무런 이론적 근거가 없다는 것이었다.

차가 집에까지 도착할 동안 김일진은 계속 그런 식으로 지껄여댔다.

"저인 사업 얘기가 시작되면 밤새는 줄 모른다니까요."

여자가 양해를 구하는 표정으로 한명수에게 이렇게 말했다. 그러나 한명수는 다시 불안해지기 시작했다. 이따위 사회에 아직도 이렇게 성실한 정신 바탕을 가진 기업인이 시퍼렇게 살아 있고, 그런 사람의 집에 초대되고 있다는 사실이 여간 불안하지 않았다. 그는 마음을 단단히 먹고 응접실로 들어섰다. 그들이 들어서자, 국민학교에 다닐 듯한 두 아이가 방에서부터 인형처럼 굴러나와서 부부의 가슴에 냉큼 엉겨붙었다. 따뜻한 대화들이 그들 사이에서 잠시 오갔다. 깡마른 청년 한 사람이 아이들이 열어둔 방 안에 앉아 책가방을 챙기고 있었다. 가정교사인 모양이었다. 부인은 아이들을 다시 그 방으로 몰아넣었다. 부인이 "순자야"라고 소리치자 두 명의 식모가 엉덩이를 실룩거리며 응접실에 나타났다. 부부는 적어도 예술가를 자기들 집으로 모시게 되었다는 흥분 때문에 필요 외의 수선을 피워가며 식모들에게 술상을 차려오라고 명령했다. 술상은 곧장 응접실로 날라졌다. 여자도 실내복으로 갈아입고 두 사람과 어울렸다.

"우리들의 상봉을 위해서!"

김일진 사장은 이렇게 소리쳤고, 그들은 건배했다. 그들은 연거푸 몇 잔을 나누었다.

"사실은 우리들이 선생님께 고백할 게 있습니다."

몇 잔을 들던 김일진이 문득 심각한 낯짝이 되어 이렇게 말했다. 한명수는 또 한 번 섬뜩한 느낌이 들었다.

"무슨 말씀이세요?"

"실은 말이죠, 한 선생께서도 느끼셨으리라 믿습니다만 우리들은 그림에 대해선 통 문외한들이란 말씀입니다."

"그게 무슨 고백이랄 게 있습니까. 너무 심각하시군요."

"하, 그랬었나요? 좋은 말씀 많이 해주십시오."

"하나도 어렵게 생각하실 건 없습니다. 그림이란 현실의 복사판을 그리는 것이 아니라, 화가의 독자적인 충동에 의한 창조물이란 것만 생각하시면 돼요. 어렵게 생각하는 추상화라는 것도 그래요……. 대상의 형태나 정서적 이미지를 끌어내어 구성하는 경우와 대상에 관계없이 심적인 이미지를 그리는 경우로 대별할 수가 있어요……. 어떤 경우든 보는 사람으로 하여금……일정한 형태와 반향을 자연스럽게 부각시킬 수 있다면 일단 추상화로서 성공하고 있는 셈입니다. 막연하나마 그림을 보고 내가 느끼는 감정, 그 감정을 집중적으로 요약해서 어떤 이미지를 얻으세요. 그러면 되는 것이에요."

　한명수는 오전에 신문회관 화랑에서 들은 이야기를 그대로 엮어내렸다.

"어렵군요."

여자가 말했다.

"우선 그림을 자주 대해보시는 게 무엇보다 중요합니다."

　부부는 한명수의 해박한 지식과 침착하지만 거침없는 말투에 넋을 잃고 듣고 있었다. 그들의 이러한 태도는 이제 한명수를 느긋하게 안심시켰다. 뿐만 아니라 이젠 이 집 안에서 무슨 지랄을 하더라도 그들은 다만 그

도깨비들의 잔칫날 49

를 쳐다보기만 할 입장이란 것을 알아차렸다. 한명수는 확신에 차기 시작했다.

양주 한 병은 거의 바닥이 나가고 있었다. 여자도 조금씩 마셨고, 두 사람은 이제 거나하게 취해갔다.

"환쟁이 이야기는 그만 하고 이젠 김 사장의 사업 성공담이나 들읍시다."

"하, 제게도 발언권이 돌아오는군요."

"오히려 그림 얘기보다는 재미있겠죠?"

"재미요?"

"그래요, 재미."

"한 선생은 정말 꿰뚫는 눈이 있으시군요."

김일진은 잠시 느긋한 심정이 되어 벽 쪽을 응시하고 있었다. 그런 느긋한 심정은 한명수를 오랜 지기로 생각하게 만들었다. 그의 진지한 태도와 솔직한 말씨가 이상하게도 김일진을 충동질하고 있었다. 이 사나이만은 자기의 비밀을 털어놓아도 좋은 인물이라는 생각이 들었다. 그는 후련한 기분이 되고 싶었다.

"한국에선 한 가지 점만 착안한다면, 사회적으로 조금도 지탄받지 않고 돈을 벌 수 있단 말이오."

"그게 무슨 말씀인가요?"

"남아돌아가는 우리의 인력입니다."

자기 회사의 공장에는 적어도 이백여 명의 직공들이 일하고 있다는 것이다. 물론 자기는 다른 경쟁 기업보다는 높은 임금을 지불하고 있다. 그것은 유능한 기술자를 모으는 데 중요하다. 그러나 그 임금 중에서 십 프로에 해당하는 금액을 사내에 구성되어 있는 후생급부공제조합에서 공제

한다. 그 공제액은 다시 회사의 운영자금으로 재투자된다. 말하자면, 사장에서부터 사환 아이에 이르기까지 자기의 회사란 의식을 심어 주고 내가 게으르게 굴면 게으르게 구는 만치 이익 배당이 적다는 것을 한 달에 몇 번 하는 조회에서 강조해두면 그만이란 것이다. 그로 인해, 사시니 생산 목표이니 하고 장황스럽게 늘어놓지 않아도 얼마든지 생산 지수가 높아진다는 것이다. 자기가 일하는 만치 자기의 투자액이 늘어난다는 그 하나만으로도 가난한 품팔이들에겐 의젓한 보람을 안겨준다는 것이다. 까짓 것 퇴직 사유가 생기면 차일피일하면 될 것 아닌가, 하고 김일진이 말했다. 어느 날, 길을 걷다가 우뚝 서서 도깨비들이 갖고 논다는 부자 방망이 하나만 있었으면 하는 허황한 생각에 젖는 일, 세상의 죄란 죄는 저 혼자 다 뒤집어쓰고 살면서 전선줄에 앉아 있는 제비를 보면 흥부의 박씨를 생각해내는 버르장머리, 아침에 일어나면 목구멍에서 저절로 기어나오는 기침 소리만 빼고는 하루 종일 거짓말만 하고 다니는 주제에 산신령이 갖다주는 금도끼를 생각한다든지, 술 취한 척하면서 지하도의 주택복권을 다섯 장이나 사서 주머니에 구겨넣는 돼먹잖은 사행 심리는 생각의 낭비요, 시간의 낭비일 뿐이라는 거였다. 보다 구체적인 현실에 눈을 돌리면 얼마든지 성공할 수 있다고 김일진은 열 올려 말하고 있었다.

"돈은 벌었어요. 그런데……그 다음에 오는 것이 멋을 부리고 싶단 말예요. 한 선생의 도움이……필요합니다."

김일진은 자기의 비밀을 시원히 털어놓아버렸다는 허탈감 때문인지 연거푸 두 잔이나 마셔버렸다.

"재미있습니다, 재미있어요. 김 사장의 얘기가 재미있어요."

한명수는 느닷없이 이렇게 큰소리로 지껄여댔다. 한명수는 실은 조금 전부터 아랫배가 뿌듯해오는 변의(便意)를 느끼고 있었다. 그는 여자에게 화장실이 어디냐고 물었다. 그녀는 응접실 한쪽 벽에 붙은 빨간 전등을 가리켰다. 그쪽으로 비척거리며 걸어갔다. 문을 열자 그의 눈에 익은 깨끗한 수세식 변기가 놓여 있는 게 보였다. 그 순간 너무나 정결한 화장실 내부의 정경을 보자 그는 옹골지게 느꼈던 변의를 잃고 말았다. 그는 변기를 타고 앉았다. 그러나 마찬가지였다. 그는 몇 분인가 그렇게 하릴없이 앉아 있다가 다시 일어서고 말았다. 그러나 늑골 쪽을 누르고 있는 끈끈한 압박감은 여전했다. 그런데도 볼일이 되지 않았다. 수화를 못하는 벙어리처럼 그는 가슴이 답답해오기 시작했다. 항상 사용해오던 변기에 그는 말할 수 없는 위화감을 느꼈기 때문이었다.

한명수는 그런 대로 응접실에 나와 앉았다. 탁자 위에 머리를 곤두박고 있는 김일진의 모습이 아른아른해졌다. 시선이 영 흐려지기 전에 뭔가 토해놓지 않으면 안 된다는 중압감에 사로잡히기 시작했다. 많은 사람들이 그에겐 조금의 의심도 없이 철저하게 속아 넘어가던 것에 한명수는 조금씩 부아가 끓어오르기 시작했다. 그는 자기의 변의를 입으로라도 토해내지 않는다면 오늘 저녁에 잠들 수 없다는 강박감에 온몸을 한 번 부르르 떨었다. 그는 허리를 꼿꼿이 펴고 앉았다.

"김 사장님?"

"어? 왜 그러시오?"

"난 사실 사기꾼에 불과하단 말이오."

"한 선생의 그러한 태도가 좋은 작품을 낳으시는……계기가 되겠군요."

"김 사장, 내 말을 잘 들으시오. 난 그림이고 나발이고 전연 모르는 놈이란 말입니다. 알겠소, 내 말?"

그러나 김일진은 입가에 미소를 지으면서 여전히 포크로 야채를 찍어 먹고 있었다.

"그런 전람회에서 김 사장 같은 분을 만나면 점심이나 해결하는 망나니 같은 케이크 부대란 말이오. 알겠소?"

"선생님이 농담 좋아하시는 줄은 또 미처 몰랐군요."

여자가 호호 웃으며 말했다.

"무식하다고 놀리시는군."

김일진이 게슴츠레한 시선을 그에게 부으며 말했다.

"아닙니다, 그게 아니에요. 여기서 낱낱이 고백할 수는 없지만, 거짓말로 무위도식하는 놈이오. 이건 참으로 정말이오, 알아주시오."

"예술을 무위도식으로 생각하는 한 선생의 자기 학대는 너무 과합니다."

"내 말 잘 들어요. 대한민국에 한명수라는 화가도 평론가도 없단 말이에요. 알겠소, 엉?"

한명수는 이젠 김일진의 두 손을 부여잡고 간곡히 말했다. 그들이 그의 진의를 통 아랑곳하지 않자 가슴이 빼개질 것 같은 압박감을 느끼기 시작했다. 그는 안절부절못했으나 부부는 통나무 모양으로 반응이 없었다.

"이 개 뼈다귀 같은 놈들아, 난 정말 사기꾼이란 말이야, 알겠어? 정신을 차리라고. 케이크 부대 알지? 내가 바로 그거란 말이야, 이 도깨비 같은 놈들아."

"허, 취하셨군. 한 선생, 허……."

김일진은 한명수를 손가락질하며 허허 웃기 시작했다.

"난 취하지 않았어. 이건 말짱한 정신이란 말이야. 제발 내 말을 믿어 달라구. 안 믿어주면 죽여버릴 테다. 쌍!"

한명수는 고래고래 고함을 지르면서 발을 구르기 시작했다. 방에서 자던 두 아이들이 응접실로 바르르 쫓아나왔다.

"아버지, 믿어줘! 사기꾼이라고 말하잖우?"

아이들은 김일진의 혁대를 잡아당기면서, 한명수에게 적의에 가득 찬 시선을 보내고 있었다.

"이 새끼들, 너희는 방에 들어갓!"

김일진은 자기의 허리에 엉겨붙은 아이들을 난폭하게 벽 쪽으로 밀어붙여버렸다.

"운전사를 부르라구……, 댁까지 모셔드리고 오라구 해!"

"이 도깨비야, 난 안 취했어. 난 사기꾼이란 말야. 이건 확실히 해둬야겠어, 그것을……, 알아줄 때까지 난 이 집구석에서 한 발자국도 내디딜 수 없어."

한명수는 이제 집이 떠나가라고 고래고래 소리 지르고 있었다. 혁대가 풀어진 바짓깃 사이로 그의 목욕하지 않은 거무딩딩한 뱃살가죽이 삐죽거리고 드러났다. 한잠이 들었던 운전사가 눈을 비비고 나와, 좌충우돌하는 한명수를 덥석 끌어안아 밖으로 끌어내 차 속에다 냅다 꼬나박았다. 그리고 불문곡직하고 바깥쪽에서 문을 잠가버리고 시동을 걸었다. 김일진 사장이 그때 쏜살같이 차로 다가와 차창을 주먹으로 치면서 소리치고 있었다.

"한 선생, 당신은 절대로 사기꾼이 아니란 말이오, 도깨비도 아니란 말얏. 알겠어?"

그 말을 닫힌 문 속에서 아련히 알아들은 한명수가 또한 차창을 두드리며 대거리했다.

"지랄 마, 네놈이 아무리 발광을 해도 난 사기꾼이란 말얏."

차가 대문을 빠져나와 인적이 드문 밤거리를 가속으로 달리기 시작하자, 한명수는 다시 서서히 변의를 느끼기 시작했다.

이 서울에서 한명수에게 속아 넘어가지 않는 유일한 사람, 그 할망구가 속옷에 차고 있는 열쇠를 얻어내자면 용심깨나 써야 할 것이었다.

# 즉심대기소

니기미라고 나는 혼자 중얼거렸다. 그것은 우리가 방으로 들어서자마자 곧장 밖으로부터 쇠빗장을 걸어 잠그는 소리가 들려왔기 때문이었다. 우리는 암담하였고 지랄 같다는 생각이 들었다.

그을음이 잔뜩 낀 전등의 느끼한 불빛을 받고 있는 방 안엔 열대여섯 명의 남녀가 오랜 가뭄으로 꼭지 떨어진 오이들처럼 개차반으로 나동그라져 있었다. 우리는 애당초, 거지발싸개에서나 풍길 듯한 혐오스러운 냄새로 가득 찬 이따위 구치실에 속절없이 처박혀본 적도 없으며 최소한 이런 방구석에 갇히리라곤 차마 예상하지 못했었다. 그런 막연한 선민 의식쯤이야 오백 원짜리 한두 장 꼬불쳐 갖고 다니는 형편에 있는 건달이면 늘상 하고 있는 생각일 것이었다. 그 심보를 당돌하다 할 수 없던 게, 어떤 땐 그놈의 오백 원짜리 몇 장이 사람 구실 몇 배를 도맡아 거뜬하게 해결해주던 경험들을 출입깨나 한다는 놈이면 누구나 한두 번씩 갖고 있을 터이니까. 참으로 치사해서 아침에 먹은 깍두기가 곤두설 노릇이지만, 우리는 맨 처음 우리 두 사람을 이 방에다 주저 없이 처넣으려 하던 그 늙다리 순경을 적선하랍시고 구슬러보았던 것이다. 솔직히 말해서 나는 평소부터 순경 따위에 겁 집어먹고 허겁지겁이던 일부 선천적인 겁쟁이들을 멸시함에 인색하지 않았던 것이다.

"이 사무실에서 그냥 대기할 수 있도록 선처해주십시오."

처음에 다소 느긋한 기분으로 도도하게 문자를 써가면서 그 순경에게 타이르듯 했던 것은, 내가 화나면 더 괴로울 거라는 식의 공갈조의 거드름이 소 새끼처럼 둔한 순경의 뇌리에 화살처럼 박혀줄 것을 기대함과 동시에 은주(銀珠) 앞에선 될수록 체통을 지켜보겠다는 내 대장부 심사 때문이기도 했다. 깔치 앞에서 체통을 잃는다는 건 수탉으로 치면 꽃볏에 개똥칠하는 결과와 다를 바 없겠기 때문이었다. 그러나 이 순경은 내 노숙한 제의를 어느 동네에서 똥개가 짖는가 식으로 묵살하고 있었을 뿐만 아니라, 그가 참고 있는 졸음 때문에 입을 한껏 벌려 두 번이나 하품을 토해버림으로 하여 나를 지극히 미치게 만들었던 것이다. 나는 씨부랄 같은 부아가 끓어올랐으나 참아야지 별수가 없었다.

"우리들의 고충을 살펴주셔야겠습니다."

화장실을 가리키는 전등처럼 발갛게 불이 들어와 있는 '즉심대기소(卽審待機所)'라는 아크릴 표지판과 늙다리 순경의 콧등에 피마자 씨처럼 고집스럽게 매달린 검은 점을 번갈아 보면서 나는 드디어 애원하다시피 하였다.

"고충 봐주다간 순경질 못 해먹어요."

"그럼 이 아가씨만이라도 사무실에 남게 해주십시오."

나는 은주를 가리키면서, 제발 이 늙다리 순경이 책상 위에 떨군 고개를 들어 난색일 수밖에 없는 우리들의 표정을 너그러움과 정감이 어린 시선으로 읽어봐주기를 바랐다. 그러나 그는 무정하게 말했던 것이었다.

"말하자면 윤리 도덕상 체면상 여자만은 그렇게 대접해줘야 쓰겄다 이 말씀인데, 여기 와선 체면 쪼가리 찢어지게 찾아쌓누만, 아까 강변에서 서로 붙잡고 풍기문란하게 놀 적엔 그 생각 없었고? 윤리 도덕이 십 원짜리 우표 딱진 줄 알어? 너들 맘대로 떼었다 붙였다 하게."

앞으로 당기면 기를 쓰고 뒤로만 버티고 물러나는 돼지 귀신이 뒤집어 씌었는지 그는 내 말을 들어먹어주질 않았다. 그 이상 중언부언해보았자 은주 민망하게 창피만 찍어바를 것 외에는 승산이 도무지 없겠으므로 나는 그와의 대거리를 그만두고 성큼 이 방에 들어서고 만 것이었다.

은주는 조만간 울음을 터뜨릴 징조가 역연하였다. 이런 걸 두고 망신살이 뻗쳤다고 하는구나 싶었다. 나는 한 번 더 그 순경에게 매달리지 않았던 것을 깊이깊이 후회했다. 적어도 그 방 안에선 우리들이란 존재가 얼마나 이질적인지를 단박 느낄 수가 있었기 때문이었다. 얼른 보아도 방 안엔 어떤 종자들이 모여 있는가를 알조다. 갈보 아니면 대폿집 작부, 역전 빌붙이들, 조바 새끼들, 막걸리 배달꾼, 이런 따위의 문교부 혜택이라면 젓가락으로 찍어서라도 맛 못 본 순 말짜들이란 것을 나는 직감으로 느낄 수 있었다. 아니나 다를까였다.

"이번엔 한 쌍이 같이 듭시누만! 고년 삼삼한 게 떡심깨나 쓰겠어, 킥."

방 어느 구석쯤에선가 우리를 두고 빈정거리는 투의 남자 목소리가 들려왔다. 나는 못 들은 척하였다. 이런 곳에서 가오를 세운답시고 기사도를 뽑아올린다는 건 오직 우스꽝스러울 뿐일 것이기 때문이었다.

나는 우선 훌쩍거리고 있는 은주와 앉아야 할 자리를 찾아 두리번거렸다. 그러나 우리들이 앉아야 할 자리는 아무 데도 없었다.

방은 쉴 새 없이 냄새를 피워올리고 있었다. 보리밥이 사흘쯤을 두고 쉬어가는 냄새, 국말이집 수챗구멍에서 건져낸 수세미 뭉치에서 풍겨오는 냄새, 게으른 놈의 사타구니 땀 냄새, 이런 야비한 냄새들이 뒤섞여 우리들의 코밑을 직사하게 괴롭혔던 것이다. 사방의 벽엔 쇠끝 같은 것으로, '내 사랑하는 정심아, 제발 부탁이니 발톱 좀 깎고 다녀라' 하는 식의 잡놈의 낙서가 여기저기 보였다. 그런 모든 것들이 우리들을 모멸로 틀어박고 있었다.

은주는 여전히 훌쩍거리고 있었다. 나는 아까부터 그녀를 달래주어야겠다고 생각해왔다. 울고 있는 여자를 금방 웃고 있는 여자로 바꿔놓을 줄 모르는 멍청이 같은 남자는 진작부터 남 속 썩이지 말고 칵 뒈져야 한다고 그녀는 말해왔다. 그러나 이런 판국에 철학가처럼 문자나 주절거려 되씹고 있을 순 없겠으며 더욱이 명심보감이나 마태복음을 들출 수도 없는 노릇이었다. 또 그래보았자 헛일이고, '너 미쳤니' 하는 낯짝으로 그녀는 불쌍한 나를 쳐다보겠기 때문이었다. 아니라면, '저 밤하늘 높이 크게 반짝이는 별은 당신 별이고 그 옆에 조그맣게 반짝이는 것은 내 별이지요' 했던 아까의 사랑 이야기들을 그녀에게 다시 들려준다면 그녀는 나를 '이 단단히 골 빈 놈아' 하는 낯짝으로 쳐다보기 십중팔구일 것이었다. 나는 종내 그녀를 콱 쥐어박아버릴까도 생각했으나 그 짓은 더욱 못 할 노릇이었다. 속수무책이란 이런 걸 두고 말씀한 것임을 나는 비로소 느꼈다. 나는 안절부절못했다. 그런 내 남모를 고충을 전연 예기치 못한 엉뚱한 사람이 대뜸 해결해준 것이었다. 그것은 방 한쪽 벽에 나란히 앉아 있던 대여섯 명의 여자들 식구 통에서 튀어나온 말로 인하였다.

"이봐, 이 순정 덩어리야. 지렁이 갈비 뜯는 소리 고만 하고 싸게 앉아버려. 썩은 폼 밤새워 잡을 테여?"

된통스럽게 쏘아붙이는 한 여자의 말에 은주는, 종아리 맞은 암탉처럼 울음을 뚝 그치고 앉아버렸던 것이었다. 나는 방금 말한 여자를 뚫어질 듯 쏘아보았다.

"야, 이 몸도 왕년엔 순정 때문에 눈물 한번 짭짤하게 흘렸다아."

지독한 곰보딱지인 그녀는 이렇게 너스레를 떨며 담배 한 개비를 꺼내 척 꼬나물었다.

"니년에게도 죽고 못 사는 골 빈 수캐가 있었더랬니?"

"어언니! 사람 괄시 단숨에 하지 말어. 그땐 나도 개×지가 아니었다우."

"식구통 닫아둬. 쌕 웃는다 얘."

"웃는 건 언니 자유지만서두, 언니 하는 말씀이 내 가다찌가 틀려먹었다 이건데에, 당장 여기서 날 보구 있는 저 바지씨 한번 꼬셔 보일까? 볼 테?"

"이 화냥년아, 의리 부도내지 말고 그만두시지. 임자 있는 몸 같으니께."

그녀들은 내가 쏘아보는 것에도 전연 괘념치 않았을 뿐 아니라 오히려 이쪽이 무안해서 돌아서도록 온갖 잡소리를 주저 없이 토해뱉고 있었다. 나는 낯짝에 주눅을 잔뜩 이겨발라 가지고 슬그머니 돌아서는 수밖에 없었다. 그러나 적어도 은주가 이런 처지에서 내게 바라는 게 무엇일까. 그녀는 말을 않고 있는 것이다. "야 이 똥치들아, 아가릴 닥쳐주었으면 기쁘겠어" 하고 어깨를 이죽거리며 쓱 앞으로 나설 수 있는 객기일까. 그러나 그럴 경우 그쪽 어느 한 년이 으스스 떨며, "여어 정심아, 이놈의 시비가 제 구멍으로 들어섰다아" 하며 가랑이 쩍 벌리고 마주 일어서버릴 경우, 그때의 낭패를 나는 감당할 수 없을 것 같았다.

그들에겐 썩지 못해 육신이 근질근질한 몰염치한 완력이 있을 것이기 때문이었다. 체면이고 나발이고가 그들에게 있어선 사치이며 개 발의 대갈일 것이다. 팔목이라도 물어뜯긴다면 그 팔목으로 내 어찌 은주의 허리통을 감아줄 수 있단 말인가. 나는 잘못 맞춰놓은 목각인형처럼 끼덕거리고 은주 옆으로 다가가 쪼그리고 앉아버렸다. 그리고 희미한 불빛을 가증스럽게 뿜어내고 있는 전구를 무료하게 쳐다보았다. 육십 와트짜리 전구라면 육십 와트의 전력을 몽땅 당겨내고 있을 것은 뻔한 이치일 텐데, 그 전력을 어디다 탕진하느라고 저따위 치사한 불빛만을 이 방 안에다 내리붓고 있는 것일까. 그런 불빛이 이상하게도 이 방의 너절한 분위기와 척 어울려떨어졌던 것이다.

"이봐, 청년."

우리가 이 방에 들어와 그런 따위의 곤욕을 치르고 앉게 될 때까지, 한쪽 벽 아래에 갖다놓은 이 방 안에선 오직 하나뿐인 나무의자에 줄곧 팔짱을 끼고 시건방지게 앉아 있던 중년의 사내가 우리를 턱으로 가리키며 말했다. 부랑깨나 쓰는 부잣집 불도그가 판잣집 골목으로 저녁 산책을 나온 듯이 사내는 제 딴은 위세를 부리고 싶어 하고 있음을 그의 당당한 몸짓에서 엿볼 수 있었다. 말하자면 그는 순 개판으로 돌아가고 있는 이 방 안의 분위기가 못마땅하기 예사가 아니었고, 그래서 아까부터 눈꼬리에 풀을 잔뜩 먹이고 일군의 여자들을 노려보고 있던 것을 나는 알고 있었다. 나는 우선 그의 단정한 옷매무새와 잘 빗어올린 대갈통의 머리칼과 아직도 윤기가 돌아 반짝이는 구두코를 바라보았다. 그는 술에 취해 있지도 않았으며 그렇다고 만원 버스 같은 데서 여자 치맛자락 속으로 콧구멍 후비던 손가락이나 느닷없이 집어넣을 치한으로도 보이지 않았다. 그 중년의 사내는, 일단 이런 구치실 같은 데나 호락호락하게 갇힐 위인쯤은 죽어도 아니라는 깍듯한 외모를 갖고 있었다. 그가 이 방 안에서 단 한 개뿐인 나무의자를 차지하고 앉은 것만 보아도 제법 성깔깨나 부릴 줄 아는 놈으로 보아 실수 없을 것 같았다.

"이쪽으로 와서 앉아요."

그는 자기 의자 앞의 자리로 우리들을 부르고 있었다. 그것은 분명 우리들이 풍기고 있음직한 고급스러운 신분에 대한 호의일 것이며, 우리를 자기 근처에 둠으로 해서 동류의식을 형성해보자는 얄팍한 계산이 그 심중에 도사리고 있음이 분명했다. 그러나 나는 주저스러웠다. 우리가 그쪽으로 옮겨 앉은들 무슨 뾰족한 수라도 생긴단 말인가. 설령 그리로 갔다고 하자. 저 똥치들과 대판으로 싸움이라도 벌인단 말인가. 주눅 붙어 있긴 마찬가지일 것이었다. 그리하여 나는 뒤 마려운 개 모양으로 이 사람 저 사람 두리번거리며 앉아 있을 수밖에 없었다.

그때, 우리들이 들어왔던 문의 쇠빗장이 밖에서부터 신경질적으로 열리고 있는 소리가 들려왔다. 그러나 그 소리가 들리는 문 쪽으로 기대와 호기심에 찬 시선을 보내고 있었던 것은 나와 은주 그리고 그 중년의 사내, 세 사람뿐이었다. 그녀들은 소리가 들리나마나 여전히 킬킬거리고 있었으며, 자기들끼리 방귀를 뀌어놓고 장본인을 찾아내느라고 궁싯거리고 있을 뿐이었다.

문이 열리고 예의 그 늙다리 순경이 방 안으로 쑥 들어섰다. 그는 손전등을 들고 있었으며 그 촉광 높은 전등으로 침침한 방 안 구석구석을 비춰보고 있었다. 그는 흡사 분무식 에프킬라 파리약 통을 든 결벽성 많은 가정부처럼 한 마리의 모기나 파리도 놓치기 싫다는 듯 방 안 여기저기를 철저하게 비춰보았다.

"전원 모두 일어서시오."

그는 비추던 전등을 꺼버리더니 느닷없이 이렇게 명령했다.

"전원은 뭐고 모두는 뭐여! 곶감 접말이네, 축구 차고 해변가로 가지, 히히힛!"

그녀들은 여전히 킬킬 웃으며 주섬주섬 일어섰다. 다만 그 중년의 사내만은 어깨를 더욱 떠벌리고 의자에 버티고 앉아 있었다. 코에 익어 이젠 면역이 되었던 방 안의 냄새가 다시 눈발처럼 풀풀 날려 우리들의 코를 찔러대기 시작했다.

"빨리빨리 움직여줘요."

"아저씨, 소 몰다 왔는가 뵈어."

"누가 아니라니."

일어서긴 했지만 여전히 키들거리고 있는 그녀들 쪽에다 다시 켠 손전등의 불빛을 가로세로 직직 그어대며 순경은 재촉하고 있었다.

"박 순경님, 내일 우리 집에 놀러 안 오실래요?"

늙어 보이는데다 꼴에 염치없게 발랑코인 한 여자가 순경 앞으로 다가가 딱 바라지게 서 보이며 윙크랍시고 오버 단추 같은 눈을 썸벅하였다.

"이게 제 버릇 개도 못 주는군! 유난 떨지 말고 저리 비켯."

"과히 싫지 않은 모양인데, 뭘 그러슈. 이래 봬두 그거 하난 긴자꾸라구요."

대답할 말 잃어버린 순경은 하도 기가 차 힘없이 그녀를 밀치고 난 다음, 두 평 남짓한 공터를 비우고 백묵을 꺼내더니 이쪽 벽 아래서 저쪽 벽 아래까지 죽 그었다.

"여자들은 이쪽으로 와서 앉아요."

그는 다시 명령했다. 그러자 벽에 기대어 서 있던 예닐곱 명의 갈보들이 담 넘어온 이웃집 암탉 본 수컷 모양으로 쭈르르 그리로 몰려갔다.

"박 순경님은 인정도 많으셔."

"시끄러. 입 닫고 가 있어. 지랄 말고."

"말씀 곱게 해주셔요, 딸 같은 애들보고."

늙어 보이던 발랑코가 말했다.

"뭐, 딸?"

"그래요."

"야, 이거 바야흐로 사람 미치고 환장하게 만드누만."

"미치면 팔짝 뛰겠네요?"

"야, 내 졌다, 졌어."

"헤, 박 순경님 지송합니다."

여자들이 그쪽으로 몰려가자 남자들은 다시 주섬주섬 자리를 차지하고 앉았다. 우리도 그랬다. 은주는 내 손을 꼭 쥐고 있었으며 방에 들어온 순경에게 다시 물고 늘어질 기회라도 포착하고자 한시도 순경에게서 시선을 떼지 않고 있었다. 적어도 나는 은주만이라도 이 방에서 되돌려 내보내고 싶은 욕심을 그때까지도 포기하지 못하고 있었으며 그녀로 하여금 즉심을 받게 되는 곤욕을 치르게 할 수는 더욱 없었다. 그리하여 조만간 저 둔한 순경에게 다시 한 번 말을 걸어볼 요량을 잔뜩 하고 있었다. 다른 사람들의 처지나 기분을 생각해서 그녀들을 격리 수용코자 하는 데까지 염두에 둘 수 있는 사람이라면, 내 요구도 조금은 들어줄 수 있는 여지를 가진 사람이라고 나는 기대와 자위가 반반인 시선을 줄곧 그에게 쏟아붓고 있었다.

"여봐요 아가씨, 당신은 왜 저리로 안 가는 거요? 당신은 여자 아니오?"

이쪽으로 몰린 남자들 틈바구니에서 고개를 숙이고 있는 은주를 발견한 순경이 불쑥 이렇게 내뱉으며 쏘아보았다. 그녀의 표정이 일순 바람 빠진 풍선처럼 쭈그러졌다. 그리고 나 또한 기대가 일도양단으로 박살나버린 것에 대해서 말할 수 없는 수모를 느꼈고, 저 늙다리 순경을 한 대 갈겨버릴까, 하는 생각까지 했다. 그러나 그것이 도대체 행동으로 옮겨지지 않는 것이 안타까울 뿐이었다. 나는 어처구니없이 위축당하고 있는 자신에 기가 찼다. 이럴 수가 없었다. 얼른 그곳으로 나가지 못하고 내 팔목을 쥔 채 우물쭈물하고 있는 은주를 보고 순경은 다시 한 번 다그쳤다.

"이봐, 당신은 뭐요? 왜 아직까지 거기 있느냐 말욧?"

그는 단호히 우리들 앞에 버티고 서 있었으며, 또한 주위의 사람들이 신경질적인 시선을 우리들에게 보내고 있었으므로 그녀는 비로소 쥐었던 내 팔을 스르르 풀고 백묵으로 그은 선을 넘어갔다. 나는 바늘 끝으로도 찔러볼 자리가 없는 이 늙다리 순경에게 다시 말을 붙일 힘을 잃고 최후의 일발이 가슴에 명중된 마상(馬上)의 산초 빌라처럼 모가지를 아래로 떨구고 말았다. 그러자 그곳에 모여 앉았던 똥치들이 끼들끼들 웃으며 말했다.

"얘 순자야, 너 저리 비키고 이 순정 덩어리 그리로 모셔."

"내가 왜 비켜?"

"이년이 비키라면 바킬 노릇이지 어디다 여물통을 처놀려?"

발랑코가 꽥 소리 질렀다.

"언니 자리나 내주시지 그래요. 저것이 뭐 그리 공주라고 언니가 쌍지팡이오?"

"이년이, 노가리 깔 텨? 너 집에 가면 몰매 맞아."

"어언니, 좀 살살 웃겨요, 빤스 끈 터진다니깐."

곰보딱지도 지지 않고 열심히 대거리하고 있었다.

"이년이, 곤조통 부릴 텨?"

말이 채 떨어지기도 전에 발랑코의 두 팔이 여자의 머리채를 걸레 짜듯 휘어 감아쥐고 제 앙가슴 앞으로 칵 끌어당기더니 무릎을 들어 뱃구레를 쥐어박았다. 꼴이 합기도 도장깨나 출입한 경력 있는 섣부른 남자들이야 열 있어 헛일이었다. 그러자 머리채가 감겨 쥐여졌던 여자는 일순 앞으로 고꾸라지는 듯싶더니 엉덩짝을 허공에다 박고 딱 버티고 섰다.

"이 늙은 잡년이 사람 잡네!"

잡힌 머리채 때문에 앞으로 질질 끌리기는 하면서도 오기 하나는 풋나물처럼 살아서 상대편 여인의 팔을 꼬집어 비틀기 시작했다.

"이년이 비겁하게 꼬집어!"

나머지 여자들은 방심한 상태에서 얼씨구 하는 낯짝으로 두 여자를 올려다보며 킥킥 웃기도 하였고 한두 사람은 박수까지 치며 재미있어 배꼽 터지겠다는 표정을 짓고 있었다. 순경이 그리로 들이닥쳤고 오랜 고역 끝에 두 여자를 떼어놓았다.

"너들 여기까지 들어와서 정말 곤조통 부릴 거야?"

순경이 코끼리 코 푸는 소리로 씩씩거리며 말했다.

"죄송합니다아."

늙다리 발랑코가 저쪽으로 비켜 앉으며 이렇게 말했다. 그러자 그중 맨 구석 쪽에 앉았던 한 여자가 은주를 낚아채다 그 자리에 앉혔다. 은주는 홍당무가 된 얼굴로 자신을 팽개치듯 그곳으로 끌려가 앉았다. 여자들의 서슬로 보아 말 안 들었다간 불두덩이라도 차일 것 같았기 때문이었다. 그러나 은주가 앉은 자리는 그중 한갓져서 바위틈에 붙어 있는 부엉이 집처럼 여간 살펴서는 보이지 않는 구석자리였으므로 그녀들의 배려가 영 농담은 아닌 것 같았다. 말하자면, 그녀들은 은주를 숨겨주고 있는 것 같았다. 중년의 사내가 그들이 은주를 비호하려는 태도에 픽 웃고 있었다. 나역시 그러하였다. 적어도 그녀들에게 있어서 여대생인 은주가 자기들 편이란 사실을 확인시켜준 그 순경에게 감사하고 있으리라고 생각했다. 그들은 분명 양갓집 아가씨며 곱살한 은주가 냄새투성이며 상처투성이인 자기들 옆에 단 하룻밤일망정 곁에 있어준다는 사실에 너무나 흥분하고 있으리란 내 짐작이었다.

일단 방 안의 질서가 그런대로 잡히고 분위기가 가라앉는 낌새를 보이자, 순경이 밖으로 나갈 채비를 차렸다.

"물론 여러분들이 불편하시단 것을 잘 알고 남음이 있습니다. 그런대로 하룻밤만 참아주시길 바랍니다. 자리가 협소해서 정말 미안합니다. 그리고 될 수 있는 대로 질서를 지켜주십시오. 특히 이 방 안은 여러 층의 사람들이 모인 곳이니까 말입니다."

대강 주의를 준 다음 그가 문 쪽으로 돌아서려 하자 그때까지 의자에 목석으로 앉아 있던 그 중년의 사내가 엉덩이에 불 맞은 놈처럼 벌떡 일어서더니 순경 앞을 척 가로막고 섰는데, 그의 얼굴이 보기에도 민망하리만치 비열하게 일그러져 있었다.

"소변 좀 볼 수 있을까요?"

"당신 한 시간 전에 소변보고 들어왔잖소?"

"죄송합니다."

"당신 소변본답시고 밖에 나가서 딴 짓 하려는 것 아니오, 또?"

"아닙니다, 이번엔 정말입니다."

"아랫도리에 힘을 바짝 주고 참아요."

"사정 좀 봐주시오."

"따라와요."

순경은 그 사내를 앞세우고 밖으로 나갔다. 물론 그 사내가 그렇게 오줄나게 요기를 느끼고 있었다고는 우리 모두가 생각지 않았다. 그는 일 분 전까지만 해도 눈살 한 번 찌푸리지 않고 의자에 버티고 앉아 있었기 때문이었다. 그는 사무실로 나가 숙직 근무자를 구슬리든지 모종의 거래를 하든지 공갈을 치든지 간에 이 방에서 빠져나가려는 속셈임에 틀림없었다. 그 사내가 밖으로 나가자 몇 명의 남녀들이 사무실과 이 방과의 사이에 만들어둔 창으로 몰려갔다. 조금 있다가 그들은 킥킥 웃고 있었다.

"저치 좀 봐! 또 꼬시려 드는군!"

"치사한 자식이군."

"깨끗이 하룻밤 묵고 벌금 물고 나가면 될 텐데 왜 저렇게 못 참아 발광이지? 치사한 놈 봤네."

한 여자가 이렇게 말했다.

"누가 아니라니."

"넥타이깨나 맨 자식이 하는 짓은 영 쪽재비 짓이다야."

그들의 대화로 보아 아마 그 사내는 숙직 근무자에게 매달리고 있는 것 같았다.

"저치 좀 봐! 힝(돈)을 디미는데."

"안 될걸."

역시 오 분이 못 되어 그 사내는 방 안으로 다시 밀려 들어오고 있었다. 밀려 들어온 그의 표정 한번 더럽게 죽사발이었다. 그가 비워두고 간 나무 의자는 상고머리를 한 리어카꾼 비슷한 녀석이 차지하고 앉아버린 것을 알자 그는 머쓱해진 태도로 잠시 그렇게 오줄없는 수캐 모양으로 서 있더니,

　"임마, 자리 내놔!"

　"이 자리 아씨가 사둔 거유?"

　"이 자식이 누굴 보고 대거리여?"

　"아저씨보고 대거리 못 하란 법 없잖아요. 씨, 괜히 신경질이셔."

　"이놈아, 니 눈엔 어른도 안 보이나?"

　"내 눈엔 아저씨가 눈사람으로 보여유."

　"이놈! 이거 기 차는데!"

　"매는 안 차구유?"

　"이 자식이."

　"왜 때려요? 아씨가 우리 집 호주나 되는가유?"

　"임마, 이 자린 내 자리란 말여."

　"씨, 나가려다 쫓겨들어온 주제에 골대는 되게 세우려 드네."

　"야! 저 불쌍한 아저씨를 한번 주물러줄 년 여기 없어?"

하고 한 여자가 꽥 소리 질렀기 때문에 사내는 들었던 팔을 그만 아래로 늘어뜨리고 땅바닥에 풀썩 주저앉고 말았다. 한주먹도 안 되는 랭킹 칠 위의 시시한 선수에게 일격으로 참패를 당한 챔피언의 팅팅 부은 몰골을 하고 사내는 주저앉고 만 것이었다.

　나는 은주 편을 힐끗 돌아다보았다. 그녀는 두 다리를 세운 사이에 머리를 끼우고 숫제 엎드려 있었다. 더욱이나 어처구니없게도 그런 따위의

직업여성들 틈에 끼여 수모를 당하고 있는 심정을 헤아려 나는 한없이 미안했고, 이젠 그녀가 나를 만나주지도 않을 것 같은 생각이 들어 정말 미치고 환장할 노릇이었다. 나는 아까 그 강가에서 순찰 순경에게 붙잡힐 적에 은주의 팔을 잡고 냅다 뛰어버리지 못한 지지리도 못난 자신을 거듭거듭 후회하고 미워했다. 한번 뛰어볼 일이었다. 그러나 우린 그때 너무도 순순히 그 순경을 따라온 것이었다. 젊은 놈이 혈기가 없나, 배짱이 없었겠나 말이다. 더욱이나 그녀를 즉심을 받게 한답시고 법정에다 세울 것을 생각하니 앞이 캄캄하고 암담하였다. 가두풍기문란죄로 들어온 직업여성들이 우글거리는 이따위 방에 갇혀 있다니 정말 치욕스럽다고 생각했다. 사람의 입장이 순식간에 이렇게 찌들고 옹색해지다니, 나는 자꾸 자조를 되씹을 수밖에 딴 도리가 없었다.

시간은 흘렀고 지친 사람들이 하나 둘 바닥에 모잽이로 누워 잠들기 시작했다. 웅성거리던 바깥의 소음도 잦아졌다. 코 고는 소리가 들려왔다. 신경도 저쯤 편하고 둔하면 세상이 거꾸로 돌아간대도 어지러울 리 없겠다 싶었다.

그때 저쪽 여자들 틈새에서 가만한 노랫소리가 들려왔다.

"푸른 하늘 은하수 하얀 쪽배에, 계수나무 한 나무 토끼 한 마리, 돛대도 아니 달고 삿대도 없이, 가기도 잘도 간다 서쪽 나라로."

앳된 여자의 노랫소리는 느릿느릿 퍼져나갔고, 그 여운이 방 안 가득히 차올랐다. 여자의 목소리는 이상하게도 물 젖은 상추 잎사귀처럼 푸릇푸릇 생기로 차 있었고 바닷물에서 금방 건져올린 미역타래처럼 탄력이 있었다.

"은하수를 건너서 구름 나라로, 구름 나라 지나서 어디로 가나, 멀리서 반짝반짝 비치는 것, 샛별이 등대란다 길을 찾아라."

그녀의 나직한 노랫소리는 이렇게 그치고 있었다. 그것은 매우 신선한 귀띔이었고, 마력적인 감흥을 우리 모두에게 안겨주는 것이었다. 너무 오랜만에 만난 고향 친구끼리 말을 잃어버리듯이 나는 그 곰보딱지 여자를 오래도록 바라보고 있었다. 그때 한쪽에선 졸음에 겨운 남자의 목소리가 들려왔다.

"야 이것아, 너 집구석에 가서 불러, 안면 방해야. 지가 무슨 이미자라고."

"사람 괄시 너무 말아요, 나라고 가수 못 되란 법 있어요?"

"허긴 그렇군."

남자는 짐짓 풀 죽은 목소리로 이렇게 되받곤 돌아앉아버렸다. 중년 사내가 그때 부스스 일어서고 있었다. 자리에서 일어난 그는 출입구 쪽으로 비실거리며 걸어갔고 문을 두드리기 시작했다. 그러나 몇 번인가 문을 두드리고 흔들고 해보았지만 밖에선 아무런 반응도 없었다. 그는 더욱 세차게 문을 흔들어댔고, 그리하여 잠 속에 빠졌던 방 안의 사람들이 누에처럼 깨어 일어나 투덜대기 시작했다.

"어느 놈이 이 발광이여?"

"좆같은 게 밤새도록 지랄이여, 지랄이."

"여보 신사양반, 좀 잠잠 못 하겠소? 배웠다는 소생이 도대체 왜 저 모양일까. 염라대왕이 용감을 앓고 있나, 저런 놈을 왜 안 잡아가노!"

우리들 중에서 역전 빌붙이 같은 한 녀석이 나이에 어울리지 않게 노숙한 목청으로 이렇게 말했다. 살이 있는 곳을 잔뜩 감아쥔 사내는 그 녀석을 돌아다보면서 말했다.

"소변보러 갈 참이야, 왜 그래?"

"소변보러? 당신 아까도 소변보러 간다더니?"

"백 번을 본들 니가 무슨 상관이야?"

"하긴 그래, 남이야 밤송이로 똥구멍을 닦든 빈대를 타고 강을 건너든 내 상관할 바 아니지. 그렇지만 당신은 가만 보니 너무 이기주의란 말이야, 이 새끼. 너 혼자 입장만 생각하니? 너 이 새끼, 이 방 안에 자는 사람 다 깨워놓은 건 생각 안 하니? 별 통수도 못 치는 주제에 시끄럽긴 왜 그리 시끄러워?"

나이로 따진대도 이십 년은 족히 짝이 질 그런 입장에서 녀석은 사내에게 바가지로 욕을 퍼붓고 있었다. 그러나 녀석과 대거리해서 다투고 있기엔 그 중년의 사내는 너무나 다급한 상태에 있었으므로 문만 부서져라 두들기고 차고, 있는 발광을 다 하였다. 그러나 방 안에 있는 누구도 그의 몸달아 하는 태도에 동정의 눈길을 보내는 사람은 없었다. 오히려 저 사내의 오줌통이 팡 하고 터지기라도 한다면 하는, 건넛마을 불구경하듯 느긋한 기분으로 바라보고 있을 뿐이었다. 그제야 저쪽 숙직실 쪽에서 늙다리 순경이 느릿느릿 나타났다.

"누구요? 무슨 일이오?"

"아, 네. 소변이 마려워서요."

이쪽에서 사내가 다급하게 말했다. 그러나 이쪽의 다급함과는 달리 저쪽은 오뉴월 쇠불알처럼 척 늘어져서 뭔가 중얼중얼하더니,

"당신 소변보고 싶다고 사람 속이구선, 또 딴 짓 하려는 게지?"

"아, 아닙니다. 그게 아니에요. 이번엔 진짭니다. 속히 문 좀 열어줘요."

"여보시오, 난 밤새도록 당신에게 속고만 있으란 말이오? 그만 포기하

시오."

"글쎄 문 열어보면 알 것 아니오?"

"그만두시오. 밤새도록 거짓말만 하는 주제에. 돈이 통하지 않는 걸 알
텐데."

늙다리 순경은 다시 투덜거리며 저쪽 어디로 가버리는 눈치였다. 문이
열리는 일이 글러버린 것을 알아차린 신사는 쭈적쭈적 뒤로 돌아서 자리
로 물러서는 눈치였으나 요기만은 더 이상 못 참겠다는 듯 눈꼬리를 바짝
움츠리고 있었다. 내가 보기에도 민망할 정도로 그는 안절부절못했으나
누구 한 사람 그의 용변을 위해 순경을 불러주는 사람이 없었다. 한 사람
이라도 거들어준다면 그는 시원스럽게 용변을 볼 수 있으련만 나 자신부
터가 그렇지를 못했다. 다만 그녀들 중에 누가 "얘 길자야, 저 양반에게
네 털요강이라도 좀 내주라구" 하고 칼칼 웃었을 뿐이었다. 일단 자기 자리
로 돌아간 사내는 뒤껼으로 난 창문을 발견하고는 어떻게 몸부림쳐서 기
어올라가더니 야자나무에 붙은 원숭이 꼴을 해가지고 쏴 하고 오줌을 갈
겨댔다. 염치 불고하고 요기를 해결한 그는 얼굴 살갗을 다리미로 다린 듯
쭉 펴고 자리로 돌아와 앉았다.

"각하, 시원하십니까?"

누가 잠에 겨운 목소린 채 다소 농 섞인 투로 물었다.

"네에, 이젠 이십 년을 갇혀 있어도 좋을 기분입니다."

"좋은 경험 하셨습니다."

사람들은 제 좋을 대로 자리를 차지하고 사내로 인해 망쳐버린 새벽잠
을 다시 청하느라고 끙끙 앓는 소리를 내며 하나 둘 모잽이로 누웠다. 그
들은 그 사내의 소란을 벌써 씻은 듯이 용서해버린 쓸쓸한 피곤에 젖어들

고 있었다. 조금 전까지만 해도 그를 경원의 눈초리로 쏘아보았지만 썰물이 모래톱을 씻어내리듯 한번 지나가버린 일은 그대로 묻고 잊어주는 게 편하다는 생각들에 젖어 있은 지 오래인 듯했다. 사실 누구를 미워하고 누구를 귀여워해줄 틈도 없이 바쁘게 돌아가야 하며 그 직업이 어떤 것이든 살아감에 바쁘기는 매일반이라는 이야기들을 그들의 피곤이 묻은 눈 언저리에서 읽을 수 있었다. 내일 아침에는 다시 즉심을 받으러 몰려가야 하고 과료를 물고 혹은 구류를 치러야 할 입장들이긴 했지만, 지금 당장은 누워 있는 그 자리가 피할 수 없는 자기의 자리라는 걸 아무 거리낌 없이 받아들이고 있음에 틀림없었다.

어느 때나 되었을까, 바깥으로부터 쇠빗장을 여는 소리가 들려왔다. 그리고 지체 없이 문이 열리면서 바깥의 아침 빛이 솨 하고 방안으로 쏟아져 들어왔다. 차고 신선한 공기가 금방 방 안에 생기를 헹구고 있었다. 사무실에 걸린 벽시계가 그때 여섯 번을 치고 있었다. 우리는 갑자기 곡마단의 공연 시간이 임박함을 알아차린 시골 아이들처럼 바빠졌다. 두 사람의 당직 순경이 방 안으로 들어오며 말했다.

"고생들 하셨습니다. 모두들 밖으로 나가십시오."

우리들 중 일부는 벌써 입맛을 쩝쩝 다시며 밖으로 나가고 있었고 일부는 동료들을 깨우고 있었다. 나는 은주를 돌아다보았다. 그녀는 핸드백에서 빗을 꺼내 흐트러진 머리를 빗질하고 있었다. 두어 명의 여자들이 은주의 옷매무새를 고쳐주고 있었다. 그녀의 얼굴은 하룻밤 사이에 퍽 초췌해져 있었다. 그녀는 곧장 내게로 달려오지 않고 주위의 여자들과 가볍게 웃으면서 몇 마디 주고받았다.

우리 모두는 아침 햇살이 내리붓고 있는 건물의 뒤뜰로 걸어나갔다.

"남자 분들은 앞쪽으로, 여자 분들은 뒤쪽으로 정렬해주십시오."

당직 순경이 뒤따라오며 이렇게 말했다. 나는 다시 몹시 초췌해진 모든 사람들의 얼굴에 기어오르는 비열함과 그들 틈에 끼여 있는 나 자신에게 말할 수 없는 혐오를 느꼈다. 더욱이나 어쩌다 저따위 똥치들과 같이 어울려 대열을 짓고 내 이름이 호명되면 네 하고 대답하여야 하며, 앉았다 일어섰다 하게 되었는지 딱하고 서글펐다.

정작 방 안에 있을 적엔 느끼지 못했었으나 햇볕 속으로 나오자 멍든 사과처럼 시꺼먼 속살이 들여다보이는 그녀들의 난한 나일론류의 옷차림과, 귀한 구석이라고는 볼따귀 위에 점 하나 없이 철저하게 제멋대로인 그녀들의 싸가지없는 얼굴들을 보자 나는 기가 차서 귀가 멍할 지경이었다. 그러나 은주가 여전히 그녀들 틈에 끼여 역시 대답하고, 앉았다 일어섰다 하고 있는 게 보였다.

뒤편 한쪽 담장으로 트인 후문 밖으로 출근하는 사람들과 학생들이 우리들의 대열을 힐끔힐끔 들여다보곤 웃는가 하면 혹은 얼른 고개를 돌려버리기도 하였다.

바로 그때 한 여자가 슬그머니 내 곁으로 다가왔다. 늙다리 발랑코였다. 그녀는 잠시 머뭇거리는 눈치더니 느닷없이 내 옆구리를 툭 치면서 이렇게 말했다.

"우리 중 한 년이 저 아가씨를 잡고 토껴버릴 테니 그리 아시오."

나는 그녀의 엉뚱한 제안에 몹시 놀랐고 그리하여 어리둥절한 나머지 입을 절반쯤 벌리고 쳐다보기 한참이었다.

"당신은 그 짓 못 할걸요. 우린 할 수 있어요. 한 달에 두세 번은 해왔으니깐요. 과료 물 돈은 어디 하늘에서 떨어진답디까. 더욱이나 저 아가씬

얌전해 보이는데 워째 우리들과 줄레줄레 재판 받으러 걸어가지, 창피스
럽게."

그녀는 대강 이렇게 중얼거리곤 다시 슬그머니 그들이 모여 있는 쪽으
로 걸어가고 있었다. 그때 나는 몇 사람의 여자들이 은주를 둘러싸고 뭔가
은밀하게 쑥덕거리고 있는 것을 보았다. 일순 은주의 시선이 내게로 왔다
간 재빠르게 거두어졌다.

나는 도대체 어처구니없는 그녀들의 꼬라지를 바라보고 있었다. 저렇
게 얌전하고 깔끔한 판탈롱 아가씨가 그것도 희한한 여자들과 어울려 모
의를 하고 있다니, 참으로 세상은 너무 일찍 하직할 곳도 못 된다고 나는
생각했다. 대열을 점검하고 난 두 당직 순경이 무언가 숫자 확인을 위해
사무실 쪽으로 걸어가고 있었다. 그들의 뒷모습이 완전히 사무실로 빨려
들어가는 것과 동시에 곰보딱지 여자가 은주의 팔을 잡고 뒤편의 문 쪽으
로 냅다 뛰어가는 게 보였다.

"저년들 보라구요, 달아납니다."

우리들 중에서 그때 누가 다급하게 소리치고 있었다. 바로 그 중년의
사내였다. 얼핏 보아도 그는 이상할 정도로 흥분되어 있었고 그녀들이 달
아나고 있는 현장을 자기가 맨 먼저 발견했다는 득의에 차 있었다.

"뭣들 하고 있느냐 말욧, 저년들이 달아나고 있단 말이욧."

사내는 사무실 쪽으로 소리치며 달려가고 있었다. 우리 모두는 그녀들
이 달아나고 있는 문 쪽을 보고 있었다. 문에 금방 빠져 달아나던 그 곰보
딱지가 일순 멈추고 돌아서더니, 이쪽을 향하여 손을 흔들었다.

"어언니, 나 먼저 가우."

분명 그녀 옆에 서 있던 은주도 나를 향하여 선명하게 빨간 혓바닥을

날름하는 것을 나는 보았다. 그러나 그때 사내의 신고로 뛰쳐나온 순경이 마침 돌아서고 있는 두 여자를 보았으므로 호루라기를 꺼내 호록호록 불면서 그녀들을 뒤쫓아가고 있었다. 남아 있던 여자들 중에서 누가 시큰둥하게 말했다.

"곰 같은 년, 지랄한다고 손은 흔들어."

# 모범사육

　내가 어슬렁거리면서 원장실로 들어서자, 원장은 뽀빠이처럼 캴캴 웃었습니다. 그 늑대가 우리 원아들 누구에게도 그따위 간지러운 웃음을 보내는 일은 좀처럼 얻기 힘든 영광이었으므로 나는 내심 어리둥절할 수밖에 없었어요. 사실, 늑대가 상냥하게 웃는다는 건 이솝이야기에서나 나올법한 일이니까요. 게다가 그는 내 더러운 손까지 덥석 잡아 안았습니다. 그러나 그런 발작적인 행동에 내가 혹할 리는 없습니다. 그가 우리들에게 친절하게 굴 땐 반드시 어떤 음모가 뒤에 도사리고 있었으니까요. 국회의원이란 배불뚝이 영감이 비서를 대동하고 우리들 영세보육원에 나타난다든지, 안경쟁이 부인들로 구성된 봉사 단체가 쳐들어온다든지, 수녀들이 방문할 때만 그는 염통에 쉬가 슨 듯 캴캴 웃으며 너스레를 떨곤 하였으니까요.

　영세보육원에 수용되어 있는 오십여 원아들치고, 이 보육원이란 것을 맨 처음 창안해낸 그 어느 작자를 저주하지 않는 아이들은 없었습니다. 도대체가 우리들이 기원하여 마지않았던 것은 과자 상자를 안고 오지 않아도 좋고, 마음이 가난한 자는 복이 있나니 천국이 저희 것이니라는 개 뼈다귀 같은 성경 말씀 듣지 않아도 좋으며 돼지 모가지 따는 소리로 짖어대는 찬송가 안 들어도 좋으니, 제발 그 위로 방문 따위 좀 멈추어달라는 것입니다. 그들이 도착하기 적어도 사흘 전부터 우리들은 그 늑대에게 이리 몰리고 저리 쫓기며 옷을 빨아 입는다, 대가리를 깎는다, 뒤꼍을 청소한다, 화단을 새로 가꾼다는 식의 철야 작업에 몰려 괴롭힘을 감당해야 하기 때문이죠.

그런데 그 원장이 오십 명의 원아들을 다 제쳐두고 오직 나 혼자만을 위해서 시방 캴캴 웃고 있다는 것입니다. 나는 갑자기 찬물에 온몸을 담근 놈처럼 뻣뻣해져 서 있었습니다.

"어떻습니까? 마음에 드십니까?"

연신 날 보고 웃고만 있던 원장 놈이 옆으로 돌아오며 이렇게 말했습니다. 나는 그제야 원장 건너편 의자에 한 여자가 댕그라니 앉아 있는 걸 발견했습니다.

그 사십대의 여자는, 적당히 살이 찐 볼따구니에 엷은 홍조를 띠고 나를 바라보고 있었어요. 그녀는 벌써 오래전부터 그런 자세로 나를 관찰하고 있었던 게 틀림없었어요. 나는 시방 내가 어떤 상황에 놓여 있다는 걸 단박 알아차릴 수 있었습니다.

그 여자가 양잣감을 고르러 온 여자임을 보육원 생활 삼 년째인 내가 모를 리 있겠어요? 그런데 도저히 헤아려낼 수 없는 한 가지 의문이 있었습니다. 나로 말하면 양자를 얻기 위한 수많은 사람들을 만나왔지만 그때마다 퇴짜를 맞아온 못난 입장이란 것이에요.

그들이 내게 붙여준 딱지는, 불결하기 짝이 없는 것은 고사하고 도무지 덤벙대기 잘하고 불량성이 농후하다는 것이었습니다. 나 같은 아이를 자기 집에 데려다놓는다면, 그 집구석은 한 시간 안으로 지옥이 되어버린다는 것이 내게서 얻어내는 그들의 결론이었어요.

나는 오직 이 보육원에서만은 벗어나야 한다는 욕망 하나에 사로잡혀 내 모든 치부를 간교하게 도사려보았지만 그들은 내 속에 숨어 있는 그것들을 교묘하게 탐색해내고야 말아왔습니다.

그런데 이번만은 이상하게도 그 원장이 내게 특별 지시를 내려, 목욕을 하라는 둥 손톱 발톱을 깎으라는 둥 '예 그렇습니다' 하는 따위의 고분고분한 말대답을 하라는 식의 사전 지시가 없었다는 것입니다. 나는 뒤뜰에서 아이들과 흙발로 걸어차기 장난을 하고 있다가 그대로 원장실로 불려왔을 뿐이었어요.

"과연 말씀하신 대로군요!"

나를 바라보고 있던 그 여자가 이렇게 말하면서 원장을 향해 눈웃음을 보냈습니다. 그 여자가 앉아 있는 의자의 맞은편 탁자 위에는 반쯤 마시다 둔 커다란 오렌지 주스 잔이 놓여 있었더랬어요.

나는 그 유리컵을 바라보고 있었습니다. 그랬던 것은 주스를 후딱 빼앗아 마시고 달아날 시간을 언제로 잡느냐 하는 주저 때문이었습니다. 두 사람이 주고받은 말이 어떤 음모로 꾸며지고 있든, 그것이 내게 있어선 파리 똥만큼이나 관심 없는 노릇이었으니까요. 그런 내 기분을 대뜸 알아차린 것은 그 여자였어요.

"자, 이것 마셔, 사양 말고."

그 여자는 유리컵을 들어 내게 내밀었으나 그 순간 나는, 내 치부가 그

80

녀로부터 잽싸게 탐색되어버렸다는 오기 때문에 한참이나 여자를 쏘아보았습니다.

"야, 쌤통이다. 안 먹어, 씨팔."

내가 이렇게 중얼거리자, 금방 늑대의 호령이 내 뒤통수에 떨어졌어요.

"이놈 자식, 왜 안 마셔? 이분이 널 생각해서 그러는데?"

기죽을 수밖에 없었어요. 나는 그녀 손에 들려 있는 잔을 날렵하게 빼앗아 주스를 단숨에 마셔버렸지요. 너무나 조급하게 서둘러 마셨던 나머지 새알이 들려 나는 한참이나 발을 굴러가며 기침을 해댔습니다. 그 꼬락서니가 무엇이 그리 재미있는지 두 사람은 깔깔 웃었습니다. 그 여자가 그때 재빨리 핸드백을 열고 하얀 손수건을 꺼내더니 내 주걱턱에 묻은 침을 닦아주었습니다. 침 흘린 것보다는 땟국이 더 많이 묻어나온 형편이었지만 그녀는 손수건을 다시 곱게 접어서 핸드백 속에 넣었어요. 그 여자의 복숭아 속살처럼 새하얀 가슴팍에 매달린 백금 목걸이가 하늘하늘 가늘게 떨고 있었습니다. 원장이 그녀를 보고 다시 묻더군요.

"만족하십니까?"

"그렇습니다."

"데려가시겠어요?"

"네, 가능하다면 지금 당장……."

"그렇게 하세요."

"그렇게 해주실래요? 감사합니다. 그런데 이 아이가……?"

"염려 마세요. 그 자식은 이 보육원을 떠나지 못해서 안달이니까요."

원장, 그 늑대는 내게로 얼굴을 돌리면서 말했습니다.

"용팔아!"

"왜요?"

"에또, 너 말이야…… 지금 저기 앉아 계시는 분이 너의 어머니 될 분이야. 뭣하면 아주머니라고 불러도 좋아. 넌 이 아주머니를 따라가서 아주 오늘로 그 댁에서 살게 된다. 알았지?"

"알았어요."

"성격이 아주 서글서글하군요."

그 여자가 우리들의 대화에 끼어들었습니다.

"아, 이 녀석 말입니까? 늑대 같은 놈일걸요."

원장이 나를 보고 이렇게 말하자 나는 기가 찼습니다. 그건 그렇다 치고 이 여잔 도대체 늑대 같은 나를 데려다 어디다 쑤셔박을 작정인지 나는 조금씩 불안해져갔습니다. 내가 그 여자를 따라가버리기로 작정한 것은 이 보육원을 한시라도 빨리 뛰쳐나가고 싶은 욕심 때문에 앞뒤 견주어볼 겨를이 없었던 탓도 있었지만, 그 여자가 여느 때의 여자들과는 달리 생겨먹은 그대로의 나를 고분고분하게 받아들이고 있는 태도에 호감이 갔기 때문이었어요. 적어도 그 여자를 따라가는 데는 아무런 계약도 조건도 강요당하지 않았습니다. 그 여자의 그런 태도를 상식적으로 이해할 수 없다는 것이 나를 불안하게 만들었어요. 그녀는 일어섰고 핸드백을 다시 열더니 흰 봉투 하나를 꺼내서 그 늑대에게 내밀었습니다.

원장은 방금 쥐갈비라도 뜯어먹은 난처하고 당황해하는 낯짝이 되어 그 봉투를 받아 쥐고 왜놈들 뺨치게 굽신거렸어요. 난 그 봉투의 내용물이 뭐라는 것을 알아차렸습니다. 그것이 사례금이란 걸 열세 살이나 처먹은 내가 모를 리 있겠습니까.

그때 내 정수리에 보드라운 그 여자의 손이 와 닿았습니다.

"날 따라가자, 응?"

순간, 나는 흠칫 놀라고 말았어요. 막상 그 여자를 따라가야 한다고 생각하니 마지막 가는 기분이 솟아올랐거든요.

"난 안 가, 씨팔."

내가 너무 큰 소리를 쳐버렸으므로 그녀는 내 정수리에 얹었던 손을 얼른 거두어갔습니다.

"아니, 이 자식이? 너 정말 곤조통 부릴래?"

도대체 사회사업을 벌여서 보육원 원장을 한다는 작자가 원아를 보고 이따위 저속한 말로 공갈을 칠 수 있다고 생각하십니까?

진팔이, 용식이, 수진이, 호섭이, 태일이……, 나하고 가까운 원생들의 얼굴이 내 뇌리를 스치고 지나갔으므로 나는 금방 심란해져버렸어요. 그러나 그러한 내 심중의 갈등을 그 여자는 재빨리 간파해내는 것이었어요.

"우리 집에도 너의 친구 될 아이가 둘이나 있단다. 어서 가자, 냉장고에 넣어둔 아이스크림 먹어봤니?"

그 여자는 원장 그것보다는 몇 배나 더 간교한 여자였어요. 물론 나는 그게 나를 꼬시는 것이란 걸 알았습니다. 그러나 나는 망설이지 않을 수 없었어요. 정말 오랜만에 찾아온 이 탈출의 기회를 놓쳐버린다는 것이 죽기보다 싫었습니다.

이 여자의 집에 살다가 기분 잡친다면 도망쳐버려도 된다는 계산이 섰고 또한 내 친구들을 그렇게 만나고 싶다면 이곳을 방문하면 될 거 아니겠어요. 나는 금방 태도를 바꾸어 그 여자를 따라나섰습니다.

문밖으로 나가자, 초록색의 조그만 자가용 한 대가 서 있었습니다. 그녀는 조수석에다가 나를 태운 다음 그녀가 직접 차를 운전하였습니다. 매

우 시건방진 여자인 것 같았어요. 우리는 시가지 한복판을 꿰뚫고 한참이
나 달려가서 미아리 고개를 넘어 정릉 쪽으로 갔습니다.

차가 선 곳은 숲 속에 싸인 어느 아담한 주택 앞이었어요. 그 여자가 경
적을 울렸습니다. 한참 있다가 물개처럼 미욱하게 살이 찐 오십대의 가정
부가 나타나서 대문을 열어주더군요.

"얘, 이젠 내리자. 다 왔나 보다."

그 여자는 나를 돌아보고 상냥하게 웃으며 이렇게 말했어요.

우리는 그 집의 응접실에 도착했고 그 여자는 가정부에게 나를 소개하
고 있었습니다.

"어떻수 할멈? 내가 잘 골랐지요?"

할멈이라 불린 그 가정부는 대답은 않고 나를 뚫어지게 내려다보고 서
있었습니다. 그리고 아주 천천히 말했어요.

"네, 아주 썩 잘하셨어요."

저들이야 어떤 주접을 떨든 말든 내 상관할 바는 아니었습니다. 나는
응접 소파로 가서 한번 덜렁 앉아보았습니다. 쿠션이 아주 멋지더군요. 내
작은 몸이 푹 파묻힐 정도로 내려갔다가 다시 튕겨 올라왔습니다. 나는 재
미있어서 그 짓을 몇 번인가 되풀이하고 있었어요.

"할멈, 쟬 목욕시키고 새 옷으로 갈아입혀요. 냄새가 나서 원."

그 여자는 이렇게 명령하고 자기 방으로 들어가버렸습니다. 나는 그 순
간 흠칫 놀랐습니다. 목욕이라면 나는 염소가 물에 들어가는 만큼이나 싫
었기 때문이었어요. 나는 손을 높이 쳐들고 단호히 거절했어요.

"싫어. 난 목욕 안 해, 씨발."

내가 씨발이라고 말하자 가정부의 두 눈이 광화문 앞에 있는 해태 눈깔

만큼이나 크게 벌어지더군요. 그녀는 너무나 큰 충격을 받은 나머지 두 어깨를 부들부들 떨고 있었습니다.

나는 그 꼬락서니가 매우 재미있었어요.

"내 몸에 손만 대봐, 죽여버릴 테니까."

내 두 번째의 공갈이 떨어지자, 그녀의 눈깔이 온통 흰창뿐이더군요. 그리고 한참 만에 그녀는 주인 여자의 방으로 뛰어들었습니다. 가정부를 따라 다시 응접실로 나온 주인 여자의 태도는 그러나 퍽 정리된 그것이었습니다. 그녀는 나를 향해 상냥하게 웃으면서 한쪽에 서 있는 냉장고로 다가가서 문을 활짝 열어 보였습니다.

"용팔아, 이것 봐! 목욕을 하고 나오면 이 속에 있는 것 아무거나 원하는 대로 줄 테니까. 먹고 싶지 않니?"

나는 냉장고 속을 들여다보았습니다. 부엉이 소굴이라더니 그 냉장고 속이 바로 그랬습니다. 통조림, 아이스크림, 바나나, 계란 등속들이 빽빽하게 들어차 있더군요. 그것을 본 나는 그만 입을 다물고 말았습니다. 하는 수 없이 가정부를 따라 목욕탕으로 들어갔지요. 집 안은 쥐 죽은 듯 고요해서 물을 끼얹는 소리가 그렇게 크게 울릴 수가 없었어요. 그런데 나를 목욕시키면서 가정부는 내 자지에다가 자꾸만 비누질을 해서 만지작거려보는 것이었습니다. 난 화가 머리끝까지 치밀어올라 소리 질렀습니다.

"남의 자지는 왜 자꾸 만져? 씨발."

목욕탕 안이 찌렁찌렁 울렸으므로 가정부는 또 한 번 비눗곽을 떨어뜨리고 자지러지게 놀라버렸습니다. 급히 내게 물을 끼얹어선 비누를 씻고 나를 목욕탕에서 쫓아냈습니다.

물론 나는 가정부가 내어준 세탁한 옷으로 갈아입고 그 푹신한 소파에 몸을 파묻고 앉아 아이스크림을 핥고 있었습니다. 주인 여자는 어디로 나갔는지 집 안에 없었습니다. 그때 다시 대문 저쪽에서 경적이 울려왔습니다. 아마 주인 여자가 또 사람을 태워가지고 들어오는 것 같았어요. 가정부가 황급히 뛰어갔습니다. 그녀는 암탉처럼 엉덩이를 뒤룩거리고 있었어요. 넨장, 무던히도 처먹기 좋아하는가 봐요.

얼마 있지 않아서 주인 여자의 뒤를 따라 들어오는 두 아이의 모습이 현관에 나타났습니다. 나이가 나와 엇비슷해 보이는 두 아이들을 보자 나는 우선 깜짝 놀라버렸습니다. 그들은 쌍둥이였어요. 게다가 저의 어머니를 쳐다보고 무어라고 재잘거리는 태도와 목소리가 계집애들의 그것과 너무나 흡사한 데 놀랐다는 것입니다. 그러나 그들은 분명 사내아이들이었어요. 저들의 어머니가 소파로 앉으면서 말했어요.

"얘들아, 이리 온."

그러자 그들은 계집아이들처럼 콩콩 뛰어가서 어머니에게 답삭 안기는 것이었어요. 볼우물이 패었다든가 두 녀석이 똑같이 고개를 갸우뚱거리면서 손가락을 빨고 있는 태도는 얄미운 계집아이가 그대로 왔다였습니다.

녀석들은 호기심과 조금은 불안이 섞인 시선으로 나를 말끄러미 쳐다보고 있었습니다. 그 여자는 녀석들을 내 편 가까이로 밀어주면서 말했습니다.

"자, 오늘부턴 너희들끼리서만 놀지 말구 얘하고 꼭 같이 놀아야 한다. 알겠니? 얜 앞으루 우리 집에 쭉 눌러 있을 거야. 이름은 용팔이라구 한다."

그 여자는 단숨에 이렇게 엮어 조졌는데 녀석들은 불안함을 감추지 못하면서도 어머니의 당부에 다소곳이 고개들을 끄덕이고 있었어요. 두 아이들의 책가방을 챙겨서 방으로 가지고 가면서 여자가 말했습니다.

"놀구 있거라. 내 옷 갈아입고 나올게."

응접실엔 우리들 셋만 남았습니다. 과일의 속살처럼 살갗이 투명한 두 아이는 흡사 완구점에 진열된 장난감을 구경하듯 두 눈을 동그랗게 뜨고 나를 바라보고 있었어요. 그때 내 뇌리를 스치는 묘한 생각이 있었습니다. 녀석들을 놀려주고 싶었다는 것입니다.

나는 잽싸게 두 손을 얼굴 양 옆으로 가져가서 두 눈과 입을 잔뜩 벌려 쥐고는 "어흥! 잡아먹자아" 해버렸습니다. 나는 그냥 놀려주고 싶은 마음 뿐이었어요. 그런데 녀석들은 금세 얼굴들이 새파랗게 질리면서 찢어지 는 듯한 고함 소리를 거의 동시에 쏟아놓았습니다.

그 통에 오히려 내가 놀라버렸습니다. 그들의 한껏 벌린 선홍색의 입 안 저쪽에 매달린 목젖이 바르르 떨리고 있는 것을 나는 보았습니다. 그와 때를 같이하여 여자와 가정부가 응접실로 달려나왔습니다. 나는 그때 벌 써 헤헤 웃고 있었지요. 두 아이는 각각 두 여자에게 답삭 매달려 바들바 들 떨고 있더군요.

그 사고가 있은 뒤, 난 주인 여자로부터 심한 꾸지람을 들었습니다. 그 런 짓을 시키기 위해 나를 자기 집으로 데리고 온 건 아니라는 것이었어 요. 그 여자는 앞으로 내가 이 집에서 해야 할 일들을 하나하나 손꼽아갔 습니다. 병정놀이나 땅뺏기, 돌차기, 태권도의 기본동작, 팽이돌리기, 숨 바꼭질 등 보육원에서 배운 갖가지 놀이들을 그 녀석들에게 가르치고 같 이 놀아주면 된다는 것이었어요. 호랑이 놀음 따위는 삼사 개월 후에나 하 라는 것이었습니다.

그리고 그런 놀이를 즐기는 것은 좋으나 절대로 아이들을 다치게 해서 는 안 된다는 것이었어요. 그것도 아이들이 학교에서 돌아와 복습과 예습을 끝낸 다음 두세 시간만 같이 놀아주고 그 외의 시간엔 나 혼자 따로 떨어져서 널브러져 자든지 목구멍이 미어지도록 처먹기나 하든지 그건 내 자유라는 것이었어요.

그 녀석들은 자지를 차고 있는 사내들이면서 소꿉장난 아니면 뜰에 있는 그네나 대롱대롱 타면서 사탕이나 빨고 있거나 새장 주위에 나란히 서서 모이나 주는 것이 소위 논다는 것의 전부라는 것이었어요. 말하자면, 그 녀석들의 간땡이를 키워주는 것이 내 임무의 전부라는 것입니다.

나는 이따위 금붕어 같은 자식들과 어울린다는 게 싫었지만 이 집 안에 있는 것은 아무거나 '목구멍이 미어지도록 처먹어도 좋다'는 매력 때문에 그 여자의 요구를 도저히 뿌리칠 수가 없었단 말입니다. 게다가 이 집에선 청소를 하라고 강요하는 일도 없었으며 화단을 가꿀 일도, 더욱이나 밥 먹을 때마다 강요당하는 그놈의 썩어빠진 기도나 찬송가를 부를 일도 없었습니다.

그 아이들은 역시 그림을 그리는 솜씨나 바이올린을 켜는 솜씨는 기똥 찼지만 심지어 땅뺏기조차도 어떻게 시작되는가를 전연 모르고 있었습니다. 그 여자가 아이들을 너무 지각없이 닦달했던 나머지 녀석들은 학교에 가서도 도대체가 운동장에 나가는 법이 없었다는 거예요. 줄곧 교실에서만 박혀 있다가 그대로 집으로 돌아오고 만다나 봐요. 통조림 깡통같이 앞뒤가 꽉 막힌 이런 맹추들과 수작을 같이하자니 내 속인들 여간 썩었겠습니까?

"야, 이 새끼덜아. 너들은 왜 그렇게 맹추니?"

견디다 못해 나는 가끔 이렇게 녀석들을 윽박질렀습니다. 내 험상궂은 얼굴을 보면 녀석들은 금방 새파랗게 질린 얼굴이 되어 꼼짝달싹 못하고 앉아 있게 마련이었어요.

"야, 도대체 너들은 머슴애들이니, 계집애들이니? 우선 그것부터 물어보자, 이 개똥 같은 자식들아?"

내가 이렇게 꽥 소리치면 가관이었던 게 두 녀석이 똑같이 발딱 일어서면서 바짓가랑이를 아래로 까내려 내게 그 꼴같잖은 자지를 보여주었던 것이었어요.

"좋았어, 바지 올려. 그런데 너들 아빠 처음부터 없었니? 살다가 뒈졌니?"

"……."

"이 새끼덜, 대답 안 하면 재미없어."

"우리들이 일학년 때 돌아가셨나 봐."

"왜 뒈졌니?"

"큰 광산을 갖고 계셨는데 현지에 가셨다가 낙반 사고루……."

"너네 아빠도 되게 재수 없는 자식이었구나."

"욕하지 마."

"이 새끼덜아, 내가 지금 욕 안 하게 됐니?"

나는 녀석들의 골통을 쥐어박기도 했는데, 처음 몇 번은 집 안으로 울고 들어가기도 했지만 어머니가 나를 꾸짖지 않으니까 나중엔 몇 번씩이고 쥐어박혀도 울지 않게 되었습니다.

내가 그 집에 들어간 지 석 달이 지나는 동안 녀석들의 버르장머리를 싸그리 뜯어고쳐놓았습니다.

녀석들은 그제야 소꿉장난을 한다거나 그네를 타고 노는 따위의 계집 아이들 짓거리들을 하지 않았고 또 관심도 없었습니다. 오직 내가 가르쳐

준 숨바꼭질이나 병정놀이, 돌차기 등의 재미에만 골몰해 있었어요. 녀석들의 얼굴도 햇볕에 그을려 있었고 간혹은 나처럼 쌍말도 씨불일 줄 알게 되었습니다. 학교를 다녀와서도 옛날처럼 응접실을 콩콩 뛰어 건너가서 어머니 품에 답삭 안기는 짓거리를 집어치우고 현관에 그대로 서서 "어머니, 학교에 다녀왔습니다" 하고 어른스럽게 으스댔으며 제법 가슴팍을 벌리고는 때로 내게까지 반발도 했습니다. 그러나 그게 미루나무에 매미 엉겨붙기지 어디 될 법이나 한 이야깁니까. 그러나 그들은 날이 갈수록 내 상대자로서의 면모를 갖추어가고 있었습니다.

그 여자는 녀석들의 그런 급진적인 변모에 매우 만족한 듯 보였습니다. 하루는 그 여자가 보는 앞에서 내가 맨 처음 이 집에 오던 날, 녀석들을 놀라게 해주었던 '호랑이 놀음'을 해보았지요. 그때 녀석들이 똑같이 헤헤 웃으면서 "애, 용팔이 너 참 웃기는구나!"라고 말했을 때 그 여자의 만족한 웃음을 나는 잊을 수가 없군요. 자식들은 이제 그녀가 바라는 만큼 간땡이가 커져 있었습니다. 나는 나 자신이 그런 일을 해낼 수 있었다는 점이 대견하였습니다. 그러나 어느 누구도 나를 칭찬해주는 사람은 없었어요. 그 집에 있는 동안 나는 보기에도 흉할 정도로 뒤룩뒤룩 살이 쪄 있었습니다. 그리고 나는 아무런 부족함이 없었습니다. 그대로 만족이었어요.

그러나 나는 점점 불안해져갔어요. 그 녀석들의 사나이 기질을 그만치 개발해놓았으니 조만간 내가 그 집에 머물러 있어야 할 명분을 박탈당할지도 모른다는 불안이 나를 서서히 괴롭혀왔습니다.

어느 날 갑자기 그 여자가 나를 불러 세워놓고 "애야, 너 이젠 그만 보육원으로 돌아가야겠다"라고 내뱉는 날이면, 난 그걸로 결말나버리는 거니까요. 내 그러한 예측을 뒷받침하는 여러 가지의 조짐들이 요사이 와서 부쩍 많이 내 주변에서 일어나고 있더란 말입니다. 하루는 내 손으로 냉장고의 문을 열고 바나나 한 개를 꺼내 잡숫는데, 바로 등 뒤에서 가정부의 신경질적인 목소리가 들려왔습니다.

"용팔아, 얘 이젠 작작 먹어라."

나는 그 예상치 않았던 힐난에 놀랐고, 머리끝까지 화가 치밀어올랐습니다.

"왜, 아무리 먹든? 네 거야?"

"이놈의 자식이 어디다 말대꾸니?"

"못 할 것 어딨어?"

"오냐, 이 녀석 두고 봐라."

그녀는 방으로 들어가더니 자물쇠를 갖고 나와선 냉장고 문을 딸가닥 잠가버리는 것이었어요. 난 몹시 신경질이 났지만 왠지 어쩔 수 없다는 생각이 나를 짓눌러서 참고 말았습니다. 그리고 이전처럼 목욕을 하라고 성화를 부리지도 않았으며 주인 여자도 나를 볼 땐 그 상냥한 웃음을 의식적으로 거두어갔습니다. 그때마다 나는 기분이 언짢았어요.

때로는 식탁에 앉아서 내게 충고도 하는 것이었어요.

"얘, 용팔아. 식사량을 조금씩 줄여야 쓰겠다, 너?"

그 여자는 정색을 하고 나를 바라보는 것이었어요. 짐작건대 어른들은 석 달 동안 녀석들과 쌓아놓은 정분을 떼어놓으려고 노력하고 있었다는 것입니다. 나는 초조하고 불안해졌습니다. 나는 계속 이 집에 파묻혀 살고 싶었습니다. 도망을 친대도 이런 집구석은 아마 얻어걸릴 것 같지가 않았습니다. 그러나 내가 이 집에 눌러 지낼 수 있는 건 이 집에서 내 존재의 필요성을 느낄 때뿐이라는 냉혹한 현실에 부딪치고 만 것입니다.

그래서 나는 매우 교묘하고 기발한 생각을 하게 되었습니다. 내가 이 집에 계속 붙어 있을 수 있는 명분을 찾아내는 일이 그것이었어요. 그러니까 그 두 녀석들을 다시 옛날의 계집애들의 형태로 되돌려놓아야 한다는 것입니다.

녀석들은 지금까지 내가 시키는 대로 해왔고, 내가 앞서서 걸어가면 그들은 다소곳이 내 뒤를 따라왔었습니다. 그러니까 녀석들을 다른 계집애들처럼 만들자면 나 자신이 계집애들처럼 굴어야 한다는 생각이 들었습니다. 그래서 나는 녀석들이 집으로 돌아오는 시간쯤 되면 집 뒤꼍으로 가서 갖가지 소꿉장난감들을 늘어놓고 쪼그리고 앉아 이건 대추, 이건 곶감, 이건 아이스크림 하면서 종알거리고 있었습니다. 물론 녀석들은 복습과 예습을 마치고 나서야 나를 찾아왔습니다. 나는 속으로 쾌재를 불렀습니다. 그러나 녀석들은 내가 하는 일은 뒷짐을 지고 서서 구경만 할 뿐 얼른 그 소꿉놀이에 말려들지는 않았습니다.

"야, 너들은 같이 안 놀래?"

"얘, 용팔이 너 그게 무슨 짓이니? 계집애들처럼."

녀석들은 여전히 뒷짐을 지고 서서 이렇게 나를 힐책하는 것이었어요.

"이 새끼들! 같이 안 놀래, 정말?"

나는 눈꼬리에 잔뜩 풀을 멕이고 그 녀석들을 노려보았습니다. 그러나 그들에게선 아무런 동요의 빛이 보이지 않았습니다. 나는 어깨의 힘이 점점 아래로 빠져내려가는 허탈감이 왔습니다. 그중 한 녀석이 제 동생을 보면서 말했습니다.

"얘, 진수야! 우리 태권도 연습하러 갈래?"

"그래, 가자구. 저건 삐구."

그들은 앞뜰로 쭈르르 달려가고 말더군요. 정말 기가 찼습니다. 그러나 나는 그 맛있는 콩자반과 쇠고기 장조림과 주스와 아이스크림을 포기할 순 없었어요. 나는 그들이 멀리할수록 근 열흘 동안이나 그들을 설득하고 회유하기 위해 무진장으로 노력을 기울였습니다.

그러나 그러한 내 노력들은 시간이 갈수록 우매할 뿐이라는 것을 내게 가르쳐주고 있었습니다. 그들은 소꿉장난에도 그네타기에도 새에게 모이를 주는 일에도 전연 관심이 없었고 그러한 놀이에 열중하고 있는 내 꼬락서니를 저들 어머니에게 일러바치곤 손가락질하며 마음껏 비웃었습니다. 그들은 비밀스러운 눈초리를 내게 배치했고 나는 무너져내리는 듯 의기소침해져 있었습니다. 나는 완전히 따돌림을 받았습니다.

녀석들은 그런 나를 아랑곳하지 않았습니다. 저희들끼리 뜰에서 어울려 놀다가 심심하다 싶으면 이젠 대문 밖의 골목에까지 진출해서 동네 아이들을 유도해 병정놀이를 즐기곤 땀을 뻘뻘 흘리며 집으로 돌아오곤 했습니다. 옛날엔 쌍둥이라고 놀리던 동네 아이들이 너무나 건강해지고 때로는 쌍말도 거침없이 지껄여대는 쌍둥이 형제들에게 짓눌려 녀석들의 유도에 묵묵히 따라주는 모양이었어요. 적어도 석 달 전만 해도 두 녀석들은 동네 아이들의 놀림 때문에 대문 밖을 나설 수가 없었다는 거예요. 한 아이가 옛날처럼 여기곤 놀려대다가 두 녀석이 함께 엉겨붙어 실컷 패주는 바람에 나머지 아이들은 끽소리 못했대나 봐요. 녀석들은 어느 사이에 동네에서 손꼽히는 악돌이가 되어 있었습니다.

나는 소파에 묻혀 낮잠을 자거나, 그네에 올라타고, 그걸로 긴 하루 해를 오직 혼자서만 보내게 되었습니다. 그리고 혼자서 소꿉장난이나 하고 노는 수밖에 딴 도리가 없었어요.

그러던 어느 날, 뒤꼍에서 혼자 놀고 있는데 바로 내 등 뒤에서 나를 부르고 있는 한 우람한 남자의 목소리가 들려왔습니다. 난 맨 처음 그 목소리를 향해 돌아볼 겨를도 없이 까무러칠 듯 놀라버렸습니다. 집 안에서 그렇게 큰 남자의 목소리가 들려올 리도 만무하였지만 그 목소리는 잊혀져가려는 내 심층의 한쪽 끝을 발딱 일으켜 세우고 있었기 때문이기도 했어요. 나는 가까스로 숨을 돌리고 뒤를 돌아다보았습니다.

거기엔 영세보육원의 원장이 팔짱을 끼고 서 있었어요. 그 순간 나는 잽싸게 몸을 돌려 달아나려고 하였습니다. 그러나 그것보다 훨씬 빨리 원장이 팔짱 낀 손을 풀어 내 어깨와 견골께를 덥석 껴안아 잡고 말았습니다. 내가 원장에게 끌려 앞뜰로 나왔을 때 난 그 집의 두 여자가 현관 밖에 나와 서 있는 걸 보았습니다.

주인 여자가 원장에게 말했습니다.

"갤 오래 두었다간 우리 집 애들을 다 버리겠어요. 하루 온종일을 계집애 짓거리만 하고 돌아다닌다니까요. 원장님이 직접 확인하셨을 테죠?"

원장이 그녀를 향해 넙죽 절하며 말했습니다.

"그럼 사모님, 이 녀석 데리고 가겠습니다."

나는 진땀을 뻘뻘 흘리며 원장에게 끌려갔습니다. 골목 저편에서 때마침 이 집구석의 아이들이 소리 맞춰 부르짖고 있었습니다.

"야, 돌격 앞으로!"

# 휴면기

'그 곳집'은, 마을에서 상당히 떨어진 외진 산턱에 언제나 적막하게 가라앉아 있었다. 아래쪽 계곡에서부터 완만한 경사로 올라오던 달구지 길이 곳집 앞에 이르면, 갑자기 사각을 성큼 치켜세우면서 윗마을로 굽어나갔다. 지붕이 거무칙칙하게 썩어내리는 그 집은, 고임돌 하나만 빼면 금세 와르르 무너질 듯 당돌한 고요를 안고 산비탈에 엎디어 있었다. 싱싱하게 버티던 햇살도 그 집 속에 들어가면 곧장 무게를 느끼게 하는 어둠으로 침전했다. 채색이 벗겨진 상틀이 가벼운 두려움을 풍기며 그 속에 누워 있었다. 그것들은 이제 통조림의 생선뼈처럼 삭아서 돌지네들이 들쑤시고 드나들었다.

출입문은 허술하기 짝이 없었으므로, 바람이 부는 날은 녹슨 철주가 귀기를 뿌리며 밤새워 삐걱거렸다. 때문에, 이 마을에선 단 한 사람의 홀아비며 요령잡이인 황 서방 외엔 사람들의 발길이 뜸했다.

오래전부터 '뚝이'를 데리고 우리 집 행랑채에서 살아온 황 서방은 곳집 둘레의 공터를 콩밭으로 일구어놓았었다. 전쟁이 일어나면서부터 노루란 놈들이 인근 산야에 자주 출몰하기 시작했고, 또 그것들은 황 서방의 콩밭에도 적잖은 피해를 입혀왔다. 아니래도 입이 걸기로 이름난 그는 노루가 콩밭에 다녀간 아침이면, 으레 세상의 온갖 '니기미'와 '씨발'을 부산하게 늘어놓았다. 그는 행랑채에 들어서는 길로 뼈를 녹일 듯이 곤히 자고 있는 뚝이를 두들겨 깨웠다. "야, 뱃놈의 개 같은 자식아, 해가 궁뎅이 떠받친다" 하며 욕을 퍼부어댔다. 뚝이는 버짐이 핀 정수리를 긁적거리며 눈두덩을 찌뿌듯하게 뜨고 일어났다. 그리고 멍하니 앉아 있었다. 황 서방이 아무리 군세게 욕지거리를 해댄다손 치더라도, '먹보'인 뚝이로선 개구리 낯짝에 물 끼얹기였다. 한참 만에야 제풀에 지친 황 서방은, "에끼, 미련한 놈. 니놈은 똥도 참으면 살로 갈 끼다. 넨장!" 어쩌구 하다가 배탈 난 거위처럼 캐걸캐걸 기침을 쏟아놓았다. 말하자면, 우리에겐 노루가 인근 산야에 출몰하게 된 그런 의미밖엔 없는 전쟁이 일어나고부터, 어느새 학교가 폐쇄되어버렸고, 드디어는 골목길에서조차 놀 수 없게 되었다. 아득한 성층권쯤에야 날아가는 비행기만 보아도 어른들은 우리를 집 안으로 몰아붙였기 때문이었다. 우리들은 하나 둘 외톨박이가 되어갔다. 그것이 내가 뚝이와 어울리게 된 동기가 되어주었다. 마을 주변의 산속에서 기이한 몸짓으로 군림하는 곤충들의 서식지나 산의 정적을 파먹고 터질 듯한 알맹이로 잉태한 산열매 덩굴들이 있는 곳을, 그는 박물관의 안내원처럼 정확하게 알고 있었다. 그런 그에게 항상 야릇한 충동이 어린 야취 같은 게 풍겨왔다. 그것은 나에겐 퍽 생경한 냄새이면서 아주 신선한 탄력으로 나를 잡아끌었다.

나는 거의 매일을 뚝이와 산속을 뒤지고 다녔다. 산이 껴안고 있는 그

갖가지 은밀한 비밀들은 우리들 손에 의해 하나하나 채굴되었다. 우리는 아침밥이 삭기 바쁘게 마을을 빠져나왔다. 우리가 가는 곳은 항상 뒷산이었다. 앞산 허리를 감아 조이고 있는 외줄기의 달구지 길이 저만치 아래서 귤빛으로 선명하게 드러나는 높이쯤에 오르면, 개미집을 찾기 시작했다. 대개 썩은 나무 밑동 근처나 산짐승의 분뇨가 굳어 있는 근처에서 대가족의 개미집을 발견할 수 있었다. 그것은 언제나 뚝이 편에서 '어!' 하고 가리키는 곳에 있기 마련이었다. 우리는 개미집 주위에 개구리처럼 다리를 죄고 앉았다.

개미는 자기들의 체적은 전연 의식하지 않는 듯했다. 새큼한 그들의 체취가 코 언저리에 엷게 묻어왔다. 그 냄새는 이상하게 나른한 졸리움을 우리에게 안겨주었다. 우리는 그 졸리움에 가만히 몸을 맡겨두어본다. 졸리움이 야릇한 충격으로 깜박 혼미 상태가 될 때가 있었다. 시선엔 햇살이 확 잡혀들고, 귀뿌리로 오스스한 한기를 느낀다. 개미들이 봇물이 터진 듯 어느새 전부 집 밖으로 쏟아져나와 있었다.

일사불란하게 움직이는 한 패의 개미들에게 살육당하는 검은 개미들. 싸움개미의 노예 사냥을 위한 기습을 당한 것이었다. 그들의 무참한 시체가 너절하게 널려 있다. 우리는 그때, 그들의 처절한 파산의 절규를 귀에 떠올렸다. 그것은 묘하게도, 그즈음 우리들이 느끼고 있던 일상의 분위기와 어렴풋이 영합되는 듯했다. 그때 뚝이는 들고 있던 막대기로 될수록 짧은 시간에 그 싸움개미들을 지악스럽게 두들겨준다. 체즙을 쏟으며 미적미적 물러나는 싸움개미들. 순간, 우리는 굉장한 거인으로 둔갑해 있는 자신들을 발견하는 것이었다. 나는 휘파람을 날리고, 뚝이는 독거미집으로 나를 잡아끌었다. 그 징그러운 독거미는 항상 오리나무 가지 사이에 진을 치고 있었다. 그것은 커다란 성을 연상시켰다.

독거미는 언제나 성주로서 체통이 당당했다. 조금도 움츠리는 기색이 없이 몇 시간이고 날벌레의 침입을 기다릴 줄 알았다. 그 집요한 인내력과 또 먹이가 걸려들었을 때 정확하기 짝이 없는 방향감각과 날렵한 포획. 우리는 땀을 찍찍 흘리며 그것을 바라보았다. 그러나 독거미는 우리의 존재를 의식하는 건지 금방 먹이를 처치하지 않았다. 그것은 언제나 그랬다. 발로 수없이 먹이를 어루만지며, 결국 우리 편에서 물러가주기를 끈질기게 기다렸다. 우리는 항상 독거미가 먹이를 처리하는 극적인 순간을 보는 것에는 실패하고 돌아서야 했다. 놈은 얼마만큼의 경악한 비밀을 노출시켜 위협을 뿌리고, 또 얼마만큼의 비밀은 사려둠으로써 자기 종족의 은밀한 세계를 교묘히 숨겨가고 있었다.

황 서방이 그 콩밭 한편에 덫을 놓고 있는 광경을 목격한 것도 그즈음이었다. 그것을 본 후로 우리는 개미집의 습격을 멈추었다. 새로운 기대로 우리들의 가슴은 설레었다. 그러나 며칠이 지나도록 그 우둔한 짐승은 좀처럼 콩밭 주변에 나타나는 기색이 없었다. 실망이었다. 하지만 우리는 곧바로 새로운 구경거리가 생겼다. 바라보이는 달구지 길에 하루에 몇 번씩 나타나기 시작한 행렬이 있었기 때문이었다.

패주하는 인민군들이었다. 끈적한 고달픔이 달라붙은 그 행렬은 부상병들이 태반이었고, 천근 같은 무게가 그들의 엉덩이에 처발려 있었다. 모세관의 체액을 어디로 죄다 쏟아버린 듯 껍질만 남은 사람들은 납덩이같이 무거운 낮 더위 속을 고속도 촬영의 피사체처럼 흐느적거리며 걸어갔다. 이제까지 걸어왔다는 타성이 그들을 걷게 하고 있을 뿐이었다. 그러나 멀리서 윙 하는 비행음만 들리면 갑자기 기운을 되찾아 도마뱀처럼 잽싸게 계곡 속으로 몸을 숨겼다. 비행음이 멀리로 잦아지면, 다시 간질병 환자처럼 툭툭 털고 일어났다.

그런 다음, 산협은 한량없는 고요에 침몰된다. 뚝이와 나는 갑자기 서로의 표정이 흐릿해지고 체적이 풍선처럼 불어나 몸뚱이가 능선 위로 둥둥 뜨는 것 같은 부유감에 빠지곤 하였다. 그리고 큰 짐승의 혓바닥에서 토해놓은 듯한 느끼한 두려움이 온 공간을 메운다. 그때, 뚝이는 바지 주머니에서 풋고추를 꺼내 느닷없이 우두둑 씹었다. 그리고 어! 하고 내게도 한 개를 내민다. 우리는 입 안이 얼얼하도록 풋고추를 씹었고, 그래서 전신을 긁어올리는 찌릿한 오한을 즐겼다. 그 버릇은 너무도 위협적인 산속의 적막감을 이겨내는 최선의 방법이었기 때문이었다.

간혹 마을을 들쑤셔놓는 비행기만 없다면, 이 산협은 늘상 그런 고요 속에 찌붓이 누워 있었다. 하늘의 알맹이를 속속들이 다 빼먹은, 그래서 돌상어같이 배가 통통한 그 비행기는 깝죽대는 품이 채신머리라곤 없었다. 어디서 날아오는지 느닷없이 건너편 산 중허리를 한쪽 날갯죽지로 휙 낚아채면서 후들짝 마을 상공에 들어선다. 비행기는 사방을 자기 일점에 모으고 곧장 주둥이를 계곡으로 처박고 내리꽂혔다. 그런가 하면 어느새 저쪽 산에 가서 나동그라질 듯 뒤뚱거렸다. 하지만 그때마다 발딱 가슴을 젖히고 일어나 햇살 속으로 솟구쳐올랐다.

텅 비었던 하늘은 비행기를 구심점으로 한 바퀴 휘그르르 돌아서 흩어졌다. 계곡은 자지러질 듯이 싸질러놓고 간 비행음을 이빨에 물고 산승냥이처럼 울부짖었다. "상어 새끼 방귀 꾸었더어." 나는 혼자 소리치면서 비행기가 뿜어놓은 그 알싸한 매연을 삼키지 않으려고 코를 틀어막았다. 뚝이는 비행기가 날아간 쪽으로 대고 갈기던 오줌 줄기를 찍 거두며 헤벌쭉 웃었다.

말하자면, 우리가 그 노루 새끼를 만나게 된 것도 바로 돌상어 같은 비행기 때문이라 할 수 있었다.

그날 우리는 여느 때처럼 아침 일찍 산 구릉에 올라 있었다. 멀고 가까운 산봉우리들이 흡사 해류 속에 갇힌 작은 섬들처럼 짙은 안개 위로 치솟아 있었다. 해가 뜨자, 구식 카메라의 주름상자처럼 겹겹이 포개졌던 산주름이 풀리면서 이마를 맞비비고 쭈뼛쭈뼛 일어섰다. 여울목의 대장간 지붕 위로 고추잠자리가 무리 지어 날고 있었다. 아침 햇살이 고추잠자리들이 긋는 빨간 나선형의 금에 잘려나갔다.

우리는 아침나절의 그 신선한 산열매 맛을 알고 있었으므로, 머루 넝쿨을 찾아 산속으로 멀리 들어갔다. 그러나 산머루 넝쿨은 좀처럼 우리 앞에 나타나주질 않았다. 뚝이는 약간 초조한 듯 높이 뜨는 해를 가리키곤 혀를 쭉 내물었다. 우리는 산속을 너무 깊이 들어왔다는 고적감에 빠져들기 시작했다. 산이 내뿜고 있는 그 미칠 듯한 긴장감이 우리를 울고 싶도록 만들었다. 뚝이가 내 등을 툭 쳤다. 그러곤 먼 느낌이 들도록 마을 쪽을 깊숙이 가리켰다. 그러면서 그는 얼굴을 찡그렸는데, 나는 뚝이가 뒤가 마려운 것을 알았다. 나를 앞에 세워두고 뚝이는 고의춤을 까내렸다. 그가 누르께한 코피 자국이 엉겨붙은 인중을 뒤틀며 변비증으로 낑낑대고 있는 동안, 나는 입을 커다랗게 벌리고 하늘을 쳐다보았다. 그때 난데없는 매 한 마리가 저쪽 산봉우리 위로 높다랗게 선회하고 있었다. 꼭 두 바퀴. 매의 선회가 돌팔매를 맞은 것처럼 수직으로 푹 꺾이었다. 그리고 바로 왼편 계곡 깊숙이 떨어져 들어갔다. 일순, 야릇한 적막이 흘렀다. 나른하게 흩어졌던 신경이 종이 인형처럼 빳빳하게 곤두섰다. 우리는 매가 떨어진 쪽으로 냅다 뛰었다. 계곡이 가까워오자 두런거리는 사람들의 말소리가 들려왔다. 그 소리는 쭈뼛한 두려움을 풍기고 있었다. 마침 바위가 나타났으므로 우리는 가재처럼 재빨리 몸을 바위 뒤로 숨겼다. 충격적인 장면이 계곡에서 벌어지고 있었다. 그것은 밀도살이었다. 네 사람이 보였는데, 그중엔 황 서방이 끼여 있었다. 우리는 Y자형의 나뭇가지 사이에 박혀 있는 목을 빼내려고 필사적으로 버티는 소를 보았다. 두 사람이 굴레를 단단히 사려 잡고 소의 힘을 빼앗고 있었다. 소는 울창한 소리로 울어댔고, 우리는 산협을 긁어내리는 그 소리의 번들거림과 포화감 때문에 거위처럼 자꾸만 목을 빼올렸다. 비늘창 같은 두려움이 우리들의 관자놀이를 긁고 있었다. 우리는 해가 놋쇠 쟁반처럼 탈탈 소리를 내며 타고 있다는 생각을 했다. 그때 앞에 섰던 황 서방이 햇빛을 받아 둔중하게 빛나는 도끼를 어깨 위로 쳐들었고, 그것은 곧장 소의 정수리에 가서 꽂혔다. 세 차례의 도끼를 얻어맞은 소는 네 다리를 각목처럼 쭉 뻗고 넝쿨로 나가떨어졌다. 그것은 너무나 삭막하고 기교 없는 죽음이었다. 우리는 소가 넘어진 넝쿨에 산머루가 새까맣게 열린 것을 보았다. 황 서방은 토인처럼 소리치며 소에게로 달려가더니 그 목덜미에다 깊숙이 식칼을 찔러넣었다. 그러곤 뒤에 선 사람들을 향해 씩 웃었다. 그 웃음 때문에 나는 하마터면 소리를 지를 뻔했다. 우리는 소가 다시 벌떡 일어나 그 사람들을 갯바닥에 패대기치고, 낮 더위가 응어리진 산 구릉을 만용스럽게 내닫는 장면을 오래도록 상상하며 앉아 있었다. 그러나 그 엄청난 소의 내장이 햇빛 아래 쏟아져나와 번들거리는 것을 보자, 우리는 치근이 죄다 빠져 달아난 듯한 허탈감에 빠져버렸다. 우리는 사타구니로부터 끈적한 습기를 느꼈고 그래서 뚝이와 난 함께 오줌을 싸버린 것을 알았다.

바로 그때였다. 갑자기 찢는 듯한 단절음이 바로 우리들 이마에 끼얹혀 왔다. 예의 건너편 산모퉁이에서 기우뚱하고 어깨를 낮추는 비행기가 보였다. 계곡이 쏟아질 듯 좌르르 울었다. 계곡에 있던 네 사람이 옻가락처럼 넝쿨 속으로 나가자빠졌다. 산자락에 앉아 있던 마을의 초가들이 조갯살처럼 폭삭 이마를 묻고 엎드렸다. 갑자기 뚝이가 내 견골을 꽉 움켜쥐었다. 그리고 한 손으로 무엇을 가리켰다. 순간 나는 온몸의 피가 꼬리를 떨며 한 바퀴 역류하는 것을 의식했다. 그곳에 적갈색 동물이 나타났기 때문이었다.

노루였다. 작은 노루 한 마리가 목을 길게 뽑아올리고, 극도의 경계심에 빠져 콩밭 한가운데에 서 있었던 것이다. 일단 마을 상공을 벗어난 비행기는 하늘을 한 바퀴 선회하고 있었다. 그러나 다시 굉음을 토하며, 기수를 마을 쪽으로 돌려 잡고 질주해 들어왔다. 그와 때를 같이해서, 멍하게 서 있던 노루가 그 천부적인 경기(驚氣)에서 홀랑 벗어나, 냅다 뛰기 시작했다. 비행기를 따라서 늑대 한 마리가 온 산자락을 물어뜯으며 미친 듯이 뛰어가고 있었다. 그것은 비행기의 그림자였다. 노루는 그 그림자에 놀란 것인지도 몰랐다. 비행기가 돌진해 들어오는 방향과 같이 쫓기어가던 노루가 무슨 이유에선지 휙 돌아섰다. 돌아서면서 비행기의 비행 방향을 거슬러 다시 콩밭 쪽을 향해 달려왔다.

나는 그제야 황 서방의 덫을 생각해냈다. 밭으로 뛰어든 노루는 맹렬한 질주력을 보이며 밭 중심을 가로질러 곧장 곳집을 향해 달려들었다. 노루는 은폐물을 찾고 있는 듯했다. 그래서 일고의 지체도 없이 문을 박차고 집 속으로 쑥 들어갔다. 비행기는 울부짖는 늑대를 몰고 멀리로 날아가버렸다. 노루가 곳집에 뛰어들었다는 사실. 그것은 기묘하게도 상당한 시간이 흐른 뒤에 비로소 절박한 현실감으로 느껴져왔고, 그래서 우리는 갑자기 곳집을 향해 뛰었던 것이다. 우리는 몸뚱이를 둘둘 말아올리는 흥분으로 거의 미칠 지경이었다. 호흡이 혀뿌리를 칼칼하게 타넘어오고, 발바닥이 땅에 닿을 적마다 커다란 충격음이 갈비뼈에 와서 쿵쿵거렸다.

곳집에 닿는 길로 우리는 지체 없이 행동을 개시했다. 우선 비틀려 누운 출입문부터 바로 세웠다. 그것이 다시 움직일 수 없도록 돌을 주워다 단단히 고정시켰다. 우리의 노파심이 지쳐빠지도록 작업은 계속되었다. 흥분은 좀처럼 가라앉을 줄 모르고 명치를 꼬집고 올라와선 가쁜 호흡을 그대로 견골께로 몰고 갔다.

노루는 하반신을 바깥쪽으로 돌린 채 주둥이를 상여틀 사이에 처박고 엎드려 있었다. 귀뿌리에 상처가 나 있었다. 오디알 같은 핏망울이 보였다. 노루는 간간이 제 꼬리만 한 칙칙하고 짧은 치음을 내뱉곤 하는 것 외엔 아무런 움직임도 보이지 않았다. 우리는 노루가 움직일 때를 조용히 기다렸다. 한참 만에 노루는 성큼 상체를 들고 일어섰다. 긴 목을 누에처럼 휘둘러 사방을 살폈다. 그 투명하고 단순한 눈빛을 보자, 나는 일순 야릇한 부끄러움을 느꼈다. 그래서 뚝이를 얼른 문 뒤로 숨겨버렸다. 노루가 움직이기 시작했다. 그 움직임을 따라 신선한 노루의 체취가 코로 스며왔다. 슬픈 네 다리가 가벼운 경련으로 떨리고 있었다. 얼마간 서성거리던 노루는 한쪽 벽 아래로 가서 자리를 잡고 앉았다. 그러곤 조상(彫像)처럼 움직일 줄 몰랐다. 콧등이 촉촉이 젖어 있었다. 바람이 불어오는 방향으로 코를 대고 앉는 본능. 그러나 이젠 다만 본능으로서의 동작밖엔 아무것도 아니었다. 자기의 세계를 깡그리 수탈당한 노루. 그 기민한 질주력과 추적욕을 일시에 포기하고 완강한 침묵의 자세로 정지해버린 노루를 보자, 우리는 왠지 맥이 빠져버렸다. 그리고 무료해졌다. 무료하다는 게 우리를 매우 열없게 만들었다. 뚝이가 콩밭으로 갔다. 싱싱한 콩잎들을 골라 뜯어 곳집 속으로 던져넣었다. 노루는 흠칫 놀라면서 두 귀를 바싹 세웠다. 그것뿐이었다. 그는 벌써 우리의 존재를 강하게 의식하고 있는 듯했다. 때문에 뚝이가 던져주는 먹이에 조금도 궁상을 떨지 않는 것이었다. 그리고 자기가 아무런 움직임도 보이지 않음으로 해서 우리의 호기심을 봉쇄하려하고 있었다. 그런 노루의 태도는 우리에게 모멸을 느끼게 했다. 한적하고 무위한 시간이 흘렀다. 시간은 노루에게 밀려가서, 그대로 비곗덩이처럼 응고해버렸다. 그것은 견딜 수 없는 곤욕이었다. 괜한 짓을 했다는 낭패감이 우리를 짓눌렀다. 뚝이는 자꾸만 핑핑 코를 풀어댔다. 하여, 곳집 속엔 시든 콩잎만 쌓여갔다. 그것이 쌓여서 장롱 뒤에 처박혀 썩어가는 헌 걸레처럼 시큼한 냄새를 풍겼다. 마을에 알리면 노루는 당장 도살당할 것이었다. 우리는 황 서방의 어깨판에 치켜올려진 그 도끼의 둔중한 번쩍거림과 뒤를 보고 씩 웃던 황 서방의 귀기 어린 치열(齒列)을 자꾸만 뇌리에 떠올렸다.

그러니까, 우리가 그 두 인민군을 만난 것은 노루와는 사흘째 되던 오후께였다. 우리는 노루의 먹이 때문에 비 맞은 수탉처럼 처량해져 있었다. 쉴 새 없이 뜯어주는 풀잎들을 노루는 코끝으로 냄새만 씩씩 맡는 것으로 그칠 뿐, 먹지 않는다는 고집은 조금도 굽힐 줄 몰랐다. 그 탐욕스럽고 저돌적인 식욕을 어떤 중후한 의지력으로 포기하고 있는 것처럼 보였다. 자기가 비극적으로 보이는 것을 교묘하게 감춤으로 해서, 구애자처럼 접근하려는 우리를 뿌리치고 있었다. 우리의 온갖 노력은 노루에겐 혐오만을 씌워줄 뿐이었다.

노루는 다만 자기가 살아 있다는 감각을 아련하게 뒤쫓고 있는 듯한 먼 눈빛으로, 드넓게 펼쳐진 여름 하늘을 그리운 듯 바라볼 뿐이었다. 노루가 조만간 죽고 말 것이라는 불안이 우리를 괴롭히기 시작했다. 뚝이는 말할 수 없이 무기력해졌고, 나는 느닷없이 말을 더듬기 시작했다. 나는 늘 머리가 뜨거웠다. 하여, 잠자리에 들면 피곤이 뼛속까지 잦아들고 차가운 은종이로 전신이 둘러싸이는 꿈을 꾸고는 놀라 깨었다. 노루를 곳집에 가둔 날부터 나는 행랑채에서 뚝이와 같이 잤고, 그리고 밤마다 똑같은 내용의 꿈을 꾸었다——우리는 언제나 안개가 자욱한 산길을 한참이나 걸어서, 사방 벽이 쿵쿵 울리는 어떤 거대한 석실 속으로 들어갔다. 그 안에 발을 들여놓는 것과 동시에 뚝이는 나를 향해 돌아섰다. 그리고 밤무당이 하는 것처럼 춤을 추는 듯한 몸짓으로, 나를 쥐어박기 시작하는 것이었다. 그러나 그의 주먹은 이상하게도 미묘한 거리에서 굳어버려서 도시 내 몸에 와 닿질 않았다. 설령 닿는다 해도 조금도 아프지 않았다. 뚝이는 안타까운 듯 땀을 뻘뻘 흘렸고, 결국은 제 편에서 탈기를 하고 나가쓰러졌다. 그런 때, 나는 언제나 벌거숭이였고, 식칼을 손에 들고 하얀 치열을 드러내며 웃고 있었다. 그 이상한 꿈은 잠이 깨어도 내 뇌리에 선명하게 남아서 나는 점점 밤이 무서워왔다.

그날 오후, 우리는 고구마 싹을 뜯기 위해 잠시 곳집을 비워두고, 마을 변두리에 내려와 있었다. 우리는 때때로 곳집으로 시선을 주곤 했는데, 뚝이가 느닷없이 소리쳤고, 나는 그가 가리키는 곳에 문이 환하게 열린 곳집을 보았던 것이다. 허수아비 같은 공복감 뒤에 내장이 뒤집히는 회한이 전신을 휘말았다. 그것은 회색의 수렁이었다. 나는 지랄 같다는 생각을 자꾸만 되씹었다.

우리가 일말의 희망을 품고 곳집에 닿았을 땐, 비석같이 먼지를 뒤집어쓴 인민군 두 사람이 문턱을 베고 누워 있었다. 우리는 쇠침으로 척추가 꿰뚫린 아이들처럼 그 자리에 딱 멈추어 서버렸다. 너무나 놀라서 물구나 무서기를 한 기분이었다. 우리를 보자, 그중 한 사람이 부스스 일어났고, 그리고 장작개비 같은 팔을 흔들며 히쭉 웃었다. 전신 근육에서 힘줄을 죄다 뽑아낸 사람들처럼 지쳐 있는 모습이었다.

"일리루 좀 오라우."

이렇게 가까이서 인민군을 보기는 처음이었고, 또 그들이 말을 하고 있다는 것에 우리는 와락 겁이 났다.

"너네들, 노루 땜에 왔갔디?" 하고, 이때까지 누워 있던 다른 한 사람이 또 일어났다. 나는 온몸의 모세관이 갑자기 팽창되었다가 줄어드는 옥죔을 받았다.

"괜히들 길디 말고 일리루 오디."

두 사람 모두가 퀭한 눈들을 하고 있었다. 방금 선창에서 쫓겨난 사람들처럼 비릿한 몸 냄새를 풍기고 있었다. 밖으로 드러난 그들의 억센 어깨의 뼈대와 고집스러운 눈동자가 우리를 향해 버티고 앉은 불도그를 연상시켰다. 금박의 견장을 단 한 사람이 먼지 묻은 붕대에 감긴 양쪽 다리를 조심스럽게 뻗쳐놓으며, "너네들 노루 땜에 온 게 분명하갔디?" 하며 다시 다그쳤다. '하갔디' 했을 때 윗입술 사이에서 넓고 두꺼운 덧니가 힐끗 드러나 보였다. 나는 뚝이를 돌아보았다. 그의 충혈된 두 눈이 아까부터 나만 쳐다보고 있었다는 것을 깨달았다. 나는 그때 뚝이와 나 사이에 가로막힌, 그 어떤 방법으로도 설명해낼 수 없이 엇갈려나가는 거리감을 어렴풋이 느꼈다.

"그, 그렇심더."

나는 낑낑거리며 덧니에게 대답했다.

"저 안악에 자알 모셔두었다. 달아나디 못하게 말야, 한탁 쓰야겠는데?" 하고 또 히 웃었다. 나는 이마가 화끈 달아올랐다. 얼른 뚝이에게 엄지를 세워 보였다. 뚝이의 표정이 금세 환하게 풀리며 헤벌쭉 웃었다. 우리는 깨지락거리며 그들 앞으로 몇 걸음 다가갔다. 거기 발목이 끈으로 매인 새끼 노루가 멍하니 바깥쪽을 바라보며 앉아 있었다. 뚝이가 어, 하고 내 등을 툭 쳤다.

"한 애는 버버리인가 보다."

견장의 사내가 심드렁하게 내뱉었다. 우리는 좀 더 자세히 노루를 바라보았다. 구름이 설핏한 날. 한량없는 고요가 매몰되는 그런 순간의 엄습을 받고 느끼던 지고한 신비의 일순이 노루의 표정에 그윽이 용해되고 있었다. 그것은 바로 평화였다. 나는 불현듯 찔레순을 뚝 분지르면, 그 깊숙한 줄기 속에서 솟아오르는 수액과 같은 울음을 느꼈다.

그때 덧니가 우리에게 첫 명령을 내렸던 것이다.

"너네들 말야, 마을에 내려가설라무니 먹을 것 좀 개져오너라."

우리는 상륙정처럼 넓적한 구두에 주체스럽게 담긴 그들의 네 다리를 내려다보고만 서 있었다. 우리들이 대뜸 반응을 보이지 않자, 그는 눈을 치켜뜨고 염소처럼 킥킥 기침을 하더니, "너네들 노루 찾으려문 내 말 듣간?" 하고 뇌까렸다. 나는 그 덧니에게서 천사와 마귀가 함께 엇갈리는 표정을 읽었다. 그들은 우리에게 최면을 걸고 있는지도 몰랐다.

"꼭입니꺼?" 내가 이렇게 오금을 박자, "간나 새끼, 너 의심도 많아. 그럼 우리가 잡아 잡술까봐 그러네?" 하면서, 비딱하니 우리를 치뜨고 보았다. 나는 손가락에 침을 발라 뚝이 이마에다 꾹 찍었다. 그러곤 그를 잡아 끌었다.

우리가 마을로 숨어 들어가서 훔쳐 온 감자를 받아 쥔 그들은, 우리를 시종처럼 앞에 대기시키고 탐욕스럽게 배를 채웠다.

벌써 석양이 지고 있었다. 갈밭 숲 사이에 떨어진 낙조가 쑥대에 엷게 잘리어 마치 물앙금처럼 쭈뼛쭈뼛 빛나고 있었다. 그들의 등 뒤에 가만히 서 있는 노루를 보았다. 자기 견제의 성벽을 조금도 흩뜨리지 않고 아무 두려움 없이 노루는 그렇게 서 있었다. 갈대밭의 햇볕과, 노루의 고독한 평화와, 식곤증으로 희멀겋게 풀어진 인민군의 표정이 우리의 뇌리에 삭막한 구도로 상충되면서, 막연한 불안 속으로 몰아넣었다. 그리고 집으로 돌아가야 할 시간이 되었다는 사실이 우리를 괴롭혔다.

"아저씨."

"걱정 말라."

"아저씨이."

"걱정 말라니까니."

"아저씨."

"기린데 너 몇 학년이디?"

"오학년."

"쌔끼, 나이에 비해서 키래 크구나. 저 버버리는 뭐 할라 데불고 다니니?"

"……."

덧니는 또 한 번 우거지 같은 낯짝을 쳐들고 키득키득 웃었다.

"너네들 말야, 마을에 가서, 술 개져오갔니? 아주 독한 소주로. 할 수 있갔디? 못하갔니?"

"소주 없심더."

"이 쌔끼가 왜 그네, 엉? 잘 나가다 왜 그네? 개져오라문 개져오는 거
디."

자기의 명령을 거역할 수 없다는 것을 덧니는 빤히 알고 있는 듯했다.

나는 금세 맥이 빠져버렸는데, 그것은 소주를 찾아낸다는 일도 그러하거
니와 그것을 훔쳐낸다는 건 쉬운 일이 아니었기 때문이었다. 그러나 그것을
뚝이에게 알렸을 때, 그는 한참 만에 고개를 젖히고 커 웃었던 것이다.

행랑방의 나무 궤짝 위에서, 황 서방이 먹다 남긴 소주 한 병을 뚝이가
들고 나왔을 때, 나는 꽥 소리를 질러버렸던 것이다. 우리는 혓바닥이 굳
어질 정도로 곳집으로 뛰어갔다. 그 덧니는 누렇게 녹이 슨 단검을 빼내
들고 흙을 푹푹 찍어내고 있었다. 뿐만 아니라 그는 감옥에 갇힌 사람처럼
무언가 저주에 가득 찬 목소리로 중얼거렸다.

그들은 곧장 되돌아온 우리를 보자, 마치 유전(油田)을 발견한 사람들
처럼 기쁨을 뿌리며 너절하게 웃었다. 그리고 뚝이 손에서 소주병을 얼른
낚아챘다.

"너네들, 참 착헌 애들이로구나" 하고 덧니가 말했다.

산그늘이 계곡으로 서서히 잠겨 내려가며 지맥의 윤곽들을 이무기처럼
사려먹고 있었다. 우리는 집으로 돌아가지 않을 수 없었다.

"아저씨, 노루 잘 지켜주세이."

"근심 말라. 내래 잘 지켜주디."

"사뭇 굶었심더."

"내일은 먹게 될 거야. 제 놈이 안 먹고 견딜 테야?"

"잘 봐주세이."

"걱정 말구 가서 자라우, 우린 낼 아침엔 갈 테니까니."

그들이 이곳에서 떠나야 할 사람들이었다는 것, 그것을 미처 생각지 못했던 나는 그 말에 까무라칠 듯 놀랐다.

견디다 못해 튀김이 되어 나온 옥수수알처럼 심장이 부르터서 밖으로 빠져나올 것만 같았다. 나는 휘파람을 날렸다. 그리고 발부리에 차이는 돌을 힘껏 걷어찼다. 저만치 허공을 날던 돌은 둔탁한 소리로 계곡에 떨어졌다.

우리는 정밀한 어둠에 싸이는 산협의 고요 속을 천천히 걸어갔다. 계곡에 이르자, 뚝이는 걸음을 멈추었다. 그리고 계곡을 가로막고 있는 대장간을 가리켰다. 그것은 흡사 좌초당한 배를 연상시키며, 석벽 한쪽에 삐딱하게 기대서 있었다. 지붕의 썩은 새끼줄들이 호박살처럼 서까래 사이로 늘어져 있었다.

우리가 수색하지 못한 유일한 놀이터가 저녁 어스름 속에 잠겨들고 있었던 것이다. 우리는 무작정 대장간 속으로 뛰어들어갔고, 풀무 뒤에 있는 화덕 위로 가서 걸터앉았다. 하루 종일 낮 더위에 삶긴 화덕은 미지근한 열기를 품고 있었다. 그 열기는 가벼운 아쉬움으로 우리의 가슴에 짚여왔다.

뚝이와 나는, 올봄에는 왠지 여길 찾아오지 않는 쇠 부리던 사람들의 얼굴을 하나하나 떠올렸다. 그들은 저쪽 남도 지방의 사투리를 썼다. 때로는 세 사람, 때로는 네 사람이 한패가 되어 동네를 순회했다. 그들이 이 대장간에다 여장을 풀면, 마을의 연모들이 삽시간에 대장간으로 모여들었다.

쇠스랑, 도끼, 쟁기, 낫, 호미, 괭이, 식칼……할 것 없이 모인 마을의 쇠들은 도발적인 날을 하늘로 치켜들고 화덕 속에 쌓였다. 그 연장들은 햇빛에 번쩍거렸고, 그 번쩍거림은 모호한 두려움으로 우리들의 가슴을 파고들었다. 한데 섞여버린 마을의 연모들을 집집의 것으로 골라낼 수 있는 사람은 황 서방뿐이었으므로, 그들은 꼭 황 서방은 임시로 채용했었다. 부러지고 금이 간 연장은 화덕 속에 들어갔다 나오면, 소의 혓바닥처럼 벌겋게 달구어져 나왔다. 그것은 머리쇠에 올려지고 매쟁이는 해머를 들어 계곡이 쩡쩡 울도록 달군 쇠를 때렸다. 건너편 산자락을 들이박고 되돌아오는 메아리로, 대장간의 추녀가 덜덜 떨었다. 그 충격음은 이상한 기운으로 우리들의 가슴을 휘저었다. 쇠 부리는 사람들은 두꺼비처럼 엎디어 계곡으로 흐르는 물을 벌컥벌컥 들이켜곤, "워 씨언하다, 이 맛에 일한당가" 하고 입 언저리를 쓱 문질렀다. 그때 우리들은 찔레순을 따먹어 텁텁한 혓바닥을 날름하며 서로 마주 보고 씩 웃었다. 그들이 밤중까지 일을 할 땐 화덕의 꽃불이 어둠을 빨갛게 태우고, 그 꽃불에서 건져낸 시우쇠의 몸통이 어둠을 지지고 나와서 물통에 담겼다. 김이 한 차례 물씬 터져올랐고, 주변에 모인 마을의 개들이 그것을 보고 컹컹 짖었다. 황 서방이 "에끼, 이 촌놈우 개들" 하고 집게를 내저으면, 우리들은 얼굴을 문지르고 일어서서 집으로 돌아갔다. 대장간의 불빛이 먹히지 않는 계곡길에 이르면, 뚝이는 내 등을 툭 치곤 저만치 앞으로 가서 앉았다. 뚝이는 힘에 겨운 나를 동구 앞에까지 업고 갔다.

우리는 저 산속 멀리서 환상적으로 반짝이는 대장간의 불빛을 바라보며 서 있기도 했다. 그리고 가슴이 쿵쿵거리는 불면의 밤을 보내는 것이었다. 무한한 충동을 주던 지난해 초여름의 일들을 생각하며 우리는 오래도록 그렇게 앉아 있었다.

뚝이가 벌떡 일어나더니 손으로 화덕 속을 뒤지기 시작했다. 조금 후에 그는 부러진 쇠갈퀴 하나를 찾아냈고, 그래서 나를 돌아보며 씩 웃었다.

나는 그것이 쇠스랑에서 떨어져나온 것임을 알았다. 뚝이는 그것을 바지 주머니에다 넣고 내 등을 툭 쳤다. 나는 그의 입에서 비린내가 난다고 생각했다.

그날 밤, 우리는 그들로부터 노루를 찾아낸다는 기대의 중독으로 통 잠을 이룰 수가 없었다. 그때 저 깊은 곳에서 무엇이 가슴을 채워 올렸다.

포성이 울려왔다. 그 소리는 매우 조심스럽게 흔들리다가, 나중엔 마음을 놓고 술꾼처럼 걸쭉한 공기를 토해내며 산자락을 흔들어 깨웠다. 천장에 거꾸로 매달린 씨값 옥수수가 부르르 떨었다. 매캐한 천장의 먼지가 부스스 떨어졌다. 섬광이 길게 꼬리를 물고 밤하늘을 가로질러 저쪽 산 구릉에 떨어지면, 천장에 있던 파리 떼들이 한꺼번에 웽 하고 날았다. 심상치 않은 밤이었다. 황 서방이 잔기침을 하며 일어나 지등의 심지를 새까맣게 낮추었다. 그의 커다란 그림자가 한쪽 벽으로 가서 어른거렸다. 등심이 찌지직 소리를 내고 타면, 그 그림자의 등줄기엔 긴장이 서리처럼 내려앉았다. 문창살 틈으로 엿보이는 밤하늘의 여윈 별들이 오열하며 어둠을 삼키고 있었다.

황 서방이 소주병을 찾고 있었다. 뚝이는 나를 지그시 꼬집었고, 나는 눈을 꼭 감아버렸다. 포성은 멀어졌다 혹은 가까이 오면서 쉴 새 없이 밤을 흔들어댔다. 다음 포성이 들려올 때까지의 그 음산하고 음흉한 침묵은 우리들에게 황량한 공복감을 느끼게 했다. 우리는 거의 뜬눈으로 밤을 새웠다. 밤새도록 두들겨 맞아 팅팅 부은 새벽이 찌붓이 새는 것을 모잽이로 누워 바라보았다.

문창살이 훤히 밝아오자, 불안한 듯 눈을 껌뻑이고 있던 뚝이가 나를 툭 쳤다. 곳집으로 가자는 것이었다. 황 서방은 벌써 나가고 없었다. 나는 약간 내키지 않았지만 그를 따라나섰다. 우리는 미명에 잠긴 달구지 길을 깝죽거리며 천천히 걸어 올라갔다. 산협은 엷은 안개에 잠겨 있었다. 멀리 바라보이는 곳집 앞에, 모닥불을 쬐고 있는 두 인민군이 보였다. 우리는 다시 가슴이 두근거리기 시작했다.

우리가 콩밭까지 다가갔을 때, 그중 한 사람이 불쑥 일어섰다. 그들은 우리 쪽으로 등을 돌리고 앉아 있었으므로, 다가서는 우리를 보지 못한 것 같았다. 일어서는 사람의 동작이 의외로 섬뜩한 느낌을 주었기에, 우리는 반사적으로 콩밭 둑에 어깨를 묻고 엎드렸다. 그는 곳집 안으로 들어갔는데, 한참 만에 노루를 안고 밖으로 나왔다. 그는 모닥불 곁으로 와서 앉아 노루의 목을 잔뜩 사려 안았다. 그러곤 앞에 있는 사람에게 무언가 명령하자 그는 벌떡 일어섰다. 일어선 사람의 손에 녹슨 단검이 들려 있었다. 그는 덧니였다.

내가 뚝이를 돌아다본 것과, 그가 원시적인 고함을 지르며 그들에게로 달려간 것은 거의 동시의 일이었다. 나는 뚝이의 오른손에 어젯밤 대장간에서 찾아낸 쇠갈퀴가 들려 있는 것을 보았다. 두 인민군은 눈을 하얗게 뒤집고, 달려오는 뚝이를 돌아보았다. 달려간 뚝이는 쇠갈퀴를 번쩍 치켜들고, 조금도 지체하지 않고 덧니의 등에다 깊숙이 꽂아넣었다. 나는 까맣게 그을은 의식이 까물까물 사그라져가는 것을 의식했다. 그러나 갑자기 맥을 탁 풀고 쓰러진 쪽은 뚝이였다. 덧니는 단검을 든 채 자기의 등을 쓱쓱 문지르며 말했다.

"쌍놈의 새끼, 큰일 날 뻔했디 않아. 남의 잔채를 싹 망가놓았어" 하고 계곡 아래로 단검을 획 내던졌다. 뚝이는 쓰러진 자리에서 돌처럼 일어날 줄 몰랐다.

"가자우."

견장을 단 사람이 말하며 툭툭 털고 일어섰다. 경망 중에 노루는 저만
치 산 구릉에까지 달아나고 있었다. 산 구릉에 올라서자, 곧장 자기의 아
둔한 습성을 되찾아 걸음을 멈추고 우뚝 서서 사방을 두리번거렸다. 자기
의 회귀권을 찾고 있는 듯했다. 저쪽 아래서 황 서방이 노루를 향해 돌팔
매질을 하고 있었다. 나는 다시 잿빛의 의식 속으로 까무라쳐 들어갔다.

# 외출

나는 이제 도둑놈이 아닙니다. 그럼 뭐냐구요? 강간을 전문으로 하고 있다구요. 기가 차시겠지요? 윤리 도덕이라구요? 여보시오, 좀 작작 웃겨 주십시오. 배꼽 터진다구요. 내가 윤리 도덕쯤을 어떻게 알고 있는지를 아마 댁은 잘 모르실 겁니다. 내가 그걸 알기를 말이오, 화투로 친다면 오동 깍지쯤으로, 떡으로 친다면 밀기울떡쯤으로 안다구요. 윤리 도덕 작살나게 찾는 놈치고 도둑놈 아닌 작자 없습니다. 물론 그런 작자들이 어떤 작자들인가를 콩칠팔새삼륙으로 꼬치꼬치 따져보라면 난 난처할 뿐입니다. 씨팔, 난처하나마나 나발을 불어버릴 수도 있지만 참아두죠. 욕지거리는 왜 그렇게 심하냐구요? 용서하슈. 이 사람이야 본래 소싯적부터 나발이 좀 드센 편이었어요. 우리 아버지가 내게 물려준 유산이 딱히 이것뿐인 바엔 그 버릇 애용한다 해도 욕될 것 없잖아요? 당신이야말로 성인군자인 척하지 마시오. 그런 따위 구질구질한 것 벗어버리고 나처럼 발랑 까진 인생으로 살자구요. 하기야 나도 이 입담 거센 것 때문에 여편네로부터 빈축

깨나 받고 지내는 형편이긴 합니다. 여편네도 그럽디다. 고래로부터 입담 거센 놈치고 정작 사나이로서 구실인 그것 한번 시원스럽게 해치우는 놈 못 봤다구요. 말하자면 양기(陽氣)가 싸그리 입으로만 엉겨 붙었다는 거지요. 나는 그런 여편네의 지론에 전적으로 승복하지 않으면 안 될 입장이라는 것입니다. 여편네는 그 방면엔 도사급이니까요. 왜냐구요? 여편네로 말하자면 왕년에 청량리역 뒷골목에서 이름깨나 떨치던 왕갈보였으니까요. 하필이면 그런 여자와 엉겨붙었느냐구요? 여보시오, 남의 사정도 모르고 함부로 그런 소리 맙시다. 전과 오 범인 나 같은 놈에게 요조숙녀가 엉겨붙을 수는 없잖아요. 때문에 내가 여편네를 욕할 입장도 못 되고, 여편네 또한 날 두고 이러쿵저러쿵 공박할 입장이 못 됩니다. 이런 걸 두고 찹쌀 궁합인 부부라고 일컬어쌓더군요.

이렇듯 나는 애당초 배운 것이라곤 도둑질뿐입니다. 생각해보슈. 어느 골 빈 놈이 나 같은 놈을 곱상스럽게 생각해서 일자리를 주겠습니까. 그러니까 내가 도둑질로 연명해나간다는 건 지극히 당연한 귀결이 아닐 수 없습니다. 여편네도 그 점에 대해선 하등의 불만도 이의도 없음은 물론입니다. 그런데 우리들에겐 문제가 있습니다. 우린 벌써 오 년을 같이 붙어 살았는데도 아직 후속 타자가 없다는 거지요. 이 문제에 대해서 여편네는 늘 내게 미안하게 생각하고 있었으며 때로는 고민 비슷한 것도 하는 눈치였습니다. 댁도 생각해보슈. 사나이 나이 서른다섯에 아직도 소생붙이 하나 움틀 기미 없다면, 네미랄 이것도 보통으로 환장할 일이 아니잖습니까? 양지볕에서 무럭무럭 자라는 소나무보다 음지쪽 계곡에 처박혀 지지리도 고생스럽게 자라는 소나무일수록 솔방울이 엄청나게도 많이 맺힌다는 사실을 댁도 아시지 않습니까. 사실 여편네는 갈보 시절에 너무나 많은 낙태 경험이 있었던 나머지 자궁벽이 종잇장같이 약해져서 아이를 가졌다 하면 두 달을 못 채워 자연 유산이 되고 맙니다. 아이 배어서 골통 여물구어 쑥 빼놓기는 이미 희망이 절벽으로 된 여자가 바로 내 여편네란 말입니다. 그런데도 내가 그녀를 버리지 못하고 이때까지 엉겨붙어 살아가는 건, 여편네의 철석같은 그 부덕(婦德) 때문입니다. 댁에서도 아시다시피 내가 벌써 전과 오 범이라 하면 알조 아니겠습니까? 빵깐에 드나들기를 밥 먹듯 했으니까요. 내가 교도소로 들어가면, 여편네는 짐을 챙겨서 다시 청량리역 뒤로 돌아갑니다. 여편네는 내가 출감할 때까지 줄곧 그곳에서 기다려주지요. 나는 출감 즉시 그녀를 찾아갔고 그녀는 다시 짐을 챙겨 나를 따라나서줍니다. 그런 일을 니기미, 몇 번이고 반복하는 거지요. 세상에 그런 여자가 흔한 건 아닙니다. 남자가 하룻밤쯤 외박하고 돌아왔다 해서 이튿날로 짐 챙겨 제 친정으로 잽싸게 달아나는 소위 유식하고 오만하고 철딱서니없는 여자들보다야 얼마나 심오한 인생의 깊이를 알고 있는 여자냐 말입니다. 계집 자랑은 온미치광이라 합디다만, 댁도 내 입장쯤 되면 그 자랑 안 하고는 아마 소화 제대로 되는 날 없을 겝니다. 게다가 여편네는 내가 도둑질로 살아가는 입장이란 걸 진작부터 알고 있었으며 또한 내 직업에 대해서 가타부타 잔소리가 없었다는 것입니다. 다만 그녀는 때로 이렇게 말하더군요.

"여보, 우리 너무 많이는 하지 맙시다. 그냥 먹고살 정도만 하자구요. 그래야 당신 빵깐으로 간대도 쉬 만날 수 있잖아요."

물론 여편네의 그런 말을 나는 다소곳이 듣는 편입니다. 사실 자신도 그렇게 큰 욕심을 갖고 시작한 놀음이 아니니깐요. 먹고살면 되었지 애당초 도둑질로 치부할 생각은 없었으니깐요. 게다가 여편네가 그런 말을 할 적엔 꼭 '우리'라고 말해왔습니다. 그 '우리'라는 말이 나를 미치게 만듭니다. 그녀가 나와 같이 공범 의식 속에서 살아준다는 사실이 눈물겹도록 고마웠습니다. 때때로 나는 눈물을 질금거릴 때도 있었습니다. 그런 때 우리는 서로의 앙상한 어깨를 끌어안고 아주 오랫동안 입을 맞추었습니다. 아주 오랫동안 말입니다. 도둑질로 연명해가는 개떡 같은 부부지만 여편네와 나 사이에 얽히고설킨 정분이야말로 이 세상 어느 부부보다도 돈독한 것으로 봐주어 실수 없을 겁니다. 사랑조차도 도둑놈적일 수야 없을 테니까요. 사랑을 훔칠 수야 없지 않겠습니까.

우리들의 그런 사랑 행위는 낮일 수밖에 없었습니다. 밤엔 사업차 외출하지 않으면 안 되니까요. 사전에 현지답사를 나가는 시간을 빼고는 검검찔찔한 어둠이 처발린 우리들의 방에서 낮잠을 자거나 여편네를 끼고 멀뚱거리고 천장이나 쳐다보고 누웠습지요. 나는 그즈음 북아현동의 어느 한 집을 주도면밀하게 사전 답사를 하고 있는 중이었습니다. 군인의 신조가 많은 적을 죽이고 자기는 살아남는 데 있듯이 도둑에게도 그런 신조가 있습니다. 너무나 당연한 얘기지만 첫째고 둘째고 간에 훔친 물건을 들키지 않고 보다 쉽게 그 집을 빠져나올 수 있는 틈을 사전 답사로 찾아낸다는 거지요. 댁에서도 잘 아시겠지만, 그러나 그런 집을 찾아낸다는 일이 그렇게 용이한 건 아니지요. 침입 경로는 용이하되 튈 곳이 없다든지, 뛰어 넘어가야 할 지점에 보안등이 환하게 켜져 있다든지, 집 모퉁이에 예상하지 못했던 불도그가 버티고 앉았다든지, 당수 이 단쯤은 쥐뿔로 아는 삼촌뻘의 청년이 윗방에서 버티고 잔다든지, 물불 모르고 소리 질러대기 좋아하는 가정부가 있다든지 하면 이건 날 샌 거지요. 때문에 그러한 가능성을 가진 집인가 아닌가를 알아낸다는 건 직접 도둑질에 착수하는 일보다 몇 배가 더 중요하다 이겁니다.

내가 보영이네 집을 털기로 작심하게 된 것은 그 집이 그러한 불리한 여건들로부터 거의 완전하리만치 배제되어 있었기 때문입니다. 보영이네 집을 발견한 것은 아주 우연한 일이었습니다. 나는 그날 북아현동의 주택과 골목길을 늙은 개새끼처럼 기웃거리며 걸어가고 있었습니다. 아시다시피 북아현동은 신흥 주택가는 아니어서 대개는 우중충한 집들이 무겁게 엎디어 있습니다. 그런 집들일수록 새로 지은 집들에 비하면 비교적 보안 조치가 허술하다는 데 착안한 것입니다. 나는 그때 어떤 한 집을 점지해두고 그 주변 상황을 답사해보고 있는 중이었습니다. 그런데 나는 우연히 한 집을 발견한 것입니다. 그 집은 주위의 우중충한 집들과는 영 딴판으로 색깔이 선명하였습니다. 아마 최근 집에 칠을 바꾸어 칠하고 거기다가 베란다를 새로 지어 만든 것 같았습니다. 그 집은 때마침 정갈하게 빛나는 오월의 햇볕을 함빡 뒤집어쓰고 아늑하게 앉아 있었습니다. 주위의 주택들에서 그 집은 아주 돋보였습니다. 나는 어떤 예감으로 그 집 대문 앞으로 어슬렁거리며 다가갔습니다. 마침 한 젊은 부인이 다섯 살쯤 먹어 보이는 계집아이의 손목을 잡고 대문을 나서는 길이더란 말입니다. 나는 흠칫 놀랐지요. 그러나 부인께선 텅 빈 주택가의 골목길을 혼자 어슬렁거리고 있는 내 쪽엔 조금의 경계심도 주는 법이 없이 안쪽에서 문을 잠그고 있는 식모애에게 나직나직하게 명령하고 있었습니다.

"저, 아빠한테서 장거리 전화 걸려올지도 모르니까 또 낮잠 자면 못써, 알았지?"

"알았어요, 아주머니."

그들은 명확히 이런 대화를 주고받았습니다. 그때 나는 벌써 머리끝이 솟구치는 듯한 전율이 온몸을 휩싸고 있음을 느꼈습니다. 시인들에게 영감이 있다면 도둑놈에겐 직감이란 게 있기 마련이니까요. 나는 왔구나 싶었습니다. 그 부인은 식모애에게 그렇게 타이르곤 곧장 몸을 돌려 계집아이의 손을 이끌고 햇볕이 하얗게 깔린 골목길을 한복 치마 끝을 땅에 끌듯 말 듯하며 걸어갔습니다. 그녀는 참으로 아름다웠습니다. 아니, 아름답다는 표현은 적어도 그녀에게 있어선 너무나 인색하고 바보스러운 말인지도 모릅니다. 나로 말하면 내 여편네 이외의 여자에게 함부로 아름답다는 감정을 느낄 만치 파렴치한이 아니니까요. 아마 여자로 치자면 미스코리아쯤이면 아름답다는 말이 적합하지 않을까요? 나는 이때까지 그처럼 우아한 몸매의 여자를 본 적은 없었습니다. 게다가 그녀는 절대로 꾸며댄 것이 아닌 선천적인 미소가 담긴 얼굴을 갖고 있었습니다. 보통 부인네들 같았으면 한낮에 골목길을 어슬렁거리는 나 같은 놈을 우선은 의심쩍은 시선으로 바라보았을 게 상식일 텐데도 그녀는 조금도 그런 의사가 없는 시선으로 나를 보아주었다는 데서 그녀의 마음속이 얼마나 아름다울 것인가를 댁에서도 짐작이 가시겠지요? 나는 그녀가 사라진 텅 빈 골목길을 넋을 잃고 한참이나 바라보고 있었습니다.

"개새끼!"

나는 은연중 이렇게 혼자 중얼거렸습니다. 그녀의 남편에 대한 내 알 수 없는 불만과 질투 때문이었습니다. 그러나 그녀가 아무리 아름다운 부인이라 할지라도 내겐 상관없는 일이었습니다. 그것에 넋을 빼앗기고 서 있어야 할 내 처지가 아니라는 생각이 퍼뜩 떠오르면서 곧장 내 본정신으로 돌아왔어요. 오해는 마십시오. 내 본정신이란 게 도둑놈의 심보로 돌아섰단 말이니까요. 자기 직업에 충실하다는 것도 죄를 탕감하는 하나의 길이라는 것쯤은 나도 알고 있습니다.

　나는 그 집의 앞뒤를 면밀하게 조사했습니다. 단층 양옥인 그 집은 나를 걸신들리게 만드느라고 사방의 담도 높지 않았고 주위에는 보안등도 보이지 않았습니다. 북쪽과 남쪽의 담은 골목길과 면해 있어서 토끼는 데도 별 불편이 없다는 것을 알 수 있었습니다. 니기미, 땡잡았다는 생각이 들었습니다. 또한 그들이 조금 전에 주고받던 대화로 보아서 이 집의 주인 녀석은 지방에 출타 중에 있으며 적어도 오늘이나 내일 중으로는 집구석으로 돌아올 입장이 못 되는 놈이라는 것, 그리고 이 집엔 최소한 그 부인과 딸 그리고 식모애가 있을 뿐이란 것입니다. 또한 그 부인의 매섭지 못한 용모나 말 씀씀으로 보아 내가 설령 그들에게 들킨대도 발발 떨고 앉아 있으면 있었지 고함을 칠 만치 대담한 여자가 아니라는 짐작이 갔던 것입니다. 나는 지방에 내려가 있는 사내 녀석이 집구석으로 돌아오기 전, 가능하다면 바로 오늘 밤으로 그 집을 털어야겠다고 마음을 도사려먹고 집으로 돌아왔습니다. 집으로 돌아온 나는 오늘 본 집에 대해서 도면까지 그려가며 상세하게 보고했습니다. 그런 놀음은 우리 부부를 전율에 차게 하였고 우리는 그 짜릿짜릿한 전율의 쾌감을 마주 앉아 쫄깃쫄깃 즐기는 버릇을 갖고 있었으니까요. 그런 것이 아니면 내가 무엇으로 여편네를 즐겁게 해줄 수가 있겠습니까? 그러나 그 부인이 그렇게 아름답더란 말은 쏙 빼버렸습니다. 괜히 여편네로 하여금 불 같은 질투심을 유발시킬 공산이 컸기 때문이죠. 만약 그것으로 인하여 여편네가 그 집을 포기하도록 강력히 주장하고 나서기라도 한다면 여자에 약한 내가 그것에 승복하고 들기란 어려운 일이 아닐 테니까요. 나는 최초로 여편네에게 비밀을 갖는 놈이 되어버렸습니다. 그것은 아마 도둑질 이외에 내가 그 부인에게 품게 된 호기심이나 혹은 그 비슷한 무엇을 품고 있다는 증거겠지요.

나는 새벽 한 시에 집을 나섰습니다. 물론 나는 평소와 같이 따뜻한 여편네의 배웅을 받았습지요. 우리들의 배웅은 보통 회사에 출근하는 남편을 배웅하는 식과는 그 양과 질적인 면에서 상당한 차이가 있습니다. 왜냐하면 만약 내가 붙잡힐 경우, 그것으로 곧바로 뼈가 깎이는 이삼 년의 이별로 연결된다는 것을 여편네와 나는 몇 번의 투옥 경험으로 알고 있었으니까요.

오월이라 하였지만 새벽 한 시의 밤공기가 따뜻해본 적은 없었습니다. 나는 여편네의 시선을 등 뒤로 뜨겁게 느끼면서 산꼭대기를 내려왔습니다. 우리 집에서 북아현동까지 걸어가자면 적어도 한 시간 이상은 소비될 것입니다. 나는 보영이네 집의 침입을 새벽 두 시로 잡고 있었습니다. 통금 시간 중의 통행로는 될수록 탄탄대로를 선택하는 게 방범대원들을 피하는 최선의 요령입니다. 괜스레 골목길을 찾아 걷다간 막다른 골목에서 멱살 잡히기 안성맞춤이니깐요. 예상했던 대로 집을 나선 지 오십 분 만에 그곳에 도착할 수 있었습니다. 멀리 남산의 첨탑들에서 신호등이 명멸하고 있을 뿐, 새벽 두 시의 북아현동은 바다 속처럼 막막한 침묵 속에 누워 있었습니다. 나는 손쉽게 보영이네 집 담을 뛰어넘을 수 있었습니다. 그러나 낮에는 발견하지 못한 외등이 그 집의 베란다 끝에서 비정스럽게 빛나고 있었습니다. 나는 정문으로 침입하려 들었던 객기를 억누르고 뒤꼍으로 돌아가서 문을 찾는 도리밖에 없었습니다. 다른 방의 불은 전부 꺼져 있었으나 한 방의 무겁게 드리워진 커튼에 연분홍의 불빛이 은은하게 배어 있었습니다. 그 방이 안방이라는 것을 대뜸 알아차렸습니다. 소위 무드를 잡는답시고 요사이 젊은 부부들이 그런 전등불 밑에서 나자빠져 잔다는 것쯤을 도둑인 내가 모를 리 없지요. 뒤꼍으로 돌아간 나는, 연탄이 쌓여 있는 바로 옆에 도어가 나 있는 것을 보았습니다. 그 문을 열면 곧바로 거실로 통한다는 것을 알고 있었습니다. 그러나 그 도어는 밖으로부터 잠겨 있었는데 제법 단단하게 박힌 쇠고리에 물린 자물통이 또 여간 큰 게 아니었습니다. 그러나 그런 것들이 나를 좌절시킬 수야 없지요. 나는 그 자물통을 가만히 거꾸로 돌려서 쇠고리 위로 세웠지요. 그리고 주머니에 넣고 간 숯가루를 열쇠 구멍에다 솔솔 부어 채웠습니다. 숯가루를 다 채운 다음 거기다가 불을 댕겼습니다. 이젠 자물통이 아래로 톡 떨어지기만 기다리면 됩니다. 열쇠 구멍에 채워진 숯가루가 타들어가면서 자물통 고리에 연결된 납을 녹여준다는 이치를 나는 진작부터 알고 있었습니다. 고리를 물고 있던 납이 녹으면 고리가 안 빠질 리 없지요. 나는 소리 없이 그 집의 거실로 침입해 들어갔습니다. 문틈에다 물을 먹여놓았었기 때문에 문 또한 소리 없이 열 수가 있었습지요. 난 유리창도 소리 없이 깰 수가 있는 놈입니다. 거실에 놓인 가구들은 아주 정결했고 잘 자란 치아들처럼 정돈되어 있었습니다. 어둠 속에서도 그 가구들은 반질반질하게 빛나고 있었지요. 탁자 위에는 보영이가 본 듯한 커다란 그림 동화책이 펼쳐진 채로 놓여 있었습니다. 무심코 나는 동화 그림을 들여다보았습니다. 철없는 세 마리의 새끼 염소가 발발 떨고 있는 방문 속으로 늑대란 놈이 밀가루로 처바른 앞발 하나를 디밀어 보이고 있더군요. 김이 팍 새더군요. 나는 안방으로 다가갔습니다. 그리고 조용히 도어잡이를 비틀어보았습니다. 문은 쉽게 열리더군요. 우선 눈썹 넓이만큼만 열고 방 안의 동정을 살폈습니다. 그 순간 나는 고드름처럼 바싹 얼어붙고 말았습니다. 생각하던 것보다 방 안의 불빛은 밝았고 방 안엔 그녀가 혼자서 잠들어 있었습니다. 아마 보영이는 식모애와 같이 자도록 진작부터 버릇 들여놓았던 것 같았습니다. 그녀는 잠들어 있었는데 잠옷 밖으로 허옇게 빠져나온 그녀의 한쪽 다리가 이불깃 한쪽을 끼고 천진스럽게 올라와 있었습니다. 나는 그처럼 신비를 느끼도록 아름다운 다리를 본 적이 없었습니다. 그녀의 약간 엎딘 듯한 자세는 어떤 충동과 교태로 작게 몸부림하다가 그대로 잠으로 떨어진 여자의 모습 그대로였습니다. 나는 한참이나 여자의 아름다운 모습을 넋을 잃고 바라보았습니다. 그리고 가만히 문을 열고 방 안으로 기어들어갔지요. 나는 가만가만 옷을 벗기 시작했습니다. 옷이래야 딱 네 가지뿐이지요. 구질구질한 주머니 같은 게 생략된 작업복 한 벌, 러닝셔츠와 팬티뿐이었어요. 도둑놈들의 옷은 아주 헐렁하게 입는 게 제격입니다. 단추 같은 것도 채우지 않는 게 좋습니다. 그래야 잡혔다 해도 쑥 빠져 달아나기 편하니까요. 내가 옷을 다 벗기까지 물론 그녀는 잠에서 깨어나는 기색이 아니었습니다. 나는 러닝셔츠 하나만 챙겨 들었습니다. 그리고 눈 깜짝할 사이에 그녀의 입을 뒤통수와 묶어버렸습니다. 나는 잽싸게 그녀에게 달려들었습니다. 그녀는 맹렬하게 반항하더군요. 그러나 그녀의 주위에는 잡아서 나를 칠 둔기 같은 것도 없었고, 그녀는 너무 약했습니다. 그녀는 처음부터 눈을 뜬 채로 일을 당하고 있었습니다. 무지몽매하다는 것이 이런 때의 나에겐 이루 말할 수 없이 편리하고 유쾌한 것이더군요. 나는 여편네와의 때보다는 매우 오랜 시간, 그리고 아주 격렬하게 그 일을 치른 것 같았습니다. 그녀는 처음엔 동공을 고정시킨 채 일을 당하고 있었습니다만, 시간이 흘러감에 따라 나중엔 매우 난처하게 그러나 어쩔 수 없이 내 목덜미를 감아쥐는 시늉을 하기까지 하더군요. 나는 감사하고 즐거웠던 나머지 그녀를 부둥켜안고 꺼욱꺼욱 울었습니다. 나도 뻔뻔스러운 데는 도가 트인 놈이니까요. 그녀가 내 목덜미를 감아쥐었다는 건 나란 존재를 일단 인정해서가 아니라 그건 순전히 그녀 자신의 사정에 불과했을 겁니다. 그러나 그녀가 내 목덜미를 끌어안았다는 건 적어도 그녀에게 있어선 일생일대의 큰 실수였습니다. 나는 그녀에게서 틈을 발견한 것입니다. 나는 다만 그 사실 하나를 미끼 삼아 그녀에게 매우 뻔뻔스럽게 나올 수 있었으니까 말입니다. 일을 치르고 난 뒤, 그녀가 누워 보는 앞에서 옷을 주워 입었습니다. 그리고 마지막에 그녀의 귀에 대고 이렇게 말했습니다.

"내일 다시 올 테니까 기다려, 알았지? 만약 차질이 나면 너 죽고 나 죽는다?"

그녀는 대답이 없더군요. 다른 물건엔 손을 대지 않고 방을 나왔습니다. 거실의 탁자엔 아직도 늑대란 놈이 밀가루 처바른 앞발을 새끼 염소들에게 디밀고 있는 보영이의 그림 동화책이 펼쳐져 있었습니다. 나는 황급히 그 책을 덮어버렸습니다. 나는 내 흔적을 조금도 남기지 않고 그 집을 나왔습니다. 어쨌든 오입 한번 드세게 하고 나온 편이었습니다. 집으로 돌아간 나는 적당히 꾸며댔습니다. 여편네는 내가 무사히 집으로 돌아올 수 있었다는 것만으로도 감지덕지하였습니다. 오히려 내가 좌절할까봐 위로의 말씀까지 주절댈 형편이었으니까요.

도저히 이해할 수 없었던 것은 그 이튿날 밤에도 부인은 똑같은 분위기로 나를 맞아주었다는 것입니다. 맞아주었다는 말엔 다소 공갈이 섞였지만 하여튼 그녀는 그 방에 있어주었더란 말입니다. 설령 내가 드센 공갈을 쳤다 하더라도 그녀는 내가 다시 그 집을 침입할 수 없게끔 제반 조치를 취할 수 있었을 테니까요. 다만 그녀는 너무나 어처구니없었던 나머지 제반 조치고 나발이고 자신을 챙기고 도사릴 겨를 없이 하루를 허송한 게 틀림없었던 것으로 짐작될 뿐입니다. 그녀는 이튿날도 그런 식으로 당하더군요. 내가 옷을 주워 입자, 그녀는 나직이 말했습니다.

"내일 남편이 돌아옵니다."

알조였습니다. 속 차리고 다신 얼씬하지 말아달라는 것이었는데, 그렇게 말하는 그녀의 표정은 수모와 고통으로 일그러질 대로 일그러졌더군요. 그 아름다운 얼굴에 고통의 그림자를 덮씌우다니, 나도 천당 가긴 아예 글러버린 놈입니다. 조금은 희망이 있었던 것 같았는데 말입니다. 나는 그날 이후 그 집을 침입하지는 않았습니다. 그러나 이틀에 한 번 정도는 그 집 주위를 배회하지 않을 수 없었습니다. 나 자신은 그녀가 곧장 자살해버릴지도 모른다는 강박감에 빠져 있었으니깐요. 댁에서도 내 이런 심정은 이해하실 겁니다. 내일이면 남편이 돌아온다고 말할 때, 그녀의 그 부서지는 듯한 표정을 나는 잊을 수 없었습니다. 그러나 그녀는 살아 있었습니다. 그녀가 베란다로 나와 빨래를 넌다든지 시장을 보러 나다닌다든지 하는 것으로가 아니었고 순전히 간접적인 확인에 불과했습니다만, 하여튼 그녀가 어떤 식으로든 숨통을 트고 있는 것만은 틀림없었지요. 식모 애가 장바구니를 들고 시장을 보러 다닌다든지 보영이가 집 뜰에 나와 돌차기를 하면서 깡충깡충 뛰고 있다든지 그녀의 친구들이 간혹 그 집을 방문하고 있는 것 따위로 말입니다. 나는 하루하루 그녀가 살아 있다는 사실을 확인받고 기뻤습니다. 물론 그녀가 그 집에서 죽치고 살아 있다는 것은 나와의 사건을 남편에게 숨기고 있다는 것을 말하는 것이겠죠. 그러나 그녀가 앞으로 살아야 할 많은 세월 동안 도둑으로부터 강간당했다는 사실을 숨겨야 하는 그 너무나 엄청난 고통을 참아넘겨야 하는 몸서리칠 안간힘이 두려웠습니다. 나는 그녀가 그 고통을 이겨내지 못한 나머지 어느 날 불쑥 남편에게 고백해버리지나 않을까, 그리고 다음에 그녀에게 몰아닥칠 일련의 불행한 사태에 대해서 걱정스러울 뿐이었습니다. 나는 그날 이후 영 도둑질을 할 수가 없었습니다. 이상하게도 어느 집이든 침입하는 길로 붙들려가고 말 것이란 강박 관념이 나를 휩싸고 뒤흔들어대는 것이었습니다.

그동안 사십여 일이 흘렀다고 생각됩니다. 내가 작업을 쉰 지도 사십여 일이 흘러갔기 때문에 여편네와 나는 하루 한 끼 정도로 연명해나가고 있었습죠. 칠월의 첫 일요일, 나는 다시 그녀의 집 골목길로 접어들었습니다. 그 골목길로 접어들자마자, 나는 그들 가족과 십여 미터를 사이에 두고 딱 맞닥뜨리고 말았습니다. 그녀와 남편 그리고 보영이었습니다. 나와 그녀의 시선이 마주쳤습니다. 그 순간 그녀의 동공이 카메라의 조리개처럼 팽팽하게 커지는 것을 보았습니다. 그 순간 표정은 핼쑥하게 표백되더군요. 그러나 그것은 지극히 짧은 한순간에 불과했습니다. 그녀는 그동안 급격히 여위어갔더군요. 그들은 내 옆을 지나쳐 저만치 골목 밖으로 사라졌습니다. 나는 그녀의 앙큼스러운 자제력이 저주스러웠습니다. 그리고 사십여 일 만에 그녀의 얼굴을 볼 수 있었다는 요행이 나를 전율하게 만들었습니다. 나는 그들을 따라나섰죠. 그녀가 오늘 엄청난 일을 저지를지도 모른다는 생각이 나를 잡아낚았어요. 거리로 나간 그들은 택시를 잡아탔습니다. 나도 황급히 뒤에 오는 택시를 잡아 탔지요. 도둑놈일수록 비상금은 필요하다는 걸 댁도 짐작하실 테죠? 그들이 차에서 내린 곳은 비원 앞이었습니다. 나는 그들에게 발견되지 않도록 몸을 숨겨가면서 그들이 비원에서 오전을 보내는 동안을 줄곧 따라다니면서 지켜보았습니다. 그들은 퍽이나 행복하게 굴었습니다. 매점에서 콜라를 한 병씩 사 마시며 깔깔

거리는가 하면, 연못가에서 사진도 찍었고 보영이를 위해 각각 형상이 다른 이파리들을 줍기도 했습니다. 벤치에 보영이를 사이에 두고 앉아 피로를 풀기도 하더군요. 그들은 비원에서 창경원으로 통하는 출구 앞에서 잠시 의견을 주고받으며 망설이는 눈치더니 결국은 창경원으로 들어가는 것을 포기하고 오후 한 시쯤 비원을 나갔습니다. 그리고 비원 건너편 길로 건너가서 식당으로 들어갔습지요.

그들은 냉면을 시키더군요. 그녀의 키 작은 남편은 끔찍이도 아내를 사랑하는 위인이었습니다. 아내의 입술에 묻은 냉면 가락을 떼어주기도 했으며 그녀의 치마폭에 묻은 티끌을 떼어주기도 했습니다. 그녀는 그런 남편의 섬세한 애정과 배려를 웃음으로 받고 또 감사의 시선을 남편의 얼굴에 부어주었습니다. 그러나 남편으로부터 그런 친절을 받을 때마다 엷디엷은 고뇌의 그림자가 그녀의 이마를 스쳐가는 것을 나는 보았습니다. 나는 정말 구제받지 못할 놈인가 봅니다. 그녀를 내가 더럽히다니. 음식점에서 나온 그들은 그러나 의외에도 그녀만을 남기고 남편과 보영은 차를 잡아 타고 집으로 돌아가는 눈치였습니다. 그녀는 차 속의 남편과 딸에게 손을 흔들었습니다. 남편은 빨리 돌아오라고 당부하는 눈치였고 아내는 고개를 끄덕여 답했습니다. 그녀는 두 사람이 탄 차가 시야에서 사라질 때까지 그 자리에 서 있었습니다. 그리고 돌아서서 어디론가 바쁘게 걸어갔습니다. 순간 나는 섬뜩하였습니다. 그녀는 기어코 무언가를 감행하려 하고 있음을 깨달았기 때문이죠. 그녀가 '김영기산부인과병원'이란 간판 아래 박제가 된 것처럼 서 있었던 것은 약 일 킬로나 걸어가서였습니다. 그렇습니다. 그녀는 내 아이를 밴 게 틀림없었습니다. 그녀가 딸 하나를 낳고 있는 입장에 산부인과를 들어가야 할 이유는 조금도 없었기 때문입니다. 나는 그때 그녀와 나 사이에 일이 있은 지 사십여 일이 흐르고 있었다는 것을 비로소 깨달았지요. 그녀는 어처구니없게도 도둑놈의 씨를 밴 것입니다. 그렇게도 아름다운 여인이 말입니다. 그녀는 그 병원 앞에서 짐짓 되돌아서더군요. 그러나 백 미터쯤 걸어나오더니 다시 그 병원 쪽을 향해 몸을 돌렸습니다. 그녀는 병원 앞에서 십여 분 동안이나 또 그렇게 서 있었습니다. 이상하게도 난 그때 그녀를 향해 돌을 던지고 싶다는 충동에 사로잡혔습니다. 그러나 주위엔 돌멩이 같은 게 없었지요. 그녀는 팔목의 시계를 보았습니다. 오랫동안 그 시계를 들여다보더군요. 비로소 결심한 듯 그 병원으로 걸어들어갔습니다. 네미랄, 나는 그때 내 체내의 피가 역류하는 듯한 충격을 받았고, 그리고 앞뒤 돌아볼 염치 없이 병원을 향해 달려갔습니다. 늘 미안해하던 여편네의 얼굴이 떠오르더군요. 그녀는 진찰실 복도에 당그라니 앉아 있었습니다. 나는 다짜고짜 그녀의 멱살을 잡아 일으켰습니다.

"안 돼! 안 돼! 그건 못 해."

나는 거의 정신을 잃고 이렇게 고함을 치며 그 아름다운 여인의 따귀를 힘껏 때렸습니다. 그녀는 정말 알 수 없는 어떤 의지의 힘으로 무절제한 내 광기를 침착하게 감수하고 있었습니다. 그녀의 두 눈에 가득히 눈물이 고이는 것을 나는 보았습니다. 그리고 다음, 정말 너무나 커다란 울음을 터뜨리며 그녀는 내 가슴에 안겨왔습니다.

그녀는 말했습니다.

"나를 살려주십시오."

"안 돼, 안 돼. 씨팔, 난 널 좋아한단 말이야."

나는 그녀를 힘껏 끌어안지 않을 수 없었습니다.

# 도둑견습

그 돼먹잖은 의붓아버지란 작자는, 초저녁부터 어머니와 흘레붙기를 잘하였습니다.

양잿물로 절인 김치를 준대도, 먹고 삭일 수 있을 만큼 먹새가 좋은 나는, 초저녁잠이라면 도둑놈이 와서 뱃구레를 밟는대도 모를 지경입니다. 밥을 한 입 문 채 그대로 잠으로 떨어진 적이 한두 번이 아닐 만큼 나의 초저녁잠은 거의 운명적이라 할 수 있겠습니다. 이런 내 잠을 그 두 사람이 곧잘 깨워내곤 하였으니깐요.

여름날 저녁, 고릴라의 그것에 버금가는 큰 골통에 이글거리는 외짝 눈깔이 박힌 괴물이 날이 시퍼렇게 살아 있는 톱으로 내 모가지를 썰어대는 무시무시한 꿈 때문에 디립다 비명을 내지르고 깨어나는 수가 많습니다.

나로 말하면 예수님처럼 사랑해주어야 할 원수 놈이고 자시고 할 주제도 못 되는 푼수에 그런 지랄 같은 꿈을 왜 밤마다 꾸어야 하는지 정말 이건 자다가 깨어나도 모를 지경이었습니다. 그런 꿈에서 깨어보면 십중팔구는 실제로 모가지가 쓰리고 아팠습니다.

더운 때라서 어머니와 의붓아버지와 나는 보통 풀기가 깔깔한 홑이불을 함께 덮고 자는 게 예사였는데, 그놈의 풀 멕인 홑이불 한쪽 귀퉁이가 내 목덜미를 쉴 새 없이 문지르고 있어 결국 내 모가지가 쓰려오게 되고 그래서 잠이 깨어보면, 싸가지없는 어머니가 의붓아버지 가슴 위에 올라가서 맷돌치기를 하고 있기 십상이었습니다. 나는 처음에, 달밤의 유난 체조라는 게 바로 저런 거로구나 싶어 두 사람의 동작을 실눈을 뜨고 누워 바라보고 있었지요. 물론 어스름 달빛이, 열린 채로인 문을 통하여 방 안으로 밀려들고 있었기 때문에 의붓아버지의 가슴 위에서 껍죽대는 어머니의 윤곽이 뚜렷이 드러나 보였습니다. 그들은 내가 실눈을 뜨고 보고 있는 것을 아는지 모르는지 키들키들 웃음을 쥐어짜면서 체조를 열심히 씨루어대는 것이었습니다. 그들은 같은 동작을 열심히 되풀이하면서 징글맞은 쾌감이 배어 있는 웃음을 토해냈습니다. 모든 힘과 열기를 오직 그 과정의 일에만 집중시켜 탕진하고 있었습니다.

그러나 홑이불이 들썩거리는 통에 모가지가 쓰라려 도대체 배겨낼 재주가 없었습니다. 무슨 놈의 장난을 하필이면 이 밤중을 골라서 저러고 있는지 이해할 수가 없었습니다. 벌떡 일어나버릴 수도 없고 그렇다고 참고 견디자니 그놈의 유난 체조가 언제나 끝장이 나줄지 모를 일이 아니겠습니까. 참 이 무슨 기구한 운명의 장난이란 말입니까. 그러나 그때 다급한 어머니의 목소리가 들려왔습니다.

"여봇, 좋지 그치? 기분 좋지? 대답혀."

어머니는 의붓아버지에게 기분이 좋으냐고 몇 번이고 족쳐대며 되묻고 있었지만, 의붓아버지는 소 죽은 넋이라도 덮어씌었는지 아가리를 두고 말을 않고 있었습니다. 나 또한 다급하긴 마찬가지로 이대로 조금만 더 오래가다 보면, 내 모가지가 성한 채로 아침까지 가긴 글렀겠으므로,

"이 새캬, 기분 좋다고 칵 뱉어뿌러. 내 모가지 작살내고 말 텨?"

내가 느닷없이 버럭 소리치고 일어나 앉아버렸으므로 어머니는 너무 놀란 나머지 썩은 통나무처럼 뒤로 벌렁 나자빠지고 말더군요. 그들이 너무나 당황하는 꼬라지라서 미안도 하였지만, 우선 끊어지려다 만 듯한 내 목덜미를 어루만지며 앉아 있을 수밖에 없었습니다.

어머니는 아무 말 않고 주섬주섬 옷들을 찾아 입는 눈치였습니다. 의붓아버지란 작자는 그제야 배를 척 깔고 엎디더니 성냥을 득득 그어 담배 한 개비를 빨아무는 것이었습니다.

방 아래로 쥐들이 찍찍거리면서 어디론가 쭈르르 몰려가고 있었습니다. 골목 어귀에서 짬뽕 통이라도 한 개 발견한 모양이지요.

연기를 한 모금 쭉 빨아 삼킨 의붓아버지란 작자가 트릿한 목소리로 어머니에게 한마디 쏘아붙였습니다.

"저 자슥이 시방 날 보구 이 새끼 저 새끼 하던 말 니 들었지이!"

들었으면 워쩔 테고 못 들었으면 사람 잡을 테냐고, 네가 무슨 순경 할애비라도 되느냐고 따져 묻고 싶었지만, 나는 가만있었습니다. 무엇보다 어머니 입에서 무슨 대답이 나오실까 싶어 더 궁금할 따름이었습니다. 그러나 어머니는 얼른 대답을 못 하고 숨 한 번 땅 꺼지도록 내쉬더니,

"내 못난 탓이오."

딱 한마디 내뱉고는 위쪽으로 엉금엉금 기어가선, 내장 따놓은 가오리 모양으로 네 활개 쫙 뻗고 발랑 누워버리더군요. 어머니 입에서 별 신통한 대답을 못 들은 의붓아버지는 다소 머쓱해진 어투로, "쥐 불알만 한 것이

별 훼방을 다 놓네, 끝장엔" 하고 제것도 아닌 홑이불을 사타구니에 뚤뚤 말아 끼고는 모통잼이로 누워버립디다. 참 더럽고 치사해서 말이 막히고 숨이 막히더군요. 당장 시비를 걸고 싶었지만 참았지 뭡니까.

죽은 듯이 누워 있던 어머니가 그때 착 가라앉은 목소리로 말했습니다.

"이따 새로 해보지 뭐."

그러니까 의붓아버지가 잔뜩 볼멘소리로 "이년아! 잠은 안 자고 그것만 하고 밤새울 텨? 씨팔" 하더군요.

자기도 우리 집에 빌붙어 사는 주제에 죄 없는 우리 엄마를 들추어 이년 저년 똥강아지 부르듯 하는 데는 참으로 심통나 못 견딜 지경이더군요. 자기가 그렇게 못마땅한 일이 많다면 조막손이 아닌 바에야 방을 따로 꾸며서 그리로 썩 비키든지 나를 그곳으로 보내주든지 하면 될 텐데 말입니다. 그런 꿍꿍이수도 없는 얼뜨기가 골대 하나는 살아서 발광이지 뭡니까.

하긴 시방 우리 세 식구가 기거하고 있는 이 방이란 것도 사실은 별것 아닌 '마이크로버스'라는 거지요.

오방지게 쐬주만 들이켜다 죽은 우리 아버지가 이 폐품 집적소 수납실의 최 씨한테 적선 사정을 일주일이나 끌어온 끝에, 어머니가 최 씨와 같이 여인숙에 가서 한 번 같이 자는 것을 아버지가 눈감아준다는 조건으로 여기 들어와 살게 되었습니다.

우리 어머니도 지조 없기로는 봉사 지팡이지 뭡니까.

마이크로버스라는 게 뭔지 잘 모르지만, 버스보다는 작고 택시보다는 훨씬 큰 그런 버스가 옛날에는 청량리로, 미아리로, 왕십리로, 중랑천으로, 마포로, 노량진으로, 잔솔밭에 노루 새끼 뛰듯 왈가닥거리며 누비고 다녔다지 뭡니까. 우리 집적소 안에 그런 버스 차체가 아직 남아 있어 한 식구가 살고 있다면, 아마 사람들은 많이도 놀라겠지요. 그래도 우리 집은 썩어 찌든 곳도 있지만 네 바퀴가 아직 온전히 달려 있어서 언젠가는 한번 이 차가 서울 시가지 한복판을 향해 와르륵 달려나갈 수 있으리라는 희망은 갖고 있습니다.

그래도 옛날 대방동 꼭대기에서 살던 판잣집보다는 훨씬 윗길입니다. 사라호 할배가 불어닥친대도 루핑 자락이 날아갈 염려도 없고 집적소 안이라 퇴거령이다, 도시계획이다 해서 완장을 찬 구청 말짜들이 들이닥쳐서 거드름 피우는 꼬라지도 없고, 장마에 벽 무너질 걱정도 없어 다 좋은데 이렇게 무더운 여름날엔 방 안에 들어서면 목구멍에 수세미 뭉치를 틀어박는 듯 숨통이 막히고 등줄기가 벗겨질 듯 더운 데는 미치고 환장할 노릇입니다. 더욱이나 서울 천지의 냄새란 냄새는 전부 이곳으로 왕창 몰아다놓아선지 들썩거리는 냄새 때문에 여름 한철 아새끼 숨만 겨우 붙어 있을 뿐입니다.

우리 집구석엔 '악당 파리와 모기를 지옥으로 보내는 에프킬라'도 없어서 그것들이 심지어는 내 사타구니에까지 기어들어와서 피를 빨아대는 극성을 피우는데다가, 나잇살이나 처먹었다는 어른들이 천사와 같은 어린 나를 옆에 두고 밤마다 거르는 법 없이 그짓들이니 글쎄 난들 신경질 안 났다 하면 그건 곰 새끼지요. 하여간 그런 일이 있은 후부터 그들은 체조를 시작하기 전에 어머니 편에서,

"이 원수 덩어리가 자나 안 자나 보고 합시다."

어쩌구저쩌구 하며 바로 내 눈두덩 앞에 바싹 갖다댄 손가락을 야바위 판 돌리듯 팽글팽글 돌려대는 것이었습니다. 나는 그때마다, "손 치웟, 사람 눈알 까고 말 텨?" 하고 바락 소리치곤 합니다.

"이 원수 덩어리는 퍼뜩 죽지도 않네!"

픽 한숨 내뿜으며 어머니는 힘없이 돌아눕고 만답니다. 그래도 나 역시 인생이긴 하다고 말씀 던질 때마다 내 이름 석 자는 안 잊고 이원수(李源洙)라고 꼭꼭 불러주는 인정이야 어머니께 있습지요.

나는 그런 어머니가 점점 상대하기 싫어졌습니다. 옛날 우리 아버지 이점득(李點得) 씨가 살아 있었다면 적어도 그런 식으로는 나를 몰아붙일 수 없겠기 때문입니다.

의붓아버지만 해도 그렇습니다. 다른 사람들처럼 윤이 자르르 흐르는 밤색 양복으로 착 뽑고 거북선 담배를 빼물면서 금칠한 송곳니를 내보이며 싸악 웃는다든지, 캉가루 표 지갑을 열고 오백 원권을 쑥 낚아채서 샤니 빵이나 왕사탕이라도 사 먹으라고 할 수 있는 주제라도 된다면 하루에도 골백번을 좋다 하고 아버지라고 불러줄 수 있겠지만 이건 순 알거지더란 말입니다. 우악스럽게 손아귀에 끼고 있는 쇠가위 소리를 한번 신명나게 절그럭거릴 줄 아는 것 이외는 아무짝에도 쓸모없는 인생이더란 것입니다.

그것도 허구많은 세종로, 태평로, 충무로 같은 탄탄대로로는 아예 다닐 입장이 못 되고 이건 두더지 삼신을 뒤집어쓰고 태어났는지 시궁창 냄새가 계통 없이 물씬거리는 양창자 같은 골목길만 골라서 기를 쓰고 쏘다니며 '사이다 병, 콜라 병, 헌 신문, 고물 양재기 삽시다아' 하는 똑같은 언문을 하루에도 수천 번을 되뇌며 주접떨고 다니는 고물 장수 주제이고 보니 내가 어찌 그 사람을 두고 아버지라 이름 할 수 있겠느냐 말입니다.

그리하고 다니면서 온종일 만나는 대폿집은 거르지 않고 들락거려 오줌은 또 열 걸음마다 한 번씩 갈겨대는 것이었습니다. 말이 났으니 이야긴

데 다른 건 몰라도 우리 의붓아버지 그 좆 하나는 정말 왔다였습니다. 그를 따라다니다가 오줌 눌 때 한 번 훔쳐봤는데, 나는 맨 처음 저 사람이 웬 십구 문짜리 왕자표 흑고무신을 바짓가랭이 속에서 꺼내는가 싶어 자세히 봤더니 그 고무신 코에서 허연 오줌 줄기가 뻗지 뭡니까. 난 참 아찔하였습니다. 내가 자기의 그것을 훔쳐보고 있다는 걸 눈치 챈 그는, 그러나 바쁘지 않게 그 고무신을 툴툴 털고 속으로 넣으며 나한테 말했습니다.

"나? 이래 봬두 이것 하나는 왕자표야, 왕자표오. 케이에스 렛데루 딱 붙었지, 케이에스가 뭔지 알어? 정부가 품질을 보증한다아, 이거야 임마" 하고 뭍에 올라온 물개처럼 끼덕끼덕 웃더군요. 그는 잠시 고개를 숙이고 서 있더니 제법 긴장한 얼굴을 내게로 돌리며 다시 말했습니다.

"이제 두고 보라구, 너의 엄니가 곰같이 덩치 큰 놈 하나를 쑥 빼내놓을 테니깐, 씨팔. 난 그놈을 대국 도둑놈으로 만들 작정이라구."

밉다면 업어달랜다고 우리 의붓아버지는 그 푼수에 꼭 나를 데리고 장사를 나서지 뭡니까. 처음에 나는 그가 나를 골탕 먹일 심산으로 계획 짜고 그러는 줄 알았습니다.

아침을 먹고 나면 이 폐품 집적소를 건덕지로 먹고살아가는 고물 장수들과 어울려 의붓아버지는 도심지를 향해 장사를 떠나 해가 완전히 빠져야 우리들의 마이크로버스로 돌아왔습니다. 나는 구두통을 메고 변두리 신흥 주택가로, 어머니는 이웃 아주머니들과 어울려 집적소 안의 쓰레기 더미로 몰려가는 거지요. 어머니는 거기서 선별 작업을 하게 됩니다. 도심지에서 거둬들인 고물 더미에선 미원 봉지, 코텍스도 나옵니다. 초코쿠키 껍데기도, 통조림 깡통도, 코르셋도, 나체 사진도, 계란 껍질도 나옵니다. 우린 도심지에서 살진 않지만, 매일매일 이 집적소로 쏟아져 들어온 그런 쓰레기 더미들 속에서 도심의 사람들이 어제저녁까진 주로 무엇을 하고 살았다는 것을 보름달 쳐다보듯 환하게 알 수 있습지요.

그런 것들은 같은 성질의 것들과 모아지고 다시 그것들이 출생했던 공장으로 되돌려지는 것입니다.

그렇게 우리 세 식구는 모두 제각기 할 일들이 따로 있었습니다.

그런데 어느 날, 그 의붓아버지란 작자가 느닷없이 내 정수리를 콱 쥐어박더니, "이 자슥아, 오늘부턴 날 따라나섯" 하는 것이었습니다. 분통이 탁 터지데요.

"씨이, 아저씨 혼자 해처먹으라구. 난 그런 시시한 고물 장사 못 해먹는다구."

"이 새끼가 웬 잔말이 이리 많어?"

"잔말 못 할 건 뭐 있어?"

"이 새캬, 딱쇼 딱쇼 하는 건 시시한 것 아닌 줄 알어?"

백날을 못 보아도 보고 싶잖을 통대구 같은 눈깔을 팽팽 돌리길래 할 수 없이 따라나섰습니다. 한 사흘 따라다니다 보니 그가 나를 데리고 나선 까닭을 알겠더군요. 나도 문교부 혜택을 받을 사이가 없었던 게 탈이지 눈치 하나는 왔다거든요. 의붓아버지는 물론, 사이다 병이나 콜라 병을 받고 엿이나 돈으로 바꿔주기도 하였지만, 그것보다는 걸핏하면 리어카 옆에 나를 세워둔 채, 대문이 열린 집이면 무턱대고 안으로 들어가는 것이었습니다. 대문에는 '큰 개 조심' 이라고 써 붙여놓았는데도 그는 도대체가 겁없이 그냥 들어가는 것이었습니다. 그의 말대로라면 '개 조심' 이란 거야말로 순 공갈일 뿐이란 것입니다. 정말 조심해야 할 개라도 있는 집구석엔 그따위 알량한 종이딱지를 써 붙이지 않는다는 것입니다. 또 설령 개가 있다손 치더라도 도둑 예방으로 밖에다 두고 기르는 것이 아니라, 개에게 매니큐어, 아이섀도 화장까지 시키고 양말에 옷까지 입혀 예방주사 맞혀서 방에다 소록소록 재우곤 하기 때문에 겁낼 일 하나 없다는 것입니다.

집에 들어가면 다행히 사람이 없거나 있어도 상추쌈을 가슴 미어지도록 처먹고 마루에서 뻗치고 자는 식모뿐이기가 십상이지요. 그는 그 집 수돗가에 있는 대야나 양은그릇들을 몽땅 훔쳐 들고 밖으로 나오는 것입니다. 그것들을 수채 도랑에다 한 번 처박았다 건져내어선 리어카에다 쑤셔박고 "퍼뜩 가, 이놈아!" 하고 나를 재촉해선 그 골목을 빠져나오는 것이지요. 배나무 아래로 갈 적엔 갓끈도 고치지 말라는 속담이 있는 세상에 순 어거지로 버는 거지요. 어쩌다 들키기라도 하면, "네에, 수도 검침하러 왔습니다" 하거나 "두꺼비집이 어디 걸려 있습니까?" 하는 식으로 위기 모면을 할 때도 없었던 것은 아닙니다. 하여튼 넉살 하나는 타고난 사람이었으니깐요. 실수를 되도록 줄이기 위하여 그가 아무 집이나 들어갈 땐 나와 암호를 맞추곤 합니다. 나는 밖에 세워둔 리어카를 붙잡고 섰다가 남자가 나타나면 가위를 절걱거리면서 "사이다 병 삽니다아", 여자가 나타나면 "헌 대야 삽니다아" 하고 소리쳐주면 의붓아버지가 속 차리고 부리나케 밖으로 쫓아나오곤 하지요. 장사라도 더럽게 똥줄 빠지는 장사지요.

그런 식으로 모으는 철물들이 돈으로 환산하면 상당한 액수에 달하는 때가 많았습니다. 순 도둑놈이지요 뭐. 지옥이 만원 아니라 미어터져 나간다 해도 우리 의붓아버지는 그 만원 된 지옥 자리 날 때까지 밖에서 기다려야 할 놈입니다. 그런데 그에겐 단 한 가지 내가 이해 못 할 점이 있었습니다. 그런 식으로 훔쳐내다 보니까 나중엔 요령도 붙고 간땡이가 부어서 마루에 놓인 선풍기 같은 것도 훔쳐내곤 하였는데 이 더운 여름날에 선풍기 같은 것이야 우리 집 마이크로버스 속에다 틀어놓으면 좀 시원하고 간이 뜨겠습니까마는 그 작자는 그것을 응당 망치로 때려부숴 가지곤 고물로만 팔아먹던 심사를 알 도리가 없더란 이야깁니다. 그것만이 아니었습니다. 우리 집에서 얼마든지 쓸 만한 멀쩡한 세숫대야도, 전기 믹서도, 주전자 같은 집기도 모양 그대로 팔아넘기면 상당한 현찰과 바꿀 수 있음에도 꼭 쇠망치로 엎치고 모를 쳐서 뚝심 빠진 할망구 뱃가죽처럼 만들어서 수납소로 가져가서 몇 푼 안 되는 고물 값으로 바꿔오는 것이었습니다. 그 고집은 아무도 꺾지 못할 것 같았습니다. 내 소견에도 하도 딱하고 답답하여,

"씨이, 그냥 팔면 몇 배나 받을 텐데 괜시리 두들겨 깨기는 왜 깨는 거여?"

그러나 대답은 항상 한가지로 내뱉기였습니다.

"이 자식아, 모르는 소리 말고 죽통 닥쳐. 아모리 좋고 신품이라 할지라도 일단 내 손에 들어왔다 하면 고물이 돼야 그기 원칙이야. 그래야 제 값어치가 있는 기엿."

젠장, 퉁명스럽게 쏘아붙이기 일쑤입니다. 사람이 오래 살다 보면 멍텅구리도 여러 질(質) 본다더니 나는 열다섯 살이 못 되어 저런 주체 못할 얼뜨기 같은 자식도 보게 되는구나 싶데요. '알래스카의 싱그러운 바람을 몽땅 여러분의 안방에다 운반해준다'는 그런 신품 선풍기를 기어이 망치로 때려 고물로만 팔아먹고 있는 그놈의 대갈통은 도대체 무엇으로 채워져 있는 것일까요. 모르는 놈은 손에 쥐여줘도 먼 산만 본다더니 꼭 우리 의붓아버지 같은 놈을 두고 하는 말씀임에 틀림없겠습니다.

그러나 그의 말도 일리가 없는 것은 아니었습니다. 우리 집인 이 마이크로버스라는 게 정말 아무런 보장이 없는 집이었으니까요. 언제 해체되

어 주물공장으로 들어가게 될지 모를 불안이 그것이었습니다. 그는 서울 시가지에 널려 있는 쇠붙이들을 고물로 만들어내는 분량만큼 우리 집이 헐릴 시간이 늦어질 수밖에 없다고 말해왔으니까요. 그것을 가장 유효 적절하게 이용하고 있는 놈이 바로 수납소의 최가란 놈이었습니다. 그놈이 요사인 퍽 자주 우리 집 주변을 빙글빙글 돌면서 원료 공급이 딸린다면서 "이놈을 빨리 해치워야 할 텐데" 어쩌구 해가며 벽을 돌로 탕탕 때려본다든지 대가리를 주억거려 아래위쪽을 살펴보곤 하니깐요. 그 새끼가 또 우리 어머니를 여인숙으로 데려갈 욕심 때문에 으름장을 놓고 있다는 것쯤은 의붓아버진들 모를 리 있겠습니까. 그러나 죽은 우리 아버지처럼 허약하고 요령 없는 사람이야 당장 어머니를 내어줄지는 모르지만 서슬이 퍼렇게 살아 있는 의붓아버지야 그렇게 호락호락한 위인은 아니었습니다. 최가 놈이 그런 식으로 으름장을 놓고 돌아간 날의 의붓아버지는 거의 미친 것 같은 상태에서 하루를 보내게 됩니다. 두 눈알이 벌겋게 충혈되어 안정을 잃고 이리 굴리고 저리 굴리며 심하게 술을 퍼마시는가 하면 이 눈치 저 눈치 돌볼 겨를 없이 마구다지로 훔쳐내곤 하였으니까요. 리어카에 쌓인 고철들 거의가 도둑질로 채워진 것뿐이었습니다.

우리는 그날 우연히도 주택가 사이에 끼여 있는 어느 아담한 공원의 어린이 놀이터 앞을 지나게 되었습니다. 그 공원 한편에는 조무래기들을 태우고 원형으로 빙글빙글 돌아가는 철마가 삐걱삐걱 쇳소리를 내고 있었습니다. 우린 맨 처음 빈 깡통이나 주워 모을 심산으로 그 공원 속을 어슬렁거리고 들어갔던 것이지요. 그런데 그 철마를 보자 의붓아버지는 그만 걸음을 딱 멈추고 말았습니다. 그는 아가리를 함지박으로 벌리고 헤헤 웃는 아이들을 잔뜩 싣고 힘겹게 돌아가는 철마 틀을 넋을 잃고 바라보고 있을 따름이었습니다. 넋을 잃은 듯이 보이던 그의 표정이 차츰 어떤 득의의 웃음기로 변해갔습니다. 그는 강에서 걸어나온 강아지처럼 온몸을 한 번 부르르 떨었습니다. 드디어 그는 내 정수리를 깡 치면서 이렇게 말했습니다.

"좋다! 저놈을 해치우는 거야, 저놈을."

나는 정수리가 몹시 아팠으나 그의 결의에 찬 표정이 엄숙하기까지 하였으므로 참는 수밖에 없었지요.

"이 자식아, 아무한테나 얘기하면 죽엿!"

"씨이, 뭘 말예요?"

"저걸 보라구, 이 자식아."

"말 틀 말예요?"

"그래 이 자식아, 오늘 밤에 저놈을 해치우는 거야. 저런 게 있는 줄을 미처 생각을 못 했군."

말하자면, 주제에 그 철마 틀을 몰래 해체시켜 고철로 팔아 조질 심산이란 것쯤은 나도 알아차릴 수 있었습니다. 나는 킹 하고 코웃음을 쳤습니다.

"씨이, 잘 안 될걸."

"이 자식아, 쥐 새끼도 막다른 골목에 이르면 돌아서서 고양이를 문다구."

"씨이, 잘해보라구."

말 같아야 상대를 하고 섰지요. 나는 돌아서고 말았습니다. 내가 돌아선 뒤에도 그는 여전히 거기 남아서 철마 근방을 빙빙 돌며 이리저리 궁리를 짜내고 있는 눈치였습니다. 그러나 생쥐가 호랑이 새끼를 잉태하는 게 쉽지 자기가 무슨 까딱수로 그 철마를 몰래 해체시킬 수가 있단 말입니까. 그는 근 삼십여 분이 지난 뒤에사 내 뒤를 어슬렁거리고 따라나왔습니다.

그 꼬락서니가 하도 우스꽝스럽고 미워서 나는 의붓아버지를 골탕 먹일 궁리를 하고 있었습니다.

우리는 그 공원을 나와서 다시 주택가의 골목길로 들어섰고, 그는 역시 빈집을 발견해내고 그 집으로 기어들어갔습니다. 나는 여전히 리어카 근 방을 돌며 망을 보고 있었습니다. 그때 골목 어귀에 찰슨 브론슨같이 어깨 가 딱 벌어진 두 사나이가 나타났습니다. 나는 거기서 응당 가위질을 절그 럭거리며 "사이다 병 삽니다" 하고 집 안에 있을 의붓아버지께 신호를 해 주어야 했는데도 여전히 가만히 서 있었습니다. 공교롭게도 일이 바로 되 느라고 그 두 사나이는 그가 들어간 바로 그 집으로 들어갈 사람들이었습 니다. 참 그날 우리 의붓아버지는 직사하게 터졌지요. 하여튼 여물통이 당 나발이 되도록 쥐어터졌으니깐요. 그 사람들은 악당 영화에 나오는 허장 강의 꼬붕들처럼 입에 게거품을 풍기며 의붓아버지를 약장수 북 치듯 했 습니다. 꽤 오랫동안 맷집 좋게 맞고만 있던 그가 뽀빠이에게 쫓기는 털보 처럼 갑자기 골목 밖으로 튀어 달아나더군요. 토끼는 데는 그도 한가락 하 는 사람이라는 걸 그때서야 알았습니다. 눈 깜짝할 사이에 사람을 놓쳐버 린 그 두 사나이는 잠시 서로를 멍하니 쳐다보더니 충혈된 시선을 서서히 내게로 옮겨왔습니다.

이젠 골로 가는구나. 저 거무침침한 서울의 하늘도 오늘로서 마지막 보 는구나 싶었습니다. 아니나 다를까, 그들은 내게로 걸음을 옮겨오는 것이 었습니다.

"너 이 자식! 그놈과 한패짓?"

그중 한 녀석이 어금니를 잔뜩 사리물며 내게 다그쳤습니다.

"너 임마, 거짓말하면 죽어? 마빡에 피도 덜 마른 녀석이 벌써 도둑질

동업이야?"

다시 한 녀석이 다가서며 이를 앙물었습니다. 물론 나는 처음엔 사시나무 떨듯 했었지요.

그러나 바로 그 순간에 아까 공원에서 의붓아버지가 내게 던진 말이 퍼뜩 떠올랐던 것입니다. "이 자식아, 쥐 새끼도 막다른 골목에 이르면 돌아서서 고양이를 문다구." 바로 그 말이었습니다. 난들 기죽을 수 있나요. 나는 한 발 앞으로 쓱 나섰습니다.

"씨이, 그렇다, 왜? 잘못된 거라도 있니?"

내가 뱃심 좋게 나오자 그들은 금세 얼굴색이 싹 가시더군요.

"야, 요것 봐라아! 벼룩이 튄다아!"

"이 새캬! 니 눈깔엔 벼룩밖에 보이는 게 없니?"

나는 이렇게 대거리하며 은연중 리어카 속에 들어 있던 조그만 쇠꼬챙이 하나를 재빨리 챙겨 들었습지요.

"야 요놈 봐라아! 너 몇 살이니?"

"몇 살이면 워쩔 텨? 너 애비 나이라도 보태줄 텨?"

통수가 그쯤 되면 알조였습니다. 그 두 사나이는 시골 장터에 붙들려 온 고슴도치라도 구경하듯 내 주위를 조심스럽게 빙글빙글 돌며 나를 요리조리 훔쳐보더니 그만 웃고 돌아섰습니다. 그들의 표정으로 보아, 한 말로 유치하다 이것이었는데 사실은 내가 쥐고 있던 쇠꼬챙이에 조금은 겁을 집어먹은 게 분명하였습니다. 나도 휘두르다 보면 저희들이 찔리지 않는다는 보장이 어디 있겠습니까. 악돌이한텐 못 당하는 법이니까요. 어른들이란 틀은 커도 건드리면 움츠리는 족제비처럼 운명적으로 허약하다는 걸 나는 그때부터 깨닫게 되었습니다. 그날 이후 나는 그 쇠꼬챙이를 항상 몸에 지니고 다니는 습성을 길렀습니다.

"짜아식들, 작은 고추가 매운 걸 몰라?"

나는 어깨를 으쓱하고 리어카를 끌며 유유히 골목을 빠져나왔습니다. 그땐, 그렇게 높게 느껴지던 서울의 하늘이 내 턱밑에 내려와 있더군요. 길거리를 걸어가는 사람들도 훅 불면 날아가버릴 듯 가볍게 보였습니다. 그러나 그 다음엔 겁이 덜컥 났습니다. 그건 그때 우리 의붓아버지 생각이 버럭 떠올랐기 때문입니다. 그는 지금쯤 분명 집으로 돌아가서 황소 모양으로 나자빠져 누워 어머니를 들볶고 나를 저주하고 있을 것임에 틀림없겠기 때문입니다.

나는 집으로 돌아갈 엄두가 나지 않았습니다. 리어카를 수채 도랑에 칵 처박아버리고 지향 없이 떠나버릴까보다고 생각했습니다. 이 한 몸이야 어딜 가도 먹고 살아갈 재주쯤이야 내게도 있으니깐요.

작년까지만 해도 나는 시내버스를 탔습니다. 주로 밤에 아무 정류소에나 나가 섰다가 무조건 버스를 집어타는 것입니다. 차가 일단 떠나면 나는 그 많은 사람들 틈에 끼여 악을 쓰기 시작하지요. "차내에 계신 신사숙녀 여러분! 저는 일찍이 조실부모하고 눈보라치는 서울의 하늘을 지붕 삼아 이 거리 저 거리를 주린 창자를 틀어쥐고 지향 없이 떠도는 신세였습니다……. 그리하여 청량리에 위치한 아세아중학교 야간부에 입학은 하였으나, 세파는 거세고 인정은 메말라 더 이상 학업을 계속할 수 없어 볼펜 몇 개를 밑천 삼아 인정어리신 여러분의 동정을 구하고 있습니다." 그러고는 '미이아리 누운물 고개 니이임이 넘던 이별 고오개' 한 곡 좍 뽑고 나면, 나도 모르게 울고 있는 자신을 발견합니다. 그러나 내 호소를 귓구멍이 있으면 다 들었으련만 승객들은 길거리에 금송아지라도 지나가는지

고개를 하나같이 창밖으로 돌리고 있을 뿐입니다. 그러나 그런 건 별 염려 없습지요. 요는 그 차 중에 집으로 돌아가는 바걸이나 작부 들이 몇 사람이나 타고 있느냐가 더 문제입니다. 그들이야말로 눈물에 약하거든요. 결국은 한 차에 일이백 원은 쥐고 내리기 마련입니다. 간혹 나를 알아보고 차비를 달라는 차장도 있습니다. 나는 그때 지체없이 공갈을 칩니다.

"이년아, 너 더 살고 싶으니?"

"요 새끼가 지금 뭐라고 했니?"

"이년아, 제발 내 창자 뒤틀리게 하지 말어."

차장을 똑바로 쳐다봅니다. 공갈에는 약하거든요. 또 나를 상대해서 머물 시간도 없는 차니깐요. 붕 떠나고 말지요.

그때, 내 등을 툭 치는 사람이 있었습니다. 바로 의붓아버지가 그 사람이었습니다. 나는 창자가 끊어질 듯한 놀라움과 두려움에 떨었습니다. 이번이야말로 끝장이구나 싶었습니다. 적어도 그 사람에게만은 내 통수나 공갈이 통하지 않는다는 걸 잘 알고 있기 때문이죠. 그러나 나는 의외에도 씩 웃고 있는 그를 발견한 것입니다.

"히히, 내가 다 봤다. 임마. 너 통수 한번 거뜬하게 치던데! 됐어, 잘하는 짓이라구, 희망이 가득한 놈이야, 넌."

그는 내 골통을 툭툭 치면서 팅팅 부어 모과 같은 낯짝을 해가지고선 헤벌쭉 웃기까지 하더라니까요. 그 만족스러워하는 꼬라지란 이루 형언할 수가 없었습니다. 그는 사뭇 달아나지 않고 길모퉁이에 숨어서 내가 노숙하게 굴던 것을 지켜보았음이 틀림없었습니다.

난 그날처럼 기분 좋았던 날도 없었습니다. 물론 그날부터 그를 아버지라고 부르기로 작정도 하였지요. 돈도 없고 무식하며, 도둑질이나 하고 오락이라고는 어머니와 흘레밖에 할 줄 모르는 그였지만, 사람들 군더더기 없이 용서할 줄 알고 힘을 북돋우어줄 줄 아는 그 왕자표 아저씨를 아버지라 부르는 데 내가 거리낄 것은 없었지요.

"이봐, 너 말이야, 오늘 저녁 내 작업에 가담할 터?"

그는 조금 전에 공원에서 보아둔 철마의 해체 작업에 내가 동행해줄 것을 은근히 바라는 눈치였습니다. 물론 나는 그의 제의를 쾌히 승낙했습니다. 그때의 내 기분은 공허하게만 느껴지던 그의 계획이 이상하게도 퍽 현실성이 있는 계획으로 받아들여지더군요.

집으로 돌아오자, 아버지는 어머니를 보고 "이봐, 이 자식이 날 아버지라고 불렀어" 하더군요. 아버지의 울긋불긋하게 부어오른 얼굴과 나를 번갈아 보던 어머니의 눈시울에 안개 같은 것이 서리는 것을 나는 보았습니다. 어머니는 우리들이 시내에서 겪었던 사건을 대강 짐작하는 눈치였으니깐요. 나는 그때 치사하게도 울고 싶다는 생각이 울컥 치밀어오르더군요. 우리들 세 사람은 낯선 사람들처럼 아주 오래간만에 서로를 쳐다보면서 어설프게나마 웃었습니다. 새로운 음모에 대한 결의가 우리들 웃음 속에 배어 있었지요. 그러나 그날 밤부터 나의 사랑하는 아버지는 앓기 시작하였습니다. 대단한 열이 아버지의 온몸을 휩싸안았습니다. 아버지와 나의 계획이 수포로 돌아간 건 차치하고 그를 어떻게 치료해주느냐가 당장 발등에 떨어진 불이었습니다. 그러나 아시다시피 밤중에 무얼 어떻게 할 수 있단 말입니까. 어머니는 거의 속수무책으로 아버지의 이마에 물수건만 얹었다 내렸다 하였어요. 그러나 아버지를 엄습해온 열은, 불에 달구어진 돌멩이처럼 도대체 식을 기미를 보이지 않았습니다. 사랑하는 아버지는 굴신 못 하도록 얻어터진 게 분명하였습니다.

"이 원수야, 병원에 가서 의사라도 불러오너라."

아버지 옆에 두꺼비처럼 앉은 나를 보고 어머니는 소리쳤습니다.

"여기 와줄 골 빈 의사가 어딨어?"

"그럼 이놈아, 죽는 사람 두고 그대로 죽치고 앉았을 테여?"

나는 어슬렁거리며 밖으로 나왔습니다. 근 일 킬로나 시내 쪽을 향해 걸어서 '중생의원'이란 간판이 걸린 병원 하나를 찾아냈습니다. 그 썰렁한 병원엔 마침 발랑코인 간호사 한 년이 어슬렁거리며 있었습니다. 내가 문을 열고 들어서자, "너 어디서 왔니?" 하고 그녀가 물었습니다. 저 위쪽 폐품 집적소에서 왔다고 했지요. 그는 내 아래위를 잠깐 훑어보고는 심드렁하게 말했습니다.

"으응, 거어기? 지금 의사 선생님이 안 계신데?"

싹수를 보니까 그 간호사가 순순히 나를 따라오긴 글렀다 싶었습니다. 참 분통 터지데요. 나는 그때 쇠꼬챙이를 척 꺼내서 꼬나들었습니다.

"너 갈 텨, 안 갈 텨?"

"얘가? 지금 뭘 하고 있니?"

"보면 몰라? 이 작것아?"

"이런 애가 어디 있어?"

"너 오래 살고 싶지?"

나는 쇠꼬챙이를 그녀의 콧잔등에다 바싹 갖다대고 이를 앙물었습지요. 그제사 새파랗게 질린 그녀가 뾰족한 수가 없었던지 주섬주섬 왕진 갈 채비를 하더군요. 십구 문짜리 왕자표 흙고무신만 한 아버지의 그것이 어머니에겐 절대적으로 작용되듯이 내 십구 문짜리 길이만 한 이 쇠끝이 많은 사람들에게 공포를 준다는 흡족감을 다시 한 번 느끼게 되었지요. 하여튼 그 작은 쇠끝 하나에 너무나 허술하게 굴복해버리는 간호사가 민망할 정도였습니다.

그 간호사는 우리 집에 당도하자, 곧장 아버지에게 주사를 찔러주었고 이틀분의 약을 주고는 왕진비도 받을 생각 없이 부리나케 달아나버렸습니다. 어머니는 내가 간호사를 여기까지 불러올 수 있었다는 대견스러움에 "이 원수야, 너도 쓸모가 있구나!" 하면서 누런 이를 드러내고 웃었습니다. 나는 지랄같이 눈물이 핑 돌더군요. 아버지는 얼마 후 열이 내리기 시작하였고 혼곤히 잠에 빠져들더군요. 어머니와 나도 그 옆에 아무렇게나 꼬꾸라져 잠이 들었습니다.

그날 밤 나는 꿈을 꾸었습니다. 신나는 꿈이었지요. 우리 집인 마이크 로버스 양 옆에 은빛 날개가 달려서 짙푸른 하늘을 기분 좋게 날아가고 있었습니다. 우리들의 비행기는 조종사도 없었지만 그렇게 쾌적하게 날 수가 없더군요. 시원하고 맑은 바람이 창으로 들어와 발가벗은 채인 우리 세 사람의 더운 몸을 식혀주었습니다. 아래로는 칙칙한 산과 바다가 이어져 왔다간 펼쳐져 지나갔습니다. 나는 기분이 좋아서 무좀약 선전 광고처럼 간지럽게 웃었습니다. 그때 초원이 펼쳐진 넓은 땅이 보이기 시작했습니다. "착륙 준비잇!" 아버지가 손을 번쩍 들고 소리쳤습니다.

눈을 번쩍 뜨니 아버지가 물을 달라고 소리치고 있었습니다. 젠장, 좋다가 말았지요 뭐.

나는 어머니를 깨우지 않으려고 살금살금 기어나가 물 반 바가지를 떠다 아버지께 드렸지요. 그는 내 얼굴을 한참 동안 유심히 쳐다보더니 꿀꺽꿀꺽 물을 마셔댔습니다. 그러나 아버지는 그 이튿날도 털고 일어나진 못했습니다. 아마 아버지도 임자 바로 만났던가 보지요. 자기가 마른 명태가 아닌 이상 그렇게 얻어터졌는데도 아프고 저리지 않을 리 없겠지요. 그렇다고 우리 두 사람이 황달의 붕어 들여다보듯 아버지의 팅팅 부은 낯짝만 내려다보고 앉아 있을 수도 없겠으므로 마음에 걸리기는 하였습니다만, 어머니는 다시 선별 작업장으로, 나는 리어카를 끌고 시내로 고물 장사를 떠났습니다. 더군다나 나는 리어카를 혼자서 끌게 되었다는 사실 때문에 조금은 흥분해 있었습니다. 나 혼자서 일을 벌일 수 있게 되었다는 건 여간 짜릿한 일이 아니었습니다. 물론 나는 아버지처럼 가위를 절걱거리며 가락에 맞추어 "사이다 병, 콜라 병, 헌 양재기 삽시다" 하고 외쳐대는 것이었습니다. 조그만 것이 그런 짓을 하고 다니니까, 골목에 모여 서서 제 남편 흉이나 싸지르던 여편네들이 신기한 듯 바라보곤 하더군요. 그 눈길에는 하나같이 너도 출세 일찍 하였구나, 하는 말씀들이 담겨 있었는데 그것들이 아직 내 실력을 몰라서 그러고 있는 것이겠지요.

오후 두 시쯤 나는 아주 의젓한 어느 집 대문 앞에 멈추어 섰습니다. 제법 산다고 떵떵거리는 집구석으로 보이는 것은, 집을 왼편으로 돌면서 펼쳐진 푸른 잔디밭이 시원하였고 차고(車庫)도 보였기 때문입니다. 집 안의 문이란 문은 모조리 닫혀 있었고 마루의 문짝 두 개만 열려 있었는데, 바로 그 열린 문 사이로 식모가 네 활개를 쫙 벌리고 낮잠을 자고 있었습지요. 문을 열어놓은 채 식모가 자고 있다면 그 집구석엔 그 이외는 아무도 없다는 증거지요. 누구라도 있다면 식모 따위가 건방지고 도도하게 물간 통대구 배같이 푸르딩딩한 두 다리를 쩍 벌리고 잠들 수 없다는 건 상식에 속하는 일이니까요. 나는 리어카를 끌고 얼른 그 집 안으로 들어가서 안쪽으로 대문을 걸어 잠갔습니다. 그리고 곧장 마루 앞까지 리어카를 끌고 가서 세운 다음, 쇠꼬챙이를 꺼내 들었습니다. 그러곤 쇠끝으로 단잠이

든 식모의 뱃구레를 툭툭 쳤습니다. 어찌나 많이 처먹었던지 뱃구레에서 소가죽 소리가 날 지경이었습니다. 그년도 아마 먹새는 나에게 뒤지지 않았던 게지요. 한참 만에야 그년은 깜짝 놀라 일어나더니 나를 저윽히 바라보았습니다. 나는 여유를 두지 않고 쇠끝을 그년의 코앞에 바싹 갖다대고 말했습니다.

"낮도둑놈이야. 알아둬, 오래 살고 싶지?"

처음에 그년은 내 몰골을 보고 심드렁한 낯짝이더니 내가 '낮도둑놈'이라고 말하자, 이상한 신음 소리를 뱉어내곤 금방 얼굴을 감싸쥐더니 썩은 통나무처럼 옆으로 나가 뒹굴었습니다. 나는 쇠끝으로 그년의 뒤통수를 두어 번 긁어 준 다음, 지체 없이 일에 착수했습니다. 선풍기부터 찬장의 그릇들, 믹서, 전화기 할 것 없이 고철로서 가치가 있는 것이라면 사양 않고 리어카로 옮겨 실었습니다. 그때까지 식모는 겨울 동태처럼 바싹 얼어서 얌전하게 엎드려 있더군요. 나는 그 집구석을 나오면서, "이년, 내 꼬붕들이 밖에서 사뭇 지켜볼 테니까, 고함지를 요량 말고 사뭇 엎드려 있엇!" 하고 으름장을 놓았습니다. '이년' 할 때 나는 아랫배에 힘을 잔뜩 넣었지요. 그년 아마 십 년은 감수했을 건 뻔하지요. 내 입에서 어쩌면 그렇게 기발한 공갈이 튀어나왔는지 모를 일이지요. 하긴 나 역시 아이큐 높다는 배달의 자손이긴 마찬가지니깐요. 나는 그길로 똑바로 집으로 돌아왔습니다. 나는 손오공이라도 된 듯 하늘을 날 기분이었지요. 집으로 돌아와서 그 사실을 누워 있는 아버지에게 낱낱이 고해바쳤습니다. 내 이야기를 상기된 얼굴로 다 듣고 난 아버지는 그때 뉘었던 자세를 후딱 일으키면서 말했습니다.

"넌 이제 내 아들이야. 이 강두표(姜斗杓)의 아들이라구, 딴 놈의 아들이 됐다간 죽엇?" 그리고 그는 덧붙이기를 "열심히 혀, 책임은 내가 져, 이 강두표가 진다구. 그래야 우리 집이 헐리지 않는 기여 임마, 그걸 알아야 혀" 하더군요. 그러나 양계장에서 계란 쏟아지듯 날마다 경기가 좋은 건 아니었습니다. 사실은 대낮에 문도 안 잠근 채 넉살 좋게 낮잠 자는 여자란 그리 흔한 일은 아니거든요. 나는 열흘에 한두 번씩 식모 혼자 있는 집구석을 털곤 하였습니다.

나의 사랑하는 아버지 강두표 씨는 좀처럼 털고 일어날 기미를 보이지 않았습니다. 영 골병이 진 모양이었습니다. 그렇지 않고서야 그렇게 탄탄하던 사람이 밀가루 반죽처럼 늘어질 수가 있겠습니까. 일어나는 건 고사하고 그는 언제부턴가 비쩍비쩍 여위어가는 게 도대체 심상치 않았습니다. 내가 하는 일도 그랬습니다. 빤한 이치로, 서울 시가지를 노루처럼 뛴대도 내가 불가사리가 아닌 바에야 아버지와 같이 다니던 때처럼 실적이 오를 건 아니지요. 또 그것뿐이겠습니까? 아버지가 이십여 일을 앓아눕자, 수납소의 최 주사란 자식이 우리 집에 심심찮게 나타나는 일이었습니다. 그가 수탉 모양으로 고개를 갸우뚱거리며 집 주위를 이리 돌고 저리 돌아보는 꼬라지가 우리들을 몹시 심란하게 만드는 것이었습니다. 조만간 우리 집을 헐어버릴 심산이 아닌가 싶었기 때문입니다. 그 자식이 낯반대기 실죽거리는 꼬락서니로 보아 아무래도 다시 한 번 그 자식을 따라 여인숙엘 가주어야 할 날이 가까워오는 건지도 모르지요. 그 자식이 우리 어머니를 끈질기게 탐욕하는 걸로 보아, 못 할 말이지만 우리 어머니도 어지간히 색골인 모양이지요. 그러나 어찌 됐건 남의 여자를 탐내다니, 최 주사란 놈이야말로 염치없기로는 무당 쌀자루보다 몇 배 더한 놈이지요. 물론 내게도, 이 쇠꼬챙이로 그 자식을 위협할 수 있는 용기쯤이야 있습니

다. 그러나 이 폐품 집적소를 중심으로 살아가는 사람들은 여느 사람들과
는 생판 다르니까요. 골통에 권총을 들이댄대도 알랭 들롱처럼 눈썹 한 번
까딱하는 법이 없습니다. 빵깐에 드나들기를 생콩 먹은 놈 변소 드나들듯
하더군요. 그중에서도 최 주사 같은 놈은 갔다 하면 서대문이니까요.

우선 마빡에 박 그어진 흉터만 보아도 그놈이 얼마나 계통 없게 살아왔
던가를 알조였으니까요. 어느 누구도 그 앞에서 대거리했다간 졸가리 부
러지는 변을 당하고 맙니다. 하물며 나 같은 거야 엉겨붙는다는 건 호랑이
앞에 웃통 벗는 격이지요. 그러니까 난 그저 눈 딱 감고 리어카 밀고 시내
쪽으로 드나들 수밖에 더 있겠습니까. 그쪽엔 내 공갈이 먹혀가는 사람들
이 너무나 많이 살고 있으니까요.

그날도 나는 마침, 밥 한 그릇을 목구멍에 이겨넣고 저쪽 쓰레기 더미
에 있던 리어카를 끌어낼 작정으로 어슬렁거리며 걸어가고 있었습니다.
나보다 한발 앞서 나갔던 어머니가 그때 어디서 헐레벌떡 내게로 뛰어왔
습니다. 어머니는 불문곡직하고 내 멱살부터 조여 잡았습니다.

"이 원수 놈아, 이놈아, 널 잡으러 쇠파리가 찾아왔어!"

나는 이게 무슨 흰소린가 했습니다. 무엇 때문에 순경이 나를 잡으러
오느냐 이겁니다.

"저쪽 수납소에 이놈아, 쇠파리가 와서 너와 똑같은 놈을 찾고 있어, 이
놈아."

어머니는 숨이 거의 턱에 걸려 있었지요. 나는 아침 잘 먹은 어머니가
갑자기 돌았나 싶을 정도였습니다.

"뭐라고? 싸게 주껴봐."

"이 원수 놈아, 그래 내가 뭐라든? 아예 도둑질은 하지 말랬잖어? 이

여우 새끼 같은 놈아, 도둑질은 지랄한다고 혀? 할 짓이 겨우 그것뿐이더 냐?"

"씨이, 엄니가 원제 날 보구 도둑질 말랬어? 원제? 늘 가만 보구만 있 어놓구선."

"이 원수 놈아, 넙죽거리고 섰지 말고 월런 토껴버려, 저쪽 철조망 구멍 으로 싸게, 이놈아."

어머니는 거의 사색이 되어 발을 동동 굴렀습니다.

"씨이, 걱정 말어. 엄니가 왜 안달여?"

나는 그때서야 수납소 쪽을 힐끗 돌아다보았습니다. 쓰레기 더미 너머 로 보이는 수납소 문 앞엔 정말 순경 한 사람이 찾아와서 타조처럼 어깨를 쩍 벌리고 서서 최 주사 놈과 뭐라고 노가리를 까고 있었습지요. 나는 씩 웃었습니다. 이상하게 전신이 찌릿해왔습니다. 이제 살맛이 난다 싶었습 니다. 나는 다람쥐처럼 날쌔게 철조망을 기어넘어 곧장 시내 쪽을 향하여 냅다 뛰기 시작하였습니다. 쇠꼬챙이를 든 채 말입니다. 이것 하나만 갖고 있으면 어딜 가도 먹고살 수 있을 것 같았기 때문이지요.

나는 그날 하루를 시내 여기저기를 기웃거리면서 해를 보냈습니다. 집 사정이 매우 궁금하였습니다. 나 대신 아버지나 어머니가 파출소에 붙들 려가서 직사하게 얻어터지고 있는 거나 아닌지 모를 일이기 때문입니다. 주둥이에서 말이 튀어나왔다 하면 욕뿐이고, 그 입에서 나온 욕설이 땅에 채 떨어지기 전에 아무거나 손에 잡히는 쇳조각으로 상대방의 도민증을 사악 그어버리기 일쑤인 사람들 틈에 끼여 사는 그들이지만 의리 하나는 살아 있어 내가 한 짓거리들을 그렇게 호락호락하게 불어버리진 않을 것 입니다. 그러나 한편으로는 나를 잡기 위해서 온 서울 바닥에 순경들이 좍 깔려 있을지도 모른다는 불안도 엄습해왔습니다.

그래서 나는 쏘가리가 바위틈 기웃거리듯 이 골목 저 골목을 기웃거리며 다닐 수밖에 없었습니다. 해도 저물어가고 배도 고팠습니다. 서글퍼지더군요. 물론 주머니엔 얼마간의 돈도 있었지만 집 사정이 걱정되어 풀빵한 개라도 목구멍에 넘어갈 것 같지가 않았습니다.

하루를 싸그리 굶고 말았지요. 해가 완전히 지고 어둠이 깔려오기를 기다려 나는, 어슬렁어슬렁 집으로 발길을 돌려놓았습니다. '언덕 위의 하얀 집'은 아니더라도 내가 돌아갈 곳은 오직 거기뿐이었으니까요. 집 가까이에 당도하자 나는 둘레의 동정부터 살펴보았습니다. 태풍이 지나간 자리처럼 사위가 조용하더군요. 물론 아침에 나를 찾아왔던 순경의 쌍통도 보이지 않았습니다.

그런데 나는 한 가지 놀라운 사실을 발견하게 되었습니다. 분명 마이크로버스 안에 누워 낑낑 앓고 있어야 할 아버지가 밖으로 쫓겨나와 있더란 말입니다. 몇 개의 사과 궤짝과 수채 냄새가 풍기는 요때기와 홑이불, 몇 개의 그릇들이 우리 재산의 전부였는데, 그걸 전부 밖으로 옮겨놓고 아버지와 어머니가 바보처럼 앉아 있었던 것이었습니다. 뭔가 심상치 않다고 생각되었던 나는 황급히 철조망을 기어넘어 두 사람에게로 뛰어들었습니다. 그들은 나의 출현에 조금도 놀라는 기색이 없었을 뿐 아니라 오히려 본체만체였습니다.

"엄니, 뭣 때문에?"

"시끄러워 이 원수야, 아가리 닥쳐!"

어머니는 꽥 소리 질렀습니다. 참 곤조통 터지데요. 하루 종일을 굶고 헤매다 들어온 사람을 보고 위로의 말씀은 못 건네줄망정 당장 욕부터 퍼부어대다니, 참으로 우리 어머니는 문교부 뒷길로도 못 다녀본 모양입니다.

그때, 새까만 기름때가 덕지덕지 묻은 작업복을 걸친 인부들 몇 사람이 두런거리며 우리 집적소 안으로 들어서는 모습이 보였습니다. 그들 역시 리어카 같은 것을 끌고 있었는데, 그건 고철이 실린 리어카가 아니었습니다. 최 주사란 놈이 수납소에서 뛰어나가 그들과 한두 마디 건네는 눈치더니 그들을 곧장 우리 집 쪽으로 몰고 왔습니다. 그들은 우리 집 앞에 멈추어 서자 싣고 온 리어카 속의 기계들에서 선을 뽑아내는가 하면 산소통에 부착된 기계들을 이리저리 돌려 조정도 하였습니다. 최 주사 놈이 우리들을 향해 늙은 소처럼 히쭉 웃었습니다. 쌍통 한번 더럽더군요. 인부들은 드디어 돌상어 몸통 같은 산소통에 스위치를 넣었습니다. 그들의 손에 들려 있던 긴 쇠붙이 끝에서 새파랗고 기다란 불길이 비정스러운 소리를 내면서 튕겨나왔습니다. 그들은 다시 그 불길을 늘였다 오므렸다 하며 조절하더니 그것을 곧장 우리 집의 바퀴와 몸통 부분이 연이어진 곳에다 갖다 댔습니다. 우리 집을 병신으로 만들 작정인가 보았습니다. 잘디잔 쇳조각이 사방으로 튕겨 달아나기 시작하면서 불길을 받은 부위가 종기로 팅팅 부은 엉덩잇살처럼 붉어지는가 했더니 드디어는 흐물흐물 녹아내리면서 찌들기 시작했습니다.

"저것들이 시방 뭘 하는 거여, 아버지?"

나는 요때기 위에 기진한 채 널브러져 있는 아버지를 보고 외쳤습니다. 그는 여윈 얼굴에 쓸쓸한 웃음기를 피워올리면서 띄엄띄엄 말했습니다. 바야흐로 우리 집이 헐리게 되어 주물공장으로 들어가야 한다는 것입니다. 자기로서는 이제 별 통수가 없다는 것입니다. 다만 그동안이라도 시내에 있는 고철들을 훨씬 많이 물어들이지 못한 것이 한이 될 뿐이라는군요.

끝장이 났다는 말은 이런 걸 두고 이르는 말이란 걸 알았습니다. 언젠가는 이 마이크로버스에 새 기름이 쳐지고 햇볕을 매섭게 반사하는 창문을 끼워 달고 서울 시가지 한복판을 향하여 부리나케 달려나갈 수 있으리라던 우리들의 꿈도 역시 산산조각이 났다는 것을 깨달았습니다.

이제 한쪽 바퀴가 완전히 떨어져나가고 차체가 삐거덕 소리를 내며 기울기 시작하였습니다.

"쌍, 우리는 시방부터 살 집도 없어졌고, 너 엄니와 홀레도 못 붙게 되았어, 이젠, 이것아."

아버지는 역시 쓸쓸한 웃음을 흘리면서 말을 이었습니다.

"케이에스 렛데루 딱 붙은 이 왕자표 좆도 이젠 써먹을 장소가 없어졌다구, 이놈아 <u>흐흐</u>."

그러나 나는 실망하지 않았습니다. 우리 세 식구가 기거할 집이 헐리는 것을 감수하면서까지 어머니를 음흉한 최가 놈에게 넘겨주지 않았던 아버지가 아무래도 거인으로 보였기 때문입니다. 아버지는 기어코 어머니로 하여금 자신이 바라던 대국 도둑놈을 낳게 할 심산임에 틀림없었습니다. 나는 그런 아버지를 두었다는 사실에 감동하였고 또한 자랑스러웠지요. 까짓것, 그런 집 정도야 이 세상 어느 모퉁이엔들 또 없겠습니까. 나는 그때 주머니에 쑤셔넣었던 쇠꼬챙이를 꺼내서 저쪽 하늘 멀리멀리로 던져버렸습니다. 적어도 대국 도둑놈을 낳게 할 거인의 아들이 이따위 거추장스럽고 비겁한 것쯤은 가지지 않아도 최가 하나쯤은 거뜬하게 때려누일 수 있다는 자신이 불끈 솟아올랐기 때문이지요.

"야 이 새캬, 이리 나오라구, 쌍!"

나는 이렇게 소리 지르며 최가 놈을 향해 사냥개처럼 달려나갔습니다.

"이 원수야, 너 오래 살고 싶엇?"

미처 나를 붙잡을 겨를이 없었던 어머니의 다급한 목소리가 뒤에서 들려왔습니다. 니기미, 어머니는 끝장까지 겁쟁이 노릇만 합니다.

# 악령

　시가지의 잡다한 소음과 악다구니들로부터 완전히 격리된 서울시 이촌
동은 항상 조용했다. 변두리 지역의 영세민이라면, 충분히 갖고 있음직한
골치 아프고 구역질나고 치사해야 할 일들은 일 년 삼백육십오 일을 통산
하여 눈 닦고 보아도 없을 정도로 이촌동엔 영일(寧日)의 나날이 흘러갈
뿐이었다.

　이촌동의 골목길은 바둑판처럼 반듯하게 포장되어 있었고, 그 말끔한
길을 따라 은행나무들이 왕실 근위병들처럼 질서 있게 서 있었다. 속 썩이
는 일이 있다면, 가을이 깊어지기 시작하면서 낙엽들이 골목길을 어질러
놓는 일 따위였다.

　전부는 아니지만, 주민들 거의가 반질반질하게 윤기 나는 승용차들을
갖고 있었다. 아침이면, 시내로 빠져나가는 차량들의 은밀한 바퀴 소리와
방금 그림책에서 뛰쳐나온 듯이 얼굴색이 선명하고 건강한 이 동리의 아
이들이 나직하게 재잘거리며 학교로 떠나는 소리가 들렸다. 골목길에서

조금만 걸어가면, 초록색 도료로 칠된 스쿨버스가 와서 기다리다가 알밤 같은 아이들을 낱낱이 주워 태우고 시내로 미끄러져 들어갔다.

골목길엔 다시 아침의 평온이 깔리기 시작하고, 따뜻한 햇살이 은행나무 잎사귀에 내려앉아 바람을 타고 짓까불었다. 모두들 세금을 잘 물고 있었기 때문에, 체납 처분 차가 이 마을의 골목 어귀를 지딱거리고 다닐 일도 없었다.

채권 장수가 이 마을로 들어서는 법도 없었고, 고물 장수가 아무리 목청껏 외치고 다녀도 문 한 짝 열어볼 필요도 없을 만큼 주민들의 살림살이들은 깔끔했다. 집들의 창문은 물로 씻은 듯 햇빛에 반짝거렸고, 정원의 잔디들은 바리캉으로 깎은 듯 정교했다. 간혹 파출소의 순찰 순경이 어슬렁거리고 동리를 배회할 뿐, 마을은 나른한 정일(靜逸) 속으로 잠겨들었다.

집집마다에는 분명 여자들이 남아 있을 텐데도 좀처럼 바깥으로 내미는 법이 없었다. 그런 마을의 부인들이 갖고 있음직한 유흥벽 같은 것도 찾아볼 수 없었다. 남편들이 직장으로 나가고 없는 사이에 저희들끼리 모여서 화투 노름을 벌인다든지, 계 모임에 꼬리를 치고 다니는 짓거리를 이 동리의 여자들은 싸지르지 않았다. 다 제대로 자기 분수를 차릴 줄 알았고, 현모양처란 어떻게 처신하여야 도리인가를 하나같이 깨닫고 있었다.

남자들도 그랬다. 마을의 생활 정도로 보아 부유층이나 권력층의 사람들이 대다수일 텐데, 그런 사람들이 겪어야 할 피할 수 없는 외도 같은 것도 그들은 하지 않는가 보았다. 오후 여섯 시부터 늦어야 열 시까지는 그들 남편들은, 장난감 기차처럼 틀림없는 궤도를 돌아 집이라는 역으로 돌아왔다. 통금 오 분 전까지 술을 처먹고 거기다가 발 꼬랑내가 등천을 하는 구질구질한 불청객들까지 몰고 와서 대문을 차며 이년 저년 제 계집을 불러대는 거지발싸개 같은 남편들은 눈 닦고 보아도 이 동리엔 없었다. 열 번을 헤아려보아도 천당밖에는 갈 곳이 없는 사람들만 핀셋으로 꼭 집어내어서 이 동리에다 부어놓은 듯이 착하디착한 사람들뿐이었다. 공부를 못해 가정교사를 채용하는 따위의 법석을 떨어야 할 골치 아픈 아이들 또한 이 동리엔 없었다.

밤이 오면, 마을의 창마다에 무겁게 드리운 커튼 안으로 불빛들이 은은하게 서리고, 그 창에서 흘러나오는 경쾌한 피아노 소리가 골목길에 꽃잎처럼 나풀나풀 내려앉았다.

분명 젖먹이 어린애를 키우고 있는 집들도 있을 텐데, 그런 아이들의 울음소리 한 번 밖으로 새어나오는 법이 없었다. 아이들은 요람 속에 엎디어서 오직 캴캴 웃으며 알맞게 살찌며 자라고 있을 뿐이었다.

변두리 지역 파출소에서만 줄곧 근무하다가, 이촌동이 속한 파출소로 전근 온 순경들은, 별 볼일 없어 몸이 근질근질한 걸 배기다 못한 나머지, 두 달이 못 되어 속앓이를 얻거나 신경통을 얻어가지고 약방 출입이 잦아졌다.

"도대체 이 하늘 아래 어디 이런 따위 동네가 다 있지?"

대개의 순경들은 처음엔 외경심이 스민 어조로 이렇게 투덜거리기 시작하다가, "야 이거, 사람 염통이 근질거려서 배겨낼 재주가 없군" 하면서 전근 운동을 시작하기 일쑤이다.

순경들이란, 체질적으로 근질거리는 데가 많은 사람들이어서 때로는 네다바이나 치기배 들이 적당히 서식하는 지역이면서 간통 사건도 심심찮게 발생하여서 이리 뛰고 저리 뛰고 욕지거리도 퍼부으면서 살아야 신바람도 날 일이었다.

그 순경들이 바쁘게 돌아가야 할 일이 있다면, 남도 지방에 수해가 났다거나 빈민촌에 불이 나서 이재민이 많이 발생했을 경우이다. 이 동리의 집들에서 야단스럽게 파출소로 전화가 걸려온다. 돈을 가져가라느니, 옷가지와 학용품 들을 가져가라는 청원이 빗발치듯 하였다. 순경이 헐레벌떡 달려가면, 볼따구니가 복숭앗빛으로 익은 식모애가 쪼르르 달려나와 약속한 물건들을 잽싸게 건네주곤 하였다. 고마우신 분의 성함이라도 물을라치면, "익명으로 하시래요" 하고 돌돌 굴리듯 말한다. 식모애들까지도 그렇게 깔끔하고 예절 발랐다. 콧잔등에 코딱지나 찍어발라 가지고 라면 봉지나 끼고 다니는 여느 식모애들과는 체질적으로 달랐다.

이 동리의 아이들도 물론 군것질을 하였다. 그러나 상놈들이 내질러놓은 본데없는 아이들처럼 길가의 너절한 구멍가게 출입은 결코 하지 않았다. 아버지나 어머니 들이 시내의 일류 제과점에서 사온 빵이나 쌍백사탕, 계란 쿠키, 사브레, 점보 캔디, 부라보 아이스크림들을 적당량으로 오물거리고 먹거나, 점보 캔디를 졸졸 빨면서 정원에 놓여 있는 그네를 타고 놀았다. 형제들끼리 물론 다툼질도 하였다. 그러나 치사한 변두리 아이들처럼 배삼룡이 시락면 흉내는 이렇게 하며 고무마깡 흉내는 이런 거다 하고 툭탁거리지는 않았다. 적어도 김지미와 윤정희 둘 중 누가 더 예쁘다고 말할 수 있을까 하는 꽤나 심각한 문제를 놓고 소곤소곤 의견들을 주고받을 뿐이었다.

때문에 이 동리로 들어서는 골목 어귀에 그 비위생적인 리어카 장사치가 나타났을 때, 이촌동 사람 누구도 그의 출현에 관심을 두는 기색을 보이지 않았다.

어느 날 우연히 나타난 그 장사치는 성이 황가라 했다. 그 오십대의 늙은이는 볼꼴 사납게도 조금의 공갈을 용서한다면 왕사탕만 한 눈곱을 항상 눈꼬리에 달고 있었을 뿐만 아니라, 언청이가 엿 먹을 때처럼 누리끼리한 콧물도 흘리고 있었으며, 손 역시 여간 더럽지가 않았다.

그런 철면피스러운 늙은이가 또한 벌여놓고 판다는 게 음식이었으니, 이촌동의 어느 한 사람인들 거들떠볼 것이라고 생각했다면 그건 미친 생각이었다.

그 황 노인은 손자뻘인지 아들 녀석인지는 몰라도 열한두 살쯤 먹어 보이는 맹호(孟浩)라는 소년을 데리고 다녔다. 녀석은 오뎅 물을 끓이는 화덕의 구공탄을 갈아넣는다든지 불쏘시개를 준비하거나 튀김거리인 밀가루를 사러 다니는 일 따위를 느릿느릿한 동작으로 거들고 있었다.

황 노인은 나잇살이나 처먹은 주제에 철도 들 만치 들고 상황 판단을 할 줄도 아는 눈치도 있겠건만, 무슨 꿍꿍이로 이 동리의 골목 어귀에다 그런 따위 불량 식품을 팔아보겠다는 작심을 하게 되었는지 도대체 이해할 수 없었다.

식모애 하나가 갑자기 바닥난 주인 아저씨의 담배를 사러 밖에 나왔다가, 그 딱한 황 노인을 발견하고 동정 어린 표정으로 말했다.

"아저씨, 이곳에선 이런 장사가 안된다구요."

귓구멍이 미어지지 않았다면, 분명 그 식모애의 그 상냥한 충고를 알아들었을 텐데, 황 노인은 김이 올라오는 오뎅 냄비에 처박고 있는 낯짝을 쳐들려 하지 않았다.

"아저씨, 내 말 들어보시라구요. 이런 음식을 사 먹을 아이가 이 동리엔 없으니깐 아예 속 차리시고 다른 곳으로 옮기는 게 좋을 거란 말씀이에요. 아저씨를 생각해서 드리는 얘기니깐 기분 나쁘게 생각진 마세요."

이렇게 자상하게 타이르자, 그 못돼먹은 늙은이는 비로소 고개를 들고 히죽 웃기는 하였지만, 끝내 말대답은 없었다. 히죽 웃을 때 앞니 사이에 박힌 시꺼먼 음식 찌꺼기가 보기에 역기 올라서 식모애는 결국 돌아서고 마는 것이었다. 그러나 그때까지 연탄 화덕 밑구멍에 주둥이를 대고 입김을 불어넣고 있던 맹호가 갑자기 눈꼬리를 사려뜨고 마빡에 새우 한 마리를 그리면서 그 식모애를 불러 세웠다.

"야 이것아, 별 볼일 없으니깐 싹 꺼지라구. 남이야 전봇대로 귀를 후비든 네가 무슨 상관이야."

돌아서려던 식모애는, 조그만 것이 얼굴을 새빨갛게 상기시키고 다부지게 쫑알거리자 분통이 터져 손가락을 맹호 녀석의 코앞에 까딱거리며 따졌다.

"이 녀석, 너 지금 뭐라고 했니?"

"이거 왜 이래? 날개는 접어두시고 죽통만 놀려달라구."

"아이 참, 기가 차서…… . 이봐요 아저씨, 이 녀석을 혼 좀 내주라구요. 원 세상에 이런 버릇없는 녀석이 어디 있어, 정말."

"뭐, 혼내주라구? 야, 이게 처음으로 웃겨주는군. 내 주먹이 운다, 울어."

녀석은 당치도 않은 말이라는 듯이 코웃음을 쳤다.

"너 그러면 못써, 쬐그만 것이 입만 까가지구."

"야아? 이것 봐라! 내가 입만 깠는지 시범 한번 보여줄 터?"

결국은 못 당할 것을 알아차린 식모애가 창피만 이겨발라 가지고 돌아서고 말았는데, 황 노인은 그때 다시 기분 나쁘게 히죽 웃었다. 녀석은 돌아서 가는 식모애의 뒤통수에 대고 한 번 더 공갈을 쳤던 것이다.

"야, 냉수 먹고 맘 돌려. 쬐그만 계집애가."

물론 황 노인은 근 일주일 동안을 계속 골목 어귀에서 진을 치고 있었다. 그러나 그 일주일 동안 동전 한 닢 갖다주는 아이가 있을 턱이 없었다.

그런 식으로 일주일을 공쳤는데도 불구하고 황 노인은 결코 다른 지역으로 떠날 낌새를 보이지 않았다. 그렇다고 전연 초조한 기색도 없었다. 지나가는 아이들을 소리쳐 부른다거나 약장수처럼 왕창스럽게 떠들어대지도 않았다.

그는 아침이면 그 자리로 와서 판을 벌이고 연탄불에 물을 데우고 오뎅을 삶고 지글지글 튀김을 만들어내선 목판 위에 수북하게 쌓아올렸다. 쌓아올린 튀김들은 팔리는 법이 없이 해질녘까지 그대로 있었고, 밤이 깊어지면 그것들을 상자에다 질서 있게 집어넣고는 어슬렁거리고 집으로 돌아갔다.

얼른 보기에 그는, 이 동리에다 오뎅이나 튀김 냄새만을 피워주는 게 목적인 듯싶게 온 하루를 기를 쓰고 삶고 지져내기만 할 뿐이었다.

그러나 열흘쯤이 지나고 난 뒤 이 동리 사람들은 결코 황 노인을 무관심으로만 방치할 수 없게 되었음을 알아차렸다. 결국 그런 따위의 장사치들이란 지치면 물러날 수밖에 별도리 없을 것이란 사람들의 안일무사한 생각은 너무나 큰 착각이었다는 것을 알아차린 것이다.

그것은, 아이들이 황 노인이 팔고 있는 불량 식품을 야금야금 사 먹고 있다는 정보를 얻게 된 데서부터였다. 아이들이 그런 음식을 사먹었다는 것이 이 동리로 봐서는 일대의 충격적인 사건임에 틀림없었다. 아이들이 자의에 의해서 사 먹은 것이 아니고 순전히 맹호란 녀석의 사주에 의해서 이루어졌다는 데 사람들은 더욱 놀랐다.

황 노인이 그 자리에 진을 친 지 꼭 일주일이 되던 어느 날 오후, 학교를 마친 세 아이들이 집으로 돌아오기 위해 나비처럼 나풀나풀 뛰면서 예의 황 노인 리어카 앞을 지나가고 있었다. 물론 아이들은 목판 위에서 김이 무럭무럭 올라가고 있는 것이 먹어서는 안 될 불량 식품들이란 것을 알고 거들떠보지도 않았다.

아이들이 그 앞을 지나서 저만치 걸어가고 있을 때, 지금까지 화덕 밑 구멍에 주둥이를 처박고 입김을 불고 있던 맹호 녀석이 그때 허리를 펴고 일어섰다. 녀석은 한 발이나 빠진 인중의 콧물을 훌쩍 들이마시고 나서 아이들을 향해 고함 질렀다.

"야 이 새끼들아, 나 좀 보자구."

그렇지만 그것이 자기들을 부르고 있는 말씀이란 걸 채 의식하지 못한 아이들은 그대로 내처 걸어가고 있었다.

"이 멍청이들아, 내가 지금 너들을 부르고 있단 말야, 임마."

맹호의 단호하고 옹골찬 다음 공갈이 떨어져서야 그것이 자기들을 얘기하고 있음을 알아차린 아이들은 일제히 걸음을 멈추고 맹호를 돌아다보았다. 웬 똥강아지같이 더럽고 발칙한 녀석이 치사하게도 손가락을 치켜들고 까딱거리며 자기들을 부르고 있었다. 녀석의 눈꼬리가 매섭게 빛나고 있는 것으로 보아 호락호락한 놈은 아니란 것을 알아차린 아이들은 당황한 터였지만, 녀석의 앞으로 대뜸 걸어가주진 않았다. 그러나 맹호 녀석 역시 그들 앞으로 걸어와주지도 않았다. 녀석은 입가에 묘한 웃음을 흘리더니 다시 말했다.

"이 똥개들아, 이쪽으로 빨랑 못 오겠어? 내가 작살을 낼 텨?"

녀석은 이렇게 씨불이면서 윗니 사이로 침을 찍 발겨 발아래로 내갈겼다.

"뭣 때문에 그러니?"

셋 중에 한 아이가 부드럽고 품위 있는 목소리로 이렇게 물었다. 맹호 녀석은 기분이 몹시 거슬린다는 듯 어금니께를 한 번 앙다물었다.

"당장 잡아먹진 않을 테니깐 썩 이리로 오라구. 짜아씩들, 토낄 요량은 말어. 이래 봬도 백 미터를 십사 초에 끊는 실력이니깐 말야."

녀석은 한 발자국도 양보할 수 없다는 단호한 태도를 과시하듯 두 손을 허리춤에다 올려 꼬느었다.

물론 세 아이들은 이런 엄청난 공갈을 체험하기는 생후 처음이었다. 지금까지 누구도 세 아이들을 보고 그런 따위의 협박을 한 사람은 없었다. 부모들도, 학교의 선생들도 그들을 불안으로 빠뜨리고 수모를 느끼게 하는 말과 행동을 한 적이 없었다. 오직 칭찬하고 따뜻했을 뿐이었다. 때문에 아이들은 이러한 처지엔 어떻게 행동하고 대처해야 할 것인가에 대해서 막연할 뿐이었다. 그들은 불안과 호기심을 함께 맛보면서 뻬딱하게 서 있는 맹호 녀석 앞으로 미적미적 다가갔다.

"애, 뭣 때문에 그러니? 우린 지금 집으로 돌아가야 할 입장이란 말야."

셋 중 한 아이가 용기를 내어서 이렇게 말하자, 맹호는 마뜩잖다는 표정으로 픽 웃었다.

"짜아식! 제법 노숙하게 노가릴 까는군."

"뭔데 그러니, 애?"

"이 새끼, 얘쟤 하지 말어. 기분 나쁘다구."

녀석은 영화에 나오는 꼬붕처럼 새까만 주먹을 세 아이의 코 앞에다 대고 차례로 한두 번씩 흔들었다. 아이들은 벌에라도 쏘인 듯 그 주먹을 피해 두어 발자국씩 주춤주춤 뒤로 물러났다.

"너들 저거 보았지?"

그제사 맹호는 황 노인이 지키고 서 있는 리어카를 가리켰다.

"저걸 하나씩 사 먹으란 말야. 알겠어? 이 똥강아지 같은 녀석들아."

그의 제안이 전연 엉뚱한 데 세 아이들은 놀랐다. 그러나 녀석의 제안을 받아들인다는 것은 참으로 난처한 일이었다. 그들은 물론 가능하면 녀석과의 타협을 끝내고 이 난처한 입장에서 홀랑 벗어나고 싶었다. 그러나 그런 불량 식품을 한 번도 먹어본 경험이 없을 뿐만 아니라, 그런 것을 사들고 집으로 들어간다면 부모들로부터 호된 꾸중을 들을 것은 불문가지였다. 게다가 재수가 없다면 버짐이 옮겨붙을지도 모르고 배앓이를 얻을지도 몰랐다. 그것이 얼마나 무례한 요구이었던가를, 세 아이의 표정이 하나같이 새파래진 것만 보아도 알 수가 있었다.

"흥! 못 하시겠다, 이거지? 이것들이 결국은 손 좀 봐야겠군……."

아이들의 표정으로 보아 희망이 절벽이라는 것을 재빨리 눈치 챈 맹호는 어금니께를 사리무는 시늉을 해 보였다. 그때 한 아이의 표정이 갑자기 밝아지더니 이렇게 말했다.

"우린 지금 돈이 없다구. 보시다시피 우린 금방 학교에서 돌아오는 길이란 말야. 잔돈은 우리 집 식모가 갖고 쓴다구."

맹호가 득의의 표정을 지으며 다시 말했다.

"이 새캬, 그것쯤은 나도 알고 있어. 외상으로 주겠단 말야. 우린 시방부터 거래를 트는 거야. 우선 외상으로 먹어두고 하는 거 있잖아. 너네 식모더러 학교 잡부금 조로 받아내서 갖다달라구."

아이들은 다시 한 번 기겁을 해서 놀랐다. 그들은 지금까지 부모를 속여본 적이 없었으며 또 그것이 얼마나 큰 죄악인가를 다 알고 있는 처지였다.

"그런 짓은 할 수 없어, 도의적으로."

한 아이가 심각한 얼굴로 말했다.

"여어, 이 새끼 봐! 도의적 좋아하네. 임마, 난 그런 말 잘 모르니깐 너네 집구석에 가서 실컷 씨불이라구……. 딱 잘라서, 할래 안 할래?"

아이들은 슬금슬금 서로의 얼굴을 쳐다보지 않을 수 없게 되었다. 맹호가 아가리를 다부지게 사리물면서 일전(一戰)을 불사하겠다는 듯이 폼을 챙기고 있었기 때문이었다. 어떤 곤욕을 치르게 될지 모를 매우 급박한 사태가 바로 그들 코앞에 있다는 것을 알아챈 아이들은 어느덧 서로의 시선으로 맹호의 제의에 응할 것을 약속하고 있었다.

그들은 황 노인에게로 다가갔다. 그리고 맹호가 시키는 대로 두 개씩의 오뎅을 먹지 않으면 안 되었다. 입 안에 서걱서걱 씹히는 것을 당장 길바닥에 뱉어버리고 싶었으나, 맹호 녀석이 곁에 서서 목구멍에 삼켜 넣을 때까지 지키고 있었으므로 꾸역꾸역 넘기지 않으면 안 되었다.

"이젠 됐어. 그만 너네 집구석으로 처들어가라구, 어서."

녀석은 비로소 입가에 만족의 웃음을 흘리면서 아이들을 풀어주었다.

"물론 너네 부모한텐 고해바치지 않겠지? 죽통 함부로 놀리지 마."

미적거리고 돌아서는 아이들에게 이렇게 윽박질러두는 것도 잊지 않았다. 물론 아이들 역시 집에 돌아가서도 맹호 녀석과의 사건을 고해바치지는 않았다. 아이들은 비로소 비밀을 만들어가기 시작한 것이다. 맹호는 그때 만났던 세 아이들뿐만 아니라 사람들의 걸음이 뜸한 틈에 길목을 지나가는 이 마을 아이들을 붙잡고 갖은 협박과 두려움을 뿌리면서 오뎅이나 튀김 들을 외상이나 현찰로 팔아가고 있었다. 그러나 맹호와 황 노인의 작업이 아무리 은밀한 가운데서 이루어지고 있다손 치더라도 소문이란 퍼지기 마련인 것이다.

그들이 여느 때와 같이 아침 일찍 그 길목으로 나와서 판을 벌이려고
할 즈음 두 사람의 순경이 바쁜 걸음으로 다가오고 있는 것을 보았다. 순
경들은 두 사람 앞에 다가와선, 늪에서 기어나온 물풍뎅이를 구경하고 있
는 개구쟁이들처럼 한참 동안이나 리어카와 맹호와 황 노인을 내려다보
고 서 있었다. 그중 한 사람이 옆구리의 곤봉대를 끄덕거리며 말했다.

"이봐, 노인!"

마침 튀김 냄비를 걸레로 닦고 있던 황 노인이 희미한 시선을 들어 순
경들을 쳐다보았다.

"주민등록증 내봐."

순경이 장갑 낀 손을 내밀었으나, 황 노인은 히죽 웃었을 뿐으로 다른
반응이 없었다.

"이봐 영감, 주민등록증 내어놓으라니깐……."

황 노인의 태도에 기분이 상한 순경은 언성을 높였다.

"그런 것 안 가지고 다닌 지 십 년이 넘었다우."

황 노인은 겨우 이렇게 대답하고는 닦던 냄비 밑구멍을 높이 들고 들여
다보고 서 있었다.

"영감, 주거지가 어디야?"

"주거지가 뭐요?"

"자고 먹고 하는 집도 몰라? 그 집 주소 번지를 대란 말야."

"번지 있는 집에 한 번 자보는 게 내 소원이오."

황 노인은 다시 기분 나쁜 웃음을 흘리면서 말했다.

순경은 낭패의 표정을 동료에게 보내더니 맹호 녀석을 가리키며 다시
물었다.

"저건, 아들이오, 손자요?"

"아들도 손자도 아니오."

"그럼 뭐요?"

"오다가다 만난 동업자지요."

"동업자라니?"

"동업자도 몰라요?"

황 노인은 비로소 냄비 구멍을 쳐다보던 시선을 돌려 순경을 돌아다보았다. 중언부언해보았자, 별 소득 없을 것으로 알아차린 순경은 드디어 리어카를 발로 툭 차며 말했다.

"여기서 꺼져주는 게 좋겠어."

"꺼지다니요?"

"딴 곳으로 옮기란 말야."

"딴 곳이라니, 어디 갈 곳이 있습니까?"

"영감, 타이를 때 들어. 도로교통법에 걸어 넘기기 전에……."

"어딜 가본댔자 서울 시내이긴 마찬가지 아니유?"

"이봐, 영감. 신고가 들어왔단 말야, 신고가……."

"신고라니요?"

"당신이 팔고 있는 이따위 불량 식품을 걷어치워달라고 주민들이 신고했단 말이야."

순경은 마침, 아침 햇살이 고즈넉이 깔리고 있는 이촌동의 골목길을 가리켰다. 그들은 오랜만에 밀고 당길 일이라도 생겨 신바람이 난다는 듯이 어깻죽지에 힘을 잔뜩 이겨발라 가지고 리어카 주위를 씩씩거리며 돌아가고 있었다. 그들은 곤봉을 빼내 들고 화덕이랑 튀김 냄비들을 쾅쾅 두드려대기 시작했다.

"파출소로 가든지 여기서 싹 꺼져주든지 양단간에 결정을 내렷. 이 동네가 어떤 덴지 알기나 해? 도대체 이곳에서 장사가 된다고 생각했었나?"

더 이상 고집을 부리다간 더 큰 곤욕을 치르고 물러나야 할 판국이란 것을 직감한 황 노인은 주섬주섬 그릇들을 챙기고 있었다.

순경들은, 그들이 리어카를 끌고 밀면서 마을의 길을 건너 저만치 골목 속으로 사라지는 꼬락서니를 확인하고서야 파출소로 돌아갔다.

파출소로부터 그 멍청이 같은 황 노인과 맹호를 당장 축출시켰다는 전갈을 받은 이촌동 부인들은 그제야 모두들 안도의 한숨을 내쉬었다. 그녀들은 서로의 이웃집으로 전화를 걸었다. 전화를 받은 쪽의 부인은 한결같이 그 황 노인과 맹호가 멀리멀리, 될 수만 있다면 이 도시 자체에서부터 영원히 잠적해주기를 간절한 소망으로 빌었다.

"수철 엄마, 그러나 그런 희망은 너무 많은 욕심인 것 같아요. 그 더러운 노인은 또 어디선가 그 불량 식품을 팔고 있을 거란 말예요."

전화를 건 영희 엄마가 이렇게 걱정하자, 전화를 받은 쪽인 수철 엄마는 마루가 꺼지도록 한숨을 토해냈다.

"참으로 걱정이지 뭐예요. 그런 사람들이 우리들 주변에 살고 있다는 게 몸서리쳐져요."

두 여인은 이렇게 서로를 위로하고 격려를 나누다간 전화를 끊었다. 그리고 다시 다른 이웃으로 전화를 걸어서 서로들 주의해서 몸들을 사리자고 굳게 굳게 약속하는 것이었다.

동리는 조그만 상처를 씻고 다시 평온 속의 안일을 되찾아갔다. 아이들은 초록색의 스쿨버스에 통조림 깡통처럼 실려가서, 다시 통조림 깡통처럼 하학 버스 승강구에서 댕강댕강 떨어져 집으로 돌아왔다. 그리고 학교에서 배운, 생선 비늘처럼 신선한 언어와 놀랍고 오묘한 지식들을 가족들 앞에 오순도순 쏟아놓는 것이었다. 가족들은 이젠 조금도 침울할 필요도 없었고 켕기는 것도 없었다.

그러나 그런 평온이 몇 주일이 흐른 뒤에 그들의 어머니들은 어느 날 우연히 아이들의 귀가 시간이 불규칙해지고 있다는 것을 깨닫게 되었다. 뿐만 아니라, 말끔했던 옷차림들이 더러워져서 돌아오거나, 눈 가장자리에 눈물 자국이 남아 있다거나 다리나 팔에 긁힌 자국을 남겨서까지 집으로 돌아오고 있다는 것을 알게 되었다. 어느 눈치 빠른 한 부인이 그런 기미를 알아차리고 그들의 이웃으로 전화를 걸었다. 전화를 걸어본 결과는 마찬가지였다. 가만히 새겨보니 자기 집 아이들도 그렇다는 것이다. 그렇다, 아이들의 요사이 동태가 이상해졌다. 여태껏 그런 것을 깨닫지 못하고 있던 자신들에 대해서 한결같이 놀랐다.

이촌동은 삽시간에 발칵 뒤집혔다. 그러나 여자들이 한데 모여서 잽싸게 입을 놀리다든지 호들갑을 떠는 짓을 하지는 않았다. 그런 짓은 연탄가게나 세탁소의 천덕스러운 아낙네들끼리나 할 짓이라는 걸 모두들 알고 있었기 때문이었다.

그들은 학교의 담임선생님께 전화를 걸었다. 그리고 요사이 아이들에게서 갑작스럽게 나타나기 시작한 염려스러운 용태들에 대해서 나직하고 정중한 어조로 우려를 표명했다. 그러나 전화를 받은 선생님은 몸을 떨며 놀라고 몇 번이고 귀 따갑게 발뺌하고 있었다. 학교에선 아이들을 흙탕물에 쑤셔박거나 회초리로 때리거나 하지 않으며 팔다리가 긁힐 만한 위험한 놀이 기구는 절대로 없다는 것이었다. 도대체 우리들의 학교는 아이들이 그렇게 되는 까닭을 갖지 않은 곳이라는 것이었다. 더욱이나 이 학교는 근 일 년 동안이나 반 아이들끼리 서로 다툼질을 한 흔적이 없는 학교로 유명하다고 말했다. 선생님은 혓바닥으로 할 수 있는 모든 변명을 직사포로 쏘아대기 시작했고, 따라서 전화를 건 여인은 몇 번이고 죄송하다고 선생님을 도리어 위로하지 않으면 안 되었다. 선생님은 너무나 가슴 아파하고서 못내 전화를 끊어주었다.

도대체 아이들의 그런 현상은 어디서 비롯된 것일까. 아이들을 잡고 물어보아도 그런 이유들에 대해서 단 한마디도 속 시원한 대답을 해주는 녀석이 없었다. 자기가 언제 팔다리가 긁혀 온 적이 있으며 눈물 자국을 낸 채 돌아온 적이 있느냐고 도리어 반문해오거나 어딘가 석연치 못한 표정을 지으며 뒤꼍으로 멀리 달아나버리기 일쑤였다.

그러나 어머니들은 아이들을 때린다거나 심하게 다그칠 수도 없었다. 프로이트의 심리학이나 가정의학대사전에 나오는 육아법 같은 것은 줄줄 외울 수 있을 정도였기 때문에 아이들에게 공포감을 불러일으킨다든지 열등의식을 심어줄 수도 있는 위태로운 장난은 하지 않았다. 오직 설득과 회유와 이해로 그들을 유도해나가야 한다는 것이 현명한 부인들의 생각이었다.

그러나 그러한 설득이 아이들에게 먹혀들지 않고 있다는 것을 깨닫지 않으면 안 되었다. 아이들이 그들의 따뜻한 품으로부터 조금씩 멀어져가고 있다는 것을 부인들은 뼈아프게 느끼기 시작한 것이다.

이촌동은 미묘한 우울이 깔려가기 시작했다. 나중엔 대갈통에 혹을 내어가지고 돌아오는 녀석도, 눈두덩에 시퍼렇게 멍을 들여가지고 돌아오는 녀석도 생기게 되었다. 그러나 아이들은 그러한 사건이 생기게 된 장소와 까닭을 결코 말하려 들지 않았다. 아이들은 걷잡을 수 없을 만치 거칠어져갔다. 선생님이 지시한 숙제를 하지 않았고 수챗구멍에서 놀던 모기새끼 모양 더러운 옷차림으로 문밖으로 쭈르르 몰려나가기를 좋아했다.

영국의 동화인 〈이상한 나라의 앨리스〉가 아니면 〈피노키오〉를 즐겨 그리던 아이들은 걸핏하면 쌍권총을 꼴사납게 치켜든 짐승도 사람도 아닌 박쥐 새끼를 그린다든지, 클린트 이스트우드가 쏜 권총에 맞아 수박 덩이처럼 퍽석 갈라지는 멕시코 괴한의 대갈통을 그리기를 즐겨했다.

참으로 오랜만에 어른들은 아이들 문제로 부부 싸움을 시작하는 집이 생겼고, 밤늦게 소주를 사기 위해 길 건너 멀리 있는 구멍가게에까지 식모애들을 심부름시키지 않으면 안 되었다. 어른들이 주고받는 큰 목소리 때문에 요람에서 캴캴 웃던 젖먹이가 모가지를 끊어놓을 듯 울어대기 시작했다. 창을 타고 넘어오던 포도알처럼 영롱한 피아노의 멜로디도 죽어가기 시작했다.

이촌동의 주민들은 전전긍긍하기 시작했다. 페스트보다 혹독한 전염균이 그들 세포 조직 틈바구니 하나하나에 돌옷처럼 만연되고 있다는 막다른 절망에 이르렀다.

결코 바라던 바는 아니었지만, 어느 한 부인이 아이를 때려서라도 그런 까닭을 캐낼 각오로 회초리로 종아리를 치기 시작했다. 아이는 어머니가 때리는 대로 이를 악물고 서서 매를 감수하면서도 결코 입을 열지는 않았다. 종아리에 피가 맺혀 나오도록까지 아이는 울지 않았고 지치고 분한 어머니 편에서 울음을 터뜨리고 말았다. 아이는 그날 밤 집을 뛰쳐나가버렸는데, 이튿날 새벽에야 겨우 파출소에서 보호 중인 것을 찾아올 수 있었다. 결코 아이들에게서 자백을 받아낼 수 없음을 어머니들은 알아차렸다.

그뿐이 아니었다. 아이들을 잘 돌보지 못하고 있다는 것을 기화로 남편들은 술주정을 하기 시작했다. 그렇게 틀림없던 귀가 시간을 어기는 일쯤은 보통으로 알았다.

마을은 도대체 헤어날 길 없는 깊은 수렁 속으로 빠져드는 느낌이었다. 그들은 지금까지 힘들여 쌓아온 모든 것들이 너무나 손쉽고 무자비하게 와해되고 있는 것에 놀랐고, 또한 그것을 막을 길 없는 것에 대해서 눈물을 찔끔거리며 한탄하기 시작했다.

마을의 질서가 무너져가기 시작하니까 제일 신바람나 하는 사람들이 파출소의 순경들이었다. 그들은 푸석푸석한 나태와 게으름에서 털고 일어나 무엇인가 탐색하려는 눈초리를 번득이며 하루에도 몇 차례씩 이촌동으로 순찰을 돌았다. 이촌동은 이제 서울의 어느 마을의 모양과도 하나 다를 바가 없는 구질구질한 동리가 되어버린 것이다.

그러던 어느 날, 우연히도 그들이 그렇게 되어버린 연유만은 찾아낼 수가 있었다. 그것은 어느 똑똑한 이 동리의 한 식모애에 의해서 전격적으로 발견된 것이었다.

그 식모애는 어느 날 오후, 공교롭게도 아이들의 하학 버스가 길 건너편에 와서 멎는 시간에 근방 담뱃가게 앞에 서 있었다. 여느 때처럼 차에서 질서 정연하게 내려선 아이들은 건널목을 재잘거리며 건너가고 있었다. 그들이 길을 다 건너서 마을로 들어가는 첫 모퉁이 길을 꺾어들었을 때, 담벽 뒤에 몸을 숨기고 있던 한 누추한 소년이 하늘에서 떨어진 듯 느닷없이 나타나서 아이들의 길을 가로막고 섰다.

그 녀석은 새까맣게 잊고 있었던 그 맹호란 놈이었다. 녀석과 한 번 다툰 적이 있었기 때문에 식모애는 그를 대뜸 기억할 수 있었다.

걸어가던 아이들이 타잔처럼 불쑥 골목 어귀에 나타난 맹호를 보자 느닷없이 함성을 지르며 기뻐했고, 어떤 녀석은 책가방을 휘휘 내두르기까지 하였다. 그러면서 아이들은 삽시간에 맹호의 주위를 에워싸고 무엇인가 열심히 이야기를 주고받았다. 맹호 녀석이 턱을 한껏 치켜세우고 고함을 치고 있었다.

"야 이 새끼들, 오늘은 굉장한 걸 보여줄 테니깐 한번 볼 텨?"

녀석은 의기양양해서 말했고, 모여섰던 아이들은 기대에 찬 함성을 일제히 내질렀다.

"뭔데 그러니?"

"따라만 와."

"먼젓번처럼 그런 거니?"

"임마, 그건 새 발의 피야."

"지금 말해줘, 궁금하니깐……."

"지금 말하면 김이 팍 새버린다구."

아이들은 연신 맹호의 코앞에 수캐처럼 얼굴을 비비대며 궁금해서 죽겠다는 표정으로 맹호를 따르고 있었다. 그들은 얼마쯤을 그런 식으로 달려갔다. 얼마 가지 않아서 놀랍게도 예의 황 노인이 지키고 서 있는 리어카가 보였다. 더욱더 놀라운 것은, 황 노인의 리어카는 이촌동과는 전연 관계를 갖지 않는다 해도 좋을 만큼 외따로 뚫린 다른 동리의 골목 어귀를 지키고 있었던 것이다. 그러나 이촌동과는 반대편에 위치하고 있으면서도 이촌동과의 직선거리는 백 미터 남짓밖에 되지 않았다. 결과적으로 황 노인과 맹호는 결코 이 마을을 떠나지 않고 있었던 것이다.

맹호와 그를 따르는 아이들은 우선 황 노인 앞으로 허겁지겁 달려갔다.

그들이 다가가자 황 노인은 앉았던 나무의자에서 일어서며 빙그레 웃었다. 그러고는 몰려선 아이들 하나하나의 입에 오뎅 꼬치를 물려주었다. 아이들은 제비 새끼들처럼 왕성한 식욕을 보이며 목판 위에 놓인 튀김 같은 것들을 걸신스럽게 먹어치우고 있었다. 그러는 동안 황 노인은 전연 셈에 신경 쓰지 않고 헤벌쭉거리고 웃고만 서 있었다. 맹호 녀석을 팔짱을 끼고 서서 그들의 배가 차서 돌아설 때만을 기다리고 있었다. 아이들은 그런 것들을 한참이나 주워먹고 나더니 황 노인의 더러운 손으로 퍼주는 양은그릇의 냉수를 벌컥거리고 마셨다.

"이젠 다 됐지? 그럼 빨랑 따라와, 이 똥강아지들아."

맹호가 쌍소리를 내뱉자, 아이들은 앞다투어 꼬불쳐두었던 돈들을 꺼내 황 노인에게 셈을 치렀다. 맹호는 일군의 아이들을 이끌고 리어카가 놓여 있는 뒤쪽으로 뚫린 골목길로 냅다 달려가기 시작했다.

제법 기다랗게 뻗쳐 있는 그 골목길 끝에는 마침 신주택 단지가 들어서기 위해 트랙터가 와서 닦아놓은 질펀한 공터가 펼쳐져 있었다. 맹호를 따라가는 아이들은 맹호가 들고 가는 종이 봉지를 가리키면서 기대와 호기심에 찬 이야기들을 재잘거렸다.

그 공터의 한쪽 끝까지 와 서자, 맹호는 득의에 찬 웃음을 주위에 선 아이들에게 골고루 나누어주었다. 그리고 들고 있던 종이 봉지를 열고 무엇인가를 꺼내 들었다.

순간, 아이들은 비명을 지르면서 맹호의 주위에서 흩어져 달아났다. 그러나 맹호는 눈썹 하나 까딱 않고 서서 흩어져나간 아이들을 향해 다부지게 고함을 쳤다.

"짜아씩들, 아직도 겁쟁이 못 면했군! 싹이 노란 자식들이야. 이 새끼들 썩 이리루 못 오겠어?"

저만치 달아나긴 했지만, 아이들은 미련이야 버릴 수 없다는 듯이 흥분과 호기심에 찬 시선만은 맹호가 들고 있는 물건에 쏟고 있었다. 그것은 살이 토실토실하게 찐 쥐였고 그 쥐는 아직 팔팔하게 살아 있었다. 맹호가 치켜들고 있는 끄나풀에 앞다리가 매인 쥐는 영악한 눈을 치켜뜨고 끄나풀을 물어뜯기 위해 허공을 수없이 뜀질하고 있었다. 그러나 그때마다 쥐의 노력은 허사로 끝나버렸다.

"짜아씩들, 죄 없는 니들을 물진 않을 테니까 이리 오란 말이야."

맹호는 아이들을 향해 팍 신경질을 내면서 재촉하였다.

"물면 너 책임져?"

한 아이가 맹호에게로 슬글슬금 다가서면서, 그러나 겁에 질린 투로 이렇게 말했다.

"책임? 이 새캬, 문 다음에 책임지고 자시고 할 게 어딨어? 괜찮아, 물지 않을 테니깐. 이 쥐 새끼가 또 물면 얼마나 물겠어?"

"쥐는 페스트균을 갖고 있단 말야."

다른 한 아이가 다가서며 조심스럽게 말했다.

"페스트가 뭐냐?"

"페스트균은 말야, 1984년에 프랑스와 일본에서 발견된 것인데 말야, 쥐가 옮기는 것으로 사람에게 전염되면 잠복기가 이 일 내지 칠 일밖엔 안 된다구. 사망률이 아주 높다구. 순식간에 수만 명이 죽어. 새까맣게 타 죽는다고 해서 흑사병이라고도 한단 말야. 학교에서 배웠어."

"새까맣게 타 죽어?"

"그럼, 넌 아직 모르고 있었니? 이 쥐가 그 페스트균을 사람에게 옮긴

단 말이야."

그러자 맹호는 갑자기 복통이 터져라 하고 하늘을 보면서 깔깔 웃어대기 시작했다. 한참이나 웃던 맹호는 정색한 얼굴을 들어 이젠 주위에 바싹 모여든 아이들을 향해 말했다.

"페스트균이 사람을 새까맣게 타 죽게 하는 전염병이라면, 좋다구 좋아. 내가 그 페스트균을 이 토실토실하게 살찐 쥐 새끼에게 옮겨줄 테니깐 보라구. 똑똑히 봐야 혀, 너들?"

맹호는 의기양양해서 다시 왼쪽 바지 주머니에서 활명수 병을 꺼내더니 주둥이로 병 마개를 확 뽑아 뱉었다. 그리고 병 속에 든 액체를 끄나풀 끝에서 뜀질하고 있는 쥐의 몸에다 부었다. 아이들은 다시 코를 찌르는 석유 냄새 때문에 얼굴을 밖으로 돌리고 있었다.

"자, 이제 보라구."

녀석은 석유에 흠뻑 젖은 쥐를 땅에 내리고 끄나풀 한 끝을 발로 밟았다. 땅으로 내려간 쥐는 필사적으로 달아나려고 발버둥을 치고 있었다. 녀석은 바지 주머니에서 성냥을 꺼내 북 긋더니, 순간 성냥불을 쥐를 향해 던졌다. 그와 동시에 밟고 있던 끄나풀을 놓았다. 쥐의 몸체는 순식간에 작은 불덩어리로 변했고, 그 불덩어리는 맹렬하고도 치열하게 신주택지의 넓은 공터 한복판을 일직선으로 가르면서 경쾌하게 달려나가기 시작했다.

"빨리 따라와, 이 새끼들아."

맹호가 불덩어리를 향해 뛰어가자, 뒤에 있던 아이들도 일제히 함성을 지르며 그 뒤를 따랐다. '쥐불'은 용하게도 공터를 반으로 가르면서 필사적으로 달려나갔다. 아이들의 걸음이 그것만치는 빠르지 못했기 때문에 쥐불은 근 백 미터 가까이나 앞서 달려가서 폭삭 꺼지고 말았다. 쥐가 죽은 자리까지 달려갔을 땐 맹호를 비롯해서 아이들 전부는 숨이 턱에 와 닿아 있었다. 쥐는 처참한 몰골로 주둥이를 땅에 처박은 채 새까맣게 타 죽어 있었다. 숨을 돌린 맹호가 그때 손으로 자기의 앞가슴을 가리키면서 말했다.

"이것 봐, 이 새끼들아. 새까맣게 타 죽었지? 이 맹호가 바로 페스트란 거란 말야."

정말 새까맣게 타 죽은 쥐의 시체를 본 아이들은 놀라서 입을 다물지 못했다. 그랬다. 선생들은 순 엉터리라는 것을 그들은 그제야 깨달았다. 페스트균은 쥐에서 사람에게로 옮겨지는 것이 아니고 사람이 쥐에게로 옮기고 있다는 산 증거를 맹호 녀석으로부터 터득하게 되리라고는 정말 미처 몰랐다.

아이들은, 바지 주머니에 양손을 찔러넣고 휘파람을 불면서 저만치 앞서 걸어가고 있는 맹호의 뒤를 재빨리 뒤따라가기 시작했다. 아이들도 맹호를 따라 획획 휘파람을 불었다.

# 여자를 찾습니다

고백하기엔 심히 부끄러운 노릇이지만, 사실 소생만큼 염복(艶福)을 지지리도 못 타고난 놈도 드물 것입니다.

미남 축에야 못 끼일망정 소생도 육신이 멀쩡하고 그런대로 아담하게 생겼단 말씀이에요. 아프리카의 우간다 촌놈들처럼 마빡이 툭 불거졌다 거나 아래로 축 처진 엉덩이를 가지지도 않았단 말씀입니다. 얼뜨기도 통수를 친다는 세상에 이것만큼 기 찬 노릇도 없을 것입니다.

더욱이나 데이트 자금이 없어 비실비실대야 할 실업자도 아니라는 데 소생의 고민은 있어왔습니다.

소생도 이젠 연세가 스물여덟이나 된단 말씀이에요. 그동안 별별 우연 한 일로 여자와 맞닥뜨릴 일도 총총히 많았을 텐데, 무슨 놈의 액운이 엉 겨붙었는지 주민등록증 수교 이후부턴 여자 문제라면 희망이 절벽이었습 니다. 옛날엔 남아(男兒) 이십이면 벌써 나라를 평정하여 영웅 축에 끼려 했다지 않습니까.

그러나 소생은 이 나이를 처먹도록 언청이도 왕창스럽게 저지르고 다니는 그 연애라는 걸 한 번도 경험한 일이 없다는 것입니다.

고민도 이만하면 한두 번 웃고 넘어갈 계제가 못 된다구요. 고민은 고민의 꼬리를 물고 이 하찮은 소생의 청춘을 괴롭혀왔다구요.

소생은 단연코 하숙을 옮겨야겠다는 작심을 한 것입니다. 그래서 이 비리비리하고 있는 소생의 청춘에 활력을 불어넣자는 것이에요.

그러나 서울이란 곳이 모든 것에 그렇게 용이한 곳이 아니지 않습니까. 이 대서울의 어느 후미진 골목 안 집에 처박혀 있을 미지의 그녀를 찾아내는 일이 결코 손쉬운 노릇이 아님을 알고 있습니다. 그러나 소생은 찾아야 했습니다. 무작정이라도 말입니다. 그러나 이 무작정이란 게 신세 조지는 데 알맞은 짓이거든요. 황소가 뒷걸음치다가 쥐 잡는 요행은 생각지 말아야 한다는 것입니다.

소생은 보다 현실성 있는 묘안을 짜내야 했습니다. 상당한 기간을 노심초사한 끝에 발견해낸 착상이 하숙을 옮긴다는 짓이었어요.

하숙을 옮기기로 한 지역은 어느 여자대학 정문 근방이었습니다. 소생은 그때 원양어선단이 남태평양의 사모아 근처로 몰려들고 있다는 신문기사를 읽고 있었단 말씀이에요. 그때, 내 뇌리를 섬광처럼 스치는 것이 있었어요.

'그렇다! 이것들이 참치잡이를 위해서 그쪽으로 몰리는구나.'

울릉도 근해엔 오징어가, 연평도 근해엔 조기가 몰리고 그들 어군(魚群)을 따라 어선들이 몰려다니고 있다는 사실을 병신 같은 소생은 그때까지 깨닫지 못한 것이에요. 소생은 그 어군을 신촌에 두고 미아리를 넘어 수유리에 진을 치고 있었으니 이게 배냇병신이었지 뭡니까 글쎄. 몰지각하기 이를 데 없었던 소생의 많은 지난날들이 안타깝고 후회스러웠습니다.

소생은 그날, 퇴근하는 길로 곧장 버스에 올랐습니다. 그리고 그 여자 대학 정문을 조금 지난 육교 밑의 정류장에서 내렸지요. 소생은 도도하게 그 학교의 정문이 바라보이는 넓은 길로 들어섰어요. 소생의 두 팔과 다리는 어군 탐지기로 둔갑해서 그 넓은 길목의 공기 속을 휘휘 내젓고 있었습니다. 물론 하학 후라서 거리는 비교적 한산한 편이었어요.

그러나 내 시선엔 조기 떼들의 지느러미가 어지럽게 번뜩이는 것 같았고, 신선한 비린내가 콧등을 스쳐가고 있었습니다.

소생은 연평도 근해에 도달한 선장인 듯 한 개비의 담배를 빼내 물고 득의에 찬 웃음을 흘리며 걸어가고 있었다구요.

소생은 투망(投網)을 던질 지점을 찾아 우뚝 서서 사방을 두리번거렸습니다. 젠장, 그러나 길 양편엔 온통 의상연구실뿐이었어요. 양장점이면 족할 일이지 의상연구실은 또 무슨 사람 잡아먹을 수작이냐 싶었습니다.

소생은 그 학교의 정문 앞에 있는 다리 위에 우뚝 서버렸어요. 소생은 다소 낭패스러웠다구요. 한시 빨리 닻을 내릴 지점을 찾고 싶었던 거예요.

다리를 중심으로 오른편으로는 아현동 쪽으로 올라가는 고갯길이 뚫려 있었고 다리 아래쪽으로는 신촌역으로 빠지는 시장길이 내리막으로 지저분하게 뚫려 있었습니다. 내리막길이란, 이 경우 공연히 소생을 심장 틀리게 하더군요. 그래서 아현동 쪽으로 올라가는 골목길로 불초 소생은 접어들었습니다.

세탁소, 구멍가게, 만화방, 의상실 같은 상점들이 골목 쪽으로 이마를 들이대고 반들반들 숨들을 몰아잡고 있었어요.

얼마 동안을 기어올라갔으나 '하숙 칩니다' 라는 쪽지가 나붙은 집구석은 보이지 않았습니다. 복덕방엘 들르는 건데 너무 덤비는 게 아닌가 싶더군요. 그러나 삼사 일은 공쳐도 좋다는 배포가 처음부터 있었기 때문에 별로 따분하지는 않았어요.

소생은 계속 계단식으로 꾸며진 오르막길을 땀을 찔찔 흘리며 올라갔다구요. 얼마 동안을 그렇게 올라가다가 소생은 최근 새로 단장을 한 듯한 어느 말쑥한 단층 양옥집과 정면으로 맞닥뜨렸습니다. 길이 막혀버린 것이에요. 젠장 죽 쑤었다 싶더군요.

그러나 그곳은 바람이 참 시원했습니다. 그곳에선 드넓은 여자대학의 캠퍼스 전체가 한눈에 내려다보였습니다. 뿐만 아니라 캠퍼스를 건너오는 바람이 그렇게 싱그러울 수가 없더란 것입니다. 명당이더군요. 게다가 그 바람 속엔 수천 마리의 조기 떼들이 풍겨대는 그 신선한 비린내가 속속들이 배어 있더라는 말씀이에요. 비늘을 희번덕이며 투망 밖으로 쏟아지는 수천 마리의 참치들 아가미에서 발산되는 산호 냄새와 바다 이끼와 조갯살 냄새 같은 걸 소생은 코를 벌름거리며 맡았습니다. 소생은 어군의 중심부에 들어선 느낌이었어요.

그때, 소생은 묘한 것을 하나 발견한 것이었어요. 소생이 힐끗 지나는 시선으로 서 있던 그 집의 대문께를 보았습니다. 거기서 나는 종이쪽지가 나붙은 것을 발견한 것이었어요.

그러나 얄밉게도 그 종이쪽지엔 '하숙 안 칩니다'라고 씌어 있더란 말입니다. '하숙 칩니다'라는 집구석을 찾아 헤매는 소생의 입장에선 김새는 말이었어요. 그러나 소생은 그때 그 '안 칩니다'에 오히려 막연하나마 도전을 해보고 싶더군요. 단순한 호기심이었을지도, 혹은 못 먹는 감 쑤셔나 보자는 심사였는지도 모르죠.

대문 한편에 계집의 젖꼭지 같은 선홍색 버저가 톡 불거져나와 있었어요. 소생은 버저를 가볍게 눌렀습니다. 순간 내 손가락 끝이 미묘하게 저려오면서 버저 소리는 뜰 저 안쪽으로 경쾌하게 곤두박질쳐 가더군요. 두어 번 더 소생은 그 버저를 누르고 있었습니다.

"네, 나가요" 하는 여자의 목소리와 함께 샌들을 끄는 소리가 들려와야 할 텐데, 한참을 기다렸으나 인기척이 없었다구요. 경쾌한 버저 소리만 깔뚝 삼키고 토라진 여자처럼 그 양옥집은 유월의 햇빛 아래 상큼하게 서 있었다구요.

햇빛은 아낌없이 빛나고 있었고 그 햇빛 아래 오랫동안 노출된 소생은 괜히 신경질이 나더군요. 불초 소생은 다소 자제력을 잃고 이젠 버저를 주물럭거리면서 두어 번 세게 눌러봤습니다. 그러나 대답은 집 안에서가 아니고 집 밖인 바로 내 등 뒤에서 들려왔습니다.

"누굴 찾으세요?"

돌연한 여자의 목소리에 나는 흠칫 놀라 뒤를 돌아보았습니다. 싱싱한 채소류가 가득 담긴 장바구니를 든 한 중년의 여인이 거기 서 있더군요. 바로 소생의 등 뒤에 말입니다. 여자는 약간 비대한 몸집이었어요. 소생은 그녀를 무시한다는 태도로 시선을 먼 곳으로 돌리며 대답을 않았습니다. 왜냐하면 그녀는 쓰잘 데 없는 남의 일에 참견하고 있는 것 같았기 때문입니다. 그러나 그녀 또한 내 그런 태도에는 아랑곳없이 장바구니를 대문 아래 계단에 내려놓고 얼굴을 캠퍼스 쪽으로 돌리고 바람을 쐬면서 머리카락을 뒤로 쓸어넘기고 있었어요.

"어떻게 오신 분이세요?"

그녀가 아무런 부담감 없는 가벼운 목소리로 이렇게 다시 물어왔어요.

소생은 그제야 이 여자가 이 집의 주인일지도 모른다는 조짐이 들었습니다. 소생은 망신살이 엉겨붙었다 싶었어요. 그래서 입가에 매우 난처하고 어색한 웃음을 흘리며 꾸벅 허리를 굽혔습니다.

"네, 하숙집을 구하고 다닙니다."

소생은 이렇게 이실직고하였습니다. 그러나 그녀는 조금도 동요의 빛이 없었다구요.

"학생이세요?"

"아닙니다. 회사에 나가고 있어요."

"서울이 객지신가 보군요?"

객지니까 하숙을 구하러 다니지 아니면 무슨 지랄로 이 염천에 이 꼴하고 다니겠느냐고 말하고 싶었습니다. 그러나 소생은 순하디순한 표정을 지어 뒤통수까지 긁적거리면서 말했어요.

"네, 시골에 집이 있어요."

그녀는 이건 농담입니다라는 표정을 지으면서 말했어요.

"한글 해독 아직 못하세요?"

소생은 물론 그게 무슨 말씀인지를 알아차렸지요. 그래서 능청스럽게 말했습니다.

"동네 개구쟁이들이 글씨를 더 써넣은 것이 아닌가 해서요."

"학교 근처니깐, 학생들이 무턱대고 찾아와선 하숙 안 치겠느냐구 성화들이어서 우리 딸애가 아예 쪽지를 대문에다 써붙인 거라우."

"네, 그랬었군요!"

소생은 제법 감탄이나 한 듯 고개를 끄덕거려가며 말했다구요.

천연덕스럽게 대답은 그렇게 한 터이지만, 실은 그 부인께서 내뱉은

'우리 딸애가' 라는 말은 소생을 흥분시키는 데 충분했습니다. 그러나 내게는 문제가 있었다구요. 왜냐하면 그 종이쪽지가 대문간에 붙여진 연유를 알았고 또 그것이 내 말처럼 동네 아이들의 장난질이 아니었다는 사실도 알게 되었단 말씀이에요. 그럼으로 해서 소생은 더 이상 그 대문간 앞에서 부인과 마주 서 있어야 할 아무런 명분도 없다는 얘기지요. 소생은 선뜻 물러나야 할 차례가 온 것 같았습니다.

말씀드린 바 있지만 이쯤 되면 소생도 여복 하나는 육시를 하게 못 타고났다는 것입니다.

소생은 그 집에 닻을 내리기를 포기하는 수밖에 없었지요. 조금 전 이 대학의 정문을 걸어들어올 때의 패기와 넉살은 좌절과 실망으로 개떡 망신이 되고 말았습니다. 그러나 어차피 물러나야 할 바엔 미련 없이 떠나란 말씀이 있지 않습니까. 불초 소생은 미적미적 뒷걸음질하며 부인에게 말씀 사렸다구요.

"실례했습니다……."

그러나 일은 거기서 재깍 끝나준 게 아니었습니다.

"아니에요, 잠깐 들어갔다 가세요."

의외에도 부인께서 이렇게 말씀하셨어요. 소생은 소생의 귀를 의심하기 그때가 처음이었어요.

"내가 농담이 너무 심했던 것 같군요."

"아닙니다, 전 바쁜 몸이라서."

물론 이건 새빨간 거짓말이었어요. 그리고 이 거짓말은 나 자신도 모르게 소생의 주둥이에서 튀어나와버린 거예요.

"아무리 바쁘시지만 냉수 한 컵 마실 시간도 없으실라구요."

부인은 내 속을 빤히 들여다보고나 있듯이 이렇게 말했습니다.

소생은 더 이상은 사양하지 않았습니다. 더 이상 고집했다가 "네 그럼 할 수 없군요"라는 말이 그 부인의 입에서 곧장 흘러나올 것 같았기 때문입니다.

그녀는 그제야 소생의 앞을 가로질러 대문께로 다가서더니 버저를 몇 번인가 거세게 눌러댔습니다.

"순자 년이 또 낮잠인가 봐요."

부인은 나를 향해 가볍게 웃었어요.

그러나 집 저 안쪽에서부터 신발 끄는 소리가 들리리라는 내 기대는 깡그리 배반당하고 말았다구요. 왜냐하면 대문은 그때 재깍 열렸으니까요. 열다섯 살쯤 돼 보이는 식모애가 문을 열었답니다. 그 앙큼한 계집애는 벌써 옛날에 대문 안쪽에 도사리고 서 있었던 게 분명했습니다. 계집애는 나를 쳐다보고 빨간 혀를 날름하더니 재빨리 부인의 장바구니를 받아 쥐고 먼저 안으로 사라졌습니다. 계집애는 소생을 낮도둑놈으로 오인하고 있었던 게 틀림없었습니다. 그래서 문을 열지 않았던 거예요.

소생은 부인을 따라 집 안으로 들어갔습니다.

그런 더위 속에서도 그 집은 배를 깔고 아주 다소곳이 엎디어 있었습니다. 그리고 잘 정돈된 가구와 그런 데서 오는 안정된 분위기가 더위를 가시게 하더군요.

마루에는 디자인이 단순했지만 매우 정결한 응접 소파가 가지런히 놓여 있었습니다. 부인이 탁자 위에 놓인 선풍기의 버튼을 눌렀습니다.

"잠깐 앉아 더위 식히세요. 재떨인 탁자 아래에 있어요."

부인은 이렇게 말하곤 주방 쪽으로 걸어가는 눈치였어요. 얼마 있지 않아서 부인은 큼직한 유리잔 두 개를 쟁반에 받치고 나타났다구요. 거기엔 주스가 알맞은 높이로 채워져 있었어요.

"참 덥지요? 좀 식혔어요?"

부인은 선풍기 바람이 불어오는 쪽으로 등을 갖다대며 이렇게 말했습니다. 미묘한 여자의 땀 냄새가 내 콧등을 간지럽혔어요. 젠장, 이게 사람 미치게 한다는 거로구나 싶었습니다.

"네, 금방 더위가 가시는 기분입니다."

소생은 다소 들뜬 기분이 되어 이렇게 말했습니다. 그러나 소생은 금방 다소곳이 두 손을 무릎 위로 올려놓았다구요.

어군을 발견한 선장이 철딱서니없이 날뛰다간 날 샌다는 거예요. 왜냐하면, 소생은 그 부인의 지극히 부드러운 태도에서 막연하나마 어떤 가능성 같은 것을 느낄 수 있었기 때문입니다.

"이 집이 마음에 드세요?"

부인이 컵을 탁자 위에 내려놓으면서 느닷없이 이렇게 지껄였습니다.

"네에, 마음에 듭니다. 잘 정돈된 기분이구요."

소생은 한 잔의 주스를 얻어마신 입장으로는 충분하리만큼, 상투적인 칭찬의 말을 받들어 올렸습니다.

"저희 집주인은 지금 시골 고등학교에서 그림 지도를 하고 계세요. 그래서 이 집엔 여자들만 있어요. 나와 대학에 다니는 딸애, 그리고 아까 본 순자, 이렇게 세 여자예요."

소생은 그때 하마터면 소파에서 벌떡 일어날 뻔했어요. 여자들 세 사람만 이 집을 지키고 있다는 사실이 소생을 숨 막히게 하더군요. 소생은 한 입 가득히 침을 삼켰습니다.

"이 집이 마음에 드시면 저 건넌방에 와 있어보세요. 물론 맘에 안 드시면 언제든 부담 느끼시지 말고 떠나세요. 여자들만 있는 집이라서 좀 불편할 거예요."

부인은 이렇게 조용조용 말하고 있었지만, 소생은 그때 가슴이 뻐개질 듯하였습니다. 왜냐하면 그 부인이 불편을 느끼실 거라는 그 상황이야말로 소생의 학수고대하던 바였으니까요.

호박이 덩굴째 떨어졌다고나 할까요. 그러고 보니 소생은 염복을 하루 아침에 바가지로 뒤집어쓸 판국이었다구요. 중이 고기에 맛들이면 종내엔 방구석의 빈대도 남기지 않는다더니, 이제 불초 소생이 그 짝 나게 생겼다는 생각이 들더군요.

소생은 가슴의 방망이질을 애써 감추며 태연한 척했어요. 그러자니 그동안 식혀내렸던 더위가 다시 가슴팍으로 엉겨붙었습니다. 소생은 이마에 땀을 흘리고 있었어요.

"건넌방이 항상 비어 있는데다가 혹시 집에 낯선 남자라도 찾아오면 우린 안절부절못할 때가 많아요. 그래서 주인께 편질 했더니 남학생이라도 있으면 하숙을 쳐보라구 권하더군요. 그러나 이 동네엔 거의가 여학생들뿐이잖아요."

그 부인은 도둑놈이 쳐들어와도 꼼짝 못하고 당할 입장이란 말은 하지 않았어요. 아마 내 기분이 상할까봐 적이 조심하는 것 같았습니다. 그러고 보니 사실 적선 사정을 벌여놓아야 할 입장은 오히려 부인 쪽이었음을 소생은 깨달았습니다.

말하자면, 우리는 두 편이 다 서로의 임자를 만난 것이에요. 남은 문제라면 공생(共生)의 묘를 살려나가는 일밖에 없었습니다. 소생은 이제 서서히 베푸는 자로서의 오만불손한 태도로 돌아섰습니다.

"지금 제가 하숙 들어 있는 집이 화곡동이란 말씀이에요. 회사와의 거리가 너무 멀어서 책 볼 시간도 없을 정도예요. 그래서 조용하고 가까운 곳으로 옮겨볼 요량으로 이렇게 나섰던 거예요."

소생은 느긋한 심정이 되어 이렇게 긴 말을 늘어놓았어요.

고백하는 바지만, 소생은 누가 소생을 보고 묻기를 쥐갈비를 먹을래 책을 읽을래 택일하라면 선뜻 쥐갈비 쪽을 선택할 만큼 책이라면 치가 떨리고 이가 갈리는 놈이란 말씀이에요. 그러니까 소생이 부인께 독서를 즐기는 것처럼 거짓말을 한 것은 순전히 부인을 낚기 위한 수작일 뿐이었어요.

그러면서도 소생은 당장 그 집으로 하숙을 옮길 뜻은 내비치지 않았다구요. 이따위 하숙집쯤이야 얼마든지 구할 수 있는 입장인 것처럼 소생 자신을 과시해둘 필요가 있다고 생각했으니까요. 이런 도시 속에서 별 탈 없이 살아가자면 자기 과시도 능청스럽게 떠벌릴 줄 알아야 한다구요.

소생은 그때 언뜻 혹시 이 부인의 딸애란 여자가 박색은 아닐까 하는 생각이 들더군요. 소생도 하찮은 중생임이 틀림없는 바에야 그것은 매우 당연한 발상이 아니겠습니까.

호박밭에 누워 있으면 찾기 어려운 그런 여자라면 소생도 일찌감치 속 차리고 발 닦고 잠이나 자두는 게 건강을 위해서도 좋을 일이겠으니깐요. 그러나 소생이 아무리 넉살이 좋은 놈이라 할지라도 부인을 보고 당신 딸이 예쁘냐고 다그칠 용기는 없었습니다. 그렇다면 그녀가 집구석으로 돌아올 때까지 시간이나 끌어보자는 심사가 들었어요.

그러나 그런 소생의 욕심은 너무나 뻔뻔스러운 수작이란 생각이 들더군요. 반찬 투정을 오래 끌다가 밥그릇조차 빼앗겨버린 어린 시절의 기억이 떠오르기도 했습니다. 소생은 오랫동안 턱을 괴고 앉았다가 드디어 결심한 듯 말했습니다.

"이렇게 하시죠. 오는 일요일에 옮기도록 말입니다."

부인은 순자 년을 시켜 방을 깨끗이 치워놓겠다고 말했습니다.

소생은 사양하고 나서는 부인을 만류하여 오천 원의 선금을 지불하고 그 집을 나왔습니다. 그러나 막상 그 집으로 하숙을 옮기기로 작정하고 나니 나로선 매우 심각한 문제와 부딪치게 되더란 것입니다.

그것은 두말할 것도 없이 소생의 수유리 하숙에서 갖고 있는 생활 도구에 있었습니다. 구질구질하고 구상유취한 도구들은 적어도 이곳의 여대생들을 꼬시기엔 너무나 많은 취약점들을 갖고 있었어요. 시골에서 그대로 갖고 올라온 이부자리, 코맹맹이 소리가 나오는 라디오, 야한 무늬들이 그려진 양말짝들, 주간 잡지들, 걸레짝 같은 수건……. 이런 것들을 생각하니 앞이 칵 막히더군요.

할 수 없었어요. 소생은 사장님을 졸라 그 이튿날로 삼만 원을 용하게 가불 받았습니다.

소생은 우선 침구상회로 뛰어가서 캐시밀론 이부자리 한 채를 샀습니다. 맞춤 와이셔츠 두 벌, 넥타이, 그리고 인형 하나, 빈 양주병 세 개, 소생의 고상한 취미를 엿보이게 하기 위해 천여 원짜리 골동품 호리병도 두 개 샀습니다.

그리고 소생은 서적 월부 장사를 하는 동향(同鄕) 친구 한 녀석을 찾아가서 책도 월부로 구입했습니다. 일 권부터 십 권까지 좍 나가는 《처칠 회고록》, 《세계 제2차대전》 한 질, 《그리고 아무 말도 하지 않았다》, 《호밀밭의 파수꾼》, 《기업경영학개론》, 《생쥐와 인간》, 《서민한국사》, 《데미안》.

동서고금을 통하여 거지 같은 새끼들이 무슨 놈의 책은 또 그렇게 많이 써 갈겨놓았는지 소생 미치고 환장하게 만들더군요. 손바닥만 한 팝송 가요 집 한 권이면 족할 일이지 도대체가 생쥐와 인간이 무슨 통수를 치느냐 말씀이에요.

그러나 하는 수 없었어요. 여자들을 꼬시려면 적어도 그 정도의 책은 제목만이라도 외워두는 게 실수가 적을 테니깐요. 저로선 울며 겨자 먹기지만요.

홀딱 벗고 찍은 여자 사진만 나오는 주유소 선전용 달력도 팍 찢어 불태우고 사군자인가 지랄인가 하는 그림들만 그려진 달력으로 바꾸었어요.

어쨌든 소생은 수유리 하숙에서의 구상유취한 면모를 싸그리 벗어던지고 소생의 이미지를 바꾸는 데 피나는 노력을 경주한 바 있다는 겁니다. 남들이 서정쇄신(庶政刷新)을 하고 있는 이 마당에 나로선 그런 식으로 면모 일신을 하고 있었습니다.

소생은 부인과 약속한 일요일 아침, 새로 마련한 제반 도구들을 챙겨서 그 신촌 하숙으로 쳐들어갔습니다.

우리 회사의 사장이 좀 똑똑한 친구여서 승용차라도 한 대 갖고 있었다면 소생은 그 차를 빌려서라도 좀 거들먹하게 그 집을 들어설 수 있었을 텐데 말입니다. 소생은 하숙을 옮기면서 변변치 못한 그치를 몇 번인가 저주했다구요. 소생도 알 만하시겠지요. 그런 치 밑에서 빌붙어 살아가는 입장이니까 말입니다. 소생의 명함이야 어느 자리에 내밀어도 엿 먹어라 할 정도는 아닙니다.

'아진산업주식회사 판매과장 나팔수'. 이것이 바로 소생의 명함이란 말씀이에요. 아세아 아 자, 나아갈 진 자, 언뜻 보면 소공동이나 충무로 근처의 어느 어찔어찔하는 빌딩 삼사층쯤을 차지하고 거들먹거리는 대무역회사를 연상하시기 십상일 테지요. 그러나 귀하께서 우리 회사를 일차 왕림하신다면, 소생이 소지하고 있는 이 명함이란 게 얼마나 사람 웃기는 짓인가를 한꺼번에 알아차리실 거예요.

아진산업을 진짜로 말씀 올리자면 법원에 등기조차도 안 된 회사라구요. 청량리 역두에 있는 어느 중국집 이층의 네 평 남짓한 마룻바닥에 불과합니다. 그 마룻바닥 위에 책상 두 개를 놓고 사장과 판매과장이 입씨름을 하고 있을 뿐이랍니다.

쉽게 말해서 우리 회사는 '고춧가루'를 파는 회삽니다. 중앙선을 타고 올라온 경상북도 북부 지방의 고추들을 도매로 사서 사장 소유의 방앗간으로 가져가 들입다 빻아 조지는 겁니다. 그 빻아 조지는 과정에서 사장과 소생이 먹고사는 방법이 트이는 것이지요. 순수한 고추만을 빻는 것이 아닙니다. 거기에 배추 잎사귀 말린 것, 대팻밥 약간, 고추 잎사귀 말린 것들을 약간씩 혼합해 넣는다는 거지요. 물론 색소도 들어가야 구색이 맞지요. 어차피 양심 가지고 살아야 할 세상이 아닌 바에야 우리가 무슨 용가리 통뼈라고 지조 지킬 필요야 없지 않습니까.

밤새워 빻아진 고춧가루는 비닐봉지에 넣어집니다. 비닐봉지 위에는 수탉 대가리 한 개가 커다랗게 그려진 상표가 붙여지는 거지요. 그것이 동대문시장 근처의 식당으로 배달되는 것입니다.

꼬리곰탕집, 개장국집, 간이식당, 해장국집 할 것 없이 우리 회사 제품을 쓰는 집이 많습니다. 모두들 그런 고춧가루를 좋은 음식에 듬뿍 쳐서 잘도 처먹더군요. 그러기에 소생은 식당 같은 곳에서 함부로 고춧가루를 치지 않습니다.

소생은 거기서 수금하는 일을 맡고 있습니다.

어떻습니까. 가짜 고춧가루를 비닐봉지에 넣어 팔아 살아가든, 안마를 해먹고 살든, 사람들 등쳐먹고 살긴 일반이니깐요.

그래도 나중에 내 귀여운 후손들이 소생의 무릎 위에 달랑 올라앉으면서, "할아버지 옛날엔 뭘 하셨어요?" 하고 묻는다면 소생은 점잖게 "대기업가였느니라"고 대답할 테니깐요.

그래도 소생은 아진산업에서 한 달에 사만 오천 원이란 봉급을 딸기 따내듯 하고 있는 처지가 아닙니까. 그러한 소생의 주제에 신촌의 가당찮은 하숙집이 걸려들었다는 건 기적에 버금가는 대사건이 아닐 수 없습니다.

그러나 불초 소생이 그 집구석에서 사흘을 기거하는 동안, 있다던 그 딸애가 보이질 않았습니다.

소생은 내심 너무나 교활했던 그 부인에 대해서 길길이 저주를 퍼부었습니다. 소생은 그녀의 간교에 너무나 쉽게 넘어가고 만 것입니다. 딸이 있다고 말한 것은 순전히 나를 저의 집구석으로 쑤셔박기 위한 임기응변에 불과했다는 생각이 들었습니다. 이따위 싸가지없는 여자와 한 집에서 기거할 수는 없다는 생각이 들기도 했습니다. 그래서 딱 사흘째 되던 날 밤, 마루에 앉아 있는 그녀에게 넌지시 말을 건네보았습니다. 소생은 그때 벌써 이 집구석을 박차고 나갈 심산이었으니깐요.

"저, 따님은 어디 가셨나 보지요?"

지나가는 말처럼 이렇게 슬쩍 운을 떼었습니다.

"글쎄요, 그것들이 오늘에사 돌아와야 할 텐데. 경주 지방으로 고적 답사를 나갔다우."

"고적 답사라니요?"

"걔 사학과에 다닌다우."

"혼자서요?"

"아니에요. 교수들이 인솔한다우."

소생은 비로소 지각없었던 조급증을 후회하고 있었답니다. 그러나 부인의 말을 듣는 순간, 소생은 오랜 인연이나 맺어왔던 사이인 것처럼 그녀가 염려스러워지기 시작했어요. 설사병이라도 얻어 눈자위가 퀭하니 말라붙지나 않았는지, 동행의 남학생이 꼬셔서 밀밭 속을 헤매지나 않았는지, 대폿집에 앉아서 소주병이나 홀찌락거리며 까 처먹고 앉았는지, 이런 따위 유치하고 불길한 예감이 소생의 뒤통수를 쿡쿡 쥐어박는 것이었어요.

도대체가 어떤 몰골을 하고 있는지도 모르는 그녀를 두고 소생이 이런 고민에 빠져야 한다는 자체가 치사하고 웃기는 노릇이었어요. 그러나 소생에게 있어선 그것이 불가항력이었습니다.

돼지 인물 보고 잡아먹는 일 없듯이 예쁘든 추하든 간에 난 벌써 그녀에게 마음을 빼앗기고 있었습니다. 그만큼 소생의 입장이 다급해진 것입니다. 그러나 그것 또한 공연한 염려였습니다. 그녀는 그날 밤늦게 집으로 돌아왔으니깐요.

불초 소생은 불원 장래에 만나게 될 그녀를 생각하며 잠 못 이뤄하기를 밤 열한 시가 넘도록이었습니다. 열한 시 반이 넘도록까지 두 눈이 말똥말똥하게 살아 있었으니깐요.

그때 버저 소리가 조심스럽게 울려왔던 것입니다. 그 버저 소리가 들리자, 소생은 직감적으로 그녀가 돌아왔음을 알았습니다. 소생은 자신도 모르게 이부자리를 박차고 일어났어요. 그리고 대문까지 달려나갔습니다. 잘못하면 체통을 잃어버릴 뻔했지 뭡니까. 소생은 와자자하게 쿵덩거리는 앙가슴을 가까스로 진정시키려 들며 대문 밖을 향하여 정중하고 도도하게 씨불였습니다.

"누굴 찾으십니까?"

대문 밖의 여자는 순간 흠칫 놀라는 기색이긴 했으나 아무 대답이 없었어요. 나는 왜 그녀가 그렇게 놀라는지 짐작이 갔습니다.

그녀의 아버지 외의 굵직한 남자의 목소리가 대문을 열어주기 위해 나왔으리라고는 상상조차도 못했을 테니까요.

"난 박미연인데, 댁은 누구세요?"

넨장, 그렇게 물어야 할 건 바로 난데, 오히려 문밖에서 누구냐고 물었을 때 소생은 기가 찼습니다. 그러나 상황이 그렇게 된 바에야, 내 소개를 하지 않을 수 없었다구요. 소생은 입 안의 침을 꿀꺽 삼킨 뒤 말했습니다.

"이 집에 들어온 하숙인입니다. 나팔수라고 해요."

그러니까 문밖에선 한 번 쿡 하고 웃었습니다. 아마 '나팔수'란 소생의 성명 삼 자가 그녀를 웃겨준 게 틀림없어요.

그러나 순간 다급한 그녀의 목소리가 다시 들려왔습니다.

"빨리 문 열어주실래요? 그러기 싫으시면 어머니를 깨워주시든가요."

그녀를 위해 문을 따주는 영광을 부인께 빼앗길 수는 없었어요. 소생은 황급히 대문의 빗장을 뽑아주었습니다. 문이 열리자마자 그녀는 냉큼 뜰 안으로 들어섰습니다. 그리고 외등에 비치고 있는 잠옷 바람의 내 몰골을 정면에 서서 훑어보더군요. 소생은 흡사 오기 하나로 미스코리아 선발대회에 출전한 박색의 여자처럼 엉거주춤하니 웅크리고 서 있었어요. 그때 소생의 기분은 착잡하였습니다. 그녀가 실망의 눈초리를 보낼까봐 가슴이 타는 듯했어요. 왜냐하면 그녀는 제법 균형이 잡힌 말쑥한 몸매를 하고 있었으며 용모 또한 아기자기하게 예뻤으니깐요. 살색 또한 갯밭에서 뽑아낸 개량무 속살처럼 희고 물기가 차르르 흘러 보였습니다. 한참이나 나를 쏘아보던 그녀가 말쑥 웃었습니다.

"주무시는 중에 미안합니다."

"천만에요. 늦으셨군요."

"글쎄, 안양에서 버스가 고장이 났지 뭐예요."

그녀는 오랜만에 만난 집안사람에게처럼 격의 없이 이렇게 말했습니다. 그리고 여행용 가방을 달랑거리며 안으로 걸어들어갔습니다.

다시 말하거니와 그녀는 꽤 삼삼하게 생겨먹었더군요. 소생은 예상했던 것처럼 허둥대지 않았던 자신에 감사하며 내 방으로 들어왔습니다. 무엇보다도 오천칠백 원짜리의 고급한 소생의 잠옷을 그녀에게 자랑할 수 있었던 건 퍽이나 다행스러운 일이었습니다.

그녀가 집 안으로 들어가서 부인과 순자를 깨우는 소리가 들려왔습니다. 그리고 목욕탕으로 들어가서 풍덩거리고 물 끼얹는 소리가 들려왔고 물바가지가 목욕탕 모서리에 부딪치는 소리도 들려왔으며, 할딱거리며 비누질을 하는 소리도 들려왔어요. 바야흐로 그녀는 소생을 미치게 만들더군요. 그녀의 일거수일투족을 상상하기엔 별로 어렵잖은 일이었으므로 소생은 좀처럼 잠을 이룰 수가 없었습니다.

"조걸 내가 잡아먹어야지."

소생은 자신도 모르게 이빨조차 바드득 갈고 있었습니다.

이튿날로 소생은 시골의 아버지에게 일자 상서를 적어 올렸습니다.

거창하게 거짓말을 늘어놓았습지요.

월급 십여만 원이나 되는 직장으로 전직할 참인데 교제비 조로 삼십여

만 원이 필요하다. 그러니까 당신께서는 지체 말고 동상(同上) 금액을 송금해주는 데 인색하지 말아달라는 내용이었어요. 소생은 그 돈으로 그녀와 데이트 자금으로 쓰고 또한 약간의 빚을 갚을 작정이었다구요.

물론 아버지께는 그만한 돈이 있었습니다. 다시 한 번 고백하는 바지만 우리 아버진, 경상북도 K시에서는 알아주는 한우 중매상인입니다. 시쳇말로 '소 장숫'지만 아버지께서는 소싯적부터 그 장사로 자식 새끼를 먹여 살리고 학교 시켜온 분입니다. 말하자면 그 청춘, 그 인생을 소 장사에 바치신 분이에요. 말해서 그 방면엔 소문난 베테랑이란 것입니다. 적어도 소라는 물건을 놓고 이를진댄 아버지를 엎어누를 만한 인물이 K시에서는 없다는 것을 소생은 알고 있습니다.

이 아버지가 근간에 와서 은근히 내게 압력을 가해오는 일이 있습니다. 자기대로 한 며느릿감을 점지한 바 있으니 일차 귀향하여 시사회를 하고 가라는 것이었어요. 그러나 소생은 자력으로 일어설 때까진 결혼을 유보시킬 수밖에 없다고 맞서왔습니다. 당신께서 점지해두었다는 규수감이란 보지 않아도 시골 처녀임에 틀림없겠기 때문입니다. 앞날이 구만 리 같은 소생이 그런 앞뒤 꽉 막힌 전차 같은 산간벽지의 여자를 데리고 평생을 탕진해버릴 수는 없겠으니깐요. 또 그런 여자일수록 이혼하자면 엄청나게 위자료 청구 소송을 하고 나서든지, 더 엉겨붙을 게 뻔한 일이지요. 그 상고머리의 아버지가 점지한 미지의 시골 여자로부터의 탈출, 이것을 한시바삐 성사시키는 것은 매우 긴급을 요하는 일이었습니다. 소생이 미연 씨를 하루빨리 잡아먹겠다고 이빨을 간 것도 이런 점 등으로 미루어 이해가 가실 겁니다.

하여튼 소생은 모든 미사여구를 총동원하여 소생의 불효를 용서 빌고 송금 독촉장을 아버지께 부친 것입니다.

　당신께서는 평소, 소생의 요구와는 약간의 차액은 있었습니다만 고분고분 송금해주셨습니다. 성격이 와들와들한 편이긴 하지만 자식에 약한 것이 또한 부모 마음이란 걸 소생이 모를 리 없지요. 그이 자신이 천한 직업에 종사하는 대신 그 아들은 그래도 서울에 유학해서 그곳에서 직장까지 얻고 있다는 사실이 대견스럽지 않을 리 없지요.

　그러나 아버지께 편지를 띄운 것은 큰 실수였습니다. 아버지가 그렇게 나오실 줄을 미처 예견하지 못한 것은 소생의 불찰이었습니다.

　자초지종 털어놓지 않을 수가 없군요. 그러니까 소생이 아버지께 편지를 띄운 지 오 일이 지난 뒤였습니다. 소생은 그즈음 퇴근하자마자 하숙으로 돌아가는 판이었습니다. 내가 객지 생활로 전전하는 몸이지만 적어도 규모 있고 성실하게 살아가는 대한의 청년이란 것쯤은 그 집의 부인이나 미연 씨에게 보여줄 필요가 있었으니깐요. 물론 소생의 그런 생활 태도는 그 집 사람들께 호의적인 반응을 일으킨 것이 틀림없었어요. 소생은 월부로 들여온 책을 읽기조차 하였습니다.

　《호밀밭의 파수꾼》, 난 그걸 읽어보려고 무진장 애를 썼습니다. 소생이 그 책을 읽어보려는 것은 순전히 호기심 때문이었습니다. 말하자면 파수꾼이란 놈이 골이 비어도 이만저만이 아니지, 하필이면 호밀밭엔 왜 가서 지키고 섰느냔 말입니다. 소생은 그게 궁금했던 거예요. 그런데 내용은 생판 다르더군요. 도대체 이해가 안 가는 잔소리들을 와자자하게 늘어놓았더군요. 그래도 그 집 사람들 보는 앞에선 열심히 읽는 체하였습니다.

　그날도 소생은 땀을 뻘뻘 흘리면서 집에 당도해서 조심스럽고도 정중하게 버저를 눌렀습니다. 대문을 열어준 것은 순자가 아니고, 의외에도 미

연 씨였습니다. 대문의 빗장이 황급히 열렸고 상기된 듯한 미연 씨의 얼굴
이 밖으로 내밀렸습니다.

"시골에서 아버님 되시는 분이 올라오셨어요."

"무슨 말씀이세요?"

소생은 이게 무슨 횐소린가 했습니다.

"아버님이 올라오셨다니까요."

소생이 놀라는 꼬락서니가 퍽이나 재미있다는 듯이 속 모르는 그녀는
얄밉게도 생글생글 웃기까지 하였어요.

"어버님이 올라오셨다구요?"

소생이 긴가민가했던 것은 소생의 아버님이 상경한 건지 미술 선생이
란 그녀의 아버지가 상경했다는 것인지가 불분명했기 때문이었어요.

그러나 마루에 놓인 응접 소파에 엉거주춤하게 앉아 있는 사람은 분명
천박스럽기 짝이 없는 소생의 아버지였습니다. 순간 소생의 얼굴은 화끈
하게 달아올랐다구요. 아버지는 땀과 때로 얼룩진 홑적삼 차림이었으니
까요.

말하자면, 아버지가 그런 꼬락서니로 나타난 것은, 미연 씨에게로 향한
소생의 과감한 대시에 정면으로 브레이크를 걸고 나선 거나 다를 바 없었
습니다.

소생은 그야말로 어처구니없더군요. 그런 꼬락서니를 하고, 나를 찾아
와서 산통을 깰 건 또 뭐냐 말입니다. 원수진 부자지간도 아닌데 말이에
요. 그러나 소생은 겉으로는 아버지를 반기는 체하였습니다. 대충 상투적
인 인사말이 오고갔습니다. 그러고는 얼른 내 방으로 옮겨 모셨습니다.

뜰에서 서성거리고 있는 미연 씨에게 소생은 얼굴을 들 힘도 없었습니

다. 소생에게 그런 아버지가 있다는 사실을 알게 된 이상, 그녀는 더 이상은 내게 관심을 보여줄 것 같지가 않았습니다. 물론 소생이 집으로 돌아오기 전 미연 씨에게 저지르고 말았을 아버지의 실수 같은 걸 생각하니 소생은 가슴이 미어질 것 같았습니다. 예의범절이니 남의 눈치 따위와는 아예 담 쌓고 살아가는 아버지니까요.

내 방으로 들어가자, 아버지는 집에서 하던 버릇 그대로 저고리를 벗어 던지고 벌렁 나자빠지며 베개부터 내놓으라고 명령했습니다.

"이 자슥아, 사람은 왜 그리 치다보고 앉았노? 사람 첨 보나?"

순간, 소생은 아버지의 기분을 너무 잡쳐드려서는 안 된다는 생각이 들더군요. 왜냐하면 내가 요구한 삼십만 원의 현찰은 아직도 아버지의 수중에 들어 있기 때문이었어요. 소생은 발 코린내가 물씬거리는 아버지의 발치에 공손히 엎드렸습니다. 그러면서도 소생은 이 넓고 넓은 서울 시가지 한 구석에 처박혀 있는 이 하숙집을 주소 한 장 덩그러니 들고 집을 찾아낼 수 있었던 아버지의 배짱과 집념에 두 번 다시 놀라고 있었습니다.

"아버지, 무슨 바쁜 일이 있어서 이렇게 몸소 올라오셨습니까?"

소생은 우선 이런 식으로 물어볼 수밖에 없었습니다.

소생의 서울 생활 오 년 동안 아버지는 간혹 이따위 엉뚱한 짓을 저지르곤 했습니다. 당신께서는 되놈 이상으로 의심증이 심한 편이었어요. 아버지는 일컬어 행정조직 같은 것조차도 도대체 믿으려 들지를 않았다구요.

송금할 일이 생기면, 우체국에 가서 자기가 송금할 액수와 수수료를 접수시키고 난 다음, 우체국에서 발부하는 영수증만 받아가지고 있으면 그 돈은 체신 행정의 조직망을 통해서 서울에 있는 소생에게까지 전달되어 수령할 수 있게 된다는 것을 도대체 믿으려 하지 않는다는 것입니다.

그러나 하는 수 없이 아버지께서는 우체국 송금을 하시곤 하였는데, 어떤 땐 송금하고 난 뒤 직접 상경해서 "너 그 돈 받았냐?" 하고 묻는 것이었어요. 오직 "너 그 돈 받았냐?"만을 묻기 위해서 기천 원의 거마비를 탕진해가면서 서울까지 기어올라오는 것이었습니다. 소생이 그 돈 받았다고 말하면, 도대체 의심쩍다는 시선으로 소생을 물끄러미 바라보곤 했습니다. 그런 의심증은 오래도록 아버지를 물고 늘어지는 판이어서 일 년에 몇 번씩을 그 못난 짓을 하고 서울을 들락거렸다구요. 아마 이번에도 그 몹쓸 병이 재발한 게 틀림없다고 소생은 단정해버렸습니다.

그뿐이 아니었습니다. 그이는 자기가 국가에 세금을 바쳐야 한다는 것을 도저히 이해할 수 없다는 것입니다. 자신이 밤낮을 가리지 않고 뼈 부러지게 번 돈을 세금이니 뭐니 해서 받아 갈 이유가 뭐냐는 것입니다. 하긴 아버지는 신문의 사회면조차도 읽을 수 없는 판무식이니까요. 신문을 거꾸로 들고 앉아선, 제 코스를 따라 잘 달리고 있는 버스를 찍은 사진을 보고 또 버스 사고 났다고 한탄을 쏟아놓을 정도니까요.

그때, 미연 씨가 내 방문 앞에 나타났어요. 그녀는 정갈하게 깎아 세운 과일이 든 쟁반을 들고 있었습니다.

"과일 드시면서 말씀하세요."

소생은 아버지가 하고 있는 몰골이 창피스러워 고개를 못 들고 있었습니다. 그러나 미연 씨는 모른 척하였어요. 그 과일 쟁반을 아버지 코앞에다 바싹 디밀면서 소생은 다시 다그쳤습니다.

"어쩐 일이세요, 아버지?"

아버지는 비스듬히 몸을 일으켜 과일 조각 하나를 덥석 입으로 가져가면서 말했습니다.

"심각한 문제다."

말하여 심각한 문제란 것입니다. 심각한 문제고 나발이고 사람 속 타는 줄 모르고 늑장을 부리고 있는 아버지의 심사를 소생은 헤아릴 길이 없었 습니다. 게다가 '심각한 문제' 따위의 문자까지 쓰고 있는 데는 기가 찼습 니다.

"그 심각한 문제가 뭡니까, 아버지?"

"이놈아, 말끝마다 아버지 아버지 하지 말어. 니 애비 곧장 안 죽을 놈 잉께."

아니래도 자기 딴엔 더위를 식히고 있는 판국에 게걸스럽게 붙어앉아 자꾸만 다그쳐대니 화 안 났다면 그건 소 새끼죠 뭐.

그러나 소생은 미연 씨에게 신경이 쓰이던 나머지 아버지를 꾀어서 한 시라도 빨리 밖으로 나가야겠다는 욕심밖에 없었으니까요. 아버지가 이 집에 머무르고 있는 그만큼 소생의 치부는 자꾸만 깊게 노출되고 말 것이 기 때문입니다.

소생은 시원한 얼음 집으로 나가서 더위를 식히며 그 심각한 문제를 이 야기하자고 얼러대기 시작했습니다.

"개숫물도 돈 주고 사 먹어?"

말은 이렇게 하면서도 아버지는 비스듬히 다시 몸을 일으켰습니다.

"개숫물이라뇨? 잡숴보시면 이 언덕을 헤매실 때 잡수신 더위는 싹 가 시고 말 테니깐요."

"좋다, 나가자, 나도 니한테 할 말도 많고 하이."

아버지는 순순히 소생을 따라나섰습니다. 우리는 곧장 택시 타는 곳까 지 걸어나왔습니다. 아버지는 얼음 사 먹기 위해 택시 타야 하는 짓은 도대체 어디서 배운 지랄이냐고 소생을 얼러댔습니다. 그러나 소생은 택시를 잡고 반 강제로 차 속으로 아버지를 밀어붙였습니다.

"이 자식이 늙은 애비 서울 와서 기어코 잡는구나!"

아버지는 약간 거친 소생의 행동에 볼멘소리를 하였습니다.

나는 좀 거창하고 번질번질한 다과점으로 아버지를 모시고 싶었습니다. 그러나 아직도 아버지로부터 향토 장학금을 얻어 쓰는 주제에 고급 좋아한다고 직사하게 욕먹을 게 분명하였습니다. 그래서 서대문 시장통에 있는 조그만 빙과점으로 당신을 모시고 들어갔습니다.

빙과점은 비교적 한산한 편이었습니다. 우리는 얼음을 시켜놓고 마주 쳐다보고 앉았습니다.

"니가 바쁘다 카이 내 단도직입으로 이바구하겠는데……, 니 신부 될 처녀를 하나 구해놨으이 집에 퍼뜩 댕겨가그라."

물론 소생이 예상했던 대로 그 말씀이었습니다. 아버지는 일방적으로 이렇게 내뱉어놓고는 마침 갖고 온 얼음 그릇에 코를 박았습니다. 소생은 잠시 귀가 멍해지는 기분이었습니다. 더위가 싹 가시는 기분이었어요.

"아직 장가갈 의향이 없습니다, 아버지."

소생은 얼결에 이렇게 씨불었습니다. 그러나 아버지의 대답은 너무나 단호한 것이었습니다.

"의향이고 나발이고 지랄 말고 이번에 내하캉 같이 내려가자."

소생이 살아 있는 호랑이의 염통을 훔쳐내는 재간을 가졌대도 아버지의 저돌적인 고집을 꺾을 수 없다는 걸 진작부터 알고 있었습니다.

중앙 돌파를 시도하다간 아버지의 완강한 마크에 걸려들 공산이 컸습니다.

소생은 잠시 뜸을 들였다가 이렇게 말했습니다.

"도대체 어디 있는 아가씬데요?"

아버지는 예상했던 대로 어깨의 힘을 약간 풀고 이렇게 말했어요.

"내가 주인 정해두고 댕기는 예천 여인숙집 딸내민데, 중학교 졸업했다 카드라."

사람에게 망신을 주어도 분수 나름이지 이럴 수가 없었습니다. 당신께서 외장(外場) 보러 다닐 때 묵곤 하던 하숙집 주인 딸을 며느리로 삼겠다니 어처구니없는 노릇이었어요. 월봉 십여만 원짜리 직장으로 전직까지 하려는 소생을 두고 말입니다. 그러나 그 철딱서니없는 아버지에게 정면으로 반격을 시도할 수 없는 내 처지가 오로지 눈물겨울 뿐이었습니다. 다시 한 번 말씀드리겠거니와 소생이 필요로 하는 현찰은 아직도 아버지의 수중에 있었던 것이니까요.

"한번 봤으면 좋겠습니다."

소생은 불쑥 이렇게 말했습니다. 왜냐하면 아버지를 열나게 해서는 안 되었으니까요.

"그라면 가자, 이번에."

"우선 바쁜 것부터 처릴 해야 하지 않겠습니까?"

"니 처지에 그것보다 더 바쁜 게 뭐고?"

"저의 전직 문제 말입니다."

"전직?"

"직장 옮기는 일 말씀입니다."

"도대체 니가 옮길라 카는 회사가 워디서 뭘 하는 회사고?"

드디어 아버지는 소생에게 말려들기 시작하더군요.

소생은 잠시 망설였습니다.

어설프게 염색 공장이니 섬유 제품 가공 회사니 했다간 그 입에서 당장 그놈의 회사로 한번 가보자고 말할 것이 분명한 것이기 때문입니다. 아버지의 추리력으로써는 도저히 미칠 수 없는 엄청난 곳을 불어야 한다는 조짐이 들더군요. 그러나 나 자신도 그런 따위의 회사 이름들이 얼른 머리에 떠오르질 않았습니다.

"저, 콘티넨탈 캄퍼니라고 우주과학에 관계되는 제품을 생산하는 회삽니다."

소생은 참으로 뒤죽박죽 이렇게 씨불여올렸습지요. 마침 우리 테이블 주위에 다른 사람들이 없었다는 게 소생에겐 큰 다행이었습니다. 그러나 아버지의 호기심도 대단하였습니다. 그이는 반쯤 벌리고 있던 입에 새마을 한 개비를 물면서 말했습니다.

"거기 쫌 가볼 수 없겠느냐?"

그 회사는 일반인들의 출입이 제한되어 있다고 말함으로 해서 소생은 아버지의 호기심을 여지없이 꺾어버렸습니다.

순간, 소생은 아버지의 시선이 어떤 기대와 만족으로 차오르는 것을 볼 수 있었습니다.

"무슨 캄퍼니라, 그 거창하구나!"

판무식일수록 단순하기 마련이니까요. 아버지는 주섬주섬 비닐 가방을 열더니 신문지에 싼 한 뭉치의 돈을 꺼내놓았습니다.

"갑자기 구할 데도 없고 해서 우선 이십만 원만 갖고 왔으니 약속한 대로 써라."

물론 소생은 그 액수로는 만족할 수 없다는 매우 난처한 표정을 지어

보였습니다.

"헛돈 쓰지 마라!"

"걱정 마십시오, 아버지."

소생은 잽싸게 돈 뭉치를 끌어당겨 안았습니다.

"이번 올라오신 김에 한 일주일 푹 쉬었다 가십시오. 구경도 하시고요."

소생은 다시 이렇게 간곡히 말했습니다. 이렇게 말한 것은 아버지의 성격을 소생이 알고 있기 때문입니다. 당기면 밀치고 밀치면 오히려 당겨오는 괴상한 성격의 소유자가 바로 아버지였거든요. 예상했던 대로 아버지는 후딱 놀라시는 것이었어요.

"죽은 사람도 깨나면 일할 철에 내가 서울서 놀아? 이놈아, 니도 정신 있는 놈이냐?"

"그러지 마시고 사흘이라도 쉬었다 가세요."

"지랄 같은 소리 치워."

아버지는 자리에서 후딱 일어서시는 것이었어요. 그러나 얼음 그릇만은 깨끗이 비워져 있었습니다. 아무리 바쁘고 배가 불러도 일단 대금이 지불될 음식이면 그이는 꾸역꾸역 그릇을 다 비우는 분이었으니까요.

소생은 작전이 너무나 잘 맞아떨어지고 있는 것에 쾌재를 불렀습니다. 아버지 한 분쯤 눙치고 구슬리는 데는 소생도 말깨나 하는 놈이니까요.

아버지는 그길로 하향하시고 말았습니다. 불초 소생은 역에까지 따라가면서 서울에서 쉬고 가시라고 간곡히 청원함으로 해서 그이의 하향을 재촉해드렸습니다. 빨리 집으로 내려가시라고 재촉했더라면 아버지는 적어도 하룻밤쯤은 신촌 소생의 하숙에서 묵고 가셨을 겁니다. 말하긴 뭣하지만 그이는 제 어머니를 갯가에 묻은 청개구리 형제들의 삼신을 홀딱 뒤집어쓰고 태어난 분임에 틀림없었습니다. 그런 애꿎은 아버지의 성격 때문에 우리 식구들은 꽤나 골탕을 먹어왔습니다. 그이는, 어머니가 화를 내시면 히히 웃었고, 어머니가 즐거워하면 느닷없이 화를 내는 성격이었으니까요.

소생은 중무장한 병사처럼 이십만 원을 끌어안고 신촌 하숙으로 파죽지세로 쳐들어갔던 것입니다.

집으로 돌아왔을 때, 미연 씨는 마루에 앉아 기타를 치고 있더군요. 아마 그녀는 요즈음의 팝송인가 뭔가에 어지간히 미쳐 있는 것 같았다구요.

그녀는 응당 뒤따라 들어와야 할 아버지의 모습이 보이지 않자, 의아스러운 표정으로 소생을 말끔히 쳐다보더군요.

소생은 그녀에게 꾸벅 허리 굽히면서 말했습니다.

"아버지는 워낙 시골 분이어서 상대하기가 부담스럽지요. 내려가셨습니다."

이렇게 말하면서 나는 자연스럽게 그녀를 따라 마루에까지 올라갔습니다.

그녀는 아무런 대답이 없었습니다. 그러나 나를 돌아다보며 이렇게 말했어요.

"주스 드실래요?"

넨장, 이놈의 집구석은 웬놈의 주스는 이렇게 퍼마시는지 원. 그러나 소생이 싫다 할 이유는 없었습니다.

"감사합니다."

"잠깐 기다리세요."

그녀는 엉덩이를 얌전하게 흔들면서 주방 쪽으로 들어갔습니다. 이 집 안엔 지금 자기와 나밖에 없다는 사실에 응당 가벼운 공포감 같은 것도 느꼈어야 했을 텐데, 그녀의 태도에선 전혀 그런 기분을 찾아볼 수 없었습니다. 그러니까, 그녀에게 있어선 내 존재란 안중에 없고 관심도 없다는 그런 태도임이 틀림없었다구요.

소생은 다시 한 번, 아버지의 돌연한 상경을 저주하였습니다. 누군들 그런 사람의 며느리가 되기를 원하겠습니까.

그녀는 다시 마루로 나타났습니다. 우리는 그야말로 역사적으로 마주 앉았고, 무거운 침묵을 쪽쪽 빨면서 주스를 마셨습니다.

한시라도 빨리 불결했던 아버지의 영상을 그녀로부터 지워줘야 했으며 그녀로 하여금 내게 관심을 갖도록 하자면, 소생은 뭔가 자꾸 씨불여줘야 한다는 생각이 들었습니다.

"이렇게 더운 땐 교외라도 나가고 싶군요."

그리고 소생은 따가운 하오의 햇볕이 쏟아지고 있는 앞집 지붕으로 시선을 돌렸습니다.

"글피가 일요일이잖아요."

의외에도 그녀는 이렇게 대답하고 있었습니다. 그 대답은 소생을 전율하게 만들더군요.

"그날 다른 약속이 있으세요?"

소생은 단도직입적으로 이렇게 묻고 그녀의 해맑은 이마께로 시선을 꽂았습니다.

"아니요, 없어요."

"교외에 나가본 지 퍽 오래됐군요."

"제가 좋은 곳으로 안내할까요?"

그녀가 이렇게 말했을 때, 소생은 뒤통수가 둔기로 맞은 것처럼 찌르르 하였습니다. 그러곤 뱃속의 순대가 근질거려왔습니다. 가속도로 접근해 오는 그녀를 주체할 수 있을 것 같지가 않았습니다. 그러나 나는 유들유들 하게 말했습니다.

"미연 씨가 좋으시다면 따라가볼까요."

그녀는 그때 잔 밑바닥에 남은 주스를 꼴깍 빨고 있었습니다.

"사실은 그날의 스폰서를 찾고 있던 중이었거든요."

"그런데 제가 걸려들었군요."

소생은 짐짓 시답잖다는 표정을 지었습니다. 그녀가 재빨리 말했습니다.

"오해하심 싫어요."

"아니, 그냥 해본 말이라구요."

"오해 않으시죠?"

"그럼요."

소생에게 있어선 운수 대통한 날이었습니다. 나를 옭아매었던 매듭들 이 너무나 잘 풀려가는 날이었다구요. 청량리역에서 아버지를 부담 없이 팽개치고 돌아오니 미연 씨가 엉겨붙었다는 거지요.

물론 소생은, 미연 씨가 어떤 속셈으로 내게 격의 없이 대하고 나서고 있는지 그건 알 길이 없었습니다. 한 집에 같이 살고 있는 동거인으로서의 우정이었대도 좋았고, 아니면 소생에게 관심을 보이고 있다는 징조이든 아니면 이런 촌놈 한번 데리고 놀아볼까 하는 악랄한 야심을 품고 있든 간 에 소생은 신경 쓸 필요가 없었다는 것입니다. 소생에겐 적어도 이십만 원 의 데이트 자금이 장만되어 있었으며 그 자금이 그녀를 중심으로 쓰일 동 안, 어떤 식으로 그녀를 잡아먹어야 한다는 방법론이 강구되기 마련일 테니까요.

불초 소생은 삼삼했던 그녀를 처음 만나고 난 뒤부터 결심한 바가 있었다는 것입니다. 그것은 모가지가 부러지는 한이 있대도 그녀에게 턱걸이를 한 번 해보고야 말겠다는 앙심입니다.

물론 소생은 일요일에 시내 모처에서 그녀를 만났습니다. 우리는 모두 간편한 등산복 차림이었어요. 난 그녀와 약속한 시간보다 한 시간이나 먼저 집을 나와야 했습니다. 집안의 다른 사람들껜 비밀로 하자는 미연 씨의 제안을 받아들였기 때문이었어요.

그녀가 지정해준 다방은 광화문 근처에 있는 목조계단의 이층에 있었습니다. 지금까지 여자를 만나기 위해 다방에 앉아본 기억이 없었던 나는 흥분과 기대와 호기심과 초조가 마구 뒤엉켜 돌아가는 가슴속 때문에 손가락까지 부들부들 떨고 있었습니다. 사내새끼가 이게 무슨 꼬락서니냐고 소생은 소생 자신에게 몇 번인가 꾸짖었고, 그래서 조금의 자제력을 얻은 바 있었습니다.

미연 씨는 약속한 열 시 정각에 그 다방 문을 밀치고 나비같이 가볍게 들어섰습니다.

그녀가 문 앞에 나타나자, 소생은 펀칭을 시도하기 위해 골문을 뛰어오르는 키퍼처럼 두 팔을 높이 쳐들고 자리에서 벌떡 일어섰습니다. 그런 소생의 우스꽝스러운 행동이 미연 씨의 시선에 걸리지 않을 수 없었어요. 심지어 온 다방 안의 시선이 내 마빡으로 꽂히고 있었으니까요.

미연 씨는 주책없이 허둥대는 나를 보자 그만 입을 막고 킬킬거렸습니다. 소생은 무안했던 나머지 두 손을 내리고 다시 자리에 앉았어요. 나는 자리에 그대로 앉은 채 한 팔을 약간 쳐들며 능숙하게 씽긋 웃었어야 했습니다.

그러나 그녀는 약간 문 앞에서 지체한 뒤 정확하게 내가 앉은 테이블로 걸어왔어요. 우리는 냉커피를 시켜 마셨습니다. 그동안 그녀는 내 우스꽝스러웠던 행동에 대해선 이렇다 할 힐난이 없었습니다. 나는 그러한 미연 씨에게 몇 번인가 속으로 감사의 말을 올렸습니다. 그러나 그녀는 왠지 내 얼굴 여기저기를 유심히 뜯어보면서 생글생글 웃고만 앉아 있었습니다. 소생은 다시 손가락이 떨려왔다구요. 한시바삐 나는 이 난처한 곤경에서 벗어나야겠다고 생각했습니다.

소생은 대담하게 말했습니다.

"자 그럼, 슬슬 가보실까요?"

그때 그녀가 손을 들어 나를 막으며 말했습니다.

"용서하시겠어요. 나팔수 씨?"

나는 이게 무슨 흰소린가 해서 일어나려다 말고 다시 자리에 주저앉았습니다.

"갑자기 무슨 말씀이세요, 그게?"

"저, 우리 친구들 셋이 곧 이리로 오겠다지 뭐예요. 같이 따라가겠다구요."

자기 친구 세 사람이나 우리들의 데이트에 끼어들겠다니 난 기가 찼습니다. 소생은 다시 난처한 기분이 되었습니다. 너무 잘 풀려나간다 했더니 기어이 마(魔)가 끼어 붙는구나 싶었습니다. 미연 씨와 둘이서 하루라면, 적어도 내 손이 그녀의 어깨에까진 자연스럽게 올라갈 수 있을 텐데 말입니다. 그년들이 불쑥 나타나서 산통을 깰 일은 뭐냐 말입니다.

김은 샌 거지만, 소생은 애써 평온한 표정을 지었습니다. 야구 경기도 투아웃에서부터 시작이라 하지 않습니까.

"좋습니다. 같이 가죠."

나는 쾌히 승낙했습니다. 그러자 미연 씨는 저쪽 구석자리께로 손을 들어 보이면서 소리쳤어요.

"이 악당들아, 일루 와!"

그 계집애들은 벌써 다방 안으로 들어와 앉아서 이쪽의 우리들에게 시선을 박고 있었다니까요.

그들은 곧장 우리들 테이블로 몰려와 앉았습니다. 안경 쓴 애는 숙희, 입이 납죽한 애는 세아, 카메라를 멘 애는 남숙. 이런 식으로 미연 씨는 그녀들을 소개했습니다.

소생은 미연 씨의 손바닥이 가리키는 얼굴을 따라가며 넙죽넙죽 절하였습니다. 그녀들은 내가 미연 씨 집에서 기거하고 있는 하숙인이란 점에서 처음부터 퍽 친근감 있게 대해주었어요. 그리고 난 다음 중구난방으로 저희들끼리 지껄이기 시작했습니다. 오늘 가야 할 코스를 잡는답시고 말입니다.

게다가 카메라를 메고 온 계집애는 우리들을 스냅으로 카메라에 담는답시고 그 다방 안을 이리 돌고 저리 돌며 세 컷인가 사진조차 찍어조지는 판이었어요.

소생은 순식간에 앞으로 쳐들어온 네 사람의 여자들 때문에 정신을 가눌 수 없을 정도였어요. 골문 혼전에 휩싸이게 된 키퍼처럼 낭패스러웠습니다.

그러나 소생은, 정신마저 잃기 전에 사내 구실을 해야겠다는 생각이 들었습니다.

나는 호기 있게 자리에서 일어나며 말했습니다.

"자, 그럼 출발입니다."

물론 그녀들은 내 단호한 행동에 작게 소리치며 따라 일어났습니다.

나는 네 마리의 암탉들을 거느린 수탉처럼 도도하고도 거만하게 그 다방을 나섰던 것입니다. 그리고 그녀들은 역시 네 마리의 암탉들처럼 무어라고 쫑알거리며 내 뒤를 엉덩이를 비비대며 따라나섰습니다.

시골 출신인 소생이 이 매서운 서울에서 깔치 넷을 거느리고 야호야호하며 산을 오를 수 있게 되었다는 것, 이것도 보통 명산자손 아니면 못하는 짓이라는 생각까지 들었습니다.

우리는 무교동 쪽으로 길을 건너가서 택시를 잡아 탔습니다.

"어디로 모실까요?"라고 묻는 운전사에게 나는 정릉이라고 내뱉었습니다.

'급체, 복통, 소화 안되는 데 빠—롱, 빠—롱을 복용하세요.'

마침 라디오에서 시엠송이 터져나오자 계집애들은 일제히 까르르 웃었습니다.

소생은 미연 씨와 앞 좌석에 나란히 앉았습니다. 운전사가 부럽다는 듯이 나를 힐끗 쳐다보며 벌쑥 웃더군요.

"손님, 운수 대통이시군요!"

운전사 녀석은 이런 농담까지 하였다구요. 어쨌든 그 세 여자의 출현이 벌써 옛날에 각본이 짜여 있었던 야비한 수작이었다 하더라도 기분이 그렇게 나쁜 건 아니었습니다.

나는 정릉까지의 택시 요금을 운전사와 흥정해볼까도 생각했습니다. 그러나 미연 씨가 치사한 남자라고 생각할까봐 참기로 했습니다. 택시 요금 정도를 깎자고 설왕설래하는 남자들을 요사이 여자들이 구질구질하다고 생각 안 할 리 없겠으니까요. 소생도 그 정도쯤은 알고 있는 편입니다.

우리는 정릉 골짜기 막바지에서 차를 내렸습니다. 그리고 상점에 들러 음료수와 공팔맥주 몇 병, 과일, 통조림 등속을 사 챙겼습니다.

물론 나는 그녀들의 뒤쪽에서 팔짱을 끼고 섰다가 대금 지불을 몽땅 했습니다. 사내새끼의 본때를 보이는 거지요. 소생의 주머니 속엔 잎사귀같이 시퍼런 오백 원권이 다발로 들어 있었으니까요.

나는 주저없이 그 돈을 썼습니다.

우리들 주위를 지나가는 소풍객들이 네 마리의 암탉을 거느리게 된 소생의 늘어진 팔자를 보고 선망의 눈길을 보냈습니다.

어떤 미친 녀석은 공연한 질투 끝에 내게 야유까지 퍼부었습니다. 그러나 그때마다 미연 씨와 그 동료들이 한꺼번에 합세해서 그 녀석을 모욕 줌으로 해서 소생의 위치는 꿋꿋하게 지켜지는 것이었어요. 아무리 뻔뻔스럽고 유들유들한 놈이라 할지라도 바늘처럼 쏘아대는 매서운 여자들의 입술엔 못 당한다는 걸 소생은 그때서야 알았습니다.

요컨대 그녀들은 나와의 동행으로 일단 정릉까지 와선 적당한 파트너들을 만난다면 뿔뿔이 헤어질지도 모른다는 소생의 짐작을 정면으로 배반하고 나섰다는 것입니다. 그런 그녀들의 행동은 반은 나를 서운하게 또 반쯤은 나를 흐뭇하게 만들더군요.

우리들은 그날 정릉 골짜기 어느 언덕에서 퍽 재미있게 놀았습니다. 우리들이 재미있게 놀 수 있었던 것은 순전히 소생의 헌신적인 노력에 있었다 해도 무리가 없었다구요.

우리들은 갖가지 재미있는 게임들을 즐겼는데, 그때마다 그녀들은 나를 술래로 지목하는 것이었습니다.

그녀들은 소생이 토끼 걸음으로 뛰어주기를 원했습니다. 바둑이가 되어 콩콩 짖기를 원했습니다. 땅에다 코를 박고 엉덩이를 번쩍 치켜든 채 빙빙 돌게도 만들었습니다. 나무를 타고 기어올라가서 가지 위에 앉아 까마귀처럼 까악까악 짖어대기를 원했고, 소생이 심순애가 되고 자기들이 이수일이 되어 소생의 뱃구레를 쥐어지르기도 했습니다. 꼭꼭 숨어라 머리카락 보인다는 술래잡기도 했습니다. 나는 힘차고도 끈질기게 그런 따위 동작들을 해냈습니다.

그러는 동안 그 카메라를 멘 아가씨는 거의 미치다시피 깔깔 웃으며 내게 카메라 렌즈를 갖다대곤 했습니다.

카메라의 렌즈는 내 뒤통수에 가 있는가 하면 내 엉덩이에 가 있기도 했으며 어떤 땐 거꾸로 서 있는 내 마빡에 와 있기도 했습니다.

그녀들은 공팔맥주를 몽땅 내게만 권했고 소생은 짐작 없이 받아 마신 나머지 어찔어찔 취해 있었어요.

소생이 지친 듯싶으니까, 이젠 노래를 불러달라고 성화를 부리기 시작했습니다.

기죽을 수 없더군요. 소생은 바닷가 모래밭에 얼굴 그린다는 노래, 자주색 가방 등을 주절주절 불러주었습지요.

여자 넷으로부터 동시에 박수갈채를 받을 수 있었던 소생의 심정이 부풀었으리란 것은 짐작이 가셨을 줄 압니다.

우리는 오후 늦게서야 하산하였습니다.

그리고 오전에 모였던 그 다방에까지 택시로 달려갔으며, 시원한 콜라로 더운 가슴들을 식혔습니다.

미연 씨의 친구들은 나와 헤어지면서 못내 서운하다는 표정들이었어요.

"나팔수 씨, 또 만날 수 있을까요?"

눈썹을 내리깔고 그 카메라쟁이 아가씨가 이렇게 말했습니다. 소생은 미칠 것 같았고 또다시 손가락이 떨려왔습니다. 그러나 금방 마음의 평정을 되찾을 수 있었던 것은 옆에 미연 씨가 서 있었기 때문이었어요.

"네, 미연 씨를 통해서라면 언제라도 좋습니다."

소생은 결코 미연 씨의 기분을 상하게 해주고 싶지는 않았기 때문에 이렇게 말했습니다.

그 카메라쟁이 아가씬 그중 가장 많이 내게 관심을 보이는 아가씨였어요. 그러나 그녀가 함부로 꼬신다고 혹할 사나이는 아니니까요. 이 몸도 사나이임에 틀림없는 바에야 지조 또한 지켜야 할 의무가 있지 않겠습니까.

"뵙고 싶으면 미연일 통해서 나팔수 씨를 찾겠어요."

세 아가씨를 떠나보내고 난 길가에 우리 둘만 남았습니다. 미연 씨가 버스 정류장으로 걸어가고 있었기 때문에 소생도 지척지척 그녀를 따라갔습니다.

"오늘 낭비시켜드린 것 같아서 미안해요."

착 가라앉은 목소리로 미연 씨가 이렇게 나직이 사과하더군요. 산에서 웃고 떠들던 때와는 전혀 다른 태도였습니다. 그녀는 정말 미안해하고 있는 것 같았어요. 육갑 떠는구나 싶데요. 그러나 말씀드린 바와 같이 소생이 기죽을 수 없었습니다.

"뭘요, 그런 생각 마십시오. 정말 재미있었습니다. 미연 씨 친구들을 즐겁게 해드린 건데요."

"그래두요."

"절대로 부담 갖지 마십시오. 낭비했다고 생각지 않으니깐요."

소생은 그녀의 어깨에 가볍게 손을 얹고 두드려줄까도 생각했습니다. 그러나 그녀가 갑자기 소리라도 꽥 칠 것 같아서 용기가 나질 않았어요. 왜냐하면 그녀는 너무나 차분히 가라앉은 기분인 것 같았으니까요.

사막에서 살아가는 들쥐처럼 해가 설핏하자, 그녀는 오직 집을 찾아가는 데만 열중해 있었습니다. 신촌행 버스가 다가오자, 미연 씨는 잽싸게 뛰어가서 차에 올랐습니다. 민감한 보호색을 표출해낼 줄 아는 얄미운 곤충처럼 그녀는 도회인들의 일상 속으로 재빨리 침전하고 있었어요.

차창 밖으로 시선을 주고 있는 그녀의 표정은 오직 담담할 뿐이었습니다. 한 시간 전까지만 해도 정릉 산골짜기에서 철딱서니없이 떠들고 짓까불던 여자임을 그 얼굴에선 도저히 짐작해낼 수가 없었습니다.

탕아와 얼싸안고 밤새도록 여관방에서 뒹굴던 여자도 그 여관에서 다섯 발짝만 걸어나왔다 하면, 동해에서 얼굴을 씻고 나온 해님처럼 도도하고 당당해진다는 걸 소생은 진작부터 몰랐습니다.

그녀는 같은 버스간 안에 나와 같이 타고 있는 처지였지만 내겐 전혀 무관심한 태도였어요. 그녀의 영악한 태도에 소생은 섬뜩한 기분마저 들었습니다. 소생은 그녀의 태도가 왜 그렇게 돌변한 것인지 전혀 짐작이 가지 않았습니다. 여자란 동물은 사귀게 되는 그날부터 사내새끼를 속 썩이고 들어간다는 걸 얼뜨기 같은 소생이 알 리가 있겠습니까. 그것이 다만 알량한 계집애들의 테크닉에 불과하다는 걸 소생이 알 리 없다는 것입니다. 자기만은 절대로 창녀가 아니라는 걸 기회 있을 때마다 남자에게 확인시켜주기를 즐기는 게 여자라는 걸 소생이 알 리 없다는 것입니다.

그러나 미연 씨가 무슨 알랑방귀를 뀐다 하더라도 소생은 나름대로 계산은 있었습니다.

예컨대, 일전에 다녀간 아버지의 이야기를 입 밖으로 꺼내지 않는다든지, 소생이 왕창스럽게 저지르고 있는 여러 가지 병신 짓에 대해서 모르는 체 외면하는 태도가 그것이었습니다.

또한 그 일요일 이후, 미연 씨는 나와 한 집에서 살아가면서도 되도록 나와는 시선을 피하는 눈치였어요. 그녀가 애써 소생을 피하려는 태도에는 분명 그녀가 꾸미고 있는 어떤 음모 속으로 소생을 유인하려는 계략이 숨어 있다는 생각이었습니다.

쉬운 말로 하자면, 고것이 바야흐로 암내를 내기 시작했다는 것이지요. 그러한 징조는 눈에 띄게 많이 나타났으니깐요.

허벅지가 반쯤 드러나는 반바지 차림으로 뜰에 나와 체조를 한다든지, 저녁놀 비끼는 마루에 걸터앉아 애수에 젖은 얼굴로 정미조의 〈휘바람을 부세요〉를 읊조리고 있다든지, 노란색 팬티가 드러나 보이는 통바지를 입고 내 방 앞에서 엉덩이를 흔들어 조진다든지 하는 태도가 그것이었어요. 그러면서도 의식적으로 내게 시선만은 주지 않더라는 것입니다. 사람 미치게 하는 방법을 그녀는 소싯적부터 알고 있었다구요.

그러나 제가 무슨 지랄을 하건 그녀는 도마에 오른 생선이요 독 안에 든 쥐였다구요. '얼씨구 좋다. 너 놀 대로 놀아보아라. 네가 원하는 시기에 화끈한 변을 보여줄 테니까 기다려.' 소생의 속셈은 바로 이것이었어요.

소생은 일찍이, 사랑은 줄당기기라는 유행가를 익힌 바 있었습니다. 한쪽이 몸 달아 아웅다웅하면 이쪽에선 척 늘어질 필요가 있다는 게 바로 그 노래의 철학이었어요. 그러니까 일단은 그녀를 부쩍 안달하게 만들 필요가 있다는 것이지요. 그녀의 안달이 최고조에 달했을 때 소생은 번갯불에

콩 구워 먹듯 창졸간에 그녀를 후딱 잡아먹어야겠다는 것이었어요.

그러나 언제까지나 안달하고 있는 그녀를 바라보고만 있을 수도 없었습니다. 이쪽에서 손을 써야 할 시기를 언제로 잡느냐는 것은 대단히 중요한 문제일 테니깐요.

때문에 소생 또한 바싹 긴장되어 있었습니다. 두메산골에서 기어올라온 촌놈이 지글지글하게 달구어진 서울 계집애를 이제 꼬셔가는 판국에 긴장 안 될 수야 없지 않겠습니까.

그러니까 그녀의 안달을 최고조에까지 이끌어가자면 소생 자신의 매력이 어디에 있는가를 스스로 찾아내야 했습니다. 그러나 그것이 소생의 몸뚱이 어디에서부터 발산되고 있는 건지 생판 알 도리가 없었어요.

나 자신이 갖고 있을 그 매력의 포인트를 용하게 잡아 낚아채서 그것을 개발하고 갈고 닦아서 미연 씨에게 과시하고 있음으로 해서 그녀를 내게 비끄러매어둘 수가 있다는 것입니다.

소생은, 사무실에 걸어둔 쪽박만 한 거울 앞으로 비척거리고 걸어갔습니다. 우선 씽긋 웃어보았습니다. 다음은 싸악 악을 써보았습니다. 그리고 성난 듯한 얼굴을 하고 옆으로 삐딱하게 서보기도 했습니다. 담배를 착 꼬나물어도 보았습니다. 복지(服地) 선전광고를 하고 있는 탤런트처럼 의자에 한쪽 다리를 걸치고 외다리로 서보기도 했습니다. 그러나 어느 것 하나, 바로 이것이로구나 싶은 게 없었어요. 전부가 생판 남의 얼굴로만 보일 뿐이었어요.

삐딱하게 서 있는 모습이 소생의 진짜 얼굴인지 싸악 악을 쓰고 서 있는 모습이 진짜 소생의 얼굴인지가 통 분간할 수가 없었다구요. 분통 터지더군요. 거울을 오래 바라보고 서 있으니까 종내엔 '나팔수' 란 이름의 소생 자신이 전혀 생소한 이질물처럼 느껴져 섬뜩한 기분까지 들었습니다.

매력의 포인트고 나발이고 소생은 그걸 찾는 일을 포기하는 수밖에 없었습니다.

더욱이나 그 지랄을 하고 있는 꼬락서니를 유심히 바라보고 있던 사장이란 작자가 느닷없이 나를 불렀습니다.

"이봐, 팔수?"

"네, 사장님."

"자네 뭐가 좀 이상하게 된 거 아녀? 가령 아침에 먹은 반찬에 쥐약이 약간 묻어 있었다든지 해서 말여?"

"무슨 말씀이신지?"

"자네 오늘 돌아가는 게 흡사 미친놈이 하는 것 같아서 말이여. 그 왜 그런 말이 있지? 국산품도 여러 가지라고."

사람 환장시키더군요. 소생은 기가 찼습니다. 하기야 내 속셈을 알 리 없는 그 작자의 죽통에서 그런 말씀이 튀어나온다는 것도 무리는 아니었습니다.

"보아하니 자네 요사이 애인 하나 생겼나 보군!"

청량리 역두에서만 뺑뺑 돌며 처먹어온 나잇살이 헛되지 않아 눈치 하난 또 재빠르더군요.

소생은 그 차반에 얼결로 대답했더랬습니다.

"네, 하나 있어요."

"그으래?"

사장이란 작자가 이렇게 말꼬리를 물고 잡아 올리는 데는 사람 미치겠더군요.

"뭣 하는 것이여?"

시장바닥 헤매면서 고춧가루 봉지 배달한 것 수금이나 하는 주제고 보면, 꼬시느니 꼬리곰탕집 식모 아니면 식당에서 날품팔이하는 과부겠거니 하는 눈치였습니다.

썩어도 준치라고, 소생이 시방 여대생을 꼬시고 있다는 걸 사장의 아구통이라도 쥐어박아가며 말해주고 싶었으나 참았습니다. 도대체 그자의 입에 미연 씨의 성명 삼 자가 오르내리는 것부터가 싫었기 때문이었습니다. 소생의 결벽성이 그것을 용서치 않았습니다.

내가 대답 없이 뻣뻣하게 서 있자 사장은 서랍을 열더니 부채를 꺼내 제 사타구니께를 활활 부치면서 푸념 조로 말했습니다.

"하기야 자네 나이에 지금껏 애인 하나 없다면 그것 잘라 개밥통에 던져주는 게 낫겠지."

말하여 소생을 위로한다는 투가 이랬습니다.

소생은 비실비실 웃었습니다. 그 웃음이 문자로 바꿔 말하면 냉소에 속한다는 걸 그 무식쟁이가 알 리 없겠지요.

사장은 부채를 다시 서랍에 넣으면서 말했습니다.

"여자란 말이여, 무드에 약하다고. 무드, 그러니까 자넨 그 무드를 잘 잡을 줄 알아야 혀."

그 무식쟁이가 무드라는 말을 알고 있는 것도 놀라웠지만 여자가 무드에 약하다는 말은 어디서 들어본 기억이 있는 낯설지 않은 말이면서 소생의 귀엔 매우 신선한 감각으로 알알이 박혀왔습니다. 그 작자가 무심코 불쑥 내뱉은 한마디 말씀이 소생의 귀를 자극시켰어요.

그렇다. 무드를 잡을 줄 알아야 한다.

소생은 길 건너편의 대왕 코너에서 무드라는 걸 팔기라도 한다면 지체 없이 달려갈 기세였습니다. 그러나 수입 품목에도 무드라는 물건이 없다는 것쯤은 소생도 잘 알고 있습니다. 그때 소생의 뇌리에 막연하게 떠오르는 무드라는 말의 이미지가 있더군요.

은은한 불빛, 로맨틱한 음악이 발려 있는 고전적인 분위기의 실내, 명동이나 소공동을 중심으로 한 주변에 있는 카페나 살롱 또는 스카이라운지 같은 곳들이 연상되더군요.

그런 곳으로 미연 씨를 유인해가야 한다는 생각이 들었습니다. 그렇습니다. 미연 씨가 아무리 소생을 좋아하고 있다손 치더라도 어느 날 냉랭한 정신에 후딱 다가가서 "벗어!" 하면 브래지어와 팬티를 홀홀 까내릴 여자는 아닐 테니깐요. 젠장 골목골목마다에 처깔린 여관, 여인숙 한 번 기어들어가는 데 이렇게 미묘하고 복잡한 절차가 필요하다는 게 신경질이 났습니다. 그러나 도리 없었다구요. 애당초 쉬울 것으로 생각하고 달려든 일은 아니었으니깐요. 그러나 여기에도 문제가 없었던 것은 아니었습니다.

소생은 그때껏 카페나 살롱 같은 유식한 곳엘 드나들어본 적이 없었다구요.

소생은 그날부터 퇴근하는 사이에 소공동 근방의 카페들을 차근차근 들러보기로 하였습니다. 그런데 가장 고역이던 것은 순 미국 글씨로 써 박은 메뉴표와 정가를 읽어야 한다는 데 있었습니다. 웨이터란 작자가 멀찌감치 서 있어주었으면 좋을 텐데 팔뚝에 흰 수건을 걸고 소생 옆에 바싹 붙어서서 메뉴표를 읽고 있는 소생의 꼬락서니를 지켜보고 서 있는 데는 참으로 진땀이 나더군요.

그 표의 맨 위쪽에 있는 '런치'라는 글씨를 겨우겨우 뜯어 읽고 소생은

"런치로 하겠습니다"라고 거만하게 말했습니다. 그러자 그때까지 옆에 서 있던 웨이터란 작자가 소생을 물끄러미 내려다보면서 씩 웃더군요. 이 개자식이 왜 이렇게 버르장머리가 없느냐는 투로 소생은 모잽이로 그 자식을 마주 쳐다보았습니다. 그 자식은 허파에 바람 든 놈처럼 비실비실 웃고 서 있더니 아무 말 않고 주방 쪽으로 걸어갔습니다.

녀석은 금방 커다란 쟁반 한 개를 받쳐들고 소생의 테이블에 다시 나타났어요. 그 쟁반 위엔 소생의 대갈통만 한 번들번들하게 구워진 통닭 한 마리가 나자빠져 있었습니다.

그 자식이 사람 기죽이더군요. 그러나 소생은 홀딱 벗은 통닭구이를 보자 느닷없이 미연 씨의 얼굴이 떠올랐어요. 미연 씨가 홀딱 벗고 소생 앞에 누워 있다는 착각에 빠졌다는 얘깁니다.

소생은 겁먹은 얼굴로 번들거리는 통닭구이를 내려다보고 앉아 있었다구요. 그런 내 기분을 웨이터란 녀석이 알 턱 없었어요.

"금방 구워낸 것입니다. 안심하고 잡수십시오."

녀석은 정중하게 이렇게 말했습니다. 말하자면 맛이 간 물건은 아니라는 뜻이었어요. 할 수 없이 내가 눈꼬리에 풀을 먹이고 쳐다보자, 녀석은 다시 주방 쪽으로 걸어가버리더군요.

안 먹을 수 없더군요. 먹었습니다.

차이코프스키의 〈비창 교향곡〉이 처절하게 흐르고 있는 카페에 외롭게 앉아서 통닭 다리를 지악스럽게 뜯어 처먹고 앉았자니 왠지 목구멍이 느끼한 게 지랄 같다는 생각이 들더군요.

'런치'라는 것이 적어도 통닭구이는 아니라는 소식을 소생은 나중에사 알았습니다. 그 웨이터란 자식이 사람을 망가뜨리는 게 분명했습니다. 소생은 글이 짧아 못 찾아 먹는 음식도 이 세상엔 너무나 많다는 걸 카페를 드나들게 된 후부터야 알게 되었습니다.

소생은 어쨌든 그런 따위의 실수들을 근 이 주일 이상이나 왕창스럽게 저지르고 다녔습니다. 그러나 실수가 크면 클수록 깨닫고 얻는 것도 또한 많았습니다.

사내새끼란 무드를 잡을 줄 알아야 한다는, 사장이 불쑥 내뱉은 한마디 말 때문에 소생은 고역깨나 치른 셈이 되었어요. 그러나 그것은 결코 헛되지 않았습니다. 살롱이나 카페에 들어가서 벙어리처럼 앉아 있었으면 있었지 '런치'를 달라고 덤벼들지는 않게 되었으며 커피잔에 우유를 듬뿍 쳐달라고 안달하지는 않게 되었습니다.

스카이라운지로 올라가는 엘리베이터를 혼자 운전할 줄도 알게 되었으며 음식 먹은 계산서를 요리조리 뜯어보며 셈을 다시 따지는 유치한 행동은 말아야 한다는 것도 알았습니다.

찻잔을 나르는 여자가 사타구니가 다 보일 정도의 짧은 치마를 입었대도 힐끗거리고 훔쳐보는 짓을 해선 안 되며 남진의 노래에 장단 맞춰 구두끝을 두드리는 천박한 짓을 말아야 한다는 것도 알게 되었습니다.

옆 테이블에 남궁원이 윤정희를 데리고 와 앉아 노닥거리고 있다 하더라도 입을 헤벌리고 쳐다보는 야한 행동은 말아야 하며 주머니엔 언제나 오만 원 이상의 빳빳한 현찰이 들어 있는 것같이 당당하게 굴어야 한다는 것입니다.

아무리 못난 여자라도 이쪽에서 자꾸만 예쁘다고 말하면 정말 자기가 예쁘다고 생각하게 되는 동물이 바로 여자라는 것과 여자를 사랑한다면 하루에 열 번이고 스무 번이고 간에 짬만 나면 사랑한다고 주절거려줘야 한다는 것도 배우게 되었습니다.

이 주일 동안의 짧았던 답사 행각치고는 다소 과분한 수확이었어요.

다소 어설프긴 하지만 이만하면 미연 씨를 데리고 이 도시 어느 곳엘 가도 큰 실수를 저지르지는 않겠다는 자신이 섰습니다. 이제 그녀에게 슬슬 오리발을 내밀 시기가 왔다는 것입니다. 하물며 그녀는 시방 고무풍선처럼 팽팽하게 부풀어올라 내가 덤벼들기만을 기다리고 있는 바에야 여부가 있겠느냐는 생각이 들었습니다.

소생이 탐색하고 진단해본 바로는 아직도 그녀는 나처럼 연애 경험이 없다는 것이었어요. 그녀는 어항에서 자라는 수초처럼 오직 어머니가 부어주는 물만 받아 먹고 자라온 계집애임에 틀림없었습니다.

이성을 보는 안목이 전혀 무분별하다는 것이었어요. 소생처럼 얼뜨기 같은 남자의 관심을 끌어들이려고 애쓰는 그녀의 행동이 그걸 증명하고 있었단 말입니다. 그러나 이것이 내게 있어선 퍽이나 다행한 일이었어요. 이성을 위해 한 번도 정열을 불살라본 경험이 없는 여자일수록 무방비의 상태에 놓여 있기 마련이고 설령 그런 것을 갖고 있다손 치더라도 생판 엉성하다는 것쯤은 알고 있는 터이니깐요.

그러나 그녀가 옷을 벗는 그 직전까지는 적어도 소생은 피눈물 나는 자제력으로 노숙하게 굴어야 한다는 걸 잊지 않았습니다. 그녀와 정릉에서 놀고 돌아오던 날 버스에 오르자마자 표정을 싹 바꾸어 나를 모르는 척했으며 그 이후 오늘날까지 그 일에 대해선 일언반구도 없었다는 것을 소생이 참작하지 않으면 안 되었습니다.

그녀는 성급하게 내게로 포근히 안겨올 수도 있는 반면, 또 얼마든지 등을 돌림에 거리낌 없는 소질의 여자라는 걸 짐짓 새겨두지 않으면 안 되었습니다.

풀잠자리를 잡기 위해 다가가는 아이처럼 소생은 공기도 건드리지 않고 그녀를 덥석 잡아야 했습니다. 그러나 입으로는 백번을 별러봐야 헛일이었습니다. 그녀를 밖으로 끌어낼 방법을 강구해야 쓰겠더라는 것입니다.

소생은 그즈음 집에 돌아오는 길로 잠복 중인 병사처럼 방바닥에 배를 깔고 엎드려서 문틈으로 미연 씨의 일거수일투족을 탐색하고 있었습니다.

그러던 어느 일요일 아침이었어요. 생각지도 않았던 그 카메라쟁이 계집애가 불쑥 나타났던 것입니다. 그녀의 갑작스러운 출현은 소생을 심히 불안하게 만들었습니다. 왜냐하면 그녀가 미연 씨를 끌고 밖으로라도 나가버린다면 소생은 날 샌 거니까요.

우리 집에 나타난 그 재수 없는 계집애는 안쪽에서 미연 씨와 한참을 떠들어쌓는 눈치였어요. 그러나 어느새 그녀는 내 방 앞으로 와선 탕탕 문을 두드렸습니다.

"팔수 씨, 계세요?"

소생은 후딱 일어나서 책상 위에 《호밀밭의 파수꾼》을 집어 펼치고 읽는 체하였습니다.

"계세요, 팔수 씨?"

다시 그녀가 다급하게 물어왔습니다.

"네, 문 여십시오."

소생은 이렇게 대답하고 짐짓 고개를 들었습니다. 문은 성급하게 열렸고, 아침 햇볕에 발갛게 익은 그녀의 머리통이 방 안으로 쑥 디밀어졌습니다. 그러나 금방 기어들어올 기세는 아니었지요.

나를 보자, 그녀는 우선 한 번 웃었습니다. 나를 보고 웃는다는 게, 이게 기분 잡치는 일이란 말이에요. 소생은 통닭 사건 이후 나를 보고 웃는 연놈들만 보면 괜히 속이 뒤틀리더란 말입니다. 그러나 웃는 계집앨 보고 화부터 낼 수는 없는 처지였어요.

소생은 놀라는 척 벌떡 일어섰습니다.

"오랜만입니다. 어서 들어오십시오."

나는 다만 건성으로 이렇게 말했습니다. 그러나 그 계집애는 내 말에는 대답도 않고 또 한 번 발쑥 웃었습니다. 이게 무슨 훼방을 놓으려고 이러는가 했습니다.

"저하고 악수 한 번 안 하실래요?"

밉다니까 업어달란다더니, 이게 사람 염통을 말짱 뒤집어놓고 있었습니다. 그러나 미연 씨를 의식하지 않았다면 불초 소생은 선뜻 손을 내밀었을 겁니다. 소생이 주저하는 눈치이자 그녀는 무안하다는 듯 말했습니다.

"정말 무안 주기예요?"

"협박이시군요."

"난 정말 결백성이 심한 남자는 싫더라."

할 수 없었어요. 난 그녀의 손을 잡고 두어 번 흔들어댔습니다.

"이렇게 좋은 휴일에, 방 안에 앉아서 책을 읽고 계세요? 답답하지 않으세요?"

"더위 속을 쏘다니는 것보다야 누워 책 보는 게 피서하기엔 편하지 않겠어요?"

속으로는 무슨 방법으로든 이 계집애를 멀리 쫓아버려야 한다고 생각하고 있었으면서도 입으로 이따위 실없고 맥없는 말이 튀어나왔습니다. 기발하고 깜찍한 화술이란 요사이 계집애들을 얼마든지 사족을 못 쓰게 만들 수 있다고 생각은 하고 있습니다만, 천학비재(淺學非才)한 소생이 그런 재주 있을 리 만무하였습니다.

그녀는 아직도 대갈통을 디민 채 내 방 안 여기저기를 뚜릿뚜릿 살피고 있었습니다. 넉살 하나는 타고난 계집애더군요.

물론 가시내들 방처럼 아기자기한 맛이야 없지만 오만여 원을 투자해서 고상한 분위기가 들게 만든 내 방이 크게 흠될 곳은 없다고 생각했어요.

"나 지금 안쪽에서 미연이와 모종의 음모를 꾸며놓고 왔어요."

방 안을 다 살핀 그녀가 불쑥 이렇게 말했습니다.

"음모라니요?"

"나팔수 씨를 납치하려구요."

"나를요?"

"네, 그래요."

조금도 사이를 두지 않고 팽팽하게 맞서면서 그녀가 말했습니다.

"나 이래 봬두 군대에서 태권도 오단을 따갖고 제대한 몸입니다."

"그럼, 겁날 것 없으시겠네요?"

"물론이지요."

"그럼, 우리들에게 끌려가보실까요?"

"절 납치해서 뭘 하게요?"

"박물관 가려구요."

꽤나 엉뚱한 계집애였습니다. 이 더운 날씨에 무슨 지랄로 박물관엔 기를 쓰고 가려는지 전 알 도리가 없었습니다. 하긴 박물관에도 시원한 그늘이 있기 마련이겠고, 그 주위에서 풍기고 있는 로맨틱한 분위기야말로 미연 씨와 무드를 타는 데는 그만이겠다 싶어 따라나서기로 했습니다.

"체면이 아니지만 어디 한번 끌려가볼까요."

소생은 별로 내키지는 않는다는 듯 이렇게 말했습니다. 그녀는 금방 미연 씨에게로 뛰어갔고 얼른 외출 준비를 하라고 성화였습니다.

소생은 카메라쟁이에게 속으로 몇 번인가 감사했습니다. 아니래도 미연 씨를 어떤 방법으로 밖으로 꾀어낼 것인가라는 문제로 전전긍긍하고 있던 판국에 의외의 계집애가 불쑥 나타나서 일의 매듭을 손쉽게 풀어주고 있었기 때문입니다.

우리 세 사람은 여자대학 정문 앞에 펼쳐진 넓은 한길을 벗어나서 정류장 쪽으로 걸어갔습니다.

그 한길을 두 계집애를 잡아몰고 걸어나오면서 소생은 휘파람을 불었습니다. 격세지감이 있더군요. 불과 일 개월 전만 하더라도 여자가 있을 법한 하숙집을 찾아서 이 한길을 비척거리고 걸어들어왔던 소생이 아니었습니까.

역시 하숙을 이곳으로 옮기기로 작정하였던 그날의 착상은 그야말로 일품이었다고 생각합니다.

미연 씨가 버스를 타자는 걸 소생이 한사코 택시를 타자고 우겼습니다. 도대체가 낯 모를 사람들과 살갗을 잇대어 땀을 찍찍 흘리긴 죽기보다 싫다고 내가 우긴 것입니다.

더욱이나 소생의 음모를 결행하려는 오늘, 소생이 삼십오 원짜리 버스를 타게 생겼느냔 말입니다. 소생은 체통을 세워야 쓰겠더라구요.

차에 오르자, 카메라쟁이 계집애는 "덕수궁으로 가세요"라고 운전사에게 명령했습니다. 그러나 소생은 금방 운전사에게 고쳐 말했습니다.

"아닙니다. 조선일보 앞쪽으로 가세요."

두 여자의 놀라운 시선이 일시에 내 마빡에 와서 꽂히더군요.

"거긴 왜요, 팔수 씨?"

참으로 오랜만에 미연 씨는 나를 정면으로 바라보며 이렇게 다그쳤습니다. 소생은 그녀의 시선이 내게 와 꽂혀 있다는 사실 하나만으로 천 마디 뼛골이 오들오들 떨리는 듯 좋았습니다.

나는 의기양양해서 말했습니다.

"우린 아직 점심 전이잖아요?"

"그런데 하필이면 그리로 가야 하세요?"

미연 씨가 다시 물어 왔어요.

"제가 자주 드나드는 스카이라운지가 거기 있거든요?"

그때 카메라쟁이가 말했습니다.

"팔수 씨, 오늘은 제가 냄비국수를 살까 했는데요?"

"그만두시죠."

"쑥이다 얘."

이렇게 말하면서 카메라쟁이가 미연 씨를 꼬집었으므로 그들은 더 이상 쫑알거리진 않았습니다.

우리는 호텔 앞에서 차를 내렸습니다. 이것들에게 스카이라운지가 어떤 곳인지 보여줄 테다, 소생은 이 대단찮은 일로 머리가 꽉 차 있었습니다. 왜냐하면 소생은 거기서부터 무드를 잡아갈 요량을 단단히 하고 있었기 때문이죠.

우리는 건물 안으로 들어섰습니다. 일요일이어서 건물은 매우 한산했고 소생이 예상했던 대로 엘리베이터는 텅 비어 있었습니다. 물론 소생이 손수 운전해서 십일층까지 올라갔습지요. 내가 절대로 생판 촌놈이 아니라는 걸 보여줄 수 있는 많은 찬스들이 그 건물 안에 도사리고들 있었습니다.

우리는 창가의 자리로 가서 앉았습니다. 물론 팔뚝에 수건을 걸친 잘생겨 처먹은 웨이터가 냉수 한 컵씩을 우리 앞에 내려놓으며 예의 메뉴표를 내밀었습니다.

메뉴표를 보자, 소생은 가슴이 다시 철렁 내려앉는 것 같았습니다. 나는 그걸 거들떠보지도 않고 말했습니다.

"닭고기 종류로는 빼고 아무거나 맘대로들 시키세요."

"닭고기는 싫으세요?"

미연 씨가 이렇게 물었습니다.

"네, 아주 딱 질려버렸습니다."

속 모르는 두 여자는 그저 가볍게 웃고 말더군요.

계집애들은 뻣뻣하게 굳어 있더군요. 하기야 냄비국숫집이나 튀김 센터 출입이 고작이던 주제들이고 보면 무리가 아니었습니다.

음식이 날라져 오자, 카메라쟁이가 말했습니다.

"팔수 씬 이곳에 자주 들르세요?"

"네, 회사 일로 자주 드나드는 편이지요."

이렇게 말하자, 그들은 이것 놀랐다는 표정을 지었습니다.

"그런 나가시는 회사도 이 근방 어디시겠네요? 한번 가봤음 좋겠다."

이번엔 미연 씨가 이렇게 말했습니다. 나는 섬뜩하더군요. 그러나 아랫배에 힘을 주고 태연스럽게 노가리를 풀었습니다.

"이런 날, 여기까지 와서 그 지겨운 직장 이야기까지 해야 될 줄은 몰랐습니다."

"실례, 팔수 씨. 용서해요."

미연 씨의 얼굴이 약간 상기되더군요.

"천만에요, 그 호기심을 충족시켜드리지 못해 죄송합니다."

그때, 카메라쟁이가 처먹다 말고 발딱 일어서며 말했습니다.

"미연이, 나 몇 컷 찍을래."

그녀는 저만치 비켜서더니 우리들의 테이블을 향해 몇 번인가 셔터를 눌러댔습니다. 참으로 오줄없는 계집애였어요. 그 계집앤 우리 아버지가 소 엉덩이에 매달려 있듯 카메라에 거의 미치다시피 되어 있더군요. 머지않아 '그룹 사진전'을 열 계획인가 봅니다. 미연 씨의 말로는 그 계집애의 아버지는 유명한 사진작가라더군요.

그 계집애도 낯짝에 주근깨가 많아서 그렇지 육체는 제대로 빠져 있어서 그냥그냥 쓸 만하다고 생각은 하고 있었습니다. 하긴 소생도 만약 미연 씨에게 실패할 경우 그 계집애에게 엉겨붙을 심산으로 있었으니까요.

우리들이 그곳을 떠난 것은 하오 세 시가 약간 넘어서였습니다.

소생은 초조했고 이 주체 못할 시간을 어떻게 밤까지 끌고 가느냐가 고민이었습니다. 밤이 오기 전에 미연 씨가 집으로 들어가겠다고 버티기라도 한다면 소생은 참으로 별 볼일 없는 놈이 되어버릴 테니깐요.

그러니까 미연 씨를 계속 내 곁에 붙들어놓자면 이 카메라쟁이의 예술적인 충동을 간단없이 유발시켜주어야 한다고 생각했습니다.

우리들은 예정대로 덕수궁엘 들어갔습니다.

우리는 느릿느릿 덕수궁 안을 헤집고 다녔습니다. 더위를 피하려는 많은 사람들이 기어들어와서는 벤치와 그늘을 차지하고 있었습니다.

미연 씨와 소생은 박물관으로 올라가는 긴 돌계단 아래서 가위바위보로 계단 먹어가기 놀이를 시작했습니다. 그녀는 신이 나 했습니다. 그녀는 차츰 소생의 페이스에 말려드는 것 같았어요.

계단을 먼저 먹고 오른 쪽이 진 쪽의 등에 업혀 맨 아래쪽 출발점까지 업어다 내려주기로 했습니다.

소생은 일부러 져주었습니다. 아실 테지만 가위바위보를 져준다는 게 얼마나 어렵다는 걸 소생은 그때서야 터득한 바 있습니다.

그녀는 소생의 등에 업혀서 캬득캬득 웃었어요. 웃을 때마다 그녀의 돌출한 젖무덤의 율동이 내 등에 닿아서 뭉클거렸습니다. 소생은 그때마다 살이 뿌듯해져 사람 미칠 것만 같았습니다.

카메라쟁이 역시 낄낄 웃으면서 우리들을 따라다니며 셔터를 눌러댔습니다.

계단 아래로 지나가는 소풍객들이 아가리를 헤벌리고 서서 우리들이 만들고 있는 진풍경을 구경하고 있더군요. 바야흐로 소생은 끗발이 나더군요.

소생은 다리가 휘청거리기 시작했습니다만 이를 악물고 참았습니다. 그녀의 엉덩이를 받치고 있는 소생의 두 손바닥이 뜨겁고 간지러웠습니다. 나는 입을 크게 벌리고 숨을 헐떡거렸습니다. 그러니까 카메라쟁이는 카메라의 앵글을 내 아가리에다 바싹 갖다대고 셔터를 눌렀습니다.

그때, 내 등에 업혔던 미연 씨가 발끈 화를 냈습니다.

"너무 심하다 얘."

그러나 카메라쟁이는 막무가내였습니다. 그녀 역시 땀을 뻘뻘 흘리고 있었으니까요. 소생이 황급히 말했습니다.

"아니, 아니, 그냥 두십시오. 괜찮습니다."

소생은 그녀를 업고 돌계단을 성큼성큼 내려갔습니다.

"팔수 씨. 미안해요, 캬륵캬륵."

등에 업힌 미연 씨가 이렇게 알랑방귀를 뀌었습니다.

"아닙니다. 미연 씨 하나쯤 업고 백 리라도 달릴 수 있습니다. 이래 봬도 난 태권도가 오단이라구요, 헉헉!"

이렇게 말했을 때 소생은 숨이 거의 턱에 와 닿아 있었습니다.

"아이, 평생 이렇게 업혀 살아봤으면 좋을 텐데, 캬륵캬륵!"

"욕심이 많으시군요, 헉헉!"

"난 황소같이 지칠 줄 모르는 남자가 좋더라 정말."

"나 같은 남자 말이죠? 헉헉!"

"아이, 부끄럽사와요."

"이힉힉!"

나는 그 와중에서도 흰 이를 드러내고 정말 황소처럼 누렇게 웃었습니다. 카메라쟁이가 또 내 아가리에다 앵글을 들이대더군요. 그러나마나 소생은 업은 미연 씨를 내려놓지 않았습니다.

뭉클뭉클한 그녀의 앞가슴의 진동이 되도록 소생의 등에 밀착되어오도록 소생은 황소처럼 껍죽대며 계단을 내려갔습니다.

무려 여섯 번이나 계단을 오르내리고 나니까, 시간은 제법 흘러갔습니다. 그러니 소생은 거의 아사 상태가 되어버렸습니다. 이 고충을 나 자신 아닌 어느 놈도 알 리 없었지만 혼자서 삭이는 수밖에 별도리가 없었다구요.

"이제 그만 하세요."

미연 씨의 명령이 떨어져서야 소생은 겨우 그녀를 땅에 내려놓았습니다.

우리는 미연 씨가 사온 아이스크림을 빨며 계단에 앉아 이십여 분이나 철딱서니없게 휴식을 취했습니다.

그때, 카메라쟁이가 말하더군요.

"팔수 씨, 물구나무서기 잘하시죠?"

숨죽을 수 있겠습니까.

"물구나무서기요? 이거 왜 이러십니까? 난 이래 봬두 태권도가 오단이란 걸 잊으셨습니까?"

"그럼 내 청 한 번 들어주시겠어요?"

"안심하고 말씀하십시오."

그녀의 청이란 게 별것 아니더군요. 덕수궁 뒤쪽으로 가면 조그만 원숭이 동물원이 있는데 그 앞에 가서 물구나무서기를 서너 번만 해달라는 것이었어요. 그러면 그 계집애는 시청 앞에 무수히 들어선 빌딩들을 배경으로 아주 걸작 하나를 만들겠다는 것이었어요. 소생은 왜 굳이 그따위 괴상망측한 요구를 해오는 것인지 도대체 알 도리가 없었습니다만, 쾌히 승낙할 수밖에 없었습니다.

"얘, 그만둬!"

하고 미연 씨가 화를 내더군요.

그러나 난 나대로 시간을 끌어야겠다는 속셈 때문에 오히려 그러는 미연 씨를 달래주고 있었습니다.

"내 편에서도 청이 한 가지 있는데 들어주시겠어요?"

소생은 갑자기 떠오른 묘안인 듯 모가지를 꼬면서 이렇게 통수를 쳤습니다.

"뭔데요?"

내 말이 땅에 떨어지기 바쁘게 납죽납죽 받아넘기는 것은 언제나 그 소갈머리 없는 남숙이란 이름의 카메라쟁이 계집애였습니다. 미연 씨가 그래줬으면 박자도 척척 잘 맞아떨어질 텐데 말입니다. 이게 사사건건 잽싸게 끼어드는 데는 은근히 화가 났습니다. 그러나 도도한 입장이 못 되는 저로선 별다른 도리가 없었다구요.

"이 덕수궁을 나가서는 내가 가고 싶은 곳에 두 분이 따라오시는 것 말입니다."

"무슨 음모를 꾸미시려고 그러세요?"

소생은 순간 가슴이 철렁 내려앉는 것 같았습니다. 그러나 되묻고 있는 카메라쟁이의 표정엔 다만 호기심만으로 가득 차 있을 뿐이었어요. 나는 뒤통수를 긁적거리며 말했습니다.

"내키지 않으시다면 그만두셔도 좋습니다."

"아녜요, 따라가고 싶어요."

카메라쟁이가 다급하게 승낙해버림으로 해서 미연 씨도 도매금으로 넘어가는 것 같았습니다.

남숙이란 계집애의 입장으로 보아선 소생이 서글서글하게 자기의 청을 들어주고 있는 것 같겠지만 실은 해가 빠지기를 기다리는 소생의 작전에 저희들이 말려들고 있다고는 생각지 못하겠지요. 제가 나를 모델로 하여 사진을 찍어 조진다는 것도 그랬어요. 아무리 찍어봐야 죄 없는 필름만 죽어날 노릇이지 제 주제에 무슨 예술 사진 따위를 얻겠다는 것인지 도대체가 시건방진 얘기란 말입니다. 나는 속으로 비웃었다구요.

물론 소생은 미친 척하고 원숭이 축사 앞에서 여러 가지 포즈를 취해주었습니다. 물론 물구나무도 서주었습니다. 원숭이들이 우글거리는 축사 앞에서 나도 원숭이 모양으로 물구나무서는 흉내를 내자니 뭔지 모르게 창피한 감이 없지 않았지만 별도리 없었다구요. 그러나 소생이 아무리 통뼈라고는 하지만 여러 구경꾼들이 킬킬거리고 있는 가운데서 물구나무서 기를 한다는 것이 그렇게 용이한 일은 아니었습니다. 그러나 배짱이 알아 보는 거지요. 소생은 몇 번인가 실패에 실패를 거듭한 끝에 겨우 자세를 취해줄 수 있었습니다. 나는 온 몸뚱이의 피가 역류하여 정수리와 모가지 로 내리몰려 얼굴은 정말 원숭이 엉덩이처럼 시뻘게졌었던가 봅니다. 소 생은 그 시뻘건 낯짝을 남숙이 년의 카메라 앵글을 향하여 정면으로 쳐들 어 보였습니다. 그러나마나 소생의 제목(題目)은 오직 저놈의 원수 같은 해님이 빠져주기만을 기다리는 판이었으니까요.

"자, 그럼 어디로 가실까요?"

한 스무 컷이나 찍고 난 뒤 카메라쟁이는 그때야 한이 다 풀렸는지 나 를 보고 이렇게 말했습니다.

우리는 그때 등나무 아래에 놓인 벤치로 걸어가고 있었어요.

미연 씨가 말했습니다.

"얘두 년 급하기두 하다. 팔수 씨 땀이라도 말린 다음에 얘기하자."

역시 내 사정을 알아주는 사람은 미연 씨뿐이었어요. 단둘이었다면 귓 밥이라도 얌전히 핥아주었을 텐데 말입니다. 그러나 오늘 밤만은 기어이 그 짓을 할 수 있을 테니 참는 수밖에 없었습니다.

우린 그 등나무 아래서 한 시간 이상이나 노닥거리며 시간을 보낼 수 있었습니다. 물론 소생의 계획대로 해가 빠지고 땅거미가 지기 시작했으 며, 덕수궁 밖에 엎디었던 서슬 퍼런 도시도 거무죽죽하게 풀기가 죽어갔 습니다.

우린 일어나 덕수궁을 빠져나왔습니다.

"얼마 되지 않으니까 슬슬 걸어서 갈까요?"

소생은 김지미를 꾀는 신성일처럼 제법 로맨틱한 표정을 짓고는 두 여자를 번갈아 보며 이렇게 씨불였습니다.

내가 그런 표정을 지었던 것은, 어느 주간지에 여자 꾀는 데는 도사급쯤 되는 어느 잡놈이 쇠발괴발 뱉어놓은 고백 수기를 보았기 때문입니다. '해가 빠진 뒤의 여자는 로맨틱한 표정에 약하다.' 그 녀석은 이렇게 쓰고 있었다구요.

두 여자는 내 말에 쾌히 동의했습니다.

우리는 천천히 걸었습니다. 이럴 때 숲 속에서 밤새라도 지저귀어준다면 얼마나 좋겠습니까. 그러나 소굴 같은 이놈의 도시에 참새 한 마리 있을 턱이 없지요.

시청 앞의 지하도를 가로 건너서 소공동 쪽으로 걸어가고 있을 때까지 소생은 우리가 가고 있는 곳이 어디라는 걸 두 여자에겐 말하지 않았습니다. 아마 저희들 주제로선 한 번도 가본 일이 없는 아늑한 분위기의 카페로 가고 있다고는 생각지 못했을 거예요. 내가 명동 한복판에 있는 어떤 카페의 입구를 가리켰을 때 두 여자는 작은 환성을 내질렀습니다. 물론 그녀들은 그런 곳엘 한 번도 가본 일이 없다고 솔직히 고백하더군요.

두 여자는 호기심과 약간의 두려움이 섞인 시선을 내게 보내왔습니다.

"별로 대단한 곳이 아니에요. 구경 삼아 들어가봅시다."

우린 그 카페로 들어섰습니다. 우린 갑자기 어두워진 실내 조명 탓으로 입구에서 잠시 멈칫거렸습니다.

웨이터가 재빨리 걸어나와서 우릴 한쪽 벽 아래의 테이블로 모셔 앉히더군요. 제목이 뭔지는 몰라도 파도를 타는 듯이 찰찰 넘을 듯한 선율의 음악이 실내에 가볍게 흐르고 있었습니다. 주위에 흩어진 다른 테이블들에선 거의 남녀들이 차지하고 앉아, 사랑하므로 괴롭네라는 식의 다 돼져 가는 시늉들을 하고 있더군요. 그게 바로 무드가 잡혀 있다는 증거겠지요.

소생이 몰고 온 여자들은 그런 실내의 분위기에 저항을 느끼는 듯, 물수건으로 손등만 닦고 있었습니다. 나는 우물쭈물할 수가 없었습니다. '당신이 기선을 잡아라. 그때부터 당신은 벌써 오십 프로의 성공을 손에 쥔 셈이다.' 그 주간지의 도사란 녀석은 이렇게 썼기 때문이었어요.

여자들이 말이 많아지기 전에 소생은 행동으로 그들을 리드해나가야 했습니다. 그녀들은 줄곧 주위의 테이블들을 두리번거리며 앉아 있더군요. 난 잠시 그러는 여자들을 바라보고 있었습니다.

"우리 맥주로 하는 게 어떨까요?"

소생은 두 여자보다는 웨이터 쪽을 쳐다보며 이렇게 말했습니다.

"그리고 안주는 야채 하나, 새우 말린 것 하나."

웨이터가 코를 땅에 끌어박을 듯 꾸벅 절을 하고 물러나자, 남숙이 미연 씨를 보고 말했습니다.

"미연이 너도 맥주 마시겠니?"

"그럼, 애. 우리라고 맥주 못 마실 일도 없잖니?"

이렇게 대답하고 있는 미연 씨의 목소리에는 분명 약간의 오기가 묻어 있었습니다. 주위의 테이블에 앉아 있는 연인들이 전부 맥주를 처먹고 있었기 때문이었어요. 적어도 대학에 다닌다는 여자의 오기가 그런 유치한 것에도 작용하더군요. 소생은 미연 씨의 표정에서 그런 것을 재빨리 간파해낼 수 있었습니다.

우린 맥주를 마시기 시작했어요. '여자를 취하게 하려면 빈속일 때 술을 먹여라!' 이것 역시 그 도사의 경구였습니다.

사실 알고 보면, 우리들 주위 테이블에 있는 남녀들도 지금은 고상한 몸짓을 하고 있지만 저것들이 나중에 갈 곳은 여관뿐이란 걸 소생이 모를 턱이 없습니다. 말하여 여기서부터 무드를 잡아가는 것뿐이지요.

　소생이 놀랐던 것은 두 여자가 의외에도 주량이 세더란 것입니다. '여자에게만 술을 먹이고 당신은 다만 마시는 척만 하라!' '그러나 너무 처먹이진 말아라. 여관까지 가기 전에 여자가 쓰러지면 그땐 땡 소리 나는 판이니까.' 주간지의 그 잡놈은 이렇게 갈파했습니다.

　그런데 일이 뒤틀려가느라고 맥주를 많이 마신 쪽은 오히려 카메라쟁이 편이었다는 얘깁니다.

　소생이 고심 중이던 것은 이 계집애를 미연 씨와 나에게서 적당한 시간에 따돌려버리는 것이었는데, 이게 먼저 취해가니까 소생은 심히 초조해졌습니다. 술이란 게 그렇거든요. 떠들어대면서 마셔보면 취하는 속도가 늦기 마련이지만, 다소곳이 숨죽이고 앉아 마셔야 할 입장이면 곧장 취해오기 십상이니깐요.

　그 주간지의 도사님은 다시 이렇게 말하고 있더군요. '당신은, 술에 취한 여자에겐 다소 와일드하게 행동할 필요가 있다. 그것이 갑자기 매력적으로 보이게 할 뿐만 아니라, 술 취한 여자란 게 본래부터 저 혼자 떠들어대기 십상이기 때문이다.'

　소생도 이쯤 되면 그야말로 와일드하게 행동할 때가 왔다고 생각했습니다. 그러나 그때 소생이 생각지도 않은 이변이 일어났습니다. 남숙이란 계집애가 갑자기 킬킬거리고 웃기 시작한 것입니다.

　"킬킬킬킬길……."

　웃음소리 한번 괴짜더군요. 돼지 오줌통에서 바람 빠지는 소리가 그대로 왔다였어요. 길길거리고 웃어주어야 할 여잔 미연 씨가 되어야 할 텐데, 이게 아침부터 끼어들어선 총총히 산통을 깨고 드는 데는 소생이 힘 안 빠지고 배겨날 재주가 없었습니다.

그런데다가 길길거리고 웃는 남숙의 낯짝을 미연 씨 또한 재미있다는 듯이 대가리를 모잽이로 꼬고 쳐다보고 있더군요.

소생은 웨이터에게 냉수를 시켰어요.

냉수 한 컵을 죽 들이켜고 난 남숙이 헐렐레하게 풀어진 시선을 가까스로 모아잡고 나를 바라보았습니다.

"팔수 씨, 전 사실 팔수 씨를 존경해요."

얼씨구, 이게 바야흐로 놀기 시작하는구나 싶더군요. 그러나 소생은 단정하게 웃으면서 말했습니다.

"무슨 말씀이세요?"

"존경한단 말 모르세요? 바아보."

"아, 네, 감, 감사합니다."

그때, 소생은 테이블 아래 놓인 허벅다리 위로 미연 씨의 손이 가만가만히 기어오고 있는 것을 깨달았습니다. 소생은 흠칫 놀랐지만 그러나 가만히 있었습니다. 도대체가 미연 씨의 돌발적인 행동은 소생을 통나무처럼 굳어지게 만들었습니다.

그 손이 소생의 허벅지께를 반쯤 건너오는가 싶더니, 다음에는 그 자리에서 허벅지살을 힘껏 꼬집었단 말입니다. 그러고는 아주 태연스럽게 가만히 손을 거두어갔습니다. 소생은 순간 벌떡 일어섰다가 앉았습니다. 이것이야말로 소생을 미치게 만들더군요. 그러나 내가 정말로 미치겠던 것은 미연 씨가 갑자기 소생의 허벅지를 꼬집었던 까닭이 무엇인지 도대체 헤아릴 길이 없었다는 것입니다. 손이 테이블 아래로 내려와서 저질러진 일이고 보면 분명 비밀스러운 어떤 수작을 붙여온 건 틀림없었어요. 그리고 소생이 남숙일 보고 "감사합니다"라고 말한 뒤의 행동이었다는 점입니다.

감사한다는 말에 남의 다리를 꼬집어야 할 이유라곤 대가리에 털난 이후로 경험해본 일이 없다는 것입니다. 참으로 모를 건 여자의 심보라더니 소생 또한 별난 것을 경험하게 되더군요. 소생은 한참 동안이나 그녀의 돌발적이었던 행동의 이유를 알아내려 애써 보았으나 헛일이었습니다.

감사합니다와 꼬집는다 사이의 함수 관계를 이 촌놈의 대가리로써는 도저히 알아낼 길이 없었습니다. 그것이 미연 씨의 단순한 술주정에 불과했다는 걸 그때의 소생이 알 턱이 없었습니다. 술에 취한 여자가 쿨쩍거리고 운다거나 남숙이처럼 길길거리고 웃었다면 몰라도 사람을 꼬집는 지랄은 또 무슨 이변인지 이해하기 어렵더군요.

어쨌든 두 여자가 어지간히 취해 있었던 것은 분명했더랬는데, 미연 씨 쪽은 그것을 속으로 사리고 있는 것 같았습니다.

냉수 한 컵을 다시 시켜 마신 카메라쟁이 남숙이 갑자기 제안해왔습니다.

"팔수 씨, 그럼 지금부터 내가 가자는 곳엘 가보시겠어요?"

말씀 나오시는 꼬락서니가 이 계집애를 따돌리긴 벌써 글렀다 싶더군요. 더군다나 취해 있는 그녀를 혼자 버려둘 미연 씨도 아닌 것 같았구요.

소생은 될 대로 되어라 싶더군요. 그러나 희망을 포기하진 않았습니다. 소생도 끈질긴 데는 말대답깨나 하는 처지니깐요.

"네, 좋습니다. 갑시다."

우리 셋은 그 카페를 나왔습니다.

시간이 제법 흘러가고 있었습니다. 밤 열 시가 넘고 있었으니까요. 그러나 여자들이란 또 이상한 짐승들이어서 일단 밖으로 나오자 전혀 취한 척을 하지 않았습니다.

그녀들은 나를 데리고 한길을 정확하게 또박또박 걸어서 어떤 빈대떡 집으로 나를 몰고 들어갔어요. 그곳은 미연 씨 나이 또래의 젊은이들이 꽤나 득실거리고 있었습니다. 주인 남자가 나와서 그들의 좌석을 비집고 우리 셋을 앉혔습니다.

우린 빈대떡 한 접시와 소주 한 병을 가운데 놓고 다시 대가릴 모으고 앉았습니다.

"팔수 씨, 오늘은 기쁘고 아름답고 흐뭇하고 정겨워요."

남숙이 이런 말을 했습니다.

"저 역시 그렇게 느끼고 있습니다."

"아이, 대답두 싱거워."

이게 일방 통행으로 좋은 말은 저 혼자 먼저 지껄여버리곤 소생의 대답을 싱겁다고 말했습니다. 젠장 내가 싱거울 수밖에 없는데도 말입니다.

소주 한 병이 반쯤 비워졌을 때, 남숙이 옆구리에 메고 있던 카메라를 추적추적 추스르면서 말했습니다.

"나 화장실 다녀올게."

미연 씨가, 실수하지 않겠니 하는 표정으로 그녀를 물끄러미 쳐다보았습니다.

"걱정 말어!"

이렇게 말하고 남숙인 사람들 틈을 비집고 밖으로 나갔습니다. 그녀가 자리를 뜬 사이 우리는 서로 두 잔씩의 술을 비웠습니다. 그 두 잔의 술을 비울 때까지 남숙인 나타나질 않았습니다. 그녀는 분명 집구석으로 내빼 버린 게 틀림없었어요.

그러나 미연 씨는 그녀가 다시 나타나지 않고 있다는 사실에 전혀 신경 쓰려 하지 않았습니다.

그녀 역시 취해 있었던 나머지 주의력이 산만해진 게 틀림없었어요. 바야흐로 이 두메산골 출신 나팔수란 친구에게도 기회는 다가온 게 틀림없었습니다. 시간은 벌써 열한 시가 가까워오고 있었습니다. 빈대떡집의 홀도 여기저기서 손님들이 뜨기 시작했습니다.

그야말로 미연 씨는 독 안에 든 쥐였습니다. '당신은 너무 긴장하실 필요는 없다. 와일드하게 행동하되 그러나 어디까지나 자연스럽게 행동하라. 당신이 잊어선 안 될 사실은 파랑새란 태어날 때부터 날개가 달려 있다는 엄숙한 사실이다.'

소생은 다시 그 고백 수기의 말을 생각하면서 분연히 일어섰고 미연 씨에게 다가서며 말했습니다.

"자, 미연 씨 이제 일어서시죠."

소생이 초조했던 것은 일이 잘못되느라고 그 엉뚱한 남숙이 집으로 가던 발길을 되돌려 잡고 다시 이곳으로 쳐들어오지나 않을까 싶었기 때문이었습니다.

내 독촉에 미연 씨는 거의 무의식적으로 발딱 일어섰습니다. 그녀는 이제 완벽하게 소생의 최면에 걸려 있었습니다. 미연 씨는 지극히 당연하게도 한쪽 어깨를 내게 기대어왔습니다. 우린 다시 밤거리로 나왔습니다.

소생이 고등학교 시절, 도덕 시간에 졸지만 않았더라면 이런 여자는 택시로 태워서 집으로 모셔야 한다는 것쯤은 알았을 텐데 그렇지가 못한 게 미안했습니다.

우린 그런 식으로 명동의 골목길을 여기저기 돌아다녔습니다. 소생이 미연 씨를 데리고 자꾸만 걸었던 것은 이유가 있었습니다. 미연 씨를 극도의 피곤 속으로 몰아붙여서 은연중 아무 데서나 눕고 싶다는 충동을 갖도록 만들자는 데 있었습니다.

소생의 그런 작전은 매우 적중하고 있었습니다. 어느 여관 간판 아래를 지날 적에 미연 씨는 거의 전 체중을 내게 맡겨왔으니까요.

청진여관, 우린 그곳으로 자연스럽게 걸어들어갔습니다. 조바 녀석을 따라 이층의 한 모퉁이 방으로 들어갔습니다. 방으로 들어가자 그녀는 깔아놓은 이불 위로 가서 그대로 쓰러져버렸습니다. 미연 씨는 이제 독 안에 든 쥐에서 도마 위에 오른 생선으로 변한 것입니다.

모잽이로 쓰러져 누운 그녀의 허연 두 다리의 살결과 길게 빠진 목덜미를 보자, 소생은 치가 떨렸습니다. 정신이 깜박하더군요. 소생의 주제에도 이렇게 엄청난 일을 벌여놓을 수 있었다는 데 치가 한 번 떨렸고, 그녀의 허연 두 다리를 내려다보고 섰으니까 하도 어이없이 좋아서 치가 한 번 떨렸습니다.

나는 끼욱끼욱 혼자서 웃었습니다.

나 역시 우선은 옷을 입은 채로 미연 씨 옆에 바싹 기대어 누웠습니다. 가슴에 바위를 올려놓은 듯 답답해왔습니다. 그때 미연 씨가 소생의 귀에 대고 뭐라고 간신히 말했습니다.

"창문을 여세요."

"?"

"창문을 열라구요……. 속이 뒤집힐 것 같아요."

소생은 황급히 일어나서 창문을 활짝 열었습니다. 그녀가 이불 위에 아까 먹은 빈대떡을 다시 지져서 내어놓는다면 그야말로 큰일이겠으니까요. 창문을 열고 난 뒤 나는 역시 미연 씨에게로 바싹 다가가 누웠습니다.

서울의 밤하늘에도 별은 총총하더군요. 그 밤하늘의 별을 보니 소생은 언뜻 아버지의 얼굴이 떠올랐습니다. 밤하늘의 별을 보는 입장에 또 궁색스러운 아버지의 얼굴이 떠올라야 하는지 그것도 생판 모를 일이더군요. 하기야 서울 토박이 깔치를 내 것으로 만들어야 할 이 판국에 소생의 조상되는 사람의 얼굴 한 번 떠오르는 것도 지극히 당연한 이치인지 모르겠습니다.

방 안으로 찬 기운이 돌자, 미연 씨는 심호흡을 한 번 크게 하더니 모잽이로 누웠던 자세를 돌려 천장을 똑바로 바라보며 쩍 벌리고 누웠습니다. 그때 소생은 입 안 가득 괸 침을 꿀꺽 삼켰습니다.

그런데 문제이던 것은, 그 주간지의 잡놈은 여자를 여관으로 몰고 가는 데까지만을 매우 상세히 씨불여놓았지 여관방으로 들어간 뒤부터는 어떻게 조져야 하는 것인지 전혀 언급이 없었다는 것입니다.

말하자면, 하프라인을 넘어서부터는 당사자인 소생이 단독 드리블로 골문까지 대시해 들어가라는 것이겠지요. 그러나 소생이 차범근도 아닌 주제에 이것을 어떻게 처리해야 할 것인지 그야말로 난처했습니다. 보다 자연스럽게 그 일을 처리해나갈 수 있는 모책을 개발한다는 건 소생의 대가리로썬 불가능한 것이었습니다.

순서고 나발이고 집어치우고 우선 무자비하게 덮치고 난 다음부터 일을 처리해나가는 방법, 그녀의 옷부터 슬슬 까내리면서 반응을 보는 방법, 아니면 그녀 자신이 스스로 옷을 벗도록 유도하는 방법, 아니면 그녀의 볼에 키스를 퍼부어보는 방법.

여러 가지 궁리가 대가리에 떠오르긴 했으나, 그중 어느 것 한 가지도 단박 실천으로 옮겨볼 재주가 없었습니다.

왜냐하면, 미연 씨가 조금 전 소생에게 창문을 열어달라고 말했을 때, 그녀가 속이 뒤집힐 것 같다고 말한 것을 잊지 않고 있었기 때문입니다. 소생이 어설프게 그녀를 건드렸다간 그녀의 역기를 유발시킬 공산이 컸고, 그리고 발딱 일어나서 소생의 낯짝에 대고 울컥 토하기라도 해버린다면 키스는 고사하고 볼장 다 보는 것 아니겠습니까.

소생은 계획을 잠깐 동안 유보시켜두고 그녀를 편안히 잠재워두고 있을 수밖에 없다고 생각했습니다. 그러나 그런 조짐이 들면 들수록 소생의 모가지는 메말랐고 또 가슴도 더욱 두근거렸습니다. 그녀가 토할 때 토하더라도 그건 어차피 나중 일이고 우선 소생이 가만히 누워 있을 수는 없었습니다. 소생은 부스스 일어나서 우선 그녀의 원피스 맨 윗단추 하나를 조심스럽게 끌러보았습니다. 꼼짝없이 잠들어 있더군요. 다섯 개의 단추를 다 끄르고 나니 그녀는 매우 시원했던지 심호흡을 한 번 크게 내뿜었습니다.

젖가슴의 브래지어가 나타났고 한 올의 땟국도 안 묻은 뽀얀 배꼽이 드러나더군요. 소생은 손가락에 침을 찍어 그 배꼽 맛을 한번 보고 싶은 충동이 일어났으나 왠지 병신 짓 같아서 가까스로 참아넘겼습니다.

소생은 드디어 일어나서 전등을 꺼버렸습니다. 그리고 다시 그녀의 옆으로 가서 누웠습니다.

소생은 소생의 발가락으로 그녀를 발바닥을 간지럽히기 시작했습니다. 소생이 그 짓을 하기로 작정한 것은 그녀가 간지럼을 타서 몸을 뒤치는 순간마다 자연스럽게 그녀가 모르도록 원피스를 아래로 까내릴 심산이었기 때문입니다. 물론 그녀는 몸을 뒤치기 시작했고 소생은 별 힘 안 들이고 옷을 벗겨낼 수 있었습니다. 참으로 복장에서 불이 타는 것 같았습니다. 소생은 이 도마 위에 오른 생선을 앞에 놓고 어둠 속에서 헤벌씸 웃었습니다.

그러나 그녀의 원피스를 벗기는 데까진 별 힘 안 들이고 해낼 수 있었으나 그 작업을 마치고 나니 또다시 나타난 것이 코르셋이란 괴물로, 그녀의 엉덩이 전체를 탱탱하게 죄어서 비끄러매어 있어 어디 손이 들어갈 틈이 없었습니다.

소생은 땀을 찔찔 흘리고 있었습니다. 나는 그녀의 잘 빠진 몸매를 어둠 속에서 얼마 동안이나 내려다보고 앉아 있었습니다.

그 도사로 자칭하던 잡놈은 순 엉터리였는지도 모릅니다. 그 자식이 여자들의 코르셋에 대해서 몇 마디의 언급이 있었던들 소생이 이 곤욕을 치르지 않아도 좋았을 텐데 말입니다. 소생은 우선 그녀에게 살짝 다가가서 키스부터 한 번 해보았습니다.

그때 문밖에서 무슨 소리가 들려왔습니다. 두 남녀가 무언가 주고받는 말소리는 여관 복도에서 들려오고 있었습니다. 남자의 목소리는 분명 우리를 이 방으로 안내해주었던 조바 녀석이었어요. 그러나 여자의 목소리는 얼른 가늠해내기 어려웠습니다.

문제는 그 두 사람이 티격태격 다투고 있었다는 것입니다. 여자는 조바 녀석에게 무언가를 집요하게 요구하고 있었고, 녀석은 다소 능글능글하게 여자의 요구를 피하고 있었어요.

"할 수 없군요. 저한테 책임이 돌아오게 하진 마십시오."

드디어 조바 녀석이 백기를 든 것 같았습니다. 그리고 두 사람의 발걸음은 바로 우리들이 들어 있는 방 앞에 와서 멈추었습니다.

"이 방입니다."

조바 녀석은 팅팅 부은 목소리로 이렇게 내뱉었습니다.

"이 방이 확실해요?"

이렇게 다그치고 있는 여자는 놀랍게도 그 카메라쟁이 남숙이었습니다.

"틀림없어요. 내가 왜 거짓말을 하겠어요."

"실수시키면 혼날 테니까 그렇게 알아요."

"네, 책임지겠어요."

"그럼 가보세요."

그리고 우리 방문을 그녀는 천천히 노크하기 시작했습니다. 소생은 순간 눈앞에서 수천 개의 별이 명멸하는 것을 느꼈습니다.

제 집구석으로 토껴버린 줄 알았던 년이 어떻게 우리가 이 집에 든 걸 알아냈는지 신통하기 그지없었습니다.

소생은 당장 이년을 잡아 낚아채서 허벅지를 쥐어뜯어주고 싶었으나 그럴 수가 없었어요. 이런 경우 나는 어떻게 처신해야 옳은 것인지 전혀 예비 지식이 없었다구요. 그렇다고 될 대로 돼라는 식으로 벌떡 일어나서 문을 열어줄 수도 없었습니다. 남숙이란 년이 "이 개떡 같은 치한아" 하면서 소생의 따귀라도 친다면 소생은 그 자리에서 곧바로 와르르 무너져버릴 것만 같았기 때문입니다.

나는 우선 벗겨놓은 미연 씨의 옷을 포개어 머리맡에 두고 이불을 잡아당겨 그녀의 몸을 덮었습니다.

어설프게나마 그런 식으로라도 여자는 단속해두었으나, 다음은 소생의 처신 문제가 남아 있었습니다. 이게 가장 중요한 문제인데도 말입니다.

남숙이란 년은 우리들에게 있어선 완전한 제삼자인데도 불구하고 이게 왜 우리들 사이로 비집고 끼어들어서 사사건건 훼방을 놓고 있는지 참으로 소생은 분통 터질 일이었습니다.

이제 노크 소리는 점점 크게 들려왔습니다.

"미연아, 미연아."

이게 또 싸가지없게도 딱 바라진 여관집 복도에서 여자의 본명을 큰 소리로 불러젖히고 있었습니다.

순간, 소생은 미연 씨와는 반대편 벽 아래로 가서 패대기쳐진 듯 엎디어 누워버렸습니다. 그건 무의식적인 행동이었어요. 문을 열어주어서 남숙에게 모욕을 당하기보다는 차라리 곯아떨어진 척해버리는 게 더 낫겠다는 생각이 들었습니다. 만약 미연 씨가 일어나서 문을 열어준다면 그런 당혹을 모면할 수 있을는지도 모르니까요.

남숙은 이제 문을 흔들어대며 미연 씨를 애타게 불러젖히고 있었습니다.

나는 널브러져 누운 채 실눈을 뜨고 미연 씨를 훔쳐보고 있었습니다. 미연 씨가 부스스 일어나고 있었지요. 소 새끼가 아닌 다음에야 그렇게 떠들어쌓는데 잠이 깨지 않을 수가 없겠지요.

그녀는 더듬거리고 가까스로 일어서더니 스위치를 찾아 전등을 켰습니다. 순간 그녀의 나체가 방 안 가득 부상(浮上)되는 것 같았습니다. 그녀는 그만 폭삭 주저앉아버리더군요.

그녀의 표정은 당혹과 두려움으로 일그러졌습니다. 그리고 옷을 집어 부리나케 두 다리를 집어넣었습니다.

그때서야 그녀는 한쪽 벽 아래에 꼬꾸라져 누운 소생을 발견한 것 같았습니다. 잠시 뚫어질 듯 나를 바라보더니 내게로 살금살금 기어오더군요. 이건 또 무슨 별난 짓인가 싶더군요. 내게로 바싹 다가온 그녀는 가만히 내 얼굴에다 한쪽 귀를 갖다붙였습니다.

앙증스럽게도 그녀는 내가 깊이 잠들어 있는가를 확인하려는 것이었어요. 소생이 그런 속셈을 모를 리 있겠습니까. 코를 드르렁드르렁 골아주었습니다.

순간 그녀는 안도의 한숨을 내쉬었고 또한 쌕 웃기까지 하더군요. 소생이 그녀에게 한 짓거리를 전혀 모르고 있었던 그녀로선 매우 당연한 짓이었는지도 모르지요.

그녀는 곧장 다시 일어서서 문밖에서 발광하고 있는 남숙에게 문을 열어주었습니다. 그리고 새파랗게 질린 남숙의 얼굴이 방 안으로 디밀어졌습니다. 그제야 소생은 눈을 완전히 감아버리고 본격적으로 코를 골기 시작했습니다. 남숙은 방 안으로 들어서자마자, 미연 씨를 다그치기 시작했습니다.

"애, 너 도대체 어떻게 된 거니?"

"나두 모르겠어, 여관까지 들어온 것까지는 기억나는데."

"그래서?"

"여기 와서 옷 입은 채 그대로 쓰러져 잔 것 같아."

제가 옷을 벗고 있었다는 말은 절대로 하지 않더군요. 소생은 미연 씨가 그렇게 앙큼할 줄은 정말 몰랐습니다.

"애, 너 정신 있니 없니?"

"정신 있엇으면 여길 왔겠니?"

"저 사람은 사뭇 저렇게 곯아떨어져 있었니?"

"그랬던가 봐, 코를 골고 있잖니?"

"애, 큰 다행이다, 애."

"넌 사뭇 어디 있었니?"

"화장실 갔다가 돌아오니까 너희들이 나가고 없더라."

"그래서?"

"얘, 말두 말어. 이 근방 여관을 몽땅 뒤졌다구."

"그랬었구나."

"어쨌든 얼른 여기서 빠져나가자 애."

"어디로, 지금 몇 시야?"

"열두 시 십 분 전인데 파출소로 가자구. 거기 가서 사정하면 순찰차로 집까지 데려다준다구."

"팔수 씬 어떡하구?"

"저 자식이야 여기서 자고 아침에 돌아올 것 아니니?"

두 계집애는 무정하게도 소생을 방에 남겨둔 채 저희들끼리 휑하니 나가버렸습니다.

방을 나서면서 남숙이 년이 말하더군요.

"큰일 날 뻔했다 정말. 저 자식이 깨어났어만 봐! 바로 그길로 늑대로 변했을지 누가 알겠니?"

운명의 장난도 분수 나름이지, 소생은 도마 위에 올랐던 생선을 통째로 남숙이란 년에게 날치기당하고 만 것입니다. 이래저래 소생은 육갑만 떨다가 병신 되고 만 것입니다.

소생은 방바닥에 엎딘 채로 주먹을 쥐고 몇 번인가 벽을 쳤습니다. 사나이 팔자가 이렇게 기구하게 운명적일 수가 없더군요. 소생은 이를 악물고 두고 보아라 이년들 하는 식으로 벽을 쳤습니다. 그때 저쪽 방에서 악을 쓰는 남자의 목소리가 들려왔습니다.

"야, 병신 자식아, 잠 안 자고 벽은 왜 치고 지랄이니? 이 여관 너 혼자서 전세 냈니? 개떡 같은 자식!"

소생은 그만 두 손으로 대가리를 싸안았습니다.

소생은 통금이 해제되기를 기다려 부리나케 그 여관을 뛰쳐나왔습니다. 미연 씨를 잃어버린 이상 소생이 그 여관에 남근을 뻗치고 누워 있어야 할 명분 또한 없어진 것입니다. 더욱이나 옆방에 들어 있던 사나이는 생면부지의 소생에게 '이 개떡 같은 자식'이라고 일갈함으로 해서 이 몸을 형편없이 짓밟아버렸으니까요.

이 몸은 여관 앞의 좁은 골목길을 벗어나서 한길로 나섰습니다. 거리엔 아직도 잿빛 어둠이 엷게 깔려 있었습니다.

청소부들이 기침을 하면서 차도를 쓸고 있었고, 간간이 꼭지등을 켠 택시들이 새벽 열차를 맞으러 서울역 쪽으로 질주하고 있었습니다.

소생은 어기적거리며 얼마간을 걸어갔습니다.

"선생님, 이것 좀 밀어주쇼."

길 건너편에서 청소부 한 놈이 이렇게 소리치며 나를 손짓했습니다. 소생은 무의식적으로 길을 건너 걸어갔습니다. 그는 리어카에 쓰레기를 얼마나 실었던지 미처 출발을 못하고 있었어요.

"미안합니다, 선생님."

소생이 리어카 뒤로 돌아가 밀 자세를 취하자, 청소부는 두어 번이나 허리를 굽신거렸습니다.

쓰레기통에서는 악취가 풍기고 있었어요. 이젠 그만두어도 좋다는 청소부의 사양에도 불구하고 근 삼백 미터쯤이나 리어카를 밀고 갔습니다.

소생의 스물여덟 평생 동안, 여관까지 몰고 간 깔치를 허무하게 날려

보내고 휑뎅그렁한 서울의 새벽 거리를 쥐새끼마냥 배회하다가 청소부의 부름을 받아 리어카나 밀게 될 줄은 일찍이 상상한 바 없었습니다. 길 잃은 작은 새 한 마리라더니 소생의 아버지가 이 사실을 인지하였다면 통탄하심도 이만저만이 아닐 것입니다. 그이의 평생, 이따위 개떡 같은 자식을 낳아 서울 유학까지 시켰다는 계산 착오 때문에 아마 게거품깨나 물고 넘어지실 게 분명할 것입니다.

"선생님, 고맙습니다."

드디어 소생이 리어카에서 손을 떼자, 청소부는 뒤돌아보며 이렇게 감사했습니다. 그의 이마에는 땀이 맺혀 있더군요. 새벽녘 청소부의 이마에 맺힌 땀방울을 보자, 소생은 언뜻 그 얼굴이 목련꽃 같다는 생각이 들더군요.

그가 리어카를 몰고 저만큼 달아나자 소생은 다시 허전했습니다. 때마침 새벽 네 시부터 문을 연다는 다방 간판이 길가에 놓여 있었습니다. 나는 그 다방으로 들어갔습니다. 의외에도 다방 안은 왁자지껄했습니다.

눈곱을 단 레지가 다가와서 물 종지 하나를 내가 앉은 탁자 위에 덜렁 내려놓고는 팔짱을 끼고 나를 내려다보았습니다. 팔자가 사나워도 분수 나름이지 닥치는 이 이런 여자이니 소생도 출세하긴 글렀다 싶었습니다.

"커피 줘!"

나는 이렇게 쏘아붙이고 일군의 남녀들이 모여 앉은 옆 탁자로 시선을 돌렸습니다.

여자 넷에 사내들은 둘이었습니다. 아마 고고클럽인가에서 몰려나온 패거리 같았습니다. 사내 자식들은 히쭉히쭉 웃고 있었고, 계집들은 쉴 새 없이 지껄이고들 있었습니다.

무서운 게 여자의 입이라더니, 분명 고고클럽에서 밤새워 흔들며 지껄였을 텐데, 무슨 할 말이 아직도 남으셨는지 꼭두새벽부터 마냥 지껄여대고 있었습니다.

저런 년들이 살고 있는 집구석의 아비란 자식의 쌍통은 어떻게 생겨먹었을까, 소생은 엉뚱하게도 이런 생각을 하고 있었습니다.

소생은 하숙집으로 돌아가기로 작정하고 다방을 나왔습니다. '집으로 돌아가 이 자식아!' 소생은 자신에게 이렇게 외치고 있었습니다.

아직도 미연 씨에게 접근할 수 있는 여유는 충분히 있고, 또 소생의 야욕이 그따위 가벼운 시련쯤으로 좌절당할 수는 없다고 생각했어요. 세월이 좀먹을 수 없고 소생의 끈질긴 투지 역시 좀먹히지 않을 것이에요.

그러나 하숙집에 도착한 나는 너무나 어처구니없는 시련이 도사리고 있었음을 발견한 것입니다.

새벽같이 대문을 들어서는 나를 보고 식모가 깔깔 웃으면서 말했습니다.

"시골서 아버지가 올라오셨다구요."

소생은 이번에야말로 시골 학교의 미술 선생이란 미연 씨의 아버지가 상경한 것이라고 생각했습니다. 왜냐하면 우리 아버지가 곱돌아서 상경하실 일이야 참으로 없었기 때문이었어요.

그런데 그게 아니었다구요.

소생이 집 안으로 들어서자, 내 방의 문짝이 조급히 열리면서 상고머리의 검게 탄 아버지의 얼굴이 나타난 것입니다. 소생은 둔기로 대갈통을 맞은 기분으로 그냥 뜰에 가만히 서 있었습니다.

그때, 아버지의 지체 없는 불호령이 떨어지더군요.

"이 자식아, 만장같이 너른 방 두고 워디서 나자빠져 자고 댕기노?"

소생이 대꾸할 말은 없었습니다. 기실 아버지의 말씀은 당연한 것이었기 때문이지요. 불초 소생은 황급히 방으로 뛰어들었습니다. 그리고 최진사 댁 셋째 따님을 사랑하는 칠복이란 놈처럼 넙죽 절하였습니다.

아버지는 소생의 인사를 받는 둥 마는 둥 하였습니다.

그이는 보통으로 심통이 나 있는 게 아니었습니다. 사나운 불도그처럼 버티고 앉아, 여차하면 단숨에 소생의 마빡을 앞발로 긁어버릴 기세로 소생을 노려봤습니다. 파르스름하고 모지게 치켜 깎은 그이의 상고머리가 더욱더 소생을 긴장시켰습니다.

방 주위를 살펴 추측하건대 아버지는 벌써 어제 오후쯤 이 집에 도착해서 이 방에서 하룻밤을 주무신 게 틀림없었습니다.

소생은 인천에 출장 갔다가 방금 도착하는 길이라고 간곡한 거짓말을 지어 말씀 올렸습니다. 궁하면 통하는 길이 있다지 않습니까. 그제야 아버지의 분통이 누그러지는 기미가 보였습니다.

이번엔 소생의 차례가 온 것 같습니다.

"어떤 일로 또 갑자기 올라오셨습니까, 아버지?"

"차차 말하자."

아버지는 다소 머뭇거리시는 눈치였어요.

소생이 아버지의 자식임에 틀림없고, 그이는 이 나팔수의 아비임에 틀림없지만, 아버지가 말씀하시기 전엔 그이의 속셈을 몰라왔고 또한 내가 말하기 전엔 아버지도 소생의 속셈을 알 길이 없었습니다. 순간 소생은 아버지와의 사이가 너무나 먼 거리에 떨어져 있음을 느꼈습니다. 그것은 참으로 너무나 멀고 아득한 거리감이었습니다. 그러나 우리는 시방 한 항아리 속에 들어 있었습니다.

"저 곧 출근해야 합니다."

소생은 세수를 마치고 들어오면서 아버지를 재촉하였습니다. 그이가 갑작스레 상경한 까닭을 한시라도 빨리 알아내야 소생도 아버지를 떼어 버릴 대책이 강구될 것이니까요. 그러나 아버지는 꿀 먹은 벙어리로 말이 없었어요.

우리 부자는 오랜만에 마주 앉아 식모가 날라온 겸상의 아침밥을 먹었습니다.

아침상을 물리고 비둘기 한 개비를 뻗쳐 물더니, 아버지는 문을 열고 집 안채 쪽으로 머리를 디밀면서 말했습니다.

"애야, 이리 좀 건너오너라."

소생은 아버지가 갑자기 돌아 버린 게 아닌가 싶었습니다. 적어도 이 집에선 자기가 고개를 디밀고 '이리 좀 건너오너라' 라고 명령해야 할 사람은 아무도 없기 때문이었어요. 그러나 아버지는 안으로부터 어떤 만족한 반응을 보았는지, 느긋한 표정이 되어 다시 내 쪽으로 고개를 돌렸습니다.

"니한테 대면시킬 사람이 있다. 그래서 올라왔다."

"대면시킬 사람요?"

"그래."

"누구신데요?"

"보면 알 만한 사람이다. 시방 안에 있다."

"안방에 있어요?"

"안방에 있으면 안 되나?"

그랬습니다. 그제야 소생은 얼핏 짐작 가는 데가 있었습니다. 안방에 섞여 있을 이치라면 분명 여자이겠고, 그것이 여자라면 저 고색창연한 지방의 소도시 예천의 여인숙집 딸, 그 여자임에 틀림없다고 생각했습니다.

아버지는 그녀를 직접 몰고 이 서울의 소생의 하숙방까지 쳐들어온 것입니다. 소생은 갑자기 해골이 텅 비는 것 같았습니다.

아버지의 행동은 너무나 엉뚱해버렸었고, 그리고 그 행동은 소생을 충분히 당황, 분노, 수치, 아연실색으로 몰아붙였습니다.

소생은 온몸이 덜덜 떨려왔습니다. 이렇게도 철저하게 철딱서니 없는 남자가 내 아버지라는 데는 오직 하느님 말고는 원망해야 할 곳이 없더군요.

"왜 안색이 그리 나쁘냐?"

"……."

"설사하냐?"

"……."

"이 자식아 아가리 붙었냐, 왜 대답이 없어? 설사나냐?"

"아닙니다."

소생은 겨우 이렇게 대답했습니다.

그리고 그런 대답을 주절거리고 앉아 있는 자신에게 분통이 터졌습니다. 소생은 지체 없이 방에서 뛰쳐나가버려야 했습니다. 더욱 썩 잘하려면 '영감탱이야 도대체 언제 철들어 환갑해 먹으려누' 라고 소리칠 수 있다면 한결 드라마틱할 테지요.

그러나 소생은 그럴 수가 없었습니다. 알고 계시는 분은 짐작하실 테지만 소생이 만약 그렇게 나올 경우, 이제 나와 아버지 관계는 막을 내려야 할 것이기 때문이었어요.

소생의 반 이상에 해당하는 생활비를 아버지는 꼬박꼬박 군소리 없이 물어왔고 또 그것은 앞으로도 군소리 없이 행해질 것입니다. 아버지의 돈

줄이 끊어지면 나는 고향으로 내려가야 할, 그럴 수밖에 딴 도리가 없는 치사한 놈이었으니까요.

그런 아버지를 흥분시키거나 정면 대결할 수 있는 나팔수의 입장이 아니었습니다.

나는 오늘의 출근을 포기하는 수밖에 없었습니다. 이 시련을 어떻게 극복할 것인가. 소생은 새로운 전의로 다시 한 번 온몸을 떨었습니다. 아버지는 다시 문을 열고 안쪽을 살피더니 또 문을 닫더군요. 초조하다 이거겠지요.

그때였습니다. 누가 방 앞에 와 서더니 똑똑똑 문을 두드렸습니다. 바야흐로 막이 열리는 판이었습니다. 아버지가 일어서서 문을 열었습니다.

문 앞엔 분명히 춘향이 한 마리가 다소곳이 서 있었습니다. 게다가 방금 피어난 연꽃처럼, 이게 또 사람 웃긴답시고 배시시 웃기조차 하고 있었다니까요.

중앙선 열차를 타고 한참 내려가다 보면 단양과 안동 사이에서 이런 뭉뚝한 여자들이 자주 오르내리는 걸 소생은 퍽이나 자주 보아왔습니다.

아무런 개성도 찾아볼 수 없는 그런 두루뭉술한 여자가 거기 서 있었습니다. 헐렁한 자색 통바지를 바싹 치켜 입은 그녀는 얼굴은 넓적해서 한겨울 눈싸움할 때 데리고 놀면 안성맞춤이겠더군요.

"월른 들어와. 뭐가 그리 부끄러울 게 있노? 요새 사람답잖게."

문 앞에서 머뭇거리고 있는 그녀에게 아버지가 헤벌씸 웃으면서 이렇게 말했습니다.

자기의 며느리로 만들겠다고 데리고 온 입장의 여자라면 응당 소생이 육갑을 떨어야 할 판에 오히려 좋아하는 쪽은 아버지인 것처럼 보였습니다.

아버지의 명령이 떨어지기 바쁘게 그녀는 서슴없이 넓적한 두 발을 방 안에 들여놓았고, 그리고 앉았습니다. 양말 속에 감춰진 그녀의 엄지발가락이 왕새우 대갈통만큼이나 크더군요.

"서로 인사 땡겨."

아버지가 다시 이렇게 다그쳤습니다.

그녀는 그 즉시 두 팔을 땅에 짚고 춘향이는 뺨 맞고 돌아갈 정도로 공손하게 절을 했고 허스키로 이렇게 씨불였습니다.

"손칠례(孫七禮)입니다. 앞으로 많이 사랑해주세요."

아이구, 맙소사 하느님. 이게 어디서 수입해온 말버릇이란 말입니까. 사랑이란 말이 육이오 때 몽땅 총 맞아 죽은 줄 알았더니 치사하게도 이 손칠례란 여자에게선 조폐공사에서 금방 튀어나온 백 원짜리 동전처럼 반들반들하게 살아 있더라구요.

소생은 그 말의 어처구니없음과 수치스러움에 오랜만에 얼굴 한번 뜨거운 변을 당하고 있었습니다.

"이 자식아, 넌 주둥이에 재갈 물렸나?"

나는 그제야 정신이 번쩍 들었습니다.

"네, 전 나팔습니다."

그리고 나는 자신도 모르게 허허 소리 내어 웃고 말았습니다. 그랬더니 아버지도 따라 웃었고 그녀 역시 캬륵캬륵 따라 웃었습니다.

"이 자식이 능글맞게……. 맘에 든다 이거지?"

세상에 이렇게 홀딱 벗은 말씀이 어디 있겠습니까.

소생이 어이없어 튀어나온 웃음을 아버지께서는 그녀가 마음에 들었다는 것으로 간주하고 있더군요. 아니, 그것은 아버지가 재빨리 판 수렁이었는지도 모릅니다. 아니면 그녀를 안심시키기 위한 간교함이었는지도 모릅니다. 그런 건 아마 아버지가 오랫동안 우시장에서 중매구전(仲買口錢)으로 살아온 전력 탓으로 얻어낸 묘한 술책 같기도 했습니다. 사람을 얼렁뚱땅 병신으로 만드는 재주를 아버지는 진작부터 갖고 있었으니까요.

그동안 칠례라는 이 여자는 두리번거리며 내 방을 살피기 시작했어요. 도대체가 선을 보고 있는 여자의 태도가 아니었습니다. 염치가 없는 여자였어요. 다소곳했던 것은 그녀가 이 방에 들어오기 전의 태도였어요.

이런 여자가 어떻게 되어서 아버지의 마음을 움직이게 되었는지 소생은 다만 막연하고 답답할 뿐이었습니다. 그때 그녀가 부스스 일어서며 말했습니다.

"지는 그만 건너가겠심더."

"그래? 그러면 건너가서 이 집 딸내미한테 뭐 배울 거 있으면 배우고 해봐여……."

아버지가 이렇게 말했을 때 소생의 얼굴은 불을 끼얹은 것같이 뜨거웠습니다. '이 집 딸내미'란 바로 미연 씨를 지칭하는 것 같았으니까요.

칠례가 밖으로 나가자 아버지가 다시 물어왔습니다.

"어떠냐? 맘에 드냐? 전번에 한번 보고 싶다고 했잖여?"

"아버지, 제발 그러지 마십시오. 어찌 첫눈에 마음을 정할 수가 있겠습니까?"

"이런 등신 같은 자식! 첫눈에 여자 하나 못 알아본단 말이여?"

바보 자식이고 나발이고 나는 일어서서 밖으로 나갈 채비를 차렸습니다. 어떤 수단을 동원해서라도 오늘 중으로 아버지와 그녀를 내쫓아야 한다고 마음먹고 있었습니다.

"아버지, 밖에 나가서 이야기하겠습니다."

우선 아버지부터라도 이 집 밖으로 끌어낼 심산이었습니다.

"그래? 좋다. 밖에 나가자."

어디든 따라가겠다는 아버지의 태도였습니다.

거리로 나서니 우선 칵 막혔던 가슴이 다소 시원해졌습니다. 우린 택시를 잡아 타긴 했습니다만 막상 갈 곳이 없었습니다. 바로 어저께, 미연 씨와 남숙이 년과 놀던 덕수궁이 생각나더군요. 그곳이 제일 조용할 것 같았습니다. 미친놈이 아니면 월요일 아침에 덕수궁에 기어들어가서 노닥거릴 시민은 없을 테니까요. 거기 가서 아버지와 소생이 마음놓고 떠든대도 사람들의 시선을 끌지는 않을 것 같았습니다.

우리는 덕수궁 앞에서 차를 내렸어요.

"거, 대문 한번 널찍해서 시원하다. 저 글씨가 뭐라 썼냐?"

아버지는 덕수궁 앞에 뒷짐을 지고 버티고 서서 이렇게 물었습니다.

"한자로 대한문이라 썼습니다."

"대한문이라! 거 글씨 한번 시원하게 썼다."

아버지의 넉살에 소생은 고소를 금치 못했습니다. 우린 입장권을 샀고, 아버지는 수위에게 입장권이 매우 비싸다고 투덜거리고 있었습니다.

우스꽝스러운 우리 부자는 잠시 덕수궁 속을 두루 돌아다녔습니다.

소생은 어저께 미연 씨를 업고 오르내리던 박물관 계단 옆의 벤치로 아버지를 모셨습니다.

"그래, 니가 할 말이 뭐냐? 칵 뱉어보아라."

"저, 아버지."

"그래, 내 안 죽었다. 말이나 해."

"실은 그 하숙집 딸내미 있지요?"

"내가 봤지."

아버지는 다시 비둘기 한 개비를 빼내 물었고 소생은 잽싸게 성냥불을 그어 올렸습니다.

"그 아가씨 유심히 보셨습니까?"

"유심히 보았지 내가."

"실은 제가 지금 그 여자를 보고 있습니다."

"보고 있다니?"

"그 여자를 며느리로 삼으실 의향이 없으십니까?"

"의향이라?"

"그래요, 아버지."

순간 아버지의 얼굴이 묘하게 일그러지는 것을 소생은 보았습니다. 소생은 아버지의 심중에 어떤 혼란이 오고 있다는 것을 감지할 수 있었습니다. 이때를 놓치지 않아야겠다는 조짐이 들더군요. 나는 거짓말도 불사했습니다.

"실은 미연이란 여자가 시방 저를 미치도록 좋아하고 있습니다, 아버지."

"좋아해? 너를?"

아버지는 소생을 적이 바라보았습니다.

"그래도 안 돼!"

아버지 입에서 튀어나온 말이었습니다.

"예?"

"안 된다꼬, 이 자식아."

"왜 그러십니까, 아버지?"

"왜는 무신 썩어빠진 왜여? 안 되니까 안 되는 거지."

"그 아가씨 어디가 그 칠례라는 여자보다 못하다고 이러십니까?"

그러자 아버지는 갑자기 씩 웃더군요. 그 웃음은 어떤 득의로 가득 차 있었다구요. 참, 그 웃음이 사람 속을 긁더군요.

아버지의 말씀은 우선 미연이란 여자는 엉덩이 생김새부터가 돼먹지 않았다는 것입니다. 엉덩짝이 빨래판만큼 좁은 여자란 자식 내기가 시원찮을 뿐만 아니라, 거기다가 미연이는 주둥이조차 앞으로 톡 불거져나와 있더라는 것이었어요. 주둥이가 불거진 짐승이란 음식을 가려 먹는 나쁜 습성을 가지고 있다는 것입니다. 또 미연 씨처럼 양 어깨가 위로 치켜진 여자나 등이 굽은 여자는 기운을 쓰지 못하는 선천적인 약질인데다 아이 하나 낳고 나면 병치레하기 급급하다는 것입니다.

그런데 소생이 기가 차던 것은 그러한 여자를 보는 아버지의 이론적인 근거가 순전히 우시장에서 암소를 선택하는 무자비한 표준에 의거하고 있더라는 것입니다.

소 새끼를 표준으로 여자를 찾고 있는 이 아버지란 작자와는 운명적으로 그 소신을 달리하고 있는 소생이 덕수궁 벤치에 나란히 앉아 있다는 사실부터가 바보스럽고 나아가서는 저주받아 마땅한 일이라고 생각했습니다.

아버지는 다시 말씀하셨습니다.

칠례란 여자는 엉덩이가 떡판만 하니 자식이 실렸다 하면 호박 덩이만 한 걸 빼내놓을 건 불문가지고 젖통 또한 그만큼이나 크니, 낳은 자식 배불리 빨릴 것이란 말씀이었어요. 입이 합죽한 건 무슨 음식이든 가리지 않고 잘 처먹을 징조이며, 발이 넓은 건 심덕이 좋다는 증거라는 것이었어요.

거기다 양미간이 넓은 건 소갈머리가 없다는 증거이고 미연이처럼 등이 굽지 않았으니 쉬 늙지도 않을 여자란 것입니다. 걸음걸이가 곧바른 것은 화냥기가 없고 외간 남자를 힐끔거릴 징조가 없는 여자란 것입니다.

"그 미연이란 기집아가 어떻게 걷는지를 내가 보여줄까?"

이렇게 말하고 아버지는 갑자기 앉았던 벤치에서 벌떡 일어섰습니다.

"내가 그 여자 걷는 꼬락서니를 보여줄 터이니 똑똑히 봐둬, 이 자식아."

그이는 어깨죽지를 바짝 치켜올리더니, 엉덩짝을 뒤로 빼가지고 양팔을 흐느적거리며 얼마간 저만큼 내려갔다가 다시 내 쪽으로 걸어왔습니다.

"이제 봤지? 이게 그 기집아가 걷는 꼬라지여. 칠례보다는 배운 게 많겠지. 그러나 그게 무슨 소용이여? 그 기집아는 앞으로 삼 년을 못 가서 병치레만 할 여자란 말여."

"어떻게 그리 잘 아십니까, 아버지?"

"잘 들어둬, 이 자식아. 내가 소전 바닥에서 이십 년을 살아온 거 니 알지? 그래서 내가 돈을 이만치라도 모은 것은 순전히 소를 보는 눈이 남다르기 때문이여. 사람도 그런 눈으로 보면 틀림없어. 도대체 사람과 소가 어디가 다르단 말이여? 다 똑같애, 이 자식아."

"아버지, 제발 이러지 마세요."

"니도 알지? 그 기집아가 꼭 니 에미를 닮았드라. 니 에미 보아라. 니하나만 쏙 빼놓고 어디 자식새끼 맹글 요량 않고 있잖느냐 말이여."

소생은 할 말이 없었습니다.

아버지의 지론에 승복하고 있다는 뜻이 아니고 다만 소생은 그때 커다란 황소 한 마리가 내 앞을 가로막고 서서 꼬리로 파리 떼를 쫓고 있는 환상에 빠져 있었으니까요.

한여름의 따가운 햇볕이 아버지의 상고머리 위에서 반짝거리고 있었습니다.

"안 돼, 그 여잔 쓸모가 없어."

아버지는 그 자신에게 확인시키듯 연신 고개를 설렁설렁 흔들어대고 있었습니다. 소생은 다시 황소의 모가지에 달린 방울쇠가 찔렁 찔렁 울리고 있는 환청에 빠져들었습니다.

아버지를 설득하려던 소생의 속셈이 이 상태에선 전혀 무가치한 노력이 되겠음을 뼈에 사무치게 느껴야 했습니다. 소생은 앞이 캄캄하였습니다.

그때, 아버지는 저쪽으로 휘적거리며 걸어가고 있었습니다.

"내 대변 좀 보고 올 테니, 거기 앉아 기다려."

금방 미연 씨의 걸음걸이 흉내를 열나게 재연하던 아버지가 느닷없이 또 대변을 본답시고 변소를 찾아 걸어가고 있었습니다. 그러나 마나 소생은 그이가 하는 양을 반은 정신을 잃고 물끄러미 바라보고 있었습니다.

그이가 저만치 사라지자, 나는 재빨리 주머니를 뒤져 은하수를 빼내 물었습니다. 소생은 연거푸 두 대의 담배를 태웠습니다.

지지리도 염복이 없다고 생각되어 수유리에서 신촌까지 쳐들어가서 한 여자를 물었고, 그 여자를 집어삼킬 찰나에 남숙이 년이 나타나서 훼방을 놓았었습니다. 그러나 재도전을 위한 전열을 가다듬고 있는 지금, 아버지는 개떡 같은 촌년 하나를 몰고 와서 한창 신나게 자랑을 늘어놓다가 시방은 똥을 누러 가 있다는 것입니다.

참으로 생각하면, '희극' 바로 그것이었습니다.

그런데 이게 또 문제가 생기기 시작한 것입니다. 화장실을 찾아간 아버지란 머저리가 영 돌아오지 않고 있다는 것이었어요. 삼십 분이 실하게 지났는데도 아버지는 다시 나타나질 않았습니다. 혹시 똥통에라도 빠지지 않았을까, 그런 못된 생각이 소생을 사로잡더군요.

소생은 벤치에서 벌떡 일어났습니다. 그이를 찾아나섰지요. 그러나 다섯 군데의 화장실을 모조리 뒤져도 아버지의 모습은 묘연했습니다. 소생은 한 시간 동안이나 덕수궁 안을 헤집고 다녔으나 어디서고 아버지의 모습은 보이지 않았습니다. 자기 혼자 하숙집으로 돌아간 게 아닐까 싶기도 했어요.

하는 수 없이 소생은 미적미적 덕수궁을 빠져나왔습니다. 그런데 정문을 빠져나오려는 찰나, 수위가 나를 유심히 바라보더니 이렇게 씨불였습니다. 그는 히쭉히쭉 웃고 있더군요.

"선생님이 혹시 상고머리 한 시골 사람과 동행이었던 분 아니세요?"

"네, 그래요. 그 사람 보았어요?"

"선생이 그분 아들 나팔수 씨요?"

"네, 그렇다니까요."

"그분이 나가시면서 그러는데 시골로 내려가신다구, 걱정 말라더군요."

"아! 그랬었군요."

소생은 그길로 부랴부랴 택시를 잡아 탔습니다. 신촌으로 냅다 달렸지요. 지금쯤 아버진 소생의 하숙집에 계실지도 모르기 때문이었어요.

그러나 소생의 예상은 전혀 빗나가고 있었습니다. 대문을 열어준 순자의 말에 의하면 아버지는 집에 들른 일이 없을뿐더러 칠례란 년은 아직도 그 집에 머물러 있다는 거예요. 지금은 순자의 빨래일을 거들고 있다는 것입니다. 소생은 그제야 아버지의 모든 속셈을 알아차렸습니다. 소생은 아버지가 만든 덫에 걸리고 만 것이었어요.

그 순간 저는 아찔했습니다. 이 돼먹잖은 늙은이는 저속하고 악랄한 수

법으로 소생을 확실하게 농락하고 있었어요.

칵 죽여버리고 싶은 저 칠례라는 여자와 아버지의 상경은 애당초 어떤 묵계 아래서 이루어진 게 분명했습니다. 그러나 저들의 묵계가 어떤 것이든 이 계집을 한시 빨리 이 집에서 멀리멀리로 내쫓을 방법을 강구하지 않으면 안 된다고 생각했습니다. 가능하다면 동해 바다 아니 태평양의 어느 이름 모를 섬 같은 곳으로, 아니면 제 재주로는 도저히 이 서울로 돌아올 수 없을 정도의 아프리카 밀림 속이라면 더욱 좋겠습니다. 이 계집이 소생의 하숙집에 머무르는 시간이 길면 길수록 미연 씨는 깐깐하게 토라지기 마련이겠고, 나아가서는 지금까지 그녀에게 기울인 소생의 그 처절했던 노력과 투자는 오직 공염불로 무산될 위기조차 없지 않았기 때문입니다.

당장, 칠례의 모가지를 비틀어 거머쥐고 대문 밖으로 패대기를 쳐버린다든지, 아니면 갖은 욕설을 퍼부어 내쫓는 것이 그녀의 생김새로 보아 가장 적절한 방법이라고 생각했습니다. 그러나 소생은 그걸 실행에 옮길 수 없었습니다. 왜냐하면, 내게 그런 유치하고 무자비한 일면이 있다는 걸 미연 씨에게 보여주고 싶지는 않았으니까요.

또 그럴 경우, 아버지로부터 가해질 압력과 협박은 '송금 일체 사절'이란 사태로까지 발전하게 될 것이고 아울러 찬란했던 소생의 서울 생활은 그 대단원의 막을 내리게 될 게 뻔한 일이 아니겠습니까. 그 늙은이 돌아가는 낌새가 그러고도 남을 위인이고 또 그만큼 강경하다는 것도 소생은 알아차렸습니다. 고금을 통하여 널리 애용되는 진퇴유곡(進退維谷)이란 문자가 바로 지금의 소생을 두고 이르는 말씀 같았습니다.

건강 하나에는 자신 있던 소생도 그제야 골통이 쑤셔오기 시작했고, 극도의 피로가 온몸을 휘감았습니다. 소생은 우선 한잠 자기로 했습니다. 일단 아진실업으로 전화라도 걸어서 소생이 오늘 출근치 못한 대강의 사정을 변명하고 양해를 구할까도 싶었지만, 그 사장이란 작자는 똥개처럼 길길이 뛰며 발광해올릴 게 틀림없겠으므로 그만두는 수밖에 없었습니다.

하여튼 하루 저녁의 일이 잘못 삐꾸러져 나가버림으로 해서 소생은, 여러 가지 국산품 중의 한 녀석으로 끼이게 되었고, 또 궁지에 빠지게 된 것입니다. 남숙이란 그 카메라쟁이 계집애는 생각할수록 미웠습니다. 소생은 언제든 그년에 대한 복수를 해야겠다고 생각하며 어금니를 앙다물었습니다.

소생은 아마 사뭇 그 어금니를 앙다문 채로 잠이 들었던가 봅니다. 방에 불이 켜지고 저녁 처먹으라는 식모의 독촉에 소생은 얼핏 잠이 깨었습니다. 그런데 관자놀이 근방이 누구에게 얻어터진 듯이 뻑적지근하더라구요. 왠가 했더니 잠들 때 남숙이 년을 생각하고 어금니를 앙다물었던 생각이 나더군요.

일어나보니 소생은 베개까지 단정히 베고 있었고 배 위에는 캐시밀론 이불까지 포근히 덮여 있었습니다. 소생은 방구석에 그대로 처박혀 잠든 기억밖에 없는데 말입니다. 누가 들어와서 덮어준 게 틀림없었습니다.

나는 수돗가로 나가서 세수도 하고 종아리도 대강 씻었습니다.

시계를 보니 저녁 여덟 시가 가까워 오고 있었습니다.

칠례란 년도 보이지 않았고 안방에선 텔레비전 연속극이 한창 고비를 넘기는지 한 계집이 죽는 소리로 사내새끼 이름을 불러젖히고 있었습니다. '혁도 씨' 하고 말입니다.

그때, 방문을 열고 누가 마루로 나오더군요. 미연 씨였습니다. 그녀는 어깨에 수건을 걸치고 있었어요. 여관에서 헤어진 뒤 미연 씨와는 첫 대면이었습니다.

아마 그녀는 뜰에 아무도 없는 틈을 노리고 있다가 수돗가의 내게로 은밀히 다가왔음에 틀림없었습니다. 소생의 가슴은 방금 시동이 걸린 석탄용 화물 자동차처럼 뛰기 시작했습니다.

소생은 그때, 종아리를 걷어올린 채 그녀를 힐끔 쳐다보았습니다. 그랬던 것은 털이 무성하게 자라고 있는 내 야성미 나는 종아리를 그녀에게 돋보이게 하고 싶었기 때문이었죠.

그녀는 나를 보자, 생긋 웃었어요. 그녀의 웃음을 보는 순간, 소생은 온몸의 피가 역류해서 몽땅 얼굴로 괴어오르는 듯한 감동 속에 빠졌습니다. 그녀의 그 맑은 웃음은, 한심하기 이를 데 없었던 어젯밤의 일로 소생을 꾸짖고 있었다거나, 칠례란 계집이 이 집에 와 있음으로 해서 소생을 사랑의 낙서(落書)에 나오는 만화와 같은 사내로 생각하고 있으리란 소생의 추측을 삼백육십도로 뒤엎고 있었기 때문이었지요.

그녀는 자연스럽게 내 곁으로 다가와선 세숫대야 가득 수돗물을 빼 채웠습니다. 그리고 갯밭에서 방금 뽑아낸 무 같은 희디흰 두 팔을 대아에 담갔습니다.

"어젠 몹시 취해 있어서 그대로 쓰러진 것 같았어요. 용서하십쇼."

소생은 나직나직 이렇게 말했습니다.

"아녜요, 미안했던 건 저예요. 남숙이가 와서 깨어보니 한쪽 벽 아래 꼬꾸라져 주무시데요."

"좌초당한 배를 두고 그냥 오시다니 무정한 고깃배군요."

그녀는 순간 배시시 웃었어요.

그리고 "아녜요"라고 말하며 미연 씨는 나를 향해 얼굴을 들었습니다.

"남숙이한테 의심받기 싫어서였어요."

"저도 모르겠던 것은 어찌 우리가 한 방에 들었던 것인지……."

소생은 생판 이해가 안 간다는 식으로 양 어깻죽지를 양놈처럼 비쩍 치켜세우며 이렇게 말했습니다.

"지나간 일 너무 신경 쓰지 마세요."

"알겠습니다. 아니래도 코앞에 닥친 일이 더 큰일인데 말입니다."

우린 잠깐 침묵하고 있었습니다. 소생은 대야에 담긴 그녀의 두 팔을 탐욕의 시선으로 내려다보고 서 있었습니다. 저 희디흰 두 팔이 소생의 목덜미를 감아 안고, "사랑해, 당신을 정말로 사랑해"라고 쫑알대며 앙탈의 눈물을 글썽일 때 소생은 무너져내릴 듯 행복해질 것이라고 생각했습니다. 그러나 그놈의 행복을 지척에 두고 소생은 술독에서 빠져나온 쥐 새끼 모양으로 비틀거리고만 있는 형편이었습니다.

"참, 저 아가씬 어떡하실 셈이에요? 아버님께서 오시자마자 저 아가씨의 하숙비 석 달분을 어머니에게 지불했다나 봐요. 순자하고 같이 자기로 하고 말이에요."

이 말을 듣는 순간, 소생은 아연실색, 하마터면 소리를 지를 뻔했습니다. 그러나 소생은 금방 태연스러움을 가장하고 말했습니다.

"그년이 이 나팔수와 무슨 상관이란 말입니까? 두고 보십시오. 내가 그걸 상대조차 하는가. 석 달 아니라 삼백 년을 죽치고 있대도 말입니다."

"왜 그렇게 미지근한 말씀을 하세요?"

"미지근하다니요? 그럼 그 나팔수가 순 맹물이란 말씀입니까?"

"저 아가씨가 자진해서 물러나도록 유도하실 재간은 없으세요?"

"유도를 하란 말씀입니까?"

"네, 그래요."

"좋습니다. 저걸 녹신하도록 내던지든지 쥐어패버릴까요? 그거라면 자신 있구말구요."

"겨우 그 방법밖에 생각 안 나세요?"

"뭡니까, 그 방법이?"

"그런 방법쯤이야 터득하시고 계실 줄 알았는데요?"

"전 원체 주간지 같은 건 사 보는 성격이 아니어서……."

소생은 일부러 뒤통수를 긁적거리고 있었습니다.

소생은 저녁밥을 부랴부랴 목구멍에 짓이겨 처넣은 다음, 곧 육교 옆에 있는 버스 정류장으로 달려갔습니다. 그리고 다섯 권의 '인생독본'을 사 끼고 너무도 당당하게 집으로 돌아왔지요. 그날 밤 그 다섯 권의 주간지를 독파하느라고 소생은 진땀깨나 흘렸습니다. 새벽 세 시께 겨우 잠자리에 들 수 있었으니까요.

난 미연 씨야말로 도사라고 생각했습니다. 인류에 회자되는 성경이니 철학이니 심리학이니 하는 따위들이 말짱 개나발에 불과하더라구요. 그런 놈의 책들이야 백 권을 읽어보아야 세상 돌아가는 요령을 터득하는 데는 주간지 한 페이지를 감당하지 못한다는 것이 바로 철학이더란 것입니다.

그 주간지는 막연하나마 소생에게 어떤 암시를 제공해주더군요. 이 칠 례라는 년을 몰고 서울 시내를 종횡무진으로 누비면서 온갖 실수를 저지르게 만든다는 것이었어요. 가령 엘리베이터에 그걸 혼자 두고 내려버린 다든지, 포크로 수프를 떠 처먹게 한다든지, 튀김집에서 곰탕을 시키게 한 다든지 타임지를 돼먹잖은 발음으로나마 줄줄 읽어내린다든지, 길을 걸 어가다가 아무에게나 꾸뻑 인사를 하고 난 다음 이제 그 사람이 국회의원

수석비서관이라고 말해주든지, 국회의사당 건물 앞의 수위에게 넙죽 인사하고 난 뒤 고향 친구라고 말하든지, 시청 건물 꼭대기 돔 속에 바로 내 사무실이 있다고 떠들어서, 그녀로 하여금 자기는 이 나팔수라는 거물급과는 도저히 어울릴 수 없는, 갈 데 없는 시골 여자라는 걸 스스로 깨닫고 물러나게 한다는 딴은 그럴싸한 방법이 떠올랐던 것입니다.

어쨌든 소생은 최소한 사흘을 시한으로 잡아 이 칵 죽이고 싶은 시골 계집을 이 집에서 제 발로 걸어나가게끔 만들자는 것이었습니다.

이튿날 아침, 소생은 기세 좋게 일어나 방문을 열었습니다. 수돗가에는 벌써 소생의 세면도구가 가지런히 놓여 있었고, 장독대 위에는 수건까지 접혀서 놓여 있었습니다. 그리고 세숫대야엔 찰찰 넘도록 물이 담겨 있었습니다. 옛날엔 그런 일이 없었습니다.

그러니까, 이 칠례란 년이 소생이 잠든 사이에 살쾡이처럼 기어들어와서 세면도구를 내어다가 진열한 게 틀림없었습니다. 홍, 제 딴엔 알랑방귀 한번 감칠맛 나게 뀐답시고 그러는 모양인데, 그런다고 미연 씨에게로 가 있는 소생의 철석같은 마음이 돌이켜질 수 있다고 생각했다면 그건 달 쳐다보고 짖는 똥개의 헛지랄밖엔 다른 아무것도 아니란 것입니다.

소생은 수돗가로 나가서 떠놓은 물을 안방으로 올라가는 디딤돌 부근으로 휙 쏟아버리고 다시 물을 받아 세수를 했습니다.

저년을 몰고 밖으로 나가야지.

그날은 국경일인가 하여 마침 미연 씨도 휴강이라는 걸 소생은 어제저녁 그녀의 귀띔으로 알고 있었어요. 그리고 미연 씨 편에서 아침 먹은 다음, 서울 구경 시킨답시고 칠례를 자연스럽게 밖으로 유인하도록 미리 약속이 되어 있었습니다.

아침상을 물린 뒤 이를 후비고 있자니까, 방문을 노크하는 소리가 들렸습니다. 칠례 년이었습니다. 이게 왜 소생을 다시 방문했는가 싶어 얼른 문을 열어주었습니다. 그녀는 내가 문을 열자, 밖에 선 채로 머뭇거리더니 이렇게 말했습니다.

"저 팔수 씨, 미연 씨가 시내 구경을 시켜준다는데 지가 밖에 나가도 좋은지 말씀 여쭈러 왔습니다."

기가 차더군요. 자기야 골목 밖에 있는 물탱크 옆에 앉아서 오줌을 싸든지, 눈깔사탕을 말로 사서 씹든지, 소생이 알 바 아닌데도 이게 무슨 약혼이라도 치른 사이처럼 외출 허가를 받는답시고 소생을 찾아온 것입니다.

이런 육시를 할 년이 있나 싶더군요. 그러나 소생은 밖으론 허허 웃었습니다. 쓰잘데없이 허허 웃는 연습이야 소생이 좀 잘 되어 있습니까.

"좋은 일이군요. 가보세요."

"미연 씨께서 자기도 데리고 나오라고 말씀하시데요."

"자기라니? 나 말이오? 미연 씨가 자기라고 말합디까? 아니면 나보고 하는 말이오?"

"아이, 그야 물론 지가 그렇게 불러봤습니다예."

야, 이건 미연 씨 같은 도사는 저기 가서 발 씻고 자거라더군요. 미연 씨도 아직 나보고 자기라고 못 부르고 있는 처지에 이게 느닷없이 나타나서 나를 '자기'로 부르다니 뭐가 잘못되어도 이만저만이 아니다 싶더군요.

낯짝에 가래라도 칵 뱉어주고 싶었으나 어쩝니까. 그녀의 뒤에는 지금 당장 보이고 있진 않지만 아버지라는 괴물이 버티고 있다는 걸 소생이 잊을 수 없더군요. 소생은 다시 한 번 허허 웃었습니다. 그때 그녀가 말했습니다.

"자기, 그렇게 자꾸 허허 웃지 않았으문 좋겠십니더. 속없어 보여예."

"웃지 말라구?"

"그래예. 흡사 염통에 빵구 난 사람 같아 보여서 그래예."

게다가 그녀는 정말 소생의 염통에 바람구멍이나 난 것이 아닌가 하는 염려스러운 눈길로 내 얼굴과 몸뚱이 여기저기를 주의 깊게 살피더란 것입니다. 소생도 촌놈치곤 잘 돌아가고 있다고 으스대는 판에 이게 또한 불쑥 나타나서 소생의 허파에 불을 지르고 있었습니다. 처참하더군요. 그러나 이 판국에 누굴 원망하겠습니까. 그야 물론 아버지, 바로 그 위인뿐이겠지요.

소생은 할 말을 깡그리 잊고 비척거리고 일어나서 외출 준비나 서둘렀습니다.

잠시 후, 우리 세 사람은 여대 앞의 넓은 보도 위를 걸어가고 있었습니다.

쥐색 티셔츠 차림인 미연 씨는 오늘따라 곧장 엉겨붙고 싶도록 예뻐 보였습니다. 저걸 왕창 먹어버리지 못하다니, 칵 뒈져야 할 사람은 바로 소생이 아닌가 싶었습니다. 더욱이나 그녀의 터질 듯한 앞가슴과 볼륨을 보자, 소생은 배삼룡처럼 입을 헤벌리고 그녀를 쳐다보기까지 했으니까요.

미연 씨가 칠례를 쳐다보고 묻더군요.

"아가씨, 어딜 맨 처음 보고 싶으세요? 서울에서?"

미연 씨가 이렇게 묻자, 이건 또 빠따에 물오른 대타자(代打者)처럼 거침없이 되받아치더군요.

"창경원에 가면 물개가 있다 카데요? 물개를 먼저 보고 싶어요."

"물개?"

이렇게 되묻고 있는 미연 씨의 표정이 낭패로 일그러졌습니다. 소생 또

한 마찬가지였어요. 소생은 미연 씨보다 훨씬 더 진지하게 낭패스러운 표
정을 지었어요.

불원천리 서울까지 기어올라와서, 숱하고 숱한 명승고적 마다하고 하
필이면 유치한 창경원 물개부터 보고 싶다니 말입니다. 엉뚱하긴 소생의
아버지쯤은 열 잡아먹고 남을 넌이더라고요.

"그렇게 하시죠, 그럼."

그러나 미연 씨는 정색의 표정으로 돌아와 이렇게 말했습니다. 그러나
소생의 생각은 전혀 다른 곳에 있었습니다.

난 이것의 기부터 칵 죽여놓고 보자는 심사였으니까요.

"샹들리에로 갑시다."

소생은 강경하게 말했어요. 그곳이 소공동 어귀에 있는 어떤 십이층 건
물 옥상에 있는 양주 코너란 걸 미연 씨도 모르고 있었겠지만, 그러나 그
곳으로 가자는 소생의 속셈은 씨알머리 있는 미연 씨가 모를 턱이 없었습
니다. 그녀는 나를 돌아다보면서 사악 웃더군요.

"우선 속부터 채우고 난 뒤 창경원엘 가든지 물개를 보든지 하자구요."

그때 칠례가 얼른 대답했습니다.

"금방 뱃구레 채우고 나와서 뭘 또 먹잔 말씀이지예?"

이건 눈조차 흘기더라구요. 쓸데없는 과용 저지르지 말라는 투였어요.
끼어들지 말아주었으면 좀 좋겠습니까마는 이게 사람 오기 돋워 열나게
하는 재주는 타고난 여자더군요.

그러나 제깟것이야 뭐라고 주절거리든 소생은 앞서서 휘적휘적 걸어갔
습니다. 서울엘 와서 날 따라오지 않으면 제가 무슨 재간이 있어 어디로
가겠습니까. 칠례라는 여자라면 미워서도 하루 종일을 도보 행군으로 골

탕을 먹일 텐데 미연 씨 때문에 택시 안 탈 도리 없더군요. 이래저래 죽 쑤는 건 소생뿐이었어요.

우리는 금방 그 십이층 건물에 도착했고 엘리베이터에 올랐습니다. 엘리베이터가 움직이자, 소생은 칠례를 힐끗 돌아다보았습니다. 골통이 찡했던지 눈을 지그시 감고 있더군요. 제가 타본 것이라면, 기껏해야 통나무 두 개로 가로질러진 시골 변소 발판밖에 없을 텐데 눈 감기는 것이야 당연하겠지요.

건물 꼭대기 홀에 도착한 우리는 칠례를 바로 창가의 맨 끝좌석에 앉혔습니다. 발아래 펼쳐진 시가지를 내려다보며 현기증을 유발시킨 다음 독한 술을 마셔 골에 윙윙 소리가 나도록 만들자는 것이 소생의 계산이었습니다.

그사이에 이 여자를 여기 남겨두고 미연 씨와 소생은 토껴버리자는 것이었어요. 그리고 오늘에야말로 소생은 미연 씨를 홀딱 까먹고 말겠다는 것입니다. 하늘이 무심치 않다면 아마 소생의 계획은 다시 빗나가지 않을 것으로 생각되었습니다.

알랭 들롱을 열 잡아먹고 만들어낸 듯싶게 쪽 빠진 미남 웨이터가 테이블에 다가와서 그 보기도 싫은 메뉴표를 다시 척 펼쳐놓았습니다. 소생의 가슴은 다시 한 번 쩔렁 내려앉았습니다. 왜냐하면, 미연 씨와 나는 순한 걸로 시켜야 됐고, 칠례에게는 독한 걸로 시켜야 할 텐데 난 그놈의 양주 성명을 도라지위스키 정도로밖엔 모르고 있었으니깐요. 열나더군요. 그러나 이런 때 비리비리하게 앉아 있을 소생은 아니었습니다.

소생은 벌떡 일어났습니다. 그리고 두 여자 모르게 그 미남 웨이터의 옆구리를 쿡 찌른 다음 출입구 쪽으로 성큼성큼 걸어나왔습니다. 그 웨이터 녀석 눈치 한번 빠르길래 팁을 이천 원이나 줘버렸습니다. 내가 왜 자기 옆구리를 찔렀는가를 그는 옛날에 눈치 채고 있었기 때문이었어요. 그리고 녀석은 내 주문을 받으면서 절대로 비실비실 웃지 않고 단정한 표정을 지었더랬어요.

"네, 곧 분부대로 올리겠습니다. 테이블로 돌아가십시오."

"어디 갔다 오셨어요?"

칠례에게 시가지 여기저기를 소개하던 미연 씨가 자리로 돌아온 나를 보고 이렇게 물었습니다.

"화장실에 잠깐."

물론 소생은 눈썹 하나 까닥 않고 대답했습니다. 그때, 복숭아 모양의 술잔 세 개가 얼음냉수가 담긴 컵과 함께 우리들의 테이블로 정중하게 날라져 왔습니다. 나와 미연 씨 앞에 놓인 술잔의 색깔이 달랐던 것으로 보아 웨이터는 이천 원의 팁과 산뜻하게 야합하고 있었습니다.

소생은 속으로 쾌재를 불렀습니다. 우린 십이층 양주 코너에 유식하게 앉아 술잔을 기울였습니다. 칠례는 술잔을 들자마자, 거의 반잔에 가까운 양을 꼴깍 마셨습니다. 그러곤 눈두덩을 질끈 감았다 뜨더군요. 그러나 일은 순조롭게 진행된 게 아니었습니다. 소생은 생후 처음으로 자발없는 한 여자의 호기심이 사내새끼 망치는 꼴을 거기서 처음으로 경험하게 된 것입니다.

소생은 태연스러움을 가장하기 위해 그 여자가 술잔을 반이나 비우는 꼬라지를 곁눈질로 보고 있었더랬어요. 그러나 그녀가 눈두덩을 질끈 감았다 뜨는 꼴을 미연 씨는 보지 못했던가 봅니다.

술잔 속의 색깔이 서로 다르다는 것만을 발견한 이 호기심 많은 미연 씨가 칠례가 놓는 술잔을 그대로 되받아서 "아이, 색깔도 예뻐!" 하면서 다시 남은 양의 반쯤을 날름 입에 털어넣는 것입니다. 이런 낭패가 또 어디 있겠습니까.

미연 씨는 금방 자지러질 듯한 기침을 쏟아놓기 시작했습니다. 얼굴이 벌게진 웨이터는 물컵과 수건을 갖고 황급히 테이블로 다가와 미연 씨의 등을 두드린다, 물을 먹인다, 입 안을 헹구어낸다……야단법석을 떨었습니다. 한참 만에야 그녀의 발작이 겨우 진정되더군요.

그런데 한 가지 기가 찰 일은 칠례라는 여자는 눈두덩 한 번 끔뻑했을 뿐 그런 부산을 떨고 있는 미연 씨를 태연스럽게 바라보고 앉아 있더란 것입니다.

겨우겨우 숨결을 거두어잡은 미연 씨가 나를 힐끔 쳐다보며 말했습니다.

"이런 술로 아가씰 골탕 먹임 어떡해요? 정말 나쁘다 팔수 씬."

웃기더군요. 칠례에게 처먹이려는 술잔을 제가 잡아 마시고 왜 요런 방정을 떠는지 알다가도 모를 일이더군요.

그러나 소생인들 가만있을 수 있겠습니까.

"어? 그게 아니었는데……."

소생은 자다가 날벼락 맞았다는 표정을 짓곤 카운터 쪽으로 의혹과 질타의 눈길을 보내며 엉거주춤 일어섰습니다. 잘못은 오로지 저 돼먹잖은 카운터 쪽에 있다는 듯이 말입니다.

그때, 미연 씨가 칠례에게로 시선을 돌리며 말했습니다.

"그런데 아가씬 아무렇지도 않으세요?"

"예, 지는 원래 빈속에도 소주 반병쯤은 마셔요."

그녀는 시들하다는 듯 이렇게 말하고 언뜻 소생을 바라보며 발그레 웃었습니다. 소생을 절대로 의심하지 않고 있다는 걸 그녀의 눈길에서 읽을 수 있었어요.

소생은 다시 엉거주춤 자리에 앉아버렸습니다. 일단 궤도 수정이 불가피하다고 생각했습니다. 이 자리에서 그 여자를 골탕 먹이겠다는 소생의 계획은 포기해야 했습니다.

미연 씨는 평온을 되찾은 것 같았습니다. 다만 그 술잔의 장난이 소생의 사주에 의한 것으로 아는지 아니면 순전히 카운터의 착오로 아는 것인지는 당장 감지해낼 수가 없더군요.

우리는 그곳에 더 이상 머물러야 할 명분도 기분도 없었으므로 다시 거리로 내려왔습니다.

거리로 내려오니 미연 씨는 다시 명랑한 기분으로 되돌아서더군요. 그녀는 상황 판단이 빨랐고 또 주변 사정에 민감하게 동화될 줄도 알았습니다. 착한 여자였어요. 난 그녀를 놓쳐서는 안 된다고 또 한 번 다짐하였습니다.

미연 씨는 공중전화 부스로 깡충깡충 뛰어가서 어딘가로 전화를 걸고 와선 택시를 잡았습니다.

칠례의 소원대로 그녀에게 물개를 구경시키기 위해 우린 창경원으로 차를 달렸습니다. 창경원의 입장권도 미연 씨가 사더군요. 그건 아마 자기 집에 온 손님에 대한 대접인 것 같았습니다.

제이 라운드의 공은 울렸습니다. 소생은 이곳에서 다시 한 번 칠례를 골탕 먹일 생각을 하고 있었습니다. 그러나 이곳에서야말로 정말 나를 골탕 먹일 마물(魔物)이 도사리고 있을 줄은 몰랐습니다.

우린 그곳에 들어서는 길로 맹물표 아이스크림 한 개씩을 사서 입에 물었습니다. 창경원은 휴일을 즐기려는 선량한 시민들로 들끓고 있었습니다.

우린 각양각색의 피서법을 즐기고 있는 '동물 가족'들을 차근차근 탐방하기 시작했어요. 낙타는 배때기만 남기고 털을 벗고 있었고, 백곰은 얼음 조각을 아삭아삭 씹어 먹고 있었으며, 코끼리들은 수도꼭지에 코를 처박고 있었습니다. 그리고 우리 셋은 곧장 물개가 있는 풀 쪽으로 발길을 돌렸습니다.

수놈 한 마리가 네 마리나 되는 암놈들을 혼자서 몰고 다니며, 물굽이를 휘감아치고 있더군요. 그 꼴을 보니 소생은 옛날에 깔치들을 몰고 정릉에 갔던 생각이 얼핏 떠올랐습니다. 소생도 그땐 저 수놈처럼 갖가지 묘기로 그녀들에게 내 남성을 과시하고 또 그녀들을 즐겁게 해준 기억이 있었습니다.

풀 한편에 외따로 떨어져서 주둥이로 한가하게 물줄기나 푸푸거리고 내뿜으면서 일군의 동료들을 곁눈질하고 있는 놈은 필경 한 수놈과의 피나는 투쟁에서 패배의 쓴잔을 마신 놈이었겠지요.

소생도 깔치를 둘이나 몰고 창경원 탐방을 올 처지니 분명 승자 축의 수놈과 비견될 만하다고 생각했습니다. 그런데도 소생은 어쩐지 축 늘어진 기분이었고 저놈은 참으로 정복자답게 종횡무진으로 그 수컷다움을 과시하고 있었습니다.

우린 그 물개 우리 주변에서 상당히 오래 서 있었던 것 같았습니다. 그때까지도 소생은 아이스크림에 박혀 있던 나무막대기를 길게 입에 물고 있었습니다. 그건 미연 씨의 요구 때문이었어요. 누가 우리 셋을 물개 우리 주변에서 찾기로 했는데, 그가 찾아내기 용이하도록 나무막대기를 입에 물고 있기로 아까 전화로 약속을 해주었다는 것입니다. 젠장, 이게 무슨 창피란 말입니까. 물론 다른 사람들이야 아직 아이스크림을 빨고 있는 줄 알겠지요. 그게 남숙이란 년을 위한 것인 줄을 나중에야 알았지 뭡니까.

그때였습니다. 소생의 등 뒤에서 이런 상소리가 들려왔습니다.

"이 자식아, 이 멍청한 놈아!"

물론 소생의 아버지 외에는 이 서울 장안에서 그런 싸가지없는 말투로 소생을 부르고 있을 남자는 있을 수 없겠으므로 난 그쪽으로 고개를 돌릴 까닭이 없었습니다. 하물며 여긴 멍청이로 일컬을 수 있는 백곰 막사 앞도 아니었으니까요. 그러나 이젠 더 큰 소리로 "야, 이놈아!" 하는 소리와 함께 내 목덜미를 뜨거운 손바닥이 와서 덥석 잡아낚는 걸 느꼈습니다. 그제야 불초 소생도 몸을 돌려 그 잡놈을 바라보았습니다. 그리고 소생은 순간적으로나마 내 팔자 잘돼간다 싶더군요. 소생의 목덜미를 감아쥔 사나이는 아진실업의 고춧가루 사장 최가, 바로 그놈이었습니다.

소생은 무의식적으로 그에게 잡힌 덜미를 빼려 했으나, 그 자식이 모질게도 비틀어쥔 나머지 꼼짝할 수 없더군요. 나는 그 자식에게 끌려 군중 속을 빠져나왔습니다. 실은 소생이 군중 속을 빠져나온 게 아니라 동물 가족에게 끌려 있는 군중의 시선을 반대편으로 유도한 것뿐이었습니다. 그들은 일제히 우리들을 향해 돌아서버렸으니까요.

"이 자식아, 이건 빤다구 처물고 있니? 하긴 그것 땜에 쉽게 찾았다만."

이렇게 말하며 사장 놈은 소생의 죽통에 굳게 물려 있는 아이스케이크 막대기를 홱 빼내선 저 멀리 원숭이 막사 쪽으로 던져버리더군요. 얼마나 힘차게 빼내 던졌던지 소생은 송곳니 하나 진정 못쓰게 되는가 싶었습니다.

호랑이에게 잡혀가도 정신만은 차리라는 순 어거지 속담은 외고는 있는 터이어서 그런 와중에서도 소생은 미연 씨가 어디쯤에 있는지를 가늠

해두려고 주위를 뚜릿뚜릿 살폈습니다. 그러나 미연 씨는 고사하고 그 잘난 칠례 년까지도 내 시선엔 들어오질 않았습니다.

그런데 이건 또 얄궂은 장난인지 우리들 옆을 짤짤 따라오면서 카메라의 셔터를 눌러대는 한 계집이 있었으니 그건 다름 아닌 남숙이, 그년이었습니다. 제가 심순애도 아니고 소생이 이수일도 아닌 이상 그년이 소생을 그리도 못 잊어 하는 까닭은 도대체 무어란 말입니까. 그녀에게 있어선 내 존재가 제발 잊혀진 남자로 되고 싶었습니다. 그러나 그러한 소생의 노력과 의지가 구체화되면 될수록 그녀는 송아지 엉덩이에 붙은 진드기처럼 소생을 따라붙는 것이었습니다.

그러나 남숙이 년이 우릴 따라다니는 한 미연 씨 역시 근방 아니면 저 선량한 군중 속에 끼여 있으려니 생각하고 소생은 그 고춧가루 사장 놈이 이끄는 대로 비척비척 끌려갔습니다.

이건 또 별난 놈이어서 하필이면 소생을 호랑이 막사 앞으로 끌고 가려 하고 있더군요.

불초 소생이 드디어 고백하거니와, 이 자식이 이토록 기를 쓰고 소생을 잡아끄는 데는 충분한 이유가 있다는 것입니다. 요컨대, 이틀간의 결근이 이 자식을 무자비하게 흥분시키고는 있지 않다는 것입니다.

결근을 한 건 눈감아줄 수도 있는 녀석입니다. 동대문 시장 변두리 식당에서 고춧가루 값으로 수금된 오만 원의 현찰을 전표와 함께 납입시키지 않고 무단결근을 해버린 데에서 이 자식의 오해는 발단되고 있었습니다. 그 때문에 소생이 이렇게 질질 끌려다니고 있는 판이었어요.

최가 놈은 그중 지악스럽게 비쩍 마른 한 호랑이 막사 앞에서 소생을 세우더니 쇠창살 쪽으로 나를 끌어박는 시늉을 하면서 이렇게 말했습니다.

"이놈아, 그 돈 오만 원 당장 내놓지 못하면 이 호랑이님의 밥이 될 줄 알아라. 니놈도 사내대장부가 쩨쩨하게 돈 오만 원을 떼어먹고 토껴?"

진작 결근 사유를 전화로 연락 못 한 소생의 불찰을 지금 와서 통탄한들 그건 허깨비 기침에 불과했습니다. 이미 창피는 싸바른 뒤였으니까요. 발설한 것부터가 운명은 시작되었고 또 이런 더운 날, 집구석 부엌에 벌리고 앉아 목물이나 하고 나자빠질 노릇이지 가장질 알차게 한답시고 새끼들 몰고 창경원 구경을 나온 최가 놈에게서 그 운명은 장난을 시작한 것입니다.

칠례 년을 따돌리려고 제이 라운드에 돌입했던 소생은 의외의 복병에 잡혀 티케이오 직전까지 온 것 같았습니다.

그러나마나 우선 급한 것은 최가 놈에게서 소생의 육신을 어서 빨리 빼내는 일이었습니다. 그러나 이 자식은 이 뙤약볕 쬐는 한길 바닥에서 현찰 오만 원을 당장 제 코앞에 디밀어달라니 이것 또한 보통 난관이 아니었습니다. 소생은 그저, 좌초당한 배가 파도에 일렁이듯이 최가가 흔들어대는 대로 상체를 이죽거리고 있을 뿐이었습니다.

미연 씨는 어디 갔을까, 미연 씨는 어디에 계실까, 소생은 속으로 자꾸만 이렇게 외치고 있을 따름이었습니다. 미연 씨가 내 앞에 나타난다면 그녀는 곧장 이 장면을 해결해줄 구세주로 변신할 것 같았습니다. 이젠 남숙이 그년조차도 보이지 않았습니다.

그때, 구경꾼을 비집고 우리들 앞으로 느릿느릿 다가오는 여자가 있었습니다. 그녀는 의외에도 칠례였습니다.

"지 핸드박구에 오만 원이 없었다면 자기 창피당했을 끼라, 그지예?"

그 촌스러운 1968년도식 핸드백 속에 현찰 오만 원이 들어 있었으리라곤 소생이 상상인들 했겠습니까. 지름이 일 센티 사 밀리인 한국은행 총재

도장이 어김없이 찍힌 오백 원권 오만 원을 받아쥔 그 최가 놈은 이렇게 말하더군요.

"이봐요, 시골 아가씨. 이 자식과 친척 간이오?"

"친척 아니면 잡아먹을라예?"

"이런 자식을 도와줄 필요가 없다, 난 이거외다."

"당신 볼일이나 보는 게 좋을 끼라예."

칠례가 소생의 한 손을 덥석 잡고 끌어당겼습니다. 불초 소생은 최가 놈으로부터 극적으로 풀려난 것입니다.

솔직히 말씀드려, 소생은 그때 칠례의 손을 무자비하게 뿌리칠 수가 없더군요. 그런 위기에서 소생을 구해준 여자의 손을 뿌리칠 용기는 제게 없었습니다. 단돈 오만 원의 빚을 그녀가 대신 갚아주었다는 속된 결과 때문인 것보다, 내 손을 잡은 그녀의 손이 너무나 뜨거웠기 때문입니다. 소생의 손을 뿌리칠 수 있는 모든 권리가 이젠 칠례에게 있는 것처럼 느껴졌습니다.

소생은 그녀에게 이끌려 걸으면서 사방을 휘둘러보았습니다.

"자기, 미연 씨 찾고 있지예?"

그러나 소생은 그 물음에 대답하진 않았습니다.

칠례가 다시 한 곳을 가리키면서 말했습니다.

"저기 가고 있네예."

그녀가 가리킨 곳은 매점 앞에 있는 벤치였습니다. 미연 씨는 남숙과 같이 지금까지 그 벤치에 앉아 있었던가 봅니다. 그들은 방금 앉아 있던 자리에서 일어서는 참이었고, 가지 않겠다고 앙탈인 듯한 미연 씨를 남숙이 잡아끌고 있더군요. 흡사 소생이 칠례에게 이끌리고 있는 것처럼 말입니다. 남숙이 년은 되도록 빠른 걸음으로, 그리고 미연 씨는 되도록 느린 걸음으로 사람들 속을 빠져 출구 쪽으로 사라지고 있더군요. 사실 내 손목이 칠례의 손에 잡혀 있지만 않았던들 소생은 체면이고 나발이고 간에 그녀들을 주척거리며 따라갔을지도 모릅니다. 그러나 이 시점에서 소생이 다시 그녀를 따라간다는 건 전혀 무의미하며 병신 짓이라는 생각이 들더군요.

우리는 그 자리에 가만히 서서 이젠 출구 밖으로 사라지는 두 여자를 넋 잃은 듯 바라보고만 있었습니다.

소생은 미연 씨를 사랑하고 있었습니다. 그러나 소생은 그녀를 사랑하기 전에 그녀를 소유하려는 엉뚱한 생각부터 한 것이 잘못이었는지도 모릅니다.

그녀들이 시야에서 사라지자 우리는 다시 창경원 안쪽으로 돌아섰습니다. 소생이 그 지긋지긋한 창경원 안쪽으로 다시 돌아섰던 것은 미연 씨를 삼키고 있는 출구 밖의 그 거대한 서울의 한쪽 모습이 커다란 공룡의 몸뚱이처럼 섬뜩한 무섬증으로 소생을 쏘아보고 있다는 생각이 들었기 때문이었어요. 소생이 돌아서자 칠례도 아무 말 없이 나를 따라 돌아서더군요.

우린 곧장 창경원에서 담 하나 사이인 비원 쪽으로 넘어갔습니다. 비원으로 넘어간 우리는 많이도 걸었습니다. 그러나 칠례와 소생은 통 말이 없었습니다.

"자기, 술 잡숫고 싶지예."

언뜻, 칠례가 이렇게 물어오면서 걸음을 멈추었습니다. 소생은 고개만을 끄덕거렸습니다.

이게 또 소생의 기분을 알아주더군요.

"그럼, 여기 가만 계셔예. 지가 가서 술을 사오지예."

그녀는 길모퉁이에 소생을 세워둔 채 저만큼 있는 매점 쪽으로 뛰어가더군요. 소생은 그녀에게 잡혔던 손을 들여다보았습니다. 내 손등엔 너무도 선명하게 그녀의 다섯 손가락의 지문이 찍혀 있었습니다.

숲 속 어디선가 자지러질 듯한 매미 소리가 들려왔습니다. 그러나 그 매미 울음소리는 창경원 쪽에서도 들려왔던 걸 소생은 기억하고 있었습니다. 그 매미 울음소리가 지금 와서 매우 신선한 감각으로 소생의 귓바퀴를 핥고 있었습니다.

한참 만에 칠례는 종이 봉지에 뭔가를 잔뜩 싸들고 돌아왔습니다. 그녀의 이마엔 땀이 송송 배어 있었습니다. 매미 울음소리가 그 땀방울 위에서 콩콩 뛰고 있었습니다.

"저쪽으로 가시지예."

그녀가 가리킨 곳은 인적이 드문 나무숲 속이었습니다. 소생은 그녀가 이끄는 대로 숲 속 깊숙이 들어가서 어느 나뭇등걸 아래 자리를 잡고 앉았습니다.

그녀는 두 홉들이 소주 두 병과 오징어 세 마리, 그리고 튀김과자들을 소생의 무릎 앞에 펴놓고 그제야 이마에 송송한 땀을 팔꿈치로 닦아냈습니다.

멀리서 매미의 울음소리가 자지러들더군요.

칠례는 종이 잔에다 소주를 찰찰 넘도록 부어 소생의 코앞에 바쳤습니다. 소생은 말없이 그 종이 소주잔을 비웠고, 그녀가 찢어준 오징어를 씹었습니다. 그녀 자신은 전혀 술을 마시려 들지 않더군요. 이게 왜 이러는가 싶더군요.

석 잔째를 받아 마신 소생이 다소 빈정거리는 투로 말했습니다.

"한잔하시지 그래요?"

그때 칠례는 발그레 웃더군요.

"사실 지는 술을 마실 줄 몰라예."

이건 또 무슨 엉뚱한 대답이란 말씀입니까.

"아깐 잘 마신다고 말했잖우?"

"사실 아깐 목구멍이 타는 듯이 뜨거웠는데……, 자기 무안해하실까봐 참느라고 애먹었어예. 시방도 목구멍이 아파예."

"거짓말 말어요."

"지가 거짓말로 자기를 속여 무슨 덕을 보겠어예."

하긴 그랬습니다. 그녀가 내게 거짓말을 늘어놓아야 할 아무런 이유도 없었으니까요. 또한 남자 앞에서 주절거리며 거짓말을 늘어놓을 여자 같지도 않았습니다. 그녀에게 지금까지 거짓말을 늘어놓았던 것은 오히려 소생 쪽이었으니까요. 난 다시 그녀를 다그칠 용기가 나지 않았습니다. 계속 소주를 들이켜면서 오징어 살점을 관자놀이가 뻑적지근하도록 질근거리고 씹었습니다.

마시면 마실수록 갈증은 심해갔습니다. 자꾸만 마시고 싶다는 치사스러운 욕망이 소생의 허파를 쥐어짜는 것이었습니다. 그것이 설령 소주가 아니라도 좋았습니다. 설령 개숫물이라 했더라도 소생은 자꾸만 마셔댔을 테니까요.

소생의 간장이 비어 있다는 사실을 그때서야 조금씩 깨닫는 기분이었어요. 허탈감 바로 그것이었습니다.

상당한 술을 마셨다고 생각되었습니다. 그런데도 칠례는 마시는 것에 열중하고 있는 나를 만류하려 들지는 않더군요.

소생이 소주잔을 내미는 족족 소복소복 소주를 부어올리는 것이었어요. 이게 사람을 어떻게 처치하려고 이러는 것일까 싶더군요. 그러나 소생은 개의치 않았습니다. 소생은 오직 마신다는 것에 열중해 있었고, 그리고 나무 그늘 아래서도 땀을 찔찔 흘리고 있었으니까요.

소생이 그 자리에 쓰러져 잠이 든 것을 안 것은 몇 시쯤인가 통 짐작이 가지 않는 밤중이었습니다. 으스스한 오한을 느꼈고 갈증도 왔습니다.

밤하늘이 째지도록 별은 총총했습니다.

그제야 소생은 노숙 중인 자신을 발견한 것입니다. 하기야 지금까지 소생의 심신은 노숙 바로 이것이었는지도 모릅니다.

소생은 일어나려 하였습니다. 그러나 그 순간 소생은 누구에게 깊이 감싸여 있다는 걸 느꼈습니다.

그것이 바로 칠례라는 것을 알았습니다. 그녀는 이 못난 소생의 상반신과 대갈통을 자기 가슴에 싸안고 나뭇등걸에 기댄 채 잠이 들어 있었습니다. 우린 비원의 숲 속에서 그대로 잠이 든 것입니다. 그녀는 이 추운 한밤중에도 식을 줄 모르는 체온을 갖고 있더군요. 소생은 그야말로 암소의 사타구니 속에 모가지를 처박고 하룻밤을 질탕하게 자고 있는 판이었습니다.

소생은 눈을 뜬 채로 멀리 보이는 북악산 등성이를 바라보았습니다. 북악산 등성이로 잿빛 새벽이 피어오르고 있더군요. 소생은 이런 자세가 몹시도 평안하다고 느껴졌습니다. 이런 평안함을 소생은 수년간 어디에서도 느껴보질 못했던 것 같았습니다.

소생은 손을 들어 그녀의 손목을 잡았습니다. 그녀는 두 손으로 소생의 뱃구레를 감싸안고 있더군요.

나는 그 두 손을 내 편에서 찾아 더듬었습니다. 싸늘하게 식은 그녀의 손등을 어루만졌고 그리고 곧장 소생의 입으로 가져와 아프지 않게 가만히 깨물었습니다.

꼼짝 않고 있더군요.

그녀는 잠이 든 게 아니었습니다. 그녀는 밤새도록 소생의 천진하고 치사한 잠을 바라보고 앉아 있었던 게 분명했습니다.

그때였습니다. 그녀가 와락 울음소리를 뱉어내는 것이었어요. 저 깊은 곳에서부터 그녀는 벌써 울고 있었던 것 같았어요. 그 울음소리가 소생을 전율하게 했던 것은 소생의 울음을 그녀가 대신하고 있다는 생각이 떠올랐기 때문이었어요. 그러나 그녀는 크게 소리 내어 울지는 않았습니다. 그녀는 울음을 삼키고 있었다구요.

소생은 벌떡 일어나 그녀의 목덜미를 으스러져라 껴안았습니다. 그녀는 소생의 목덜미에 입술을 갖다대고 볼따구니에다 뜨거운 눈물을 흠씬하게 적셔주더군요. 우린 일어섰습니다.

그녀가 말했습니다.

"자기 물 마시고 싶지요?"

"그래, 그렇지만 지금 이 비원 안에서 물을 어디서 구하겠어?"

"아닙니다. 있어요."

"물이 있다구?"

"어제 여기 들어올 때 샘물이 있는 곳을 봐놨어예."

소생은 그녀가 이끄는 대로 샘물이 있다는 아래쪽 계곡을 향해 걸어갔습니다.

샘물을 발견한 나는 그곳에 엎드려 갈증이 가시도록, 그리고 소생의 복장에 한이 남지 않도록 물을 빨아올렸습니다.

"체하시겠어예. 천천히 마시소. 냉수에도 체한다는데예."

그녀는 소생의 등을 두드리면서 이렇게 말하더군요.

그때 멀리서 비원의 돈화문을 여는 소리가 들려왔습니다.

해설 : 도시 속 악동의 불순한 생명력 | 정주아(2007)

해설

# 도시 속 악동의 불순한 생명력 | 정주아(2007)

## 1. 1970년대와 김주영의 소설

올해로 칠순이 가까운 원로 작가 김주영의 작품 세계를 이야기할 때 가장 첫머리에 놓이는 작품은 《객주》(《서울신문》, 1979. 6. 1~1984. 2. 29)일 것이다. 총 3부로 구성된 대하소설에서 작가는 재력과 조직을 바탕으로 정치 사회적 영향력을 키운 구한말 보부상의 역사를 기록한다. 《객주》의 인물들은 보부상의 '낭만적인 유랑'에 초점을 맞추는 전통적인 관점에서 벗어나 있다. 그들은 이해관계에 얽혀 갈등하고, 욕망을 앞세워 파멸하는 저잣거리의 보편적인 인간 군상의 하나일 뿐이다. 1980년대 초에 발표된 대하소설들, 즉 박경리의 《토지》, 황석영의 《장길산》과 더불어 《객주》는 민중주의가 시장주의의 대응 담론으로 기능할 수 있었던 1970년대의 연장선상에서 읽어야 한다. 한국 근대사에서 1970년대는 부의 축적 이외에는 어떤 이데올로기도 부차적인 논의에 불과하다는 성장 우선 논리가 노골화되고 강력한 지배 원리로 기능한 시기다. 시장과 보부상이라는 주제는 이런 맥락에서 시대적 의의를 얻는다. 또한 그 시장을 설계하고 운용하는 인간 군상들을 주목했다는 점에서 물질주의에 대한 문학적인 대응 방식을 모색한다고 볼 수 있다.

《여자를 찾습니다》는 등단작인 〈휴면기〉(1971)를 비롯하여 1973~1975년 사이에 창작된 9편의 중단편이 수록된 김주영의 첫 소설집이다. 《객주》의 작가'가 썼다는 선입견을 가지고 본다면 《여자를 찾습니다》는 다소 이질적인 느낌을 준다. 물론 그 생경함은 일차적으로 원로 작가 김주영의 느긋하고 유장한 사설 대신 세계에 대한 환멸을 거침없이 토로하는 젊은 작가 김주영의 목소리를 듣는 데서 나온다. 수록 작품 대부분은 도시의 세태와 도시인의 자화상을 풍자적으로 그린 도시 소설이다. 도시화의 급격한 진행, 농촌의 파괴, 상경한 젊은이들의 좌절과 몰락, 도시인의 위선과 타락 등이 우화적으로 조명된다. 지식인과 군인 사회, 졸부, 기업가 들이 벌이는 돈과 권력을 둘러싼 암투, 이들에게 아첨하는 속물들이 빚어내는 삽화를 이야기하는 작가의 태도는 반어적이며 풍자적이다. 출구 없는 가난한 삶이 개인의 몰락과 이어지는 대목에서 그의 목소리는 어쩔 수 없이 격앙되곤 한다.

그러나 무엇보다도 이 소설집의 독특한 분위기를 만드는 것은 이제 한 세대가 훌쩍 지난 시점에서 바라본 1970년대 문화에 대한 추억과 향수라고 할 것이다. 표제작 〈여자를 찾습니다〉를 비롯해 〈마군우화〉, 〈도깨비들의 잔칫날〉 등의 작품은 흔히 '청바지와 통기타'로 상징되는 1970년대 본격적인 대중문화의 확산 현상 속에 나온 작품들이다. 〈여자를 찾습니다〉의 주인공 나팔수는 하숙집 딸 미연 앞에서 "무드"를 잡기 위해 "소공동 근방의 카페"와 "스카이라운지"를 드나든다. 그는 웨이터에게 주눅 들지 않고 "런치"를 주문하는 연습, 엘리베이터를 손수 운행하는 연습에 열중한다. 이 소설의 삽화들은 대중적으로 보편화되기 시작한 가족 단위의 외식과 나들이 문화나 당대 직장인과 대학생의 일, 놀이, 연애 풍속도,

젊은이들을 사로잡은 패션 등을 생생하게 보여준다. 나팔수는 언젠가 미연이 자신에게 "사랑해, 당신을 정말로 사랑해"라고 말하는 순간을 꿈꾸며, 버스 정류장으로 달려가 각종 연애 수기와 지침이 실린 주간지를 사들고 돌아온다. 작중 인물들의 대화나 비유에는 텔레비전이나 라디오의 광고 문구, 영화배우의 이름과 대사, 유행가의 한 대목이나 유행어가 자연스럽게 섞여 나온다. 대중문화 확산 현상의 중심에 텔레비전 프로그램과 광고, 영화, 잡지 기사 등의 대중 오락물이 있음을 분명히 보여주는 장면들이다. 이 소설집의 표제작이기도 한 〈여자를 찾습니다〉(1975)는 발표 이듬해 영화로도 만들어졌다. 이는 아마도 개성이 강한 인물과 반전에 의지하는 플롯이 극화에 유리하다는 조건 이외에도 그의 초기 작품들이 동시대의 대중적인 감각에 맞는 화제와 소품 들을 선택했기 때문이라고 볼 수 있을 것이다. 요컨대《객주》가 작품의 내적 형식을 통해 1970년대의 정치 사회적인 관념성을 드러낸다면, 소설집《여자를 찾습니다》는 1970년대 도시 풍속을 풍자적으로 반영한다.


## 2. 도시의 악마성과 도시인 되기

《여자를 찾습니다》를 통해 본 김주영의 초기 소설은 '도시'라는 공간의 속성과 떼어놓고 생각하기 힘들다. 부와 성공을 좇는 젊은이들에게 도시로의 성공적 입성은 그들의 사고방식과 윤리관을 지배하는 일차적 기준이다. 김주영 초기 소설의 주인공은 크게 보아 실업자와 도둑으로 유형화되는데, 대개 고향을 떠나 도시로 흘러들어와 정착에 실패한 뜨내기들이다. 젊은 시절의 이상은 현실적 장벽에 가로막혀 이미 소진된 상태다. 소설의 화자들은 거친 비속어를 습관처럼 사용하고, 거짓말이나 협박쯤은 간단히 해치우고 심한 경우 별다른 죄의식 없이 범죄를 저지르기도 한다. 물론 인간의 잔인함이나 도덕성의 마비 현상 따위를 보여주기 위해 이런 인물들이 필요한 것은 아닐 것이다. 사회에서 소외된 한 인간을 조명하는 작가의 시선은 보다 근원적인 지점으로 향한다. 퇴락한 인간의 거칠고 자조적인 말투에서 배어나는 것은 인간을 극단적으로 변질시키는 도시의 악마적인 힘이다. 소설의 진정한 주인공은 인물이 아니라 그들의 타락을 부추기는 배후의 어두운 힘인 것이다. 인물은 자신의 운명을 알지 못한 채 그날그날 맡은 배역과 대사를 연기하는 광대에 불과하다.

도시의 악마성이 발현되는 섬뜩한 순간을 잘 그려낸 것이 연작 형태로 발표된 단편소설 〈마군우화〉(1973)다. 주인공은 고향을 떠나 도시의 작은 회사에 취직한 청년 마규석이다. 출세를 향해 달려가는 그에게 서울 생활이란 자신보다 약한 상대를 골라 그를 밟고 올라서는 생존 경쟁 논리를 익히고, 그 행위에 대한 자기 합리화의 구실을 찾아내는 과정이다. 이 소설의 첫 번째 이야기인 '말더듬이 바로잡기'에서 마 군은 직장에서 승진하기 위해 사장에게 직속 상사 오 과장의 비리를 고발한다. 그러나 비리의 주범이 사장이고 오 과장은 하수인에 불과하다는 사실을 몰랐던 마 군은 도리어 해고 통보를 받는다. 도시에서 살아남기에 충분할 정도로 자신이 영악하다고 믿었던 마 군의 자긍심은 무너지고 만다. 그 순간의 당혹스러움은 "오상철은 용하게도 말 한마디 더듬지 않고" 있는 상황으로 묘사된다. 오히려 해고 통보를 듣고 말을 더듬는 것은 마 군이다.

부정부패의 고리가 어디까지 연결되었는지, 그 규모가 얼마나 되는지 마 군으로서는 짐작도 할 수 없다. 도시적 삶에 적응하기에 마 군이 시도한 고자질 정도는 어림도 없다. 도시의 악마성이란 이처럼 생존을 대가로 개인에게 보다 철저히 타락할 것을 강요하는 것이다. 그 힘에 압도되어 마 군은 갑자기 왜소해진다. 마

군 앞에는 "큰 도회의 밤을 독차지"하고 "거대한 어둠을 명멸시키며 짓까불고 있"는 "네온사인"이 펼쳐진다. 그 불빛의 요망한 이미지는 마 군을 희롱하고 유혹하는 악마성이 시각적 심상으로 표현된 것이다.

중편 〈여자를 찾습니다〉 역시 도시의 냉혹함, 추상적이지만 분명 인간을 억압하는 힘을 부각한 소설이다. 앞서 마 군이 보여준 맹목적인 출세욕과 공격적 성향은 주인공 나팔수의 성적 호기심과 여성에 대한 소유욕으로 치환된다. 그가 굳이 세련된 도시 여자 미연을 원하는 이유는 무엇인가. 미연은 도시에 정착하고픈 시골 뜨내기의 야망을 충족시키는 존재다. 나팔수에게 미연은 그 자체로 '서울'이라는 도시의 환유다. 때문에 회사의 공금을 빼돌려 데이트 비용을 대고, 바보 흉내까지 내면서 미연이 시키는 일은 무엇이든 마다하지 않는다. 그러나 시골 출신의 가난한 청년인 나팔수의 본모습이 드러나는 순간, 미연은 자신이 속한 도시의 인파 속으로 사라진다. 모든 노력이 수포로 돌아가는 공허감 속에서 나팔수는 "미연 씨를 삼키고 있는 출구 밖의 그 거대한 서울의 한쪽 모습이 커다란 공룡의 몸뚱이처럼 섬뜩한 무섬증으로 소생을 쏘아보고 있다는" 인상을 받는다. 미연의 배후에 놓인 거대한 도시는 난공불락의 성채처럼 괴기스럽게 묘사된다. 애초 도시를 향한 환상에서 시작된 연애이기에 미연은 도시가 선사한 매혹적인 미끼와도 같다. 나팔수가 돈과 직장을 잃자마자 도시는 즉각 미끼를 거두어들인다.

아름답게 위장되어 있지만 이면에는 탐욕이 도사린 도시의 양면성을 알고 이에 적응하는 것은 도시인의 필수적인 자질이기도 하다. 때문에 마 군이나 나팔수는 직장에서 일할 때와 놀 때를 가리지 않고 언제나 관찰하고 배우려는 자세를 보인다. 도시인다운 행동, 말투, 표정을 연습하면서 그들은 도시의 시민이 되는 법을 배운다. 〈도깨비들의 잔칫날〉(1975)의 주인공은 노력 끝에 완벽한 도시인으로 거듭난 인물이다. 그는 예술가를 사칭하고, 각종 전시회와 연회 석상을 찾아가 끼니를 해결하는 실업자다. 재력은 갖추었으나 그에 걸맞은 교양을 갖추지 못해 고민하는 기업가 부부에게 그는 금세 존경의 대상이 된다. 사건은 부유한 기업가의 집에 초대되어 정중한 대접을 받던 주인공이 문득 가면을 벗고 인간의 더럽고 추악한 부분을 그대로 드러내고 싶다는 충동을 느끼면서 시작된다. 가장 완벽한 사기극의 한복판에서 사기꾼은 자신을 유명 화가라 철석같이 믿고 있는 기업가 부부에게 자신의 정체를 고백한다. 그러나 아이러니컬하게도 사기꾼의 고백을 믿어주는 이가 없다. 이미 몸에 익어버린 위장술 덕택에 사기꾼의 양심선언은 한낱 해프닝으로 끝나고 만다.

《여자를 찾습니다》의 도시 소설들이 조명하는 것은 타락과 위선을 부추기는 물질문명의 그늘이며, 악의 세계와 그 세계 속의 시민들이다. 이쯤에서 도시 문명을 바라보는 김주영의 비판적인 시선이 과연 그 다음 단계, 즉 보다 고양된 창작 세계를 이끌어내고 있는가라는 질문을 던져보자. 산업화 시대 도시 문명에 대한 비판은 1970년대 많은 소설이 다룬 공통 과제다. 그런 만큼 지금껏 살펴본 도시와 도시인의 어두운 음영은 김주영만의 독특한 문제의식은 아니라고 할 수 있다. 오히려 작가의 역량과 개성이 드러나는 것은 도시 문명 '이후'를 어떻게 형상화하는가, 어떤 가능성을 열어 보여주는가에 달려 있을 것이다.

1970년대 도시 소설에서 가장 일반적으로 선택된 방법이 농촌(고향)을 상대적으로 이상화하는 것이다. 도시가 '물질/악'이라면 농촌은 '인간/선'을 근간으로 삼는 곳이며, 타락한 심성을 정화할 수 있는 곳이다. 그러나 김주영의 초기 소설에는 농촌을 딱히 유토피아로 그려냈다고 볼 만한 것이 없다. 도시에서 원정 온 땅 투기꾼과 도박단 때문에 고향을 잃고 쫓겨나는 사람들의 이야기인 〈금의환향〉 (1975), 담뱃잎 수매장에서 감정원과 농사꾼들 간에 뇌물을 주고받는 현장을 배경으로 한 〈칼과 뿌리〉(1977)는 모두 농촌이 배경인 작품들이다. 이 작품들은 부분적으로 도시 자본에 의해 농촌이 수탈의 대상이 되는 것을 그려내지만, 보다 흥미로운 것은 협잡의 과정에 현지인들이 적극적으로 가담한다는 것이다. 돈이 최고의 가치가 되는 풍조란 도시나 농촌이 다를 바 없고 부를 좇는 인간의 욕망 역시 같다. 작가는 본질적으로는 다를 바 없는 인간의 욕망과 추악한 위선을 표면으로 부상시키는 데 주력한다. 소설 어디에도 순진하고 일방적인 피해자는 등장하지 않는다. 농촌은 농촌 나름의 배반의 방식이 따로 있다. 그 속에서 인간은 제각기 자기잇속을 계산하면서 생존을 위해 비굴한 타협을 마다하지 않는다. 농촌이라 해서 특별히 정의가 살아 있는 목가적인 공간으로 이상화되는 것은 아니다.

지상에 유토피아는 없다. 어디에도 탈출구는 없다는 절망의 밑바닥에서 비로소 김주영 소설은 개성을 띠고 흥미로워지기 시작한다. 그는 악의 세계와의 정면 대결을 선택한다. 최초의 도시에서 문제가 기인한 것처럼, 그 해답도 도시에 있다. 도시 문명 '이후'의 가능성은 도시 안에서 열린다.


## 3. 악의 세계 속의 악동, 그 역설적 생명력


《여자를 찾습니다》의 도시인들은 남을 속이고 강도짓과 협박을 일삼지만 진정한 악인이라 부르긴 어렵다. 오히려 그들은 악의 세계가 만든 환상에 종속되어 몰락의 길을 걷는, 어찌 보면 가장 충실한 시민일 뿐이다. 《여자를 찾습니다》가 문제적으로 비약하는 지점은 진정한 악인이 등장하는 장면부터다. 기성 세계의 문법을 거스르는 당돌한 반전의 주역들, 그들의 활약으로 도시는 대립적 긴장과 생명력이 살아 있는 공간이 된다.

〈마군우화〉의 두 번째 에피소드 '사팔뜨기 바로잡기'를 살펴보자. 직장에서 해고당한 마 군은 시골의 아버지를 서울로 모셔와 병을 고쳐드리고 대신 사업 자금을 받아내려 궁리한다. 그에겐 함부로 면박을 주고 구박해도 좋은 한없이 무능한 사팔뜨기 형이 있다. 아버지가 퇴원하시던 날, 형은 기쁨에 들떠 몰래 아내에게 다가가 동생과 자식의 눈을 피해 여관에 들자고 조른다. 형의 철없음을 훈계하고 나서는 마 군에게 형은 "이런 좋은 날 한번 안 하고 언제 하노?"라고 눈을 똑바로 뜨고 대꾸하고, 그 순간 마 군은 형의 똑바로 박힌 눈을 보고 경악한다. "시리도록 신선한 한 인간의 진실"과 마주쳤기 때문이다.

드러내놓고 성욕을 표현하는 철없는 형 앞에서 마 군은 무장해제 상태가 된다. 어둠에 익숙한 사람이 갑자기 빛을 보았을 때처럼 말이다. 첫 번째 이야기에서 부패한 암흑의 도시 앞에서 무력해졌던 마 군은 이번 일화에선 감추고 억압해온 성이 훤히 드러나자 할 말을 잃는다. 요컨대 전자가 짐작할 수 없는 어둠에 대한 공포라면, 후자는 숨을 곳이 없게 만드는 빛에 대한 공포다. 공개를 꺼리고 금기시하는 주제를 전면에 내세워 사고의 전환을 꾀하는 것, 이것이 김주영이 도시 문명의 한복판에서 선택한 말하기의 방식이다.

통념을 전복하는 효과를 극대화하기 위해 작가는 일반적으로 순수하고 성스러운 이미지를 지닌 대상들이 금기를 위반하는 장면을 그린다. 어머니, 여성, 어린이처럼 나약하고 보호받아야 할 대상들이 상식 밖의 '악행'을 저지르고, 그때마다 도시 문명의 공고한 체제에는 균열이 생긴다. 우선 성적 욕망을 말로 그리고 몸으로 자유롭게 표현하는 여성들을 예로 들 수 있다. 매춘부들이 단체로 붙잡혀 있는 파출소의 풍경을 그린 〈즉심대기소〉에서는, 음담패설을 주고받고 욕을 퍼붓거나 싸움을 벌이는 여성의 집단이 묘사된다. 그들은 언제든 폭발할 수 있는 불온한 에너지와 함께 구치소의 감시 체제를 간단히 비웃어버리는 대범함마저 갖추고 있다. 구치소 바닥에서 아무렇게나 포개져 자면서도, 전혀 부끄러움을 느끼지 않는다. 사회의 윤리관에 정면으로 도전하는 여성은 김주영의 대표 단편인 〈외촌장 기행〉(1982)의 여주인공 분옥이 대표적이다. 분옥은 거짓말을 예사로 알고, 여러 남자의 품을 전전하는 요부다. 그러나 그녀는 도덕적인 관점에서 단죄되는 것이 아니라 잠재된 욕망과 충동을 전적으로 따르는, 삶의 생명력을 보여주는 여성으로 묘사된다.

어머니라고 해서 예외적 여성인 것은 아니다. 〈도둑견습〉은 변두리의 작은 고물상에서, 그나마 제대로 된 집도 아닌 버려진 고물 버스를 집 삼아 살아가는 일가족의 모습을 그린 소설이다. 이 소설에서 어머니는 자신의 몸을 외간 남자에게 허락하고, 그 덕에 가족은 집을 빼앗길 위기를 넘긴다. 그러나 애초에 정조 관념이 희박한 어머니인지라 그 사건은 당사자에게 중요하지 않다. 오히려 그 일은 어머니의 성정을 아는 아들을 자극한다. 때문에 이 소설은 가정을 지키기 위한 가족의 단합이 아니라, 어머니를 잡아두기 위한 의붓아버지와 아들의 단합이라는 독특한 구도를 이룬다.

여성 인물보다 한층 파격적으로 행동하는 인물이 어린 아이들이다. 김주영의 소설에 등장하는 소년은 순진하지 않다. 보호 대상은 더욱 아니다. 〈도둑견습〉의 '나'는 잠결에 의붓아버지와 어머니의 부부관계 장면을 보고, "그놈의 유난 체조가 언제나 끝장이 나줄지 모를 일"이라고 부모에게 짜증을 내며 일어나 앉는다. 그는 의붓아버지에게서 도둑질과 협박이 가족의 생계를 유지하는 방편임을 배운다. 그러나 그 가르침 정도로 만족하지 않는다. 오히려 의붓아버지를 능가하는 대담성을 보인다. 자신을 훈계하는 사내들에게 쇠꼬챙이를 들고 대들면서, "악돌이한텐 못 당하는 법"이며, "어른들이란 틀은 커도 건드리면 움츠리는 족제비처럼 운명적으로 허약하다"는 것을 깨닫는다. 말하자면 그는 '알 건 다 아는' 맹랑한 아이이고, 속되게 말해서 '닳고 닳은 애어른'이다. 말과 행동은 어른들을 뺨칠 만큼 대범하고 사악하다. 아버지와 어른들을 능가하는 악동의 탄생인 것이다.

사회가 지정한 가치 규범이 있다면 그것을 위반하는 것은 악이 된다. 그러나 《여자를 찾습니다》의 도시는 기존의 규범이 자체로 권력이 되어 인간을 억압하는 사례들을 보여준다. 직장 상사의 비리를 묵인하는 것이 출세의 기반이고, 돈에 대한 욕망을 감추며 고상한 예술품을 감상하는 것이 도시인의 교양이다. 학력과 미모를 갖춘 여인과 결혼하는 것이 남성의 사회적 성공 지표이고, 무지함과 동물적 본능을 감추는 것이 타인에게 존경받는 방법이다. 사회의 가치 규범이 인간을 가두고 인간성을 파괴하는 감옥이 될 때, 규범을 위반하는 악은 도리어 창조적 생명력을 갖는다. 악의 세계에서 악을 저지름으로써 균열의 가능성을 만드는 것이다. 김주영의 소설에 등장하는 악동들을 감싼 위험하고도 당돌한 힘이 바로 이 창조적 생명력이다. 조르쥬 바타유는 악 또한 인간의 본성이며, 문학은 그 자체로 규범과 제도에 저항하는 악이라고 보았다. 그는 어린 아이의 무심한 잔혹함에서 죄의식에 지배받지 않는 순수한 악, 창조적 생명력을 지닌 악을 읽는다. 그리고 문학이란 "마침내 되찾은 유년"이라 말한다(《문학과 악》). 악동의 에너지로 가득한 김주영의 소설만큼 이 명제에 부합하는 작품도 없을 것이다.

악의 세계와 마주치고 그 세계의 규범을 배우는 소년의 이야기는 외형상 '입사 initiation'의 형식을 띤다. 〈모범사육〉, 〈악령〉, 〈휴면기〉, 〈도둑견습〉 등 이 소설집에서만 무려 네 편의 소설이 소년을 주인공으로 삼고 그들이 어른 사회로부터 억압받고 배신당하는 순간을 다루고 있다. 그러나 세계에 눈뜬 소년이 자연스럽게 성장의 단계로 넘어가는가라는 질문에는 쉽게 대답하기 어렵다. 그가 시련을 겪으며 세계와 자아를 인식하는 성숙한 어른이 되어가리라는 전망이 보이지 않기 때문이다. 어른들을 압도하는 악동들의 힘은 그들을 자족적인 세계 속에 머물게 만든다. 악동들은 사회의 일원으로 합류하는 수순을 완강히 거부한 채, 자신들의 힘을 즐기고 과시하는 데 몰두한다. 김주영의 성장소설인 《고기잡이는 갈대를 꺾지 않는다》에 대해, "성장의 과정에서 지향해야 할 가치와 이념"을 발견하지 못한 주인공이 폐쇄된 자기 세계 속에 남아 있기 때문에 일반적인 성장소설의 개념으로는 포괄하기 어렵다는 장경렬의 지적(〈반성장소설로서의 성장소설〉, 《미로에서 길찾기》, 문학과지성사, 1997)은 김주영의 초기 소설에도 해당되는 것이다.

　세간의 통념을 뒤엎는 악동의 파괴적 힘이 가장 인상적으로 나타난 작품이 〈악령〉이다. 이 소설의 배경은 저잣거리의 악다구니와는 달리 완벽한 질서 속에 하나같이 교양 있는 주민들이 살고 있는 동네다. 사건은 동네 입구에 한 노인이 맹호라는 소년과 함께 불량 식품을 리어카에 싣고 들어와 장사를 벌이면서 시작된다. 누구도 그의 영향을 받지 않으리라 장담한 것과는 반대로, 동네 아이들은 맹호의 협박에 못 이겨 하나 둘씩 불량식품을 사먹는다. 부모들은 서둘러 리어카를 몰아내지만, 아이들은 서서히 변한다. 부모에게 말할 수 없는 아이들만의 비밀이 생긴 것이다. 아이들의 변화와 더불어 동네의 질서는 완전히 붕괴되고, 그곳은 여느 저잣거리의 사정과 마찬가지로 싸움과 시비가 끊이지 않는 동네로 변한다.

　맹호라는 악령은 마치 전염성이 강한 균처럼 아이들을 서서히 잠식한다. 기성의 도덕과 금기를 파괴하는 그의 행동은 매혹이 되어 아이들을 변화시킨다. 아이들은 맹호의 지시에 따라 부모가 금지한 것을 먹고, 금지한 방식으로 논다. 태어나는 순간부터 질서와 통제에 길들여졌던 아이들은 서서히 자기 내부의 새로운 세계, 야수와도 같은 동물적 본능에 눈을 뜬다. 결말부에서 아이들을 끌고 유유히 휘파람을 불며 사라지는 맹호의 모습은 마치 악마숭배demonism의 한 광경을 연상시킨다. 피리 부는 소년에게 홀려 사라진 마을 아이들을 다룬 동화가 그랬듯이, 아이들은 부모의 통제망을 벗어나 금단의 땅으로 사라진다.

## 4.《여자를 찾습니다》에서《객주》까지

　악동들이 꿈꾸는 도시 문명 '이후'는 어떤 모습일까. 본능을 억누르지 말라고 속삭이면서 아이들을 이끌고 사라진 지점에서 그들이 세우는 세계는 어떤 모습일까. 이후 김주영의 작품 행보를 보았을 때, 그 답은 아마도 끊임없는 유랑이 될 것이다. 악동들이 태어나고 소속된 도시란 남보다 안정된 정착을 최고의 가치로 내세우는 냉혹한 장소이다. 도시의 화려한 풍속은 '뿌리 뽑힌 자'들의 절망을 내려다보며 상대적으로 자신들의 안정을 확인하는 위태로운 견인력에 의해 지탱된다. 때문에 정착의 거부란 도시 문명의 거부와 동일한 의미를 지닌다.

　작가 김주영은 고향인 경북 청송의 진보 장터에서 하루 종일 뜨내기들의 육담과 외지에서 가져온 이야기를 들으며 성장했다고 알려져 있다. 뜨내기들의 삶 속에서 이야기를 배운 그에게 유랑이란 자연스러운 선택일 수 있다.《여자를 찾습니다》이후 김주영의 소설은 크게《객주》계열의 역사소설과《고기잡이는 갈대를 꺾지 않는다》,《홍어》(1997) 계열의 성장소설로 나뉜다. 옛 말투를 그대로 복원하는 사실적인 묘사에서 어린 소년의 섬세한 감수성 묘사에 이르기까지 40여 년에 걸쳐 일구어낸 그의 문학 세계는 실로 방대하다. 그러나 인간에 대한 관점은 초기 단편소설에 등장하는 뜨내기들의 운명을 묘사하는 시각에서 크게 벗어나지 않는다. 도시인의 삶도, 시골 촌구석을 누비는 보부상의 삶도 모두 공평하게 길 위에서 시작되고 끝나는 것이다.

김주영 소설집

# 여자를 찾습니다

초판 1쇄 펴낸날 | 2007년 8월 10일

지은이 | 김주영
펴낸이 | 김직승
펴낸곳 | 책세상

주소 | 서울시 마포구 신수동 68-7 대영빌딩
전화 | 704-1251(영업부) 3273-1221(편집부)
팩스 | 719-1258
이메일 | world8@chol.com
홈페이지 | www.bkworld.co.kr
등록 1975. 5. 21 제1-517호

ISBN 978-89-7013-656-1  04810
       978-89-7013-633-2  (세트)